KB074912

# 삼국지

## 2

삼국지 2 이문열 평역

정문 그림 — 나관중 지음

# 三國志

## 구름처럼 이는 영웅

알에이치코리아

손견
孫堅

동탁
董卓

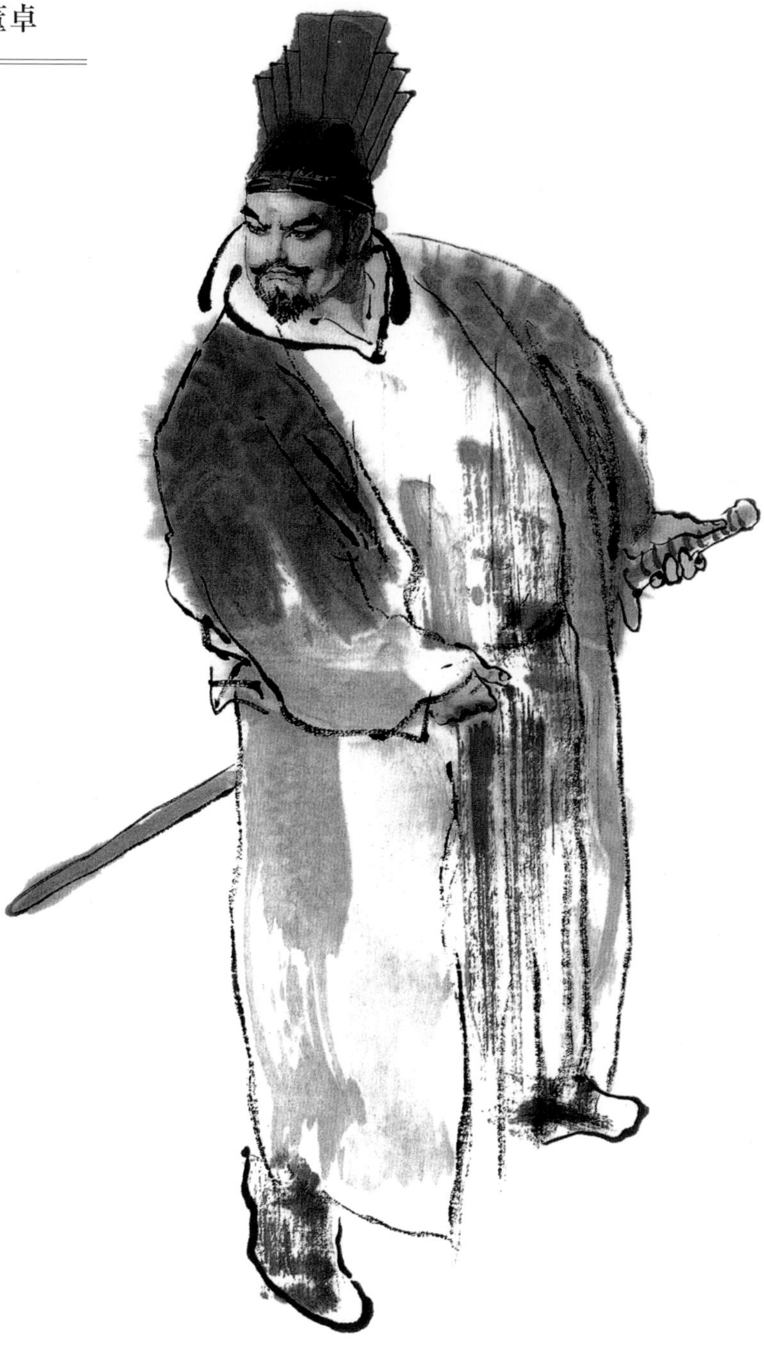

# 전위
## 典韋

# 2
## 구름처럼 이는 영웅

# 가자, 낙양으로

낙양 북쪽 천삼백 리에 자리 잡고 있는 평원군(平原郡)은 성시에는 호(戶) 십오만에 인구 백만을 넘는 군국(郡國)이었다. 평원성은 그 군국에 딸린 아홉 성 가운데 하나로서 평원현의 치소(治所)이기도 했는데, 기름진 들판을 가로지른 독마하(篤馬河) 가에 자리 잡고 있었다.

그 평원성에 한 마장쯤 떨어진 독마하 남쪽의 한 들판에서는 군사들의 조련이 한창이었다. 보군과 기마대 합쳐 한 삼천이나 될까, 대단한 군사는 아니었으나, 한 개 현에 속한 군사로는 좀 많았다. 원래 현위에 속한 갑사들 외에 향리의 의용군을 더해 머릿수를 불린 듯했다. 황건의 잔당이며 새로 일기 시작한 흑산적(黑山賊)의 무리에 이르기까지 아직도 고을마다 나름의 무력을 갖출 필요가 많은 때라고는 하지만, 그 조련 또한 멀리서 보기에도 어떤 위압감을 느낄 만큼 엄정했다.

벌판 아래쪽 기병들이 말타기와 말 위에서의 창싸움을 익히는 곳은 먼지가 자옥이 피어올라 그 내닫고 부딪힘이 치열함을 보여주었다. 위쪽 보졸들이 조련을 받고 있는 곳도 열에 들떠 어지럽기는 마찬가지였다. 대(隊, 가로줄. 대개 스무 명)와 오(伍, 세로줄. 대개 다섯 명)를 이루고, 진(陣)을 짰다가 흩어지는가 하면 단병접전(單兵接戰)을 익히느라 창칼을 맞대고 땀을 흘렸다.

그런데 이상한 것은 그 조련을 지휘하는 이들이었다. 현위나 사마(司馬) 등의 군리(郡吏)가 아니라 마궁수와 보궁수란 하급 사관이었기 때문이다. 그럼에도 조금도 지휘가 어색하지 않을 뿐만 아니라 군사들도 아무런 불평이 없었다.

기병을 조련시키는 마궁수는 다름 아닌 관우였고, 보졸들을 조련시키고 있는 보궁수는 장비였다. 장거(張擧), 장순(張純)의 난을 진압하는 데 세운 공으로 평원의 현령이 된 유비를 따라와 그곳을 근거지로 군사를 기르고 있었다.

"어찌 사사로운 정으로 너희만을 높일 수 있겠느냐? 또 높인다 한들 현리가 높아야 얼마이겠느냐?"

유비는 그같이 말하며 그들을 하급 군관의 자리에 두었으나 워낙 무예가 출중한 데다 현령과 한 상에서 먹고 한방에서 잠자는 의형제들이라 아무도 그런 관우와 장비를 얕잡아 보지 않았다. 거기다가 관우와 장비도 하찮은 벼슬 따위는 별로 안중에 두지 않아 이태가 되어도 여전히 마궁수요, 보궁수였다.

관우와 장비는 무엇보다도 평원현이 유비가 전에 벼슬을 살았던 그 어느 고을보다 크고 사람과 물산이 넉넉해 힘을 기르기에 좋다는 점을 기뻐했다. 유비를 도와주는 공손찬의 근거지가 멀지 않다는 것도 여러 가지로 유리했다. 공손찬은 유비의 벼슬길을 힘써 주선했을 뿐만 아니라, 마필이며 병기까지 대주어 유비가 군사를 기르는 데 보탬을 주었다. 마음속으로는 유비를 자기의 사람으로 생각하는 것 같았다.

그날도 조련은 아침부터 시작되어 해가 솟을수록 열기를 더해갔다. 그런데 점심 나절이 되면서 보졸들 쪽이 점점 어지러워지기 시작했다. 이상히 여긴 관우가 자신이 맡아 조련하던 기병들을 잠시 쉬게 하고 보졸들 쪽으로 가보았다. 마땅히 있어야 할 장비가 보이지 않았다.

"장장군께서는 얼마 전 성안에 들어가신 후 아직 돌아오시지 않았습니다."

관우의 물음에 장비를 모시는 사졸 하나가 그렇게 대답했다. 장비가 없어졌다면 뻔한 일이었다. 또 어디에선가 동이째 술을 퍼마실 것이라 짐작하니 여간 걱정이 되지 않았다.

특히 관우가 걱정하는 것은 그 얼마 전부터 나타난 변화였다. 한동안 술까지 절제하면서 군사를 조련하는 일에 열중하던 장비가 갑자기 다시 술을 퍼마시고 거칠고 사납게 굴기 시작했다. 무언가 유비에 대해 불만을 품고 있는 것 같았으나 평소에도 저잣거리와는 먼 관우로서는 전혀 짐작이 가지 않았다.

'오늘은 반드시 까닭을 알아야겠다.'

관우는 그렇게 다짐하며 다시 자신이 맡은 군사들을 조련하려고 돌아왔다. 하지만 종내 장비의 일이 마음 놓이지 않았다.

장비가 머리끝까지 술이 올라 비척거리며 조련 장소에 다시 나타난 것은 해가 뉘엿뉘엿할 때였다. 그러나 자기가 맡은 곳은 돌아다보지도 않고 똑바로 관우에게로 왔다.

"장비, 대낮부터 웬 술인가?"

관우는 장비가 비척이며 오는 걸 임시로 세운 장대(將臺) 위에서 내려다보며 소리쳐 꾸짖었다. 그러나 장비는 대답 대신 곁에 선 '영(令)' 자 기를 뽑아들더니 나무젓가락 부러뜨리듯 팔뚝만 한 그 깃대를 부러뜨려 팽개쳤다.

"이놈, 이게 무슨 짓이냐?"

놀란 관우가 장대에서 뛰어내리며 호통을 쳤다. 그제야 장비가 거슴츠레한 눈으로 관우를 쳐다보며 말했다.

"형님, 다 치우시오. 이따위 짓이 무슨 소용이오?"

"그건 또 무슨 소리냐? 어지러운 천하와 도탄에 빠진 백성들을 구하고자 힘을 기르는 것이거늘 네가 그걸 몰라 묻느냐?"

"어지러운 천하? 으하하하…… 도탄에 빠진 백성, 으하하하…….'"

장비는 무엇이 우스운지 고개를 젖히고 질그릇 깨지는 듯한 웃음소리를 냈다. 그러다가 빈정거리듯 되물었다.

"그래, 이 삼천 군사를 길러 무얼 하시겠단 말씀이오? 이 보궁수와 거기 선 마궁수를 이끌고 태산에 들어가 산채라도 여실 작정이오?"

"닥쳐라. 병(兵)이 어찌 수(數)일 뿐이겠느냐? 거기다가 세상을 구할 큰 뜻을 품고 때를 기다리시는 형님이 계시지 않느냐?"

"세상을 구할 큰 뜻이라, 도대체 누가 그런 뜻을 품고 있단 말이오?"

그런 장비의 두 눈에는 단순히 술 탓만도 아닌 어떤 광기가 번뜩였다. 관우도 그걸 알아보고 조금 목소리를 낮추었다.

"네가 취했다고는 하나 까닭 없는 망발은 않을 줄 믿는다. 말해보아라. 도대체 왜 그러느냐?"

"에잇, 내 입으로 말하기조차 부끄럽소. 도대체 근래에 큰형님이 이 조련장에 나온 게 몇 번이나 되오?"

"그래도 사흘에 한 번씩은 나와보시지 않느냐? 공무에 바쁜 분이시다."

"흥, 부자 놈들 술자리에는 매일 나갈 수 있어도 여기는 사흘에 한 번이란 말이오? 그것도 슬쩍 코빼기만 내보이고……."

"닥쳐라, 그게 무슨 말버릇이냐?"

"형님이야말로 똑똑히 알고나 계시우. 자칫하면 우리는 다시 탁현으로 돌아가 돗자리 장수의 아우로 돗자리 짐이나 지고 다닐 팔자가 된단 말이오. 아니면 부잣집 청지기나 되거나……."

확실히 뼈가 들어 있는 말이었다. 장비에게 주사가 있다는 걸 잘 아는 관우였지만, 그 같은 장비의 말을 듣자 아무래도 심상찮았다. 여러 군사들이 보는 앞에서 함부로 떠들어서는 안 될 종류의 잘못에 유비가 빠져들고 있는 것 같았다.

"네가 정말 취했구나. 먼저 돌아가거라. 저녁에 조용히 얘기하자."

생각 깊은 관우가 더욱 목소리를 부드럽게 하여 장비를 달랬다. 장비도 더는 뻗대지 않았다.

"그러잖아도 들어가 잠이나 잘 작정이오. 형님이나 열심히 해보슈."

그런 말과 함께 비척거리며 성 쪽으로 사라져버렸다.

장비가 돌아간 뒤 관우는 한동안 그가 한 말을 곰곰이 되씹어보았다. 짐작대로 장비는 무언가 유비에게 큰 불만을 품고 있음에 틀림없었다. 그러자 이번에는 관우도 의심을 품고 그 무렵의 유비를 찬찬히 떠올려보았다.

그가 술과 음악을 좋아하고 사냥이나 연회를 즐기는 것은 관우도 전부터 알고 있었다. 그러나 대개는 관우와 장비를 함께 데려가고 싶어 하고 같이 즐기려고 애썼는데, 그 무렵 들어서는 좀 이상했다. 밤마다 부호들의 초대를 핑계로 숙소를 나갔다가 날샐 무렵에야 새벽 이슬에 젖어 돌아오는 일이 많았다. 뿐만 아니라 어떤 때는 그들의 삶에 도무지 어울릴 것 같지 않은 말을 천연스레 중얼거릴 때도 있었다.

"벌써 모두들 서른이 넘었구나. 이렇게 떠돌다가 제사 차려줄 자손이나 얻을 수 있겠느냐?"

남아 대장부의 입신(立身)을 기껏 처자를 거느리는 일로 바꾸어 생각하는 듯한 태도였다. 군사들을 조련하는 데 쏟는 힘과 정성도 처음 현령으로 평원에 이르렀을 때와는 달랐다.

"이제야 겨우 발붙일 곳을 얻었구나. 조용히 때를 기다리며 힘을 기르기에는 알맞은 땅이다."

그런 말로 현령이 된 다음 날부터 인근의 장정들을 모아 조련을 시작한 유비였다. 황건의 잔당들과 흑산(黑山)의 무리로부터 고을을 지킨다는 구실이었지만, 그 일에 쏟는 유비의 정성은 실로 놀라운 바 있었다. 전란으로 피폐해진 고을 백성들이라 조세가 제대로 걷힐

리 없었으나 유비는 현(縣)의 모든 경비를 줄일 수 있는 한까지 줄여 군량에 충당하고, 때로는 자신의 봉미(俸米)까지도 그쪽으로 돌렸다. 경내의 부호들을 찾아다니며 간곡히 도움을 청했고, 멀리 공손찬에게 서찰을 보내 마필과 병장기를 빌려 오기도 했다.

관우와 장비는 유비의 그 같은 정성을 자신의 가슴 깊은 곳에 감추어진 대망에 쏟는 열정으로 보았다. 다시 말해 그렇게 기른 군사들로 천하를 위한 웅비(雄飛)의 바탕을 삼으려는 걸로 짐작한 것이었다. 그런데 조금 전 장비가 지적한 것처럼 그 무렵 들어 유비는 그 일에조차 시들한 태도를 보여왔다. 현청의 공무가 끝나기 바쁘게 조련장으로 나와 남은 해를 두 아우와 함께 보내던 그가 사나흘에 한 번씩, 그것도 마지못해 얼굴을 내밀 뿐이었다.

한번 의심스런 눈으로 보자 대범한 관우에게도 이상한 일이 한둘이 아니었다. 그렇게 되자 자연 조련에 마음을 쏟을 수 없게 된 관우는 서둘러 조련을 끝내고 성안으로 들어갔다.

장비는 그들이 기거하는 현청의 객사에서 술에 곯아떨어져 코를 골고 있었다. 성안으로 돌아와서도 술을 몇 동이나 더 퍼마시고 유비를 찾아 한차례 소동을 떤 뒤에야 쓰러져 잠들었다는 게 현리들의 말이었다.

"형님은 어디 계시냐?"

관우가 그중의 하나에게 물었다. 항상 유비 곁에서 일을 보는 그 현리는 잠시 머뭇거리다 대답했다.

"감씨(甘氏) 장원으로 가셨습니다."

감가장(甘家莊)이라면 관우도 알 만했다. 부근의 이름난 부호로

일전에도 군량으로 적지 아니한 곡식을 보낸 토호의 저택이었다.

"언제 돌아오신다더냐?"

"아마 그곳에서 날을 샐 것입니다."

"감씨 댁의 연회는 늘 밤을 새느냐?"

"대개 그러합니다."

그 말투가 좀 이상했지만 고지식한 관우는 아무것도 알아차리지 못하고 객사로 돌아왔다. 그리고 여전히 코를 고는 장비 곁에서 병서를 읽으며 그가 깨어나기를 기다렸다.

장비는 자정이 가까워서야 깨어났다.

"이제 정신이 드느냐?"

관우가 읽던 책을 덮으며 물었다. 그러나 장비는 대답도 없이 뜰로 나가더니 잠시 후에 여전히 시무룩한 얼굴로 돌아와 도리어 관우에게 물었다.

"큰형님께서는 아직도 돌아오지 않으셨소?"

"그렇다네. 감씨 장원에 가셨다더군."

"그건 이미 잘 알고 있소."

장비는 그렇게 내뱉더니 주섬주섬 행장을 꾸렸다. 장비가 하는 양을 보고 놀란 관우가 물었다.

"아니, 장비. 지금 뭘 하는가?"

"큰형님은 이미 틀렸소. 나는 떠나겠소."

"형님이 이미 틀렸다니 그게 무슨 말이냐? 또 떠나면 도대체 어디로 갈 작정이냐?"

"그럼 이거나 읽어보슈. 그리고 뜻이 정해지거든 함께 떠납시다."

갑자기 장비가 품에서 봉서 한 장을 관우에게 내주며 울적하게 말했다. 낮의 광기는 조금도 남아 있지 않은 얼굴이었다. 관우는 놀란 눈으로 그런 장비를 바라보다가 황급히 봉서를 폈다.

'조조 등은 삼가 대의를 짚어 널리 천하에 고하노라.

동탁은 하늘과 땅을 아울러 속이고 나라를 망하게 하여 임금을 죽였을 뿐만 아니라, 위로 금궁(禁宮)을 더럽히고 아래로 죄 없는 백성들을 잔학하게 죽이니, 그 죄악이 실로 해를 가리고도 남을 만하다.

이에 전차의 밀조를 받들어 크게 의병을 일으켜, 우리 화하(華夏, 중국을 높여 부르는 이름)를 깨끗이 하고 흉악한 무리를 베어 없애고자 한다. 바라건대 무릇 대한(大漢)의 신자(臣子) 된 이는 모두 의로운 군사를 일으켜 함께 공분을 씻고, 위태로운 왕실과 백성을 아울러 구하도록 하라. 격문이 이르는 날로 속히 받들어 행함이 옳으리라.'

바로 진류(陳留) 땅의 조조가 각지로 띄워 보낸 격문 가운데 하나였다.

"장비, 이걸 어디서 얻었느냐?"

읽기를 마친 관우가 놀라 물었다.

"오늘 아침 큰형님의 서안(書案) 위에서 우연히 보았소. 큰형님은 그걸 읽고도 우리에게 말씀조차 않으시고 이제껏 시골 부잣놈의 술잔치에서 흥청거리고 계신 거요. 이 장비의 무식한 눈에도 이거야말로 천하를 위해 떨치고 일어날 좋은 기회이건만 큰형님은 팽개치고 있단 말이오."

그제야 관우도 장비가 노한 까닭을 알 수 있을 것 같았다.

"그러나 이 격문을 본 것이 오늘 아침이라면 아직 형님의 뜻을 함부로 넘겨짚을 수가 없지 않으냐?"

관우 또한 유쾌할 리 없으나 워낙 장비가 성급하게 나오는 바람에 우선 기세라도 꺾어두려는 마음에서 그렇게 타일렀다. 그러나 장비는 그 말에 더욱 화를 냈다.

"형님은 눈도 귀도 없소? 지난 몇 달 큰형님이 어떻게 지냈으며 어떻게 우리를 대했소? 그게 큰 뜻을 품은 영웅의 노릇이오? 거기다가……."

"또 무엇이냐?"

"정말 내 입으로 말하기 부끄럽소. 지금 큰형님이 앞뒤 없이 흠뻑 빠져들어 있는 것은 여색(女色)이오. 사냥도 술잔치도 아니란 말이오. 아시겠소?"

"여색이라니? 도대체 어떤 여인이 그토록 형님을 홀렸단 말이냐?"

너무도 뜻밖의 말이라 관우가 다시 놀라 되물었다. 평원 땅에 와서도 저자의 건달들과 어울려 퍼마시는 버릇을 버리지 못한 장비라 거리의 소문에 밝았다. 그러나 항상 근엄하게 객사를 지키는 관우의 귀에는 그런 거리의 소문이 들어올 리가 없었다. 뒤이은 장비의 대답에 그저 놀랄 뿐이었다.

"바로 그 감가 놈의 딸년이오. 그 돼지 같은 놈이 딸년을 시켜 큰형님을 홀렸단 말이오. 딴에는 든든한 사위 하나 두겠다는 수작이겠지. 두고 보시오. 머지않아 형님은 재물 많은 감가 놈의 사위가 되어 기름진 배나 쓸고 있을 것이오. 그 밑에서 청지기 노릇이나 할 의향이 없으시거든 나와 함께 떠납시다. 아무래도 우리는 사람을 잘못 본 것 같소."

장비는 그렇게 말하며 행장을 들고 방을 나설 채비를 했다. 관우가 다시 말했다.

"옛부터 영웅호색이란 말이 있다. 설령 형님께서 여자를 가까이한 게 사실이라 한들 그게 무슨 허물 될 일이 있느냐? 더구나 감씨댁 아가씨라면 이 고을에서는 행세깨나 하는 집안의 딸이니 욕될 것도 아니잖느냐?"

"대장부가 여자를 좋아하는 게 허물이 아닌 줄은 나도 알고 있소. 허물은 여자의 치마폭에 감싸여 큰 뜻을 잃는 것이오."

"그럼 형님이 그 지경에까지 이르렀단 말이냐?"

"정말 참 답답하우. 생각해보시오. 우리가 육 년 전 처음 탁군(涿郡)에서 의병을 일으킬 때가 어땠소? 비루먹은 것까지 합쳐 말이 겨우 백 필, 군사는 오백을 넘지 못했소. 그런데 지금은 말이 천 필에 정병(精兵)이 오천은 되오. 거기다가 동탁의 농권(弄權)도 황건의 피해에 못하지 않건만 큰형님은 조금도 움직이려 하지 않소. 그분은 이미 천하를 잊은 사람이오!"

그 말에는 관우도 잠시 대답이 궁해졌다. 그리고 보니 확실히 그 몇 달의 유비는 무엇에 취한 사람 같은 데가 있었다. 힘을 기르는 일뿐만 아니라 자기들 형제를 대하는 것도 건성에 지나지 않는다고 느껴질 정도였다. 관우가 대답이 없자 장비가 한층 기세를 올렸다. 조조의 격문을 흔들어보이며 다시 관우를 충동했다.

"기주(冀州)의 원소가 심상치 않다더니 이제는 조조 따위도 이렇게 나서는데 큰형님은 도대체 뭐요? 하찮은 필부도 피가 끓는 이 격문을 보고도 계집의 지분 냄새만 탐하고 있으니 끝장이라고밖에 는 달리 어떻게 보겠소? 형님 공연히 허송세월 하지 말고 같이 떠납 시다."

그러면서 막 방을 나서려 할 때였다. 갑자기 관우가 벽력 같은 호 통을 내질렀다.

"이놈 장비야, 거기 서지 못하겠느냐?"

"갑자기 왜 그러시오?"

장비가 불퉁한 얼굴로 돌아보며 물었다. 관우가 벽에 기대둔 청룡 도를 잡으며 꾸짖었다.

"네놈이 떠나기 전에 먼저 의를 저버린 죄부터 물어야겠다."

"그게 무슨 말씀이시오?"

"지난날 도원(桃園)에서 형제가 될 때 무어라고 맹세하였느냐? 한 날한시에 태어나지 못했으나 죽기는 한날한시이기를 원하지 않았느 냐? 누구든 그 의를 저버리면 하늘과 사람에게 함께 베임을 당하게 해달라고 빌지 않았느냐?"

"그건 다르오. 의를 저버린 건 큰형님이오."

"이놈, 성현께서도 남의 아래가 되어 윗사람의 허물을 말하지 않 는 법이라 하셨다. 거기다가 아직 형님께서 우리를 저버리신 일은 없지 않느냐?"

"그럼 어떤 것이 저버리는 것이란 말이오?"

관우의 기색이 워낙 엄중하니 장비가 좀 수그러들며 대꾸했다. 관 우가 더 크게 꾸짖었다.

"바로 너같이 떠나는 놈이다. 형님의 뜻도 알아보지 않고 제 좁은 소견만 믿어 함부로 떠나려드니 저버리는 것과 무엇이 다르겠느냐? 정히 떠나려거든 먼저 이 청룡도부터 꺾고 떠나거라!"

그러면서 관우는 정말로 한칼에 베어버릴 듯이 청룡도를 쳐들었다. 관우가 그렇게까지 나오자 장비도 더는 움직이지 못했다. 청룡도가 두렵기보다는 육 년이나 한 상에서 먹고 한방에서 자는 동안에 저절로 생겨난 믿음 때문이었다. 관우가 그러는 데는 반드시 근거가 있으리라 생각이 들기도 했다.

"형님 그럼, 어떻게 할 작정이시오? 그냥 무한정 기다리시려우?"

장비가 행장을 놓고 침상에 걸터앉으며 흥분이 가라앉은 목소리로 관우에게 물었다. 관우도 다시 청룡도를 벽에 기대놓으며 조금 풀린 목소리로 대답했다.

"먼저 형님의 뜻을 알아야겠네."

"만약 그게 내가 본 대로라면 어떻게 하시겠소?"

"깨우쳐드려야지."

"그래도 듣지 않으시면?"

"아직 거기까지는 생각해보지 않았네. 하지만 내 짐작엔 그런 일은 결코 없을 거네."

그러더니 갑자기 나갈 채비를 했다.

"가세, 형님을 뵈어야겠네. 감가장은 잘 아나?"

"몇 번 지나친 적이 있소."

장비는 그렇게 대답했지만 실은 현청만큼이나 장원 안을 잘 알고 있었다. 이어서 무언가 투덜거리면서도 앞장을 섰다.

형제가 밤길을 헤쳐 감가장에 이르니 몇 군데 밤새 밝혀두는 외등(外燈)을 빼고는 이미 불이 꺼져 있었다. 장비의 짐작대로 잔치를 벌이고 있는 집은 아니었다.

"이쪽이 후원이오. 감가의 딸이 거처하는 곳이오."

주인을 불러 유비를 찾으려는 관우를 말린 장비가 어둠 속에서 길을 인도하며 속삭였다. 정말로 감(甘)소저가 거처하는 방에는 불빛이 새어나오고 있었다.

"저건 형님의 말이로군."

관우가 후원 으슥한 곳에 매어져 있는 말 한 필을 보고 중얼거렸다. 장비가 물었다.

"큰형님을 어떻게 부르시겠습니까?"

"밤이 깊은데 어찌 큰소리로 수선을 피울 수 있겠나? 기다리세."

"여기서 큰형님이 밤을 새우시면 어찌하겠습니까?"

"그래도 기다리세."

관우는 그렇게 대답한 뒤 가볍게 탄식했다.

"그간의 우리 허물도 적지는 않은 것 같으이. 언제나 남 앞에서는 우애로운 체 충성스러운 체 형님을 시립하면서도, 정작 위태로운 곳에는 홀로 계시게 했으니…… 만약 그동안에라도 형님에게 무슨 변괴가 있었다면 어쩔 뻔했나?"

결코 입으로만 하는 말 같지가 않았다. 그런 관우의 태도에 장비도 마음에 걸리는 게 있는지 더는 관우를 조르지 않았다.

정월이라 밤 날씨는 차고 매서웠다. 반각도 되지 않아 두 사람의 수염에는 하얗게 서리가 맺혔다. 다행히 유비는 오래잖아 감소저의 방을 나왔다. 자정이 별로 넘지 않은 무렵이었다.

"아니 자네들 웬일인가?"

별 생각 없이 말 있는 데로 가던 유비가 어둠 속에 굳은 듯 서 있는 두 사람을 알아보고 놀라 물었다. 장비에 앞질러 관우가 대답했다.

"근간에 자주 형님의 주변을 비워두었습니다. 모두가 못난 아우들의 불충입니다."

조금도 원망이 섞이지 않은 목소리였다.

유비가 잠시 말이 없더니 온화하게 대답했다.

"내가 작은 일로 자네들에게 근심을 끼쳤나 보이. 부끄럽네. 날이 차가우니 이만 돌아가세."

그러고는 성큼 말 위에 올랐다. 관우와 장비도 각기 묶어두었던 말을 끌어내어 유비를 따랐다. 셋은 말없이 밤길을 달렸다. 성미 급한 장비가 몇 번인가 무슨 말을 꺼내려 했으나 그때마다 관우가 기침 소리로 입을 막았다.

현청의 객사로 돌아온 유비는 가벼운 술상을 차리게 한 뒤 관우와 장비를 마주했다. 그런데 불빛에 드러난 유비의 옷이 이상했다. 왼쪽 소맷귀가 한 자나 잘려져나가 있었다. 먼저 그걸 본 장비가 놀라 물었다.

"큰형님, 어쩌다가 왼쪽 소맷귀가 잘려져 나갔습니까?"

"자네들이 이미 알아버렸으니 이제 말하겠네. 실은 오늘 감소저와 작별을 하고 오는 길이라네."

유비가 조용히 대답했다. 그러나 장비가 알아듣기에는 넉넉지 못했다.

"감소저와 작별하는데 왜 소맷귀는 잘리셨습니까?"

"잘린 게 아니다. 내 소매를 잡고 놓아주지 않기에 스스로 소매를 잘라 내 뜻이 굳음을 알렸을 뿐이다."

그러자 이번에는 관우가 물었다.

"어디를 가시려고 그토록 매정한 작별을 하셨습니까?"

"너무 이 어리석은 형을 시험하려 들지 말게. 아우들의 걱정을 난들 왜 모르겠나? 하지만 이제는 마음 놓게."

유비는 그렇게 대답하고 이어 장비에게 일렀다.

"너는 즉시 내 방으로 가 탁자 위에 있는 봉서를 가져오너라."

그 말에 장비가 움찔했다. 한참을 머뭇거리다가 소매에서 조조의 격문을 꺼내며 기어들어가는 목소리로 물었다.

"봉서라면…… 이것을 가리키는 것입니까?"

"아니, 그게 어찌 네 손에 있느냐?"

유비가 놀란 눈길로 그렇게 묻다가 이내 모든 걸 짐작한 듯 고개를 끄덕이며 탄식했다.

"실로 부끄러우이. 아우님들의 근심이 그토록 컸는지 몰랐네."

"그럼 큰형님께서도 이미 조조와 함께 낙양으로 갈 결심을 하셨습니까?"

장비가 기쁨과 감격을 감추지 못하고 되물었다.

"가야지. 필부라도 의를 보면 따라나설 것인데, 우리가 가지 않고 어쩌겠느냐? 거기다가 이제는 약간의 군사도 있으니 적으나마 천하를 위해 보탬이 될 것이다. 우리가 그토록 애써 군사를 기른 것도 이런 때를 위해서가 아니었겠느냐?"

유비가 그렇게 말했을 때였다. 갑자기 장비가 주르르 달려가 유비 앞에 엎드렸다.

"형님, 이 못난 아우를 꾸짖어주십시오."

화도 잘 내지만 감격도 잘하는 장비였다. 고집 못지않게 뉘우침도 빨라 조금 전에 유비를 욕한 일이 견딜 수가 없었다. 왕방울 같은 두 눈에 눈물까지 가득한 채 잘못을 빌었다. 뒤이어 관우도 장비와 나란히 엎드렸다.

"이게 무슨 짓들인가?"

유비가 황망히 엎드려 마주 절을 한 뒤 두 아우를 일으켰다.

"실은 술상이 들어오면 두 아우님께 내가 엎드려 잘못을 빌려고 했었네. 그런데 오히려 잘못을 비니 실로 이 어리석은 형은 몸둘 바를 모르겠네."

그런 유비의 눈에도 눈물이 맺혀 있었다. 그때 마침 술상이 들어 왔다.

감격으로 새로워진 그들 삼형제는 저 도원에서 처음 맺어진 날처럼 밤새워 마시며 의기를 돋우었다.

그로부터 이틀 뒤였다. 그동안 기른 오천의 병마로 조조가 기다린 다는 진류의 들을 향해 출발하려는데 현리 하나가 달려와 유비에게 고했다.

"지금 수많은 대군이 이리로 몰려오고 있습니다."

놀란 유비가 날랜 병사를 시켜 알아보니 그것은 다름 아닌 북평 (北平) 태수 공손찬의 군사들이었다. 그사이 유비는 동문수학의 정 만으로는 다 덮을 수 없는 신세를 공손찬에게 지고 있었다. 평원령

(平原令)이 된 것으로부터 군마와 병장기에 이르기까지 여러모로 그의 도움을 받아온 터라 그냥 앉아서 기다릴 처지가 아니었다. 관우와 장비만을 딸린 채 급히 말을 달려 공손찬을 맞으러 나갔다.

"현제(賢弟)가 어찌 알고 이렇게 몸소 달려왔는가?"

"아우는 형의 덕택으로 이곳 평원을 맡게 되었고, 그 뒤로 마필이며 군자에 도움을 받지 않은 것이 없었습니다. 거기다가 이제 형께서는 역적 동탁을 치기 위해 의로운 군사를 이끌고 계시는데 이 아우가 어찌 달려와 맞지 않을 수 있겠습니까?"

유비는 자기 얘기는 쑥 뺀 채 그렇게 대답한 뒤 공손찬을 성안으로 청했다.

"천하의 공도(公道)를 지체케 할 수는 없는 일이나, 아직 가셔야 할 길은 멀고 날은 이미 다 되어가니 오늘 하룻밤은 저희 고을에서 쉬어가는 것이 어떻겠습니까?"

유비가 공손찬을 반가워한 까닭은 그동안의 정분 외에도 더 있었다. 곳곳의 제후들이 조조에게 호응하여 움직이기 시작한 이상 겨우 수천의 군사를 거느린 일개 현령인 유비 정도로는 독자적인 세력이 될 수가 없었다. 반드시 신속(臣屬)은 아니더라도 누구에겐가 객장(客將) 노릇을 해야 할 처지였는데, 그런 사람으로는 공손찬이 가장 알맞았다.

조조와 원소도 몇 번 만난 적은 있지만 그 밑에서 객장 노릇을 하는 것은 자칫 신속으로 떨어질 위험이 있었다. 그만큼 유비에게 박힌 그들의 인상은 강했다. 그러나 공손찬이라면 그렇게까지는 안 될 자신이 있었다. 그의 재주를 낮게 보기 때문이라기보다는 그만큼 그를 잘 안다는 뜻이었다. 그 출발이 순수하게 대의를 위한 것이라면 굳이 그런 것을 따질 필요가 없다는 점에서 볼 때, 이미 유비에게도 뒷날 보여준 그의 삶에 일치하는 어떤 뚜렷한 내심의 길이 결정된 것임이 분명했다.

공손찬도 선선히 유비의 청을 받아들였다. 그러지 않아도 군이 길을 평원현으로 잡은 것은 유비를 만나기 위함이었다. 성 밖 들판에 군사들을 머물게 하고 성안으로 들어가 현청에서 하룻밤을 묵게 되었다.

그날 밤이었다. 현덕은 여전히 속마음을 숨긴 채 크게 술자리를 벌여 공손찬을 대접했다. 공손찬도 별다른 생각이 없는 사람처럼 기꺼이 술자리에 앉아 유비와 쌓인 회포를 풀었다.

"그런데 저 사람들은 누구인가?"

한동안 환담을 나누던 공손찬이 그림자처럼 유비 곁을 떠나지 않는 관우와 장비를 가리키며 물었다.

장비는 전에 탁령(涿令)을 지낼 때 유비의 청으로 죽을 목숨을 살려준 적이 있건만, 그때는 그저 먼빛으로 보았을 뿐인 데다 그동안 세월이 지나고 또 장비의 차림도 저잣거리 건달의 마구잡이 차림에서 비록 하급이나마 사관의 복색을 하고 있어 얼른 알아보지 못한 것이었다.

"이쪽은 관우이고 저쪽은 장비로, 모두 제 의형제들입니다."

유비도 구태여 아름답지 못한 장비의 옛일을 들추고 싶지 않아 그렇게만 대꾸했다. 끝내 장비를 알아보지 못한 공손찬이 감탄 어린 얼굴로 다시 물었다.

"함께 황건적을 무찔렀다는 그 용사들인가?"

"사실 제가 세웠다는 공은 모두 이 두 아우의 힘이었습니다."

"지금은 모두 어떤 자리에 있는가?"

"관우는 마궁수이고 장비는 보궁수로 있습니다."

그러자 공손찬은 심중의 말을 꺼낼 좋은 기회를 발견한 듯 탄식과 함께 입을 열었다.

"실로 영웅을 흙 속에 묻어두었다 해도 지나치는 말이 아닐세! 차라리 나와 함께 가세나. 이미 들었겠지만 지금 나라를 어지럽히는 동탁을 치고자 천하의 제후들이 군사를 일으켰네. 자네도 이 하찮은 벼슬자릴랑 집어던지고 함께 힘을 합쳐 역적을 치는 게 어떤가? 이는 기울어지는 한실을 붙드는 일일세."

유비로서도 은근히 기다리던 말이었다. 그러나 짐짓 겸양을 보았다.

"천하 영웅들이 모이는 곳에 저같이 변변찮은 자가 어찌 감히 끼어들겠습니까? 벼슬도 하찮고 군사도 적으니 자칫 세상의 웃음거리만 될까 두렵습니다."

"그렇지 않네. 실은 내가 굳이 이곳을 지나게 된 것도 자네를 의중에 두었기 때문일세. 자네 벼슬이 낮다지만, 그래도 한실의 종친(宗親)이 아닌가? 또 군사가 적다 해도 자네가 처음 의군을 일으킬 때와는 댈 수 없을 것일세. 이름 없는 향리의 장정 몇 백으로 황건의 우두머리를 목 벤 자네 아닌가?"

그런 공손찬의 권유에도 유비는 거듭 겸양의 말로 물러서기만 했다. 유비의 까닭 모를 겸양에 어리둥절해 있던 장비가 불쑥 말했다.

"그때 내가 동탁 도적놈을 죽이려 할 때 가만두었더라면 오늘 이런 일은 없었을 것입니다. 가지 않고 어쩌겠습니까?"

관우도 옆에서 거들었다.

"일이 여기에 이르렀으니 마땅히 병마를 수습해 앞장서야 합니다."

그제서야 유비도 못 이긴 채 공손찬의 제안을 받아들였다.

"형께서 이 비를 그토록 높이 보아주시니 실로 감격이올시다. 삼가 명을 받들겠습니다."

그 말에 공손찬은 크게 기뻐했다. 만약 유비가 먼저 나서서 따르기를 청했다면 그렇게까지는 기뻐하지 않았을 것이다. 덥석 유비의 손을 움키며 말했다.

"고맙네. 현제가 저기 두 분 아우님들과 함께 전봉(前鋒)을 맡아준다면 우리만으로 곧장 낙양으로 진격해도 되겠네."

이에 유비는 관우, 장비와 함께 그동안 기른 오천의 병마를 이끌고 공손찬의 군사들과 합류했다.

진류의 들에 이르니 열일곱 갈래 길로 제후들이 속속 모여들고 있었다. 제일진은 후장군(後將軍) 남양(南陽) 태수 원술(袁術)이요, 제이진은 기주 자사 한복(韓馥)이요, 제삼진은 예주(豫州) 자사 공주(孔伷)요, 제사진은 연주(兗州) 자사 유대(劉岱)요, 제오진은 하내(河內) 태수 왕광(王匡)이요, 제육진은 진류 태수 장막(張邈)이요, 제칠진은 동군(東郡) 태수 교모(喬瑁)요, 제팔진은 산양(山陽) 태수 유유(劉遺)요, 제구진은 제북상(濟北相) 포신(鮑信)이요, 제십진은 북해(北海) 태수 공융(孔融)이요, 제십일진은 광릉(廣陵) 태수 장초(張超)요, 제십이진은 서주(徐州) 자사 도겸(陶謙)이요, 제십삼진은 서량(西涼)

태수 마등(馬騰)이요, 제십사진은 북평 태수 공손찬이요, 제십오진은 상당(上黨) 태수 장양(張楊)이요, 제십육진은 장사 태수 손견(孫堅)이요, 제십칠진은 발해 태수 원소였다.

열일곱 갈래 길로 모여든 제후들의 군사가 각기 이르니, 부근 삼백여 리는 근왕(勤王)의 의군들로 뒤덮이다시피 했다. 그러나 머릿수만 많고 의기만 장할 뿐, 좌우로는 연결이 잘 안 되고 상하로는 질서가 없었다. 이에 조조는 소와 말을 잡고 제후들을 청한 뒤 군사를 몰아갈 계책부터 논의했다.

먼저 하내 태수 왕광이 나서서 말했다.

"이제 우리는 대의를 받들어 모였소이다. 그러나 군사들은 각기 이끄는 이가 다르고 떠나온 곳이 달라 힘을 합치기 어렵소. 먼저 맹주(盟主)를 세우고 모두 그 영을 받기로 하면 좌우로는 연결이 되고 상하로는 질서가 있어 비로소 단합된 힘을 보일 수 있을 것이오. 진병은 그 뒤의 일이외다."

그러자 조조가 그 말을 받았다.

"옳으신 말씀이오. 실은 제가 여러분을 한자리에 모이게 한 것도 그 때문이었소이다. 여기 원본초(袁本初)는 사세오공(四世五公)의 가문으로 오래 거느려온 관리들이 많고, 또 한의 이름난 재상의 후예이기도 합니다. 우리 맹주로 모자람이 없으리라 여겨 감히 추천합니다."

실로 사(私)를 잊은 제의였다. 원소가 황급히 일어나 사양했다.

"저는 그만한 그릇이 못 됩니다. 저보다 더 덕이 많은 분을 맹주로 뽑아야 합니다."

원소 역시 아직은 야심보다 근왕의 대의에 더 충실하였다. 뒤이은 제후들의 권유에도 두 번 세 번 사양했다. 그러다가 제후들이 한결같이 원소가 아니면 안 된다고 추대하자 마지못해 맹주가 되는 일에 동의했다.

원소의 승낙이 있자 이튿날 제후들은 삼층으로 단을 쌓고 사방에 다섯 색의 기를 세운 뒤, 단 위에는 대장의 권세와 위엄을 상징하는 백모(白旄, 얼룩소의 꼬리로 장식한 지휘기), 황월(黃鉞, 금으로 장식한 도끼, 역시 지휘권을 상징), 병부(兵符), 장인(將印)을 얹었다. 그리고 원소에게 단 위에 오르기를 권하니, 원소는 칼을 차고 옷매무새를 가다듬은 뒤에야 단 위로 올랐다. 원소가 격식에 따라 향을 사르고 두 번 절한 뒤 맹약의 글을 읽는데 내용은 이러했다.

'한실이 불행하여 황실의 기강과 법통을 잃으니, 역적 동탁이 그 틈을 타 지존을 해하고 백성을 학대한 지 이미 오래다. 이에 원소 등은 나라까지 잃게 됨을 두려워하며 널리 의병을 모아 국난에 대처하려 한다. 우리 동맹군은 마음을 합치고 힘을 다하여 신하 된 자의 절의를 지키고 결코 두 가지 뜻을 품지 않을 것이다. 만약 이 맹세를 어기는 자가 있으면 그 목숨을 떨어뜨리고, 남겨 기를 것이 없게 하리니, 황천후토(皇天后土)와 조종(祖宗)의 밝은 영령이시여, 이 뜻을 굽어살피소서.'

읽기를 마친 원소는 미리 마련된 백마(白馬)의 피를 찍어 맹세하는 순서를 마쳤다. 원소가 단을 내려오자 제후들은 다시 그를 부축하여 윗자리에 앉히고, 나머지도 벼슬과 나이에 따라 두 줄로 자리를 잡고 앉았다.

몇 차례 술잔이 오간 뒤 조조가 먼저 입을 열었다.

"이제 맹주가 정해졌으니 각기 그 명에 따라 움직여 함께 나라를 구할 뿐입니다. 군사의 많고 적음으로 우리 서로간의 강약을 헤아리고 견주는 일이 있어서는 안 될 것입니다."

사사로이는 소시(少時)부터의 친구이나 맹주가 된 원소를 존중하여 조조는 공손히 의견을 냈다. 원소가 엄숙하게 그 말을 받았다.

"원소가 비록 재주 없으나 이미 공들의 추대를 받아 맹주의 자리에 오른 몸이오. 공이 있으면 반드시 상을 주고 허물이 있으면 벌을 내릴 것이외다. 나라에는 형벌이 있고 군에는 기율이 있는 법이니, 각기 마땅히 지켜 어기고 범함이 있어서는 아니 되오."

맹주다운 의젓함이었다. 명문의 공자로서 남을 부리고 위엄을 갖추는 일에 익숙한 그였기에 한층 자연스러웠다. 모든 제후들이 그런 원소의 말에 입을 모아 대답했다.

"오직 명하시는 대로 따를 뿐입니다."

그러자 다시 원소는 대장으로서의 군령을 내리기 시작했다.

"내 아우 원술은 군량과 말먹이 풀을 맡아 여러 영에 맞추어 대도록 하라. 또 따로 한 사람을 뽑아 선봉으로 사수관으로 달려가 싸움을 돋우고, 나머지는 각기 험한 곳에 진을 쳐 뒤를 받치도록 해야겠소."

마치 준비하고 있었던 것처럼이나 거침없는 원소의 군령이었다. 그 군령이 떨어지기 무섭게 한 장수가 일어나며 씩씩하게 말했다.

"이 견(堅)이 감히 앞장서기를 청합니다."

모두 보니 장사 태수 손견이었다. 아우 원술을 통해 그를 잘 아는 원소가 기뻐하며 허락했다.

"문대(文臺)가 용맹스러우니 마땅히 그 일을 할 만하다. 가서 사수 관을 깨뜨리도록 하라."

이에 손견은 자기가 이끌고 온 군마를 이끌고 사수관으로 달려갔다. 그의 휘하에는 허창, 허소의 난 이래 그를 따르는 용사들을 뼈대로 한 만여 명의 장사병(長沙兵) 외에도 이제는 완연히 그의 팔뚝이나 허리 같은 사람이 된 황개, 한당, 정보, 조무 네 장수가 따르고 있었다. 황건란(黃巾亂)과 구성(區星)의 난을 거치는 동안 하나같이 범 같은 용장으로 자라난 네 사람이었다. 특히 정보의 철사모(鐵蛇矛)와 황개의 쇠채찍[鐵鞭]과 한당의 큰 칼[大刀]과 조무의 쌍칼[雙刀]은 이미 널리 이름을 얻고 있어 나란히 손견을 용맹을 뒷받침했다.

그 같은 손견의 군사가 사수관을 향해 몰려온다는 소식을 듣자 관을 지키던 동탁의 장수는 더럭 겁이 났다. 살별처럼 빠른 파발마 [流星馬]를 달려 낙양에 있는 동탁의 승상부에 위급을 알렸다.

동탁은 스스로 대권을 잡은 뒤 나날을 술과 잔치로 보내고 있었다. 정치적 권력의 정당성은 종종 그 획득한 과정보다 획득한 뒤의 처리에서 결정되는 수가 있다. 부당하게 권력을 탈취했더라도 그 뒤의 업적이 볼만한 경우와 정당하게 권력을 승계했더라도 그 뒤의 통치가 실패로 끝난 경우 가운데서 역사가 편드는 것은 대개 앞의 경우이기 때문이다.

그런데 동탁은 불행히도 부당하게 권력을 탈취하여 부당하게 사용하는 전형적인 예를 보여주고 말았다. 자신의 정당성을 확보하려는 노력 대신 잔인과 부패와 탐락(貪樂), 자기 도취 따위 이른바 권력의 치욕에 먼저 빠져들어버린 것이었다.

그런 동탁이다 보니 사위이자 모사인 이유로부터 급보를 받자 크게 놀라지 않을 수 없었다. 급히 여러 장수들을 불러모아 근왕의 의병들을 막을 의논을 했다. 먼저 동탁에게서 온후(溫侯)로까지 높임을 받은 여포가 나서서 말했다.

"아버님께서는 너무 염려하지 마십시오. 관 밖의 제후들 따위는 이 여포에게는 풀이나 지푸라기 같은 것들로밖에 보이지 않습니다. 바라건대, 아버님의 범 같은 군사들을 제게 맡겨주신다면, 그것들의 목을 모조리 베어 성문에 높이 매달겠습니다."

동탁에게 몸을 의탁한 이래 이렇다 할 공도 없이 두터운 대접만 받아 은근히 조급하던 여포였다. 공을 세울 좋은 기회라 생각하고 앞서 나선 길이었다. 그러나 그런 여포의 말이 채 끝나기도 전에 여포의 등 뒤에서 한 사람이 내달으며 크게 소리쳤다.

"닭 잡는 데 어찌 소 잡는 칼을 쓰겠습니까[割鷄焉用牛刀]? 그것들을 깨뜨리는 데 온후께서 수고스럽게 친히 납실 필요가 없습니다. 제게 맡기셔도 주머니 속의 물건 꺼내듯 제후들의 목을 잘라 오겠습니다."

동탁이 보니 키가 아홉 자요, 호랑이 몸에 이리의 허리며 표범의 머리에 원숭이 팔을 한 장수였다. 원래 관서 사람으로 그 이름을 화웅(華雄)이라 했다. 동탁은 그의 씩씩한 말을 듣자 몹시 기뻤다. 효기교위로 삼은 뒤 마보군 오만과 함께 부하 장수 이숙(李肅), 호진

(胡軫), 조잠(趙岑) 등을 딸려 그날 밤으로 사수관으로 향하게 했다.

이때 제북의 상(相)으로 근왕의 의거에 참가한 포신(鮑信)이란 이가 있었다. 일찍이 후군(後軍)교위로 원소와 왕윤에게 동탁을 죽이자고 의논하다 두 사람이 모두 듣지 않자 태산에 숨어버렸던 사람이었다. 동탁 쪽에서도 마주 군대를 보내왔다는 말을 듣자 슬며시 군공이 탐이 났다. 남몰래 아우 포충을 불러 말했다.

"아무리 대의를 위한 싸움이라지만 첫 공을 남에게 빼앗기고 싶지 않다. 네게 군사 삼천을 줄 터이니 지름길로 가 먼저 사수관을 빼앗아라."

이에 포충은 제 죽을 줄도 모르고 손견보다 한발 앞서 사수관에 당도하여 싸움을 걸었다.

화웅이 관 위에서 보니 대단찮은 잡병 삼천이었다. 대군을 동원할 것도 없이 철기(鐵騎) 오백만 이끌고 나는 듯 관 아래로 덮쳐왔다. 형의 말만 믿고 기고만장하여 달려왔던 포충은 화웅의 그 같은 기세에 더럭 겁부터 났다. 급히 군사를 물리려 했으나 이미 때는 늦은 뒤였다.

"적장은 달아나지 말라."

화웅은 우레 같은 고함 소리와 함께 똑바로 포충에게 달려와 큰 칼을 내질렀다. 포충은 제대로 막아보지도 못하고 화웅의 한칼질에 목을 잃고 말았다. 장수를 잃은 군사들에게 싸울 마음이 남아 있을 턱이 없었다. 거기다가 화웅의 군사들은 철갑을 갖춘 기병이요, 포충의 군사는 대개가 보졸이니 비록 수가 많다 해도 상대가 못 되었다.

화웅은 한 싸움을 크게 이겨 수많은 장교들을 사로잡고 포충의 목을 얻은 뒤, 사람을 낙양으로 보내 포충의 목과 승전보를 올렸다. 동탁은 화웅을 장하게 여겨 다시 그를 도독으로 높였다. 결국 포신은 지나치게 군공을 탐하다가 오히려 아우의 목만 적의 전리품으로 내준 꼴이 되고 말았다.

한편 손견은 그것도 모르는 채 네 장수와 휘하의 군마를 이끌고 뒤늦게 사수관 앞에 이르렀다.

"악을 돕는 필부야, 어찌 빨리 나와 항복을 않느냐?"

관 위를 바라보며 그렇게 꾸짖는 손견의 모습은 정말로 늠름했다. 번쩍이는 은갑옷 은투구에 붉은 머리싸개를 하고 한 자루 고정도(古錠刀)를 비껴든 채 화려한 갈기를 한 말[花鬃馬] 위에 앉은 품이 마치 하늘에서 내려온 신장(神將) 같았다.

"이번에는 제가 저것들을 깨뜨리고 오겠습니다."

화웅의 부장(副將) 호진(胡軫)이 나서서 그렇게 청했다. 첫 싸움에 이긴 뒤라 손견조차 대단찮게 비친 모양이었다. 화웅도 두말 없이 오천 군마를 내주며 관을 나가 적을 맞게 했다.

"누가 나와 싸워보겠느냐?"

호진은 그렇게 외치며 곧바로 손견을 취하려 들었지만, 장한 것은 용기뿐이었다.

"제가 저놈의 목을 주워 오겠습니다."

그 한마디와 함께 철사모를 들고 나온 정보와 몇 합 겨루기도 전에 목줄기가 찔려 말에서 떨어졌다. 놀란 것은 전날 이긴 것에 간이 부풀었던 그의 오천 졸개들이었다. 사태가 뭉그러지듯 관 안으로 도망쳤다.

손견이 때를 놓치지 않고 군사들을 몰아 관으로 덮쳐갔다. 하지만 워낙 높고 견고한 관의 성벽이었다. 거기다가 포충이 설 건드려놓아 대비까지 단단했다. 관 위에서 화살과 돌이 비 오듯 쏟아지니 아무리 용맹한 손견이라 해도 어찌 해볼 도리가 없었다. 군사를 돌려 양동(梁東)에 진을 세웠다.

손견에게 한번 뜨끔한 맛을 본 뒤라 그다음부터는 화웅도 가볍게 움직이지 않았다. 그렇다고 손견도 화웅의 오만 대군이 지키는 사수관을 힘으로 우려뺄 만한 재주는 없었다. 별수없이 후진이 오기를 기다리게 되니 싸움은 자연 시일을 끌게 되고, 싸움이 시일을 끄니 가지고 온 군량과 마초가 곧 동이 났다.

이에 손견은 사람을 원술에게 보내어 군량과 마초를 청했다. 원술의 아랫사람 가운데 하나가 원술에게 가만히 말했다.

"손견은 강동(江東)의 맹호라 할 수 있습니다. 만약 이 싸움을 이겨 낙양을 손에 넣고 동탁을 죽인다면 마치 늑대를 없애고 호랑이를 불러들이는 형국이 되고 말 것입니다. 양초(糧草)를 보내주지 마십시오. 그리하면 손견의 군사는 반드시 지게 될 것이니 화근도 절로 뽑히게 되는 셈입니다."

원술 또한 그리 소견이 넓은 편이 못 되었다. 그렇지 않아도 손견이 먼저 공을 세운 게 마음에 들지 않던 차에 그런 말을 들으니 대의보다 사감이 앞섰다. 이런 핑계 저런 핑계로 군량과 마초를 보내주지 않았다.

원술이 손견의 군공을 시기하는 데는 나름대로의 까닭이 있었다. 따지고 보니 제후들 가운데 가장 밀접한 것은 원술과 손견이었다.

원술이 원소나 조조처럼 동탁의 해를 두려워하여 남양(南陽)으로 도망쳐 온 뒤 맨 먼저 손을 잡은 것은 손견이었다. 그때 손견은 이미 장사 태수로서 힘이 인근 주군을 떨게 할 정도였다. 형주 자사 왕예(王叡)가 무례하다 하여 죽이고 그 무리를 아우른 뒤 남양까지 노리고 있었다. 이때 원술은 손견과 힘을 합쳐 남양 태수 장자를 죽이고 남양을 손에 넣었다. 손견이 얻은 것은 원술의 표문에 의해 죄가 공으로 바뀌고 오히려 파로장군(破虜將軍)이 제수된 일이었다.

하지만 아무래도 원술이 근거로 생각하는 남양과 손견이 근거로 삼고 있는 강동 일대는 너무 가까웠다. 그것이 항상 마음에 걸리는데다 손견의 군공까지 높아지니 원술로서는 근심이 아닐 수 없었다. 그 차에 아래서 그렇게 진언하니 좁은 소견에 그대로 따르고 말았다.

# 데운 술이 식기 전에

아무리 강동의 맹호 손견의 군사들이라 하지만 군량과 마초가 없고서야 어떻게 견디겠는가. 며칠도 안 돼 끼니를 굶게 되자 군사들의 사기는 떨어지고, 아직 이월이라 들풀을 뜯길 수도 없으니 못 먹은 군마도 싸움터를 닫지 못할 지경으로 되어갔다. 세작이 나는 듯이 그 소식을 관 안으로 전했다.

그 소식을 들은 이숙이 화웅에게 한 꾀를 말했다.

"적의 진중이 어지럽다니 실로 좋은 기회입니다. 오늘 밤 야습을 하되, 제가 한 떼의 군사로 손견의 진채 뒤를 칠 터이니 장군은 앞을 공격하십시오. 그렇게 되면 반드시 손견을 사로잡을 수 있을 것입니다."

화웅 또한 장재(將才)가 있는 자라 그 말을 알아들었다. 그날 밤 군사들을 배불리 먹인 뒤 조용히 관을 내려왔다. 달은 밝고 바람은 맑은데, 손견의 진채에 이르니 어느새 밤은 반이나 지난 뒤였다. 화웅은 곧장 북을 치고 함성을 울리며 손견의 진채를 급습했다.

놀란 손견이 급히 갑옷을 꿰고 말 위에 오르자 마침 화웅이 나타났다. 몇 마디 나눌 사이도 없이 두 범 같은 장수는 맞붙었다. 그러나 말이 몇 번 엇갈리기도 전에 손견의 진채 뒤로 이숙의 군사들이 달려들었다. 앞뒤로 적을 맞은 데다 이숙의 군사들이 놓은 불길까지 치솟자 손견의 군사들은 크게 혼란에 빠졌다. 여러 장수들이 각기 흩어져 혼전을 하는데, 오직 조무(祖茂)만이 손견을 뒤따르며 함께 에움을 헤치고 있었다.

손견이 원래 화웅을 두려워할 장수는 아니었지만 워낙 형세가 불리하니 손발이 제대로 맞아주지 않았다. 그때 조무가 나타나 길을 열자 다급한 김에 화웅을 버리고 달아나기 시작했다. 그 뒤를 더욱 기세가 오른 화웅이 쫓았다.

손견은 화살을 집어 따라오는 화웅에게 쏘았다. 화살을 두 대나 날렸지만 화웅은 번번이 몸을 틀어 피해버렸다. 그런데 세 번째 화살을 날리려 할 때였다.

손견이 지나치게 힘을 주어 당긴 탓인지 작화궁(鵲畫弓)이 우지끈 부러져버렸다. 할 수 없이 말을 달려 달아나기 바빴다. 뒤따라오던 조무가 말했다.

"주공(主公)의 머리에 있는 붉은 싸개[幘]가 적병의 눈길을 끌어 주공을 알아보게 됩니다. 벗어 던지시고 제 투구를 쓰십시오."

손견은 황망한 가운데도 조무의 말을 따라 붉은 머리싸개를 벗어

던지고 그가 벗어주는 투구를 썼다. 조무는 재빨리 손견이 버린 머리싸개를 대신 쓰고 길을 나누어 달아났다.

화웅의 군사들은 붉은 머리싸개만 보고 뒤쫓았으므로 조무의 투구를 바꿔 쓴 손견은 무사히 사잇길로 도망칠 수 있었다. 그러나 조무는 그렇지 못했다. 화웅의 급한 추격을 받다가 한군데 불탄 민가에 이르렀다. 조무는 다급한 김에 머리싸개를 타다 남은 기둥에 걸어놓고 부근의 나무숲 속에 몸을 숨겼다.

화웅의 군사들은 붉은 머리싸개를 보고 사면을 에워쌌으나 감히 접근하지 못했다. 으스름한 달빛 아래여서 붉은 머리싸개가 걸린 나무 기둥이 손견처럼 보인 까닭이었다. 그 용맹이 두려워 멀찌감치서 화살만 쏘아댔다.

아무리 활을 쏘아도 손견이 움직이지 않자 비로소 화웅의 군사들은 속은 줄 알았다. 그제서야 다투어 앞으로 내달으며 붉은 머리싸개를 얻어 자신의 공으로 삼으려 들었다. 그때 돌연 숲 뒤에서 한 장수가 말을 달려 나오며 화웅의 군사들을 베기 시작했다. 조무였다. 조금이라도 손견에게 도망칠 수 있는 여유를 주기 위해 달아나는 대신 맞부딪쳐 온 것이었다.

화웅이 그 꼴을 보고 있을 리 없었다.

"이놈, 내 칼을 받아라."

외침과 함께 대도를 휘둘러 조무를 내리쳤다. 다 잡은 손견을 놓치게 된 분함까지 보태 내려친 그 기세가 여간 위맹스럽지 않았다. 조무가 쌍도를 들어 막으려 했으나, 칼이 작고 가벼운 데다 에움을 헤치느라 지쳐 있어 뜻대로 되지 않았다. 그대로 화웅의 대도에 쪼개지며 말 아래로 굴러떨어졌다. 손견과 함께 큰 뜻을 품고 전장을 달리기 십여 년, 범 같은 장수로 강남에서 용맹을 떨치던 장수치고는 너무도 허망한 죽음이었다.

화웅은 날이 새도록 손견의 군사들을 죽이다가 조무의 목과 사로잡은 군사를 앞세우고 돌아갔다. 각기 흩어져 혼전을 벌이던 정보와 황개, 한당 셋은 날이 밝은 뒤에야 간신히 군사를 수습해 손견을 찾아왔다. 그러나 조무는 끝내 돌아오지 않았다. 손견은 슬픔을 이기지 못했다.

"오오, 대영(大榮, 조무의 자), 그대는 나를 대신해 죽었구나. 이제 어디서 다시 그대의 영걸스런 용자(容姿)를 볼 수 있으리오……."

손견이 그렇게 목놓아 우니 정보, 황개, 한당 등도 함께 눈물을 흘렸다. 같은 부춘 사람으로 허창의 난을 토벌할 때부터 십여 년이나 되는 세월을 그림자처럼 따르던 조무였기에 손견의 슬픔은 더욱 컸다.

한편 손견이 화웅에게 크게 패했다는 소식을 들은 원소는 크게 놀랐다.

"일전에는 포(鮑)장군의 아우가 명을 지키지 않고 함부로 군사를 움직여 제 목숨을 잃고 많은 군사를 죽게 하더니 이제는 손문대(孫文臺)까지 화웅에게 져서 예기가 꺾였구려. 이제 어떻게 하면 좋겠소?"

제후들을 불러모으고 그렇게 물었으나 한결같이 대답이 없었다. 동탁의 장수 화웅이 손견까지 꺾었다는 말을 듣자 모두들 몸을 사리기 시작한 것이었다. 이긴댔자 만신창이가 될 것이고 지면 목숨까지 잃을 판이니 서로 앞장서기를 꺼리는 것도 무리는 아니었다. 원소가 안타까운 마음으로 그런 제후들을 둘러보다가 눈길이 공손찬에 이르렀을 때였다. 등 뒤에 세 사람이 서 있는데 하나같이 용모가 범상하지 않았다. 거기다가 그들 모두 입가에 냉소를 띠고 있는 게 더욱 원소의 눈길을 끌었다.

"공손 태수 등 뒤에 서 있는 이들은 뉘시오?"

원소가 문득 공손찬에게 물었다. 공손찬이 기다렸다는 듯 유비를 제후들에게 소개했다.

"이 사람은 어릴 적부터 저와 한 스승 밑에서 동문수학한 유비올시다. 탁군 사람으로 얼마 전까지도 평원령으로 있었소이다."

"그렇다면 지난날 황건을 무찌르는 데 공이 컸던 유현덕(劉玄德)이 아니시오?"

조조가 금세 유비를 알아보고 그렇게 물었다. 몇 해 전 영천(潁川) 부근에서 언뜻 만나고 지나쳤지만 조조에게도 유비는 인상 깊었다. 그러나 분주했던 그 몇 해 동안 다시 대하지 못했을 뿐만 아니라 유비 또한 스물대여섯의 시골뜨기 청년에서 서른을 훌쩍 넘은 고을 수령으로 변해 얼른 알아보지 못했을 뿐이었다.

"그렇소이다. 교위께서 어떻게 아시오?"

"그의 공도 공이려니와 지난날 황건을 파할 때 한번 만난 적이 있소이다."

그러고는 유비에게 인사를 건넸다.

"유(劉)현령은 그간 무양하시었소?"

유비도 공손하게 손을 모으며 답례했다.

"진작에 알아뵈었습니다만 하찮은 졸오(卒伍)의 몸이라 감히 아는 체를 못했습니다."

공손찬은 조조가 유비를 아는 체하자 힘을 얻어 유비로 하여금 원소와 제후들에게 일일이 절하여 보게 한 뒤 그의 공과 출신을 자세히 말하였다.

원소도 곧 유비를 알아보았으나 조조처럼 아는 체는 아니했다. 중랑장 노식이 그 어리고 하찮은 시골뜨기와 자신을 나란히 세워두고 인사를 시키던 불쾌한 추억에다, 그 자리에서 구태여 아는 체해야 할 필요도 느끼지 않았다. 다만 자리 하나를 내주게 하여 유비를 제후들 틈에 앉게 했을 뿐이었다.

"제가 어떻게 감히 제후의 열에 끼겠습니까."

유비가 그렇게 말하며 사양했다. 그러자 원소가 위압적인 목소리로 말했다.

"그대를 존중하는 것은 그대의 이름이나 관작이 아니라 그대가 제실의 종친이기 때문이오. 근왕(勤王)의 대의를 내세우는 우리가 제실을 존중하지 않고 누가 하겠소?"

이에 유비도 더는 사양하지 못하고 끝자리에 조심스레 앉았다. 그 뒤를 관우와 장비가 다시 석상처럼 시립해 섰다.

그때 홀연 탐마(探馬)가 달려와 알렸다.

"화웅이 철기를 거느리고 관을 내려와 진채 앞에 이르렀습니다. 지금 긴 막대에 손태수(孫太守)의 붉은 머리싸개를 걸어놓고 우리 군사를 놀리며 싸움을 걸어오고 있습니다."

원소가 급히 좌우를 돌아보며 물었다.

"누가 나가서 한번 싸워보겠소?"

그 말에 원술의 등 뒤에서 유섭(兪涉)이란 장수가 나서면서 소리
쳤다.

"소장이 한번 가보겠습니다."

원소가 기뻐하며 허락했다.

"장하다. 가서 화웅의 목을 얻어 오너라."

허락을 받은 유섭은 날랜 말을 골라 타고 씩씩하게 화웅을 맞으
러 나갔다. 그러나 그의 발굽 소리가 채 사라지기도 전에 급한 보고
가 좌중에 들어왔다.

"유장군께서는 화웅과 겨룬 지 삼 합도 못 돼 화웅의 칼에 목을
잃으셨습니다."

그 기막힌 전갈에 자리에 있던 제후들은 모두 놀랐다. 잠시 서로
쳐다볼 뿐 말이 없는 가운데 불쑥 한 사람이 일어났다. 기주 자사 한
복(韓馥)이었다.

"내 상장(上將) 가운데 반봉(潘鳳)이 있소이다. 화웅을 목 베기는
어렵지 않을 것이오."

"그가 어디 있소? 얼른 나가게 하여 더는 예기가 꺾이지 않도록
하시오."

원소가 급하게 반봉의 출전을 명했다. 한복에게 불려나온 반봉의
위풍은 과연 늠름했다. 큰 도끼를 들고 성나 부릅뜬 눈으로 달려 나
가는 기세가 단번에 화웅을 장작 패듯 쪼개놓을 것처럼 보였다.

그러나 이번에도 제후들의 기대대로는 되지 않았다. 반봉이 달려
나간 지 오래지 않아 다시 급한 전갈이 날아들었다.

"반장군 역시 화웅의 칼에 목을 잃으셨습니다."

그 소리를 듣자 제후들은 모두 낯빛까지 변했다. 포충을 죽이고 손견을 머리싸개까지 벗어던지고 도망가게 할 때만 해도 화웅은 아직 그리 두렵게 느껴지지 않았다. 그런데 눈앞에서 두 사람의 상장군(上將軍)을 잠깐 동안에 베어 넘기는 것을 보자 모두 간담이 서늘하지 않을 수 없었다.

"내 상장 안량(顔良)과 문추(文醜)가 아직 이곳에 이르지 못한 게 애석하구나. 둘 중에 하나만 여기 있어도 어찌 화웅 따위를 두려워하랴!"

더는 나서려는 제후가 없는 걸 보고 원소가 큰 소리로 탄식했다. 그런데 미처 그 말이 끝나기도 전에 끝자리 부근에서 한 사람이 나서며 크게 소리쳤다.

"원컨대 소장이 나가보겠습니다. 틀림없이 화웅을 목 베 장하(帳下)에 바치오리다."

모두가 놀란 눈으로 보니, 키가 아홉 자에 수염이 두 자, 봉의 눈에 누에 같은 눈썹이 꿈틀거리는데, 얼굴은 잘 익은 대춧빛 같고 목소리는 커다란 종을 울리는 것 같은 장수가 장막 앞에 나와 서 있었다.

"저 사람이 누구요?"

낯선 얼굴이라 원소가 좌우를 보며 물었다. 공손찬이 나서서 대답했다.

"유현덕의 아우로 관우라 합니다."

"지금 벼슬은 무엇이오?"

"유현덕을 따르면서 지금까지는 평원현의 마궁수로 있었습니다."

공손찬이 그렇게 대답하자 돌연 그 자리에 있던 원술이 성난 목소리로 관우를 꾸짖었다.

"너는 우리 제후들에게 대장감이 없는 줄 아느냐? 한낱 궁수로서 어찌 감히 그토록 어지러운 말을 하느냐? 썩 나가거라."

그 말에 관우의 붉은 얼굴이 노기로 더욱 붉어지고 공손찬도 은근히 성난 기색을 보였다. 그때 조조가 원술을 말렸다.

"원공로(公路, 원술의 자)는 잠시 노기를 참으시오. 이 사람이 이미 나서서 큰소리를 쳤으니 반드시 그만한 용력과 재략이 있을 것 같소. 시험 삼아 한번 내보내봅시다. 만약 이기지 못하고 돌아오면 그때 꾸짖어도 늦지 않을 것이오."

조조의 말에 참는 것인지 아니면 얼른 대답이 떠오르지 않는지 원술은 잠시 말이 없었다. 그 자리의 제후들도 모두 조조의 말이 옳다 여겼다. 그러나 원소만은 선뜻 마음이 내키지 않는 모양이었다.

"한낱 궁수를 내보내 싸우게 한다면 반드시 화웅의 비웃음을 사게 될 것이오."

그런 원소를 조조가 다시 달랬다.

"이 사람의 의표(儀表)가 속되지 않으니 화웅이 어찌 그가 한낱 궁수인 줄 알아보겠소? 한번 내보내봅시다."

그래도 여전히 원소는 허락하려 들지 않았다. 조조와 원소의 차이점을 잘 드러내는 장면이었다. 조조가 능력만 있으면 출신이나 경력이나 세상의 평판 따위는 무시하고 사람을 쓴 것에 비해 원소는 그렇지가 못했다. 원소는 언제나 인간 그 자체보다도 가문이나 직위, 경력 따위 등 그에게 부가된 사회나 제도의 인정을 중시했다.

하지만 그런 것들에 의지해 사람을 판단하고 쓰는 일은 평화로운 시대를 유지하는 데는 몰라도 어지러운 시대에 대처해나가는 데는 힘이 되기 어렵다. 평화로운 시대는 종종 굳은 사회, 멈추어진 사회와 같은 뜻이어서 기존의 지식과 공식으로도 그럭저럭 풀어갈 수 있다. 그러나 움직이는 사회, 변화하는 사회와 일치하기도 하는 난세에는 그 굳어버린 지식과 시효가 지나가버린 공식만으로 모든 걸 해결할 수는 없다. 어쩌면 뒷날 조조와 원소의 다툼에서 승패를 결정한 것들 가운데 중요한 것은 그런 두 사람의 차이에 있는지도 모를 일이었다.

원소가 흔연히 출전을 허락하지 않자 이번에는 관우가 결연히 말했다.

"만약 이기지 못하면 내 목을 쳐도 원망 않겠소."

관우가 자기 목숨까지 걸자 원소도 더는 말리지 않았다. 제후들도 자신 없는 자기들의 상장을 내보내는 것보다는 관우의 위풍에 한 가닥 기대를 걸었다.

"이 술 한잔을 들고 가시오."

관우가 출전의 허락을 받고 막 장막을 나서려 할 때 조조가 좌우를 시켜 데운 술을 내오게 하며 권했다. 어쩌면 관우에 대한 일생의 흠모가 그 순간에 이미 시작되고 있었는지도 모를 일이었다. 관우가 그대로 장막을 젖히고 나서며 호기롭게 대답했다.

"술은 그냥 따라두십시오. 얼른 갔다 와서 마시겠습니다."

마치 잊어두고 온 물건 찾으러 나가는 사람 같았다. 만용인지 의기인지는 아직 알 수 없으나 그 씩씩한 기상에 제후들은 다시 한번 속으로 혀를 내둘렀다.

장막을 나온 관우는 청룡언월도를 가져오게 한 뒤 몸을 날려 말 위에 올랐다. 적진을 향해 말을 닫는 모습은 마치 한 마리 성난 용이 푸른 바다에서 치솟는 것 같았다.

뒤이어 북소리와 함성이 크게 일고, 하늘과 땅이 뒤집히며 바위와 산이 무너져 내리는 듯한 소리가 났다. 장막 안의 제후들은 모두 크게 놀라 낯빛까지 변했다. 그러다가 결과가 궁금하여 사람을 보내 알아보려던 참이었다. 갑자기 말방울 소리도 요란하게 말안장에 화웅의 머리를 단 관운장이 돌아왔다.

"자, 여기 화웅의 목이 있소이다."

관운장이 화웅의 목을 땅에 내던지며 말 위에서 뛰어내리더니 똑바로 조조가 따라둔 술잔을 들었다. 데운 술이 식지 않아 아직 따뜻하였다.

유비도 유비지만 그 자리에서 누구보다 기뻐한 것은 조조였다. 관우 스스로가 감당하기 어려울 만큼 그 용맹을 기렸다. 이때 유비의 등 뒤에서 장비가 나서며 큰 소리로 떠들었다.

"우리 형님께서 화웅을 목 베어 왔으니 어서 관을 쳐 깨뜨리고 동탁을 사로잡을 일이지, 여기서 무엇을 기다리고들 계십니까?"

딴에는 스스로 선봉이 되어 한바탕 싸우고 싶은 뜻을 나타낸 말이었다. 관우가 공을 세우고 돌아오자 그도 여럿에게 솜씨를 보이고 싶어 배길 수 없었던 까닭이다. 그러잖아도 조조가 지나치게 관우를 추켜올리는 데 심사가 뒤틀려 있던 원술이 다시 좁은 속을 드러냈다. 낯이 벌게지도록 성을 내며 장비를 꾸짖었다.

"비록 작은 공이 있었기로서니 대신과 제후들도 서로 겸양을 하고 있는데, 한낱 현령의 졸개가 어찌 이렇게 제 힘을 뽐낼 수 있단 말이냐? 저자들을 모두 장막 밖으로 끌어내라."

조조가 급히 원술을 말렸다.

"공이 있는 자는 상을 줌이 마땅하오. 어찌 귀천만을 헤아리겠소?"

그 말에 원술은 더욱 불같이 화를 냈다.

"공들이 한낱 현령 따위를 이토록 무겁게 여기신다면 나는 그만 돌아가겠소."

좁아터진 소견머리로 보아 능히 그럴 만한 위인이었다. 맹주인 원소도 썩 유쾌한 얼굴은 못 되었다. 그 공기를 알아차린 조조가 급히 생각을 바꾸고 좋은 말로 원술을 붙들었다.

"어찌 말 한마디로 큰일을 그르치겠소? 이 조조가 지나쳤다면 용서하시오."

그리고 공손찬에게 권하여 유, 관, 장 삼형제와 함께 자신의 진채로 돌아가도록 했다.

공손찬이 못마땅한 얼굴로 돌아가자 다른 제후들도 어색한 표정으로 헤어졌다. 조조는 몰래 사람을 공손찬에게 보내어 술과 고기를 전하며 유현덕 삼형제를 위로하게 했다. 마땅히 맹주인 원소가 해야 할 일을 조조가 대신하고 있는 셈이었다. 어떤 면에서 원소는, 각기 개성이 다르고 추구하는 이익이 다른 그 제후들의 모임에서, 그들의 충돌을 막고 이익을 조정할 수 있는 맹주로는 처음부터 맞지 않았다는 편이 옳다.

한편 화웅의 졸개들은 사수관으로 쫓겨 들어가 이숙에게 화웅이 죽은 일을 알렸다. 두렵고 막막한 이숙은 급히 위급을 고하는 글을 써서 낙양의 동탁에게 올렸다.

화웅의 잇단 승리에 마음을 놓고 있던 동탁은 그 소식에 다시 놀랐다. 급히 모사 이유와 양자 여포 등을 불러놓고 대책을 의논했다. 이유가 먼저 입을 열었다.

"지금 우리는 상장 화웅을 잃고 적의 세력은 갈수록 커져가고 있습니다. 먼저 하실 일은 안에서 바깥의 적과 손을 잡을 자를 제거하는 것입니다."

"안에서 호응하는 자라니?"

동탁이 이유의 말을 얼른 알아듣지 못하고 물었다.

"지금 적의 맹주는 원소입니다. 그런데 그 숙부 원외(袁隗)가 태부(太傅)로 이 낙양성 안에 있습니다. 혹시라도 안에서 적과 내통이라도 하게 되면 매우 위태합니다. 먼저 제거하심이 옳겠습니다. 그런 다음 승상께서 친히 대군을 이끌고 나가셔서 적의 무리를 깨뜨려 흩어버리십시오."

동탁은 그런 이유의 말을 옳게 여겼다. 먼저 이각과 곽사를 불러 군사 오백을 주고 태부 원외의 집으로 보냈다. 남자 여자 늙고 젊고를 가릴 것 없이 모조리 죽여버리라는 명령과 함께였다. 이각과 곽사는 동탁의 명을 충실히 이행하여 원외의 가솔들을 한 사람 남김없이 없앤 뒤 원외의 목을 성문에 높이 걸어 다른 사람에게도 경계로 삼았다.

동탁은 이어 이십만 대병을 일으키고 두 길로 나누어 제후들의 근왕병과 맞서게 했다. 이각과 곽사에게 오만을 주어 사수관(汜水關)으로 가게 하고, 자신은 나머지 십오만 군에다 이유, 여포, 번조, 장제 등을 이끌고 호로관(虎牢關)으로 갔다. 호로관은 낙양에서 오십 리쯤 떨어진 곳으로 그곳에 이른 동탁은 여포에게 따로이 삼만을 주어 관 밖에 진을 치게 하고 자신은 관 안에 군사를 주둔시켰다.

동탁 쪽의 그 같은 대응은 곧바로 원소가 이끄는 근왕의 의군(義軍)에게도 전해졌다. 원소는 급히 제후들을 불러모으고 동탁 깨칠 의논을 했다. 이번에도 조조가 먼저 나섰다.

"동탁이 호로관에 군사를 주둔시킨 것은 우리들 제후들의 가운데를 자르자는 뜻입니다. 우리도 마땅히 군사의 반을 나누어 그쪽의 적을 막아야 합니다."

깊이 헤아린 끝에 한 말이니 다른 의견이 있을 리 없었다. 이에 원소도 여덟 갈래의 제후를 따로 빼내 호로관으로 가게 했다. 하내 태수 왕광, 동군 태수 교모, 산양 태수 유유, 북해 태수 공융, 상당 태수 장양, 서주 자사 도겸에 북평 태수 공손찬을 합쳐 여덟이었다. 나머지 아홉 갈래 제후들은 사수관을 계속 공격하되 조조의 군사들은 양쪽을 왕래하며 구원에 응하기로 했다.

맹주 원소의 영을 받은 여덟 갈래 제후들은 각기 진채를 뜯고 군사들을 호로관으로 진군시켰다. 그중에서도 먼저 호로관에 이른 것은 하내 태수 왕광이었다.

관 밖에 진을 치고 기다리던 여포는 왕광의 군사들이 오는 걸 보자 철기 삼천을 이끌고 나는 듯 마주쳐왔다. 겨우 군마를 정돈하고 진세(陣勢)를 벌인 왕광이 말을 탄 채 문기(門旗) 아래서 바라보니 저만치 여포가 달려오는 모습이 보였다. 비녀를 셋이나 써 묶은 머리 위에는 자금(紫金)으로 된 관이 얹혀 있고 몸에는 서천(西川)에서 나는 붉은 비단에 백 가지 꽃을 수놓은 옷을 걸쳤는데, 그 위에 짐승의 얼굴을 새긴 연환개(連環鎧)란 갑옷을 입고 허리에는 쯤쇠가 영롱한 사만대(獅蠻帶)란 띠를 둘러 몸을 보호하고 있었다. 거기다가 활과 화살통을 몸에 걸고 손에는 방천화극을 든 채 불꽃 같은 털에 바람같이 빠른 적토마(赤兎馬) 위에 앉았으니, 과연 사람은 여포요 말은 적토라 할 만했다.

왕광이 좌우를 돌아보며 물었다.

"누가 나가 싸워보겠느냐?"

그 말이 떨어지기 무섭게 왕광의 등 뒤에서 한 장수가 창을 꼬나들고 말을 달려 나갔다. 왕광이 보니 하내의 명장 소리를 듣는 방열(方悅)이었다. 왕광은 적이 마음을 놓았다.

방열도 처음 자기편 군사들의 성원을 받으며 달려 나갈 때는 볼 만했다. 그러나 여포의 말과 만나 채 오 합도 어우르기 전에 방천화극에 찔려 말 아래로 떨어졌다.

여포가 그 기세를 몰아 방천화극을 춤추며 왕광의 진으로 덮쳐오고 그 뒤를 삼천 철기가 뒤따르니 왕광의 군사가 배겨낼 수 없었다. 군사는 사방으로 흩어지고 여포는 무인지경 넘나들 듯 왕광의 진을 짓밟으며 그 군사들을 죽였다. 때마침 동군 태수 교모와 산양 태수 유유의 군사가 와 구해주지 않았더라면 왕광은 목숨조차 부지하기 어려웠을 것이다.

간신히 여포를 물리치기는 했으나 적지 않은 인마를 꺾인 세 갈래의 제후들은 삼십 리나 물러나 진채를 세웠다. 뒤에 남은 다섯 갈래의 군마가 이르렀지만 여포를 물리칠 계책은 막연하기만 했다. 모두 여포의 무서운 무예에 감탄하고, 그를 막을 자 없다고 한탄할 뿐이었다.

그러는 중에 다시 여포가 덮쳐왔다. 여덟 갈래의 제후들이 모여 앉아 나오지도 않는 꾀를 쥐어짜고 있는 장막으로 한 군사가 달려와 알렸다.

"여포가 와서 싸움을 돋우고 있습니다."

"우리 모두 한꺼번에 군사를 몰아 여포를 대적합시다."

놀란 여덟 갈래 제후들은 급한 김에 그렇게 의견을 맞추고 일제히 말 위에 올랐다. 그리고 각기 데려온 군사들을 이끌고 높은 언덕에서 여포가 오는 양을 지켜보았다.

여포는 한 떼의 인마를 이끌고 수놓은 대장기를 펄럭이며 앞장서서 제후들의 진을 짓밟아 오고 있었다. 그 꼴을 보다 못한 장수 하나가 여포를 맞아 싸우러 창을 겨누며 달려 나갔다. 상당 태수 장양(張楊)의 부장 목순(穆順)이었다.

용기는 좋았지만 목순은 원래가 여포의 상대는 못 되었다. 여포가 손을 번쩍 들어 화극을 쳐드는가 싶자 목순의 몸뚱이는 창에 꿰어 말 아래로 팽개쳐졌다.

그걸 본 사람들은 놀랍고 두려웠다. 하지만 그렇다고 제후들에게 전혀 사람이 없지는 않았다. 북해 태수 공융의 부장에 무안국(武安國)이란 이가 있어 철퇴를 휘두르며 달려 나갔다.

목순보다는 나았지만 무안국 역시 여포를 상대로 오래 버티지는 못했다. 아슬아슬하게 십여 합을 어울리는가 싶더니 여포의 한 창에 왼팔이 떨어져나갔다. 남은 길은 철퇴를 던져버리고 말 머리를 돌려 목숨을 구하는 것뿐이었다.

"무안국을 구하라."

"모두 한꺼번에 여포를 쳐라."

여덟 제후는 누가 먼저랄 것도 없이 그렇게 외치며 휘하의 군사를 몰아 한꺼번에 여포에게 부딪쳐갔다. 여포의 군사가 많지 않은 걸 보고 머릿수로 밀어붙인 것이었다. 그렇게 되자 아무리 여포라도 감당할 길이 없었다. 무안국을 버려두고 급히 군사를 물렸다.

여포가 물러간 뒤 제후들은 다시 모여 대책을 상의했다. 그때는 조조도 그들 여덟 갈래 제후 쪽에 와 있었다. 여포 때문에 고전하고 있다는 말을 듣고 응원을 온 길이었다.

"여포가 영용(英勇)하여 상대할 사람이 없으니 열일곱 갈래 길로 온 제후들이 모두 모여 의논해보는 게 어떻겠소? 만약 여포만 사로 잡을 수 있다면 동탁을 죽이는 일은 쉬울 것이오."

언제나 그렇듯 조조가 먼저 의견을 내놓았다. 제후 가운데 하나가 반문했다.

"그렇게 되면 사수관 쪽은 어떻게 하시겠소? 만약 그쪽의 적이 우리를 뒤쫓기라도 하는 날이면 우리는 결국 등과 배로 적을 맞는 꼴이 되지 않겠소."

그렇게 되니 의견이 하나로 정해질 수가 없었다. 그래서 저마다 옳다고 믿는 대로 말하고 있는데 다시 여포가 돌아와 싸움을 걸고 있다는 전갈이 들어왔다.

여덟 제후는 우선 조금 전처럼 일제히 말에 올라 힘을 다해 여포에게 대항하기로 했다. 마침 여포는 먼저 공손찬의 군사부터 짓밟기 시작했다. 공손찬은 스스로 삭(槊)이라는 긴 창을 휘두르며 여포와 싸웠으나 역시 당해낼 수가 없었다. 몇 합 어우러보지도 못하고 힘에 부쳐 달아나기 시작했다.

"이놈, 게 섰거라."

공손찬이 달아나는 걸 보고 여포가 천둥같이 호령하며 적토마를 몰아 뒤쫓았다. 그 말이 원래 하루에 천리를 닫는다는 명마라 나는 듯 달리는 것이 한 줄기 바람 같았다. 공손찬이 타고 있는 백마 역시 변방의 오랑캐들이 공손찬을 백마장사(白馬長史)라 부르며 두려워하게 만들 만큼 좋은 말이었지만 적토마에는 미치지 못했다. 금세 여포는 창을 내지를 수 있을 만큼 바짝 공손찬을 따라붙었다.

"이제 네놈의 목은 내 것이다."

여포가 번쩍 화극을 들어올려 공손찬의 등을 겨누며 소리쳤다. 보는 이들은 모두 아찔했다. 그런데 그때였다. 돌연 한 장수가 고리눈을 부릅뜨고 호랑이 같은 수염을 빳빳하게 거슬러 세운 채 장팔사모를 끼고 말을 몰아 나오며 여포에게 소리쳤다.

"이 성 셋을 가진 종놈아, 달아나지 말라. 연인(燕人) 장비가 여기 있다."

어려서부터 탁군에서 자랐건만 언제나 조상들의 고향인 연(燕)을 내세우는 게 장비의 버릇이었다.

그런 장비를 보자 여포는 공손찬을 놓아주고 곧바로 장비에게로 말을 몰아갔다. 장비가 모든 생각을 떨쳐버리고 싸움에만 마음을 쏟아 분발하니 오십여 합을 싸워도 승부가 나지 않았다. 그때 보고 있던 관우가 말 배를 박차고 여든두 근 청룡도를 휘두르며 달려와 여포를 협공했다. 장비의 힘이 부치기 때문이 아니라 타고 있는 말이 여포의 적토마에 비할 바가 못 돼 시간이 흐를수록 불리해진다는 걸 알아보았기 때문이었다.

관우, 장비와 여포의 말은 정(丁) 자의 형태를 이루며 서로 치고받았다. 관우의 청룡도와 장비의 장팔사모가 여포의 방천화극을 번갈아 베고 찌르기를 다시 삼십여 합이 되어도 여포는 조금도 몰리는 기색이 없었다. 아무리 명마의 도움을 받았다고는 하지만 여포의 무예는 실로 화경(化境)에 접어들었다 할 만했다.

그걸 보자 유비도 참지 못했다. 쌍고검을 비껴들고 갈기 누른 말을 박차 싸움을 도우러 달려 나갔다. 사수관의 싸움에서 화웅을 목 베고도 원소와 원술에게 업신여김을 당한 뒤라 되도록이면 앞장서지 않으려고 애쓰던 그들 삼형제였으나 결국은 다시 앞장서서 어려운 싸움을 떠맡고 만 셈이었다.

여덟 제후들이 보는 앞에서 한바탕 화려한 비무(比武)가 펼쳐졌다. 유, 관, 장 삼형제는 여포를 에워싸고 번갈아 치고 빠졌다. 관우의 청룡도가 태풍처럼 후리고 가면, 뒤이어 장비의 장팔사모가 유성처럼 찔러오고, 다시 현덕의 쌍고검이 매섭게 베어왔다. 한동안 여덟 제후의 군사들은 취한 듯 어린 듯 그런 그들의 싸움에 넋을 잃었다.

아무리 여포라지만 그렇게 되자 오래 지탱하지 못했다. 신룡(神龍)처럼 꿈틀거리며 세 사람의 창칼을 막아내던 방천화극이 차차 느려지더니 막고 내지르는 법이 한 가지로 흔들리기 시작했다. 자칫 무예를 뽐내다가는 목이 달아날 판이었다. 사실은 관운장이 달려 나올 때부터 무리한 싸움을 끌어오고 있었다는 편이 옳았다.

"받아라!"

드디어 몸을 빼기로 작정한 여포가 셋 중에서 가장 약한 유비의 얼굴을 향해 무서운 기세로 방천화극을 내질렀다. 유비가 급히 몸을 피하자 세 사람의 에움에 한군데 빈 곳이 생겼다. 여포는 그 틈으로 화극을 거꾸로 잡고 달아나기 시작했다. 유비의 얼굴을 내지른 것은 몸을 빼기 위한 허초(虛招)였던 셈이었다.

달아나는 여포를 세 사람이 말을 박차며 뒤쫓았다. 그걸 본 여덟 제후의 군사들은 힘이 났다. 크게 함성을 지르며 뒤따르니 그 기세가 산을 허물 듯했다. 대장이 쫓겨오는 데다 사기가 오른 상대방 군사들까지 덮쳐오자 여포의 군사들은 그만 겁을 먹었다. 변변히 싸워보지도 못하고 호로관 안으로 도망쳐 들어가기에 바빴다. 절로 시흥(詩興)을 자아내는 장한 광경이었다.

유비, 관우, 장비 세 사람이 관 아래 이르러 바라보니, 문루(門樓)에 푸른 비단 해가리개가 서풍에 나부끼고 있었다. 장비가 그걸 보고 소리쳤다.

"저것은 틀림없이 동탁일 것이다. 여포를 쫓는 것도 좋지만 차라리 먼저 동탁을 사로잡음만 못하리라. 그거야말로 풀을 베고 뿌리를 뽑아 없애는 게 될 것이다."

그러고는 말을 박차 똑바로 관문을 향해 달려갔다. 그러나 성벽 위에서 화살과 돌이 비 오듯 쏟아져 나아갈 수가 없었다. 할 수 없이 군사를 물리자 뒤따라온 여덟 제후는 일면 유비 삼형제의 공을 치하하는 한편 일면 원소의 진채로 이긴 소식을 전했다.

승전보에 힘을 얻은 원소는 주춤해 있던 손견에게 다시 진병을 명했다. 그러나 손견은 군사를 내어 동탁을 치기에 앞서 황개와 정보를 데리고 먼저 원술의 진채를 찾았다. 지난번 군량과 마초를 보내주지 않아 화웅에게 패하게 만든 까닭을 따지려는 참이었다. 원술도 해놓은 짓이 있어 떨떠름했으나 아니 만날 구실이 없었다. 마지못해 나타나자 손견은 발로 땅을 굴러가며 성난 기색으로 따졌다.

"동탁과 나는 원래 틈이 간 일도 원수 진 적도 없소이다. 내가 몸을 돌보지 않고 스스로 화살과 돌을 무릅쓰며 가서 죽기로 싸운 것은 위로는 나라를 위해 역적을 토벌코자 함이요, 아래로는 장군의 집안(원소가 원술의 사촌이며 원씨가 반 동탁의 주동 세력임을 가리키는 말)을 위해서였소. 그런데도 장군은 어찌 헐뜯고 고자질하는 자의 말만 믿고 군량과 마초를 보내지 않으셨소? 그 때문에 마침내 이 손(孫) 아무개로 하여금 싸움에 지고 아끼는 장수까지 잃게 했으니 이제 어떻게 하실 작정이오?"

시퍼렇게 대드는 품이 자칫하면 큰일을 낼 기세였다. 누구보다도 손견의 과격한 성품을 잘 알고 있는 원술은 두려움에 질렸다. 한동안 말없이 있다가 모든 죄를 아랫사람에게 덮어씌웠다.

"그놈이 공연히 장군을 모함하여 큰일을 그르치게 했소. 내 그놈을 목 베어 덕 없고 귀 엷음을 장군에게 사죄하겠소."

그러고는 손견에게 군량과 마초를 보내주지 말라고 한 군사를 잡아 목 베게 했다.

손견도 원술이 수하를 목 베어가며 사죄하자 더는 화를 낼 수가 없었다.

"장군의 참뜻이 아니었다니 물러가겠소."

그렇게 사죄를 받아들이고 원술의 진채를 나서려는데 문득 사람이 달려와 알렸다.

"관 위에서 한 장수가 말을 달려와 장군께 뵙기를 청합니다."

관에서 나왔다면 동탁 쪽의 사람임에 분명했다. 그런데 만나자고 하니 궁금하지 않을 수 없었다. 급히 원술과 작별하고 자기 본채로 돌아와보니 동탁이 아끼는 장수인 이각이 와 있었다. 보아하니 세객(說客)이랍시고 온 것 같았다. 손견이 짐작으로 마음을 다지고 있는데, 이각이 입을 열어 본색을 드러냈다.

"지금 여러 제후들이 동승상에 항거하는 군사를 일으켰으나 우리 승상께서 우러르고 두려워하는 이는 오직 장군뿐입니다. 이에 승상께서는 특히 이 각(催)을 보내시어 장군과 가깝게 되기를 주선하라 이르셨습니다."

"서로 병진(兵陣)을 벌이고 창칼을 맞댄 지금 어떻게 가깝게 지낸단 말이오?"

손견이 노기를 억누르며 물었다. 이각은 손견이 응낙할 뜻이 있는 것으로 지레 짐작하고 서슴없이 속을 털어놓았다.

"지금 승상께는 나이가 찬 딸이 있습니다. 장군의 아들과 혼인을 맺으면 실로 양가의 복덕이 될 것입니다."

그러자 손견이 크게 노하여 이각을 꾸짖었다.

"동탁이 하늘을 거스르고 도리를 어겨 제실을 뒤집고 어지럽혔기에 내 그 역적 놈의 구족을 멸하여 천하에 그 죄를 빌게 하려고 마음 먹은 지 오래다. 그런데 도리어 그 역적 놈과 사돈을 맺으라고?

네놈이 더러운 입을 놀린 죄로 보아서는 목을 베어 마땅하나, 명색 사신이라고 왔기에 그 목을 남겨주니 얼른 물러가라. 가서 빨리 관을 바치면 네 목숨이 부지할 것이요, 만약 쓸데없이 머뭇거리다가는 네 뼈와 살이 가루가 될 줄 알아라."

그러면서 손을 칼자루로 가져가는데, 긴소리 늘어놓다가는 정말로 목이 남아날 것 같지 않았다. 이에 이각은 더 말을 붙여보지도 못한 채 꽁지를 말고 동탁에게로 달아나 말했다.

"손견 그놈은 무례하기 짝이 없는 자올시다. 승상의 청을 거절했을 뿐만 아니라 하늘을 거스르고 도리를 어긴 역적이라고까지 승상을 욕했습니다."

그 말을 전해 들은 동탁은 머리끝까지 화가 치밀었다. 여포를 꾀어들이듯 손견을 달래보려고 하다가 일은 안 되고 욕만 본 꼴이었다. 마음 같아서는 단번에 군사를 몰고 관을 나가 손견을 요절내고 싶었지만, 그게 안 되니 더욱 분통 터지는 노릇이었다. 한동안 화를 삭이느라 씩씩거리다가 이유를 불러 물었다.

"손견은 나와 손잡을 의향이 조금도 없으니 어쩌면 좋겠느냐?"

이유도 그 일을 이미 들어 알고 있었다. 동탁이 묻기 바쁘게 미리 생각해 둔 못된 꾀를 털어놓았다.

"온후(溫侯, 여포)께서 패하신 바람에 겁을 먹은 군사들은 이제 싸울 마음이 거의 없습니다. 차라리 군사를 거두고 낙양으로 돌아가 황제를 장안으로 옮기는 게 어떻겠습니까? 요즈음 거리를 떠도는 아이들의 노래 가운데,

| 서쪽에 한나라가 하나 | 西頭一個漢 |
| 동쪽에도 한나라가 하나 | 東頭一個漢 |
| 사슴이 장안에 들어야만 | 鹿走入長安 |
| 이 어려움이 없어지겠네 | 方可無斯難 |

라는 것이 있습니다. 제가 생각하기에 서쪽에 한나라가 하나라는
것은 고조(高祖)께서 장안에 도읍하시어 열두 대를 보내신 일을 가
리키고 동쪽에 한나라가 하나라는 것은 광무제(光武帝)께서 낙양에
도읍하시어 역시 열두 대를 보내신 걸 말하는 듯합니다. 이제 천운
이 되돌아왔으니 승상께서는 다시 장안으로 가셔야만 이 크나큰 근
심이 없어질 것입니다. 아이들의 노래는 바로 그런 하늘의 뜻을 승
상께 일러주는 것으로, 그 노래를 따르시는 것이 곧 하늘의 뜻을 좇
는 일이 됩니다.”

그 말을 들은 동탁은 몹시 기뻐했다.

“과연 그대는 내 꾀주머니[智囊]라 할 만하다. 그 말을 듣지 않았
다면 실로 내가 깨닫지 못할 뻔했다.”

그리고 그날 밤으로 여포와 함께 군사를 돌려 낙양으로 돌아갔다.
유, 관, 장 삼형제의 무공은 뜻밖에도 이유의 얕은 꾀를 만나 동탁의
장안 천도라는 엉뚱한 결과로 번져간 것이었다.

# 낙양에는 이르렀건만

　낙양으로 돌아온 동탁은 문무백관을 조당(朝堂)에 모아놓고 도읍 옮기는 일을 상의했다.

　"동도(東都) 낙양은 제실이 옮겨 온 지 이백여 년, 이미 그 기운과 천수가 쇠했다. 내가 보기에 이제 왕의 기운은 서쪽 장안(長安)에 있으니 어가를 모시고 서쪽으로 돌아가려 한다. 그대들은 각기 떠날 채비를 서두르라."

　동탁이 백관에게 상의라기보다는 일방적인 통고를 하자 먼저 사도 양표(楊彪)가 반대하고 나섰다.

　"장안이 있는 관중(關中) 지방은 부서지고 무너져 폐허에 가깝습니다. 이제 까닭 없이 종묘를 그곳으로 옮기고 이곳의 황릉(皇陵)을 버리신다면 틀림없이 백성들이 두렵고 놀라 소동을 일으킬 것입니다. 천하가 동요하기는 매우 쉬우나 다시 안정시키기는 지극히 어렵습니다. 바라건대 승상께서는 깊이 헤아리고 살펴 행하십시오.”

“너는 나라의 큰 계책을 훼방하려 드느냐?”

동탁이 성난 목소리로 양표를 꾸짖었다. 그러나 다시 태위 황완(黃琬)이 일어나 양표를 거들었다.

“양사도의 말이 옳습니다. 지난날 왕망(王莽)이 나라를 도적질할 때와 적미(赤眉, 후한 광무제가 왕망을 내쫓고 다시 한을 일으킬 무렵 세력을 떨쳤던 도적 떼)가 분탕을 칠 때 장안을 불태워 지금은 기와 조각과 주춧돌만 남아 있을 뿐입니다. 거기다가 백성들도 모두 그곳을 버리고 떠나 백에 한둘도 남아 있지 않은 폐도(廢都)입니다. 이제 이곳의 궁실을 버리고 황폐한 그 땅으로 옮기는 일은 결코 사리에 맞지 않습니다.”

“관동에 근왕(勤王)을 내세우는 역적들이 일어나 난리가 천하에 번지고 있는 것이 지금의 실정이다. 장안은 효산(崤山)과 함곡관 같은 험한 요해가 가로막고 있어 적을 막아내기 좋은 땅이다. 게다가 다소 황폐했다 하나 농우 지방이 가까워 나무와 돌과 기와와 벽돌 따위를 구하기도 쉬우니 몇 달 안 가 궁실을 지을 수가 있다. 그대들은 더 이상 어지러운 말을 늘어놓지 말라.”

동탁은 황완을 엄하게 꾸짖을 뿐만 아니라 다른 대신들까지 험한 눈으로 훑어보며 그 입을 막으려 들었다. 그런 동탁의 심기를 사도 순상(荀爽)이 다시 건드렸다.

“승상께서 만약 도읍을 옮기신다면 백성들이 소동을 일으켜 결코 나라가 평안치 못할 것입니다. 다시 한번 헤아려주십시오.”

그러자 동탁도 더는 참지 못했다. 얼굴이 벌겋게 성을 내며 소리 높여 꾸짖었다.

"나는 천하를 위해 이 계책을 세웠다. 어찌 작은 백성들에 구애될까 보냐!"

그러고는 양표, 황완, 순상 등을 그날로 벼슬에서 내쫓아 서민으로 만들었다. 동탁이 그토록 엄하게 천도를 강행하려 드니 가뜩이나 사람다운 사람이 없는 조정이라 더 반대할 사람이 남아 있지 않았다. 모두가 말없이 동탁이 정한 대로 따를 뿐이었다.

그런데 겨우 도읍 옮기는 일을 아퀴 지은 동탁이 조당을 나와 수레로 오르려 할 때였다. 젊은 벼슬아치 둘이 수레를 향해 손을 모으고 서 있는 게 보였다. 상서 주비(周毖)와 성문교위 오경(伍瓊)이었다. 전날 원소가 동탁에게 항거하여 낙양을 떠났을 때 원소에게 태수 자리를 주어 달래라고 진언한 사람들이었다. 평소에는 그 재주와 학식을 아껴 두텁게 대하던 동탁이었으나, 원소가 주동이 돼 근왕병을 일으킨 뒤에는 둘을 은근히 미워하기 시작했다. 그런 데다 이제 그 원소가 이끄는 제후들에게 쫓기어 도읍까지 옮기게 되자 더욱 심사가 틀어졌다.

"무슨 일이 있는가?"

수레를 멈추고 묻는 동탁의 어조에는 이미 역정이 배어 있었다. 하지만 자기 생각에 젖어 남의 기분을 헤아리지 못하는 게 또한 재주 있고 학식 많은 이들의 단점이다. 오경과 주비도 그와 같아서 동탁의 마음속은 헤아려보지도 않고 제 생각만 드러내기에 바빴다.

"승상께서 도읍을 옮기시려 한다기에 그 그릇됨을 아뢰고자 왔습니다."

그 말에 간신히 억누르고 있던 동탁의 분통이 일시에 터졌다.

"내가 너희 둘의 말을 듣고 원소를 살려 쓴 게 오늘 이 화를 불렀다. 이제 원소가 반역을 꾀했으니 그놈을 두둔한 너희 둘도 한 패거리임에 틀림없다. 그런 놈들이 무슨 소리를 하려느냐?"

그렇게 꾸짖은 후 무사를 불러 두 사람을 끌어낸 뒤 목을 베어 성문에 걸게 했다. 바른 소리를 하려던 게 오히려 동탁에게 자기들을 죽일 구실을 주어버린 셈이었다.

양표, 황완, 순상 세 사람을 벼슬에서 내쫓고, 오경, 주비를 목 베어 더욱 엄하게 영을 세운 동탁은 즉시 천도를 단행하여 이튿날 안으로 떠날 채비를 하게 했다. 영을 받은 이유가 가만히 동탁에게 와서 말했다.

"이제 떠나려 해도 중도에 쓸 돈과 곡식이 적어 쉽지가 않습니다. 낙양에는 부호가 많으니 그 재산을 몰수해 쓰는 게 좋겠습니다. 원소와 한패로 몰아 그 족당을 죽이고 가산을 몰수한다면 남의 이목도 피하고 수만 금은 쉽게 모을 수 있을 것입니다."

그때껏 이유가 낸 못된 꾀 가운데서도 가장 못된 꾀였다. 하지만 그 나물에 그 밥이라 동탁 또한 이유의 주인 노릇에는 모자람이 없었다. 그 자리에서 한번 망설임도 없이 이유의 말을 받아들였다.

"갑옷 걸친 기마 오천을 거느리고 가 그 말대로 시행하라."

이에 이유는 수천 호가 넘는 낙양의 부호들을 모조리 잡아들이고 그 집에는 '반신 역당'이라고 크게 쓴 기를 꽂아두게 했다. 그리고 잡아 온 부호들은 모조리 성 밖으로 끌어내 목을 벤 뒤 그 재산을 거두니 실로 거만(巨萬)이 넘었다.

그다음은 일찍이 유례가 없을 만큼 끔찍한 강제 천도였다. 이각과 곽사를 시켜 수백만 낙양 인구를 장안으로 끌고 가는데, 백성 한 무리에 군사 한 떼를 붙여 감시케 했다. 제후들의 추격이 두려우니 길을 재촉할 수밖에 없고, 길을 재촉하니 먼 길에 익숙하지 않은 백성들이 배겨낼 도리가 없었다. 늙고 병든 자나 어린아이와 힘없는 부녀자들의 시체로 도중의 구덩이란 구덩이는 모두 메워질 지경이었다.

끔찍한 일은 그뿐이 아니었다. 동탁의 군사들이란 게 태반은 강인이나 변방의 부랑자들이라 기강이 서 있지 못했다. 백성들의 아내와 딸을 겁탈하고, 가진 재물을 빼앗으니 애처로운 비명과 구슬픈 통곡 소리가 하늘과 땅에 가득했다. 또 동탁은 낙양을 떠나기에 앞서 도성의 여러 문과 종묘며 궁궐에 불을 지르게 했다. 불길이 어찌나 맹렬한지 남쪽과 북쪽 두 궁궐의 불길이 서로 잇닿았다. 거기다가 제후의 군사들이 거처로 사용함을 꺼려 민가에까지 불을 지르니 하루 사이에 낙양은 잿더미로 변했다.

동탁의 흉악한 짓은 여포를 시켜 여러 황제와 후비(后妃)들의 무덤을 파헤치게 함으로써 절정에 달했다. 여포가 능침을 파헤쳐 거기 묻힌 금은보화를 꺼내는 틈을 타 군사들은 백성들의 무덤까지 파헤쳐 값나갈 것은 모조리 꺼냈다. 그렇게 해서 모은 금은과 명주(明珠) 비단 등의 보화가 천 수레를 넘었다.

동탁은 그 수레를 앞세우고 어린 황제와 후비들을 낀 채 장안을 바라 움직이기 시작했다. 그 모든 일이 하루 사이에 일어났다고는 믿어지지 않을 만큼 철저한 파괴였고, 수백만 백성이 살던 낙양이라고는 짐작도 안 될 만큼 남김 없는 강제 이주였다.

사수관 밖의 제후들이 동탁의 장안 천도를 안 것은 그 장수 조잠 (趙岑)이 스스로 관문을 열고 항복한 뒤였다. 동탁이 낙양을 불사르고 황제와 백성들을 이끈 채 장안으로 가버렸다는 소식을 들은 조잠은 마침 관 아래까지 와 있던 손견에게 스스로 항복해버렸다.

손견의 군사들이 사수관을 거쳐 낙양으로 들어갈 즈음 유비와 관, 장 형제도 사기를 잃은 동탁의 잔병을 쳐부수고 호로관으로 들어갔다. 그 뒤를 여덟 갈래 제후들도 분분히 군사를 끌고 따랐다.

사수관이 보다 가까워 가장 먼저 낙양으로 입성한 것은 손견이었다. 말 위에서 사방을 돌아보니 불꽃은 하늘을 찌르고 검은 연기는 땅을 가득 덮고 있는데, 부근 백 리에는 사람의 그림자는 물론 개나 닭조차 보이지 않았다.

손견은 군사들을 풀어 불부터 끄게 했다. 손견의 군사들이 간신히 불길을 잡았을 무렵 하여 다른 제후들도 각기 군사를 이끌고 낙양에 이르렀다. 그러나 바람을 피할 민가 한 채 성한 게 없음을 보자 각기 낙담한 얼굴로 폐허 위에다 군마를 주둔시켰다. 변괴라고밖에는 말할 수 없는 동탁의 그 같은 도주에 모두 망연할 뿐이었다.

그때 조조가 다시 나섰다. 이끄는 군사를 둔병시키지도 않고 똑바로 원소를 찾아온 조조는 진영을 베풀고 있는 원소에게 나무라듯 물었다.

"이제 역적 동탁이 서쪽으로 도망치고 있으니 승세를 타고 추격해야 할 것이오. 그런데 본초는 어찌하여 군사를 세워두고 움직이지 않소?"

마음이 급하다 보니 맹주에 대한 예마저 많이 줄어든 듯한 조조의 말투였다. 원소가 심드렁한 얼굴로 대답했다.

"제후들의 군사들이 모두 지쳐 있으니, 움직여도 아무런 이득이 없을까 두려워서외다."

"동탁이 궁실을 불태우고 천자를 잡아가니 나라가 흔들리고 민심은 의지할 바를 모르고 있소. 비하여 하늘이 무너진 때[天亡之時]와 같소. 이때 한 싸움으로 천하를 안정시켜야 할 것인데, 제후들은 무엇이 두려워 망설이기만 하고 움직이지 않으시오?"

조조는 다시 그 자리에 있는 제후들을 충동해보았다. 그러나 대답은 원소와 크게 다를 바 없었다.

"지금은 가볍게 움직여서 아니 되오."

겉으로 보기에는 무슨 깊은 생각이라도 있는 것 같았지만 실은 모두 갑작스런 변화에 어찌할 바를 모르고 있을 뿐이었다. 그들에게는 아직 그 변화의 처음과 끝이 조조처럼 요연하게 보이지 않았다. 조조는 두 번 세 번 그들을 깨우쳤으나 그들은 얼른 그 망연함에서 깨어나지 못했다.

"이 더벅머리 덜 자란 아이놈 같은 자들과 무슨 일을 함께할 수 있으랴!"

마침내 분통이 터진 조조는 그렇게 분연히 외치며 자리를 박차고 나왔다. 그리고 제후들의 도움 없이 홀로 동탁을 추격하기로 결심했다.

조조는 자기가 이끌고 온 군사 만여 명과 하후돈, 하후연, 조홍, 조인 등의 장수들을 이끌고 그 밤으로 동탁을 뒤쫓았다. 군사가 모자라는 줄은 알지만 눈앞에 있는 호기를 놓칠 수 없어 무리를 한 셈이었다. 때를 살필 줄 아는 조조의 예리한 안목과 기민한 대응력을 잘 보여주는 행동이었으나 결과는 뜻 같지 못했다.

그 무렵 동탁은 형양에 이르렀다. 태수 서영(徐榮)이 나와 동탁을 맞으니 백성들과 황제의 행군도 잠시 멎었다. 그때 다시 이유가 동탁에게 한 계교를 올렸다.

"승상께서 낙양을 버리고 오셨으니 반드시 추격해 오는 군사들이 있을 것입니다. 마땅히 방비책이 있어야 합니다. 서영을 보내 형양성 밖 산기슭에 매복시켰다가 만약 추격해 오는 군사가 있으면 그대로 지나가게 하십시오. 그다음 따로 군사를 빼내 적을 맞아 싸우고 서영이 그 뒤를 끊는다면 크게 이길 수 있습니다. 적병으로 하여금 다시는 감히 뒤쫓을 엄두가 나지 않게 하는 좋은 계책이 될 것입니다."

동탁 또한 전장에서 늙은 몸이라 이유의 말을 이내 알아들었다. 먼저 서영을 보내 형양성 밖에 매복시키고 다시 여포를 불러 정병을 이끌고 뒤쫓는 군사를 막게 했다.

명을 받은 여포가 정병 삼만을 이끌고 동탁의 행렬로부터 뒤처져서 가고 있는데 과연 조조의 군사들이 뒤쫓아 왔다.

"이유가 헤아린 바를 넘지 못하는 것들이로구나."

여포가 크게 웃으며 중얼거렸다. 그리고 싸울 채비를 갖춰 기다리는데 조조가 말을 달려 나오며 큰 소리로 꾸짖었다.

"역적 놈아, 천자와 백성들을 끌고 어디로 달아나려 하느냐?"

목소리는 씩씩했으나 여포에게는 조조가 안중에도 없었다. 가소롭다는 듯 오히려 조조를 꾸짖었다.

"주인을 저버린 겁쟁이 놈아, 무슨 망언이 그리 심하냐?"

그러자 조조 곁에서 하후돈이 창을 들고 말을 달려 나와 똑바로 여포에게 달려들었다. 하후돈의 무예 또한 절륜하여 여포와 한바탕 싸움이 멋지게 어우러졌다. 그러나 그 끝을 보기도 전에 여포군의 왼편에서 이각이 한 떼의 군마를 이끌고 조조의 군사를 협공해왔다. 조조는 하후연을 보내 이각을 맞게 했다. 그때 다시 오른편에서 함성이 일며 곽사가 이끄는 군마가 덮쳐왔다. 조조는 급히 조인(曹仁)을 보내 곽사를 맞게 했다.

한동안 세 갈래의 군마가 어울려 어지러운 싸움을 벌였다. 하지만 워낙 조조의 군사가 적었다. 거기다가 마침내 여포를 감당해내지 못한 하후돈이 말 머리를 돌려 도망치고 그 뒤를 여포가 따르며 짓밟으니 조조의 군사는 걷잡을 수 없이 무너지기 시작했다.

이미 대세가 기운 것을 안 조조는 급하게 퇴군하라는 영을 내리고 말 머리를 돌려 달아났다. 조조가 형양에 이른 것은 이경 무렵이었다. 어떤 험한 산기슭에 말을 멈추고 흩어진 군사들을 모아보았다. 태반이 꺾여 있었다.

"여기서 잠시 쉬고 간다. 시양졸(廝養卒, 나무하고 밥 짓는 군사)을 시켜 군사들을 먹이도록 하라."

조조는 그렇게 영을 내렸다. 하루 종일 쫓기느라 지치고 허기진 조조의 군사들이었다. 명이 떨어지기 바쁘게 아궁이를 세우고 솥을 걸었다. 그런 그들을 비추는 차가운 겨울 달빛이 한층 처량하게 느껴졌다.

그런데 막 솥을 걸고 불을 지피기 시작할 무렵이었다. 갑자기 사방에서 함성이 오르며 미리 와 숨어 있던 형양 태수 서영의 군사들이 쏟아져 나왔다. 잠시 피로한 몸을 쉬고 있던 조조는 그 갑작스런 적의 내습에 놀랐다. 한번 여포에게 호되게 당한 뒤라 더욱 황망하게 된지도 모를 일이었다. 군사를 수습해 어떻게 대항해볼 엄두도 못 내고 급히 말에 올라 달아날 길을 찾기에 바빴다.

일이 공교롭게 되느라고 그런 조조 앞을 바로 적장 서영이 가로막았다. 조조는 재빨리 말 머리를 돌려 달아났으나 서영이 곱게 보내줄 리가 없었다. 시위에 살을 먹여 쏘니, 살은 어김없이 조조의 어깻죽지에 박혔다.

화살을 맞은 조조는 어깨가 짜개지는 듯한 아픔을 느꼈지만 더 소중한 게 목숨이었다. 비명도 제대로 내지 못하고 어깨에 화살을 박은 채 그대로 말을 달렸다. 한동안을 달리자 가로막는 적병이 점점 드물어졌다. 그러나 미처 그 산굽이를 돌기도 전에 다시 조조는 어려운 처지에 떨어지고 말았다. 풀숲에 숨어 있던 적병 둘이 갑자기 조조의 말을 향해 창을 내지르며 덤벼들었다.

양 옆구리에 창을 맞은 조조의 말은 구슬픈 비명과 함께 쓰러지고, 조조도 몸을 뒤집으며 땅으로 떨어졌다. 이미 무거운 상처를 입은 데다 갑작스레 말에서 굴러떨어진 조조에게 제대로 대항할 힘과 정신이 남아 있을 리 없었다.

하지만 조조는 역시 하늘이 보살피는 사람이라 할 만했다. 이름 없는 졸개들에게 사로잡히는 욕을 당하게 될 즈음, 한 장수가 달려오더니 칼을 휘둘러 그 두 적병을 베어버렸다. 그리고 황급히 말에서 뛰어내려 거의 제정신이 아닌 조조를 부축했다. 죽을 구덩이에서 빠져나온 조조가 정신을 차려 바라보니 바로 사촌 아우인 조홍(曹洪)이었다.

하지만 그사이 뒤쫓던 적병이 바짝 가까워져 있었다. 한고비는 무사히 넘겼다 하나 끝내 벗어날 수 있을 것 같지가 않았다. 그 바람에 마음이 약해진 조조가 처량한 음성으로 조홍에게 권했다.

"내가 헤아림이 모자라 이 지경에 빠졌구나. 나는 여기서 이렇게 죽으려니와 너는 어서 달아나 뒷날을 도모하라."

"형님, 급합니다. 어서 말 위에 오르십시오. 저는 달려서 뒤따르겠습니다."

조홍이 펄쩍 뛰며 조조를 재촉했다. 그러나 조조는 고개를 가로저으며 다시 권했다.

"적병이 뒤쫓아 오는데 어떻게 하려고 그러느냐? 나는 틀렸다. 너라도 살아 이곳을 빠져나가거라."

어릴 적부터 사촌형인 조조를 우러르고 따라온 조홍이었다. 손견을 대신해 죽은 조무보다 정이나 의리가 더하면 더했지 덜할 리 없는 그가 조조의 그 말을 어찌 따르겠는가. 조조를 들어올리듯 말 위로 부축해 올리며 분연히 소리쳤다.

"천하를 위해 이 홍(洪)은 없어도 되지만 형님이 없어서는 결코 안 됩니다. 반드시 목숨을 보중하시어 크신 뜻을 세상에 널리 펴셔야 합니다."

조조도 조홍이 그렇게 말하자 더는 사양하지 않았다.

"알겠다. 만약 내가 여기서 목숨을 건진다면 그건 모두가 너의 힘이다."

그 말과 함께 조조는 무거운 몸을 말등에 실었다. 조홍은 투구와 갑옷을 벗어던져 몸을 가볍게 한 뒤 칼을 빼들고 조조의 말을 따라 달렸다.

그렇게 달려 사경쯤 되었을 때였다. 급한 추격은 벗어났다 싶었지만 돌연 한 줄기 큰 강이 앞을 가로막았다. 얼음이 두껍지 못해 그냥 건널 수도 없고, 그렇다고 헤엄을 쳐 건널 수는 더욱 없었다.

"아무래도 하늘이 나를 버리시는구나. 무슨 수로 살기를 바라겠는가!"

어느새 가까워오는 적병의 함성을 들으며 조조가 다시 약한 소리를 했다.

"그게 무슨 말씀이십니까? 다행히 물이 깊지 않은 듯하니 제가 업고 건너보겠습니다."

조홍이 꿋꿋한 목소리로 대답하며 조조를 말 위에서 부축해 내렸다. 그리고 조조의 갑옷을 벗긴 뒤 등에 업고 얼지 않은 여울을 찾아 건너기 시작했다. 뼛속까지 시릴 만큼 찬물이었지만 조홍의 말대로 깊이는 한 길을 넘지 않았다.

조조를 업은 조홍이 가까스로 강을 건넜을 무렵 적병이 건너편 언덕에 이르렀다. 그러나 감히 찬물 속으로 뛰어들지는 못하고 강둑에서 어지러이 화살만 날렸다. 그들 종형제는 그 화살비와 함성에 놀라 젖은 몸을 돌볼 틈도 없이 달리기 시작했다. 그렇게 날이 밝도록 달리고도 다시 삼십여 리를 더 달린 뒤였다. 작은 언덕 밑에 이르러 잠깐 숨을 돌리려는데 갑자기 함성이 일어나며 한 떼의 군마가 달려들었다. 서영이 강을 상류로 건너 뒤따라온 것이었다.

‘이젠 정말로 끝이로구나…….’

조조는 온몸에서 힘이 빠지며 달아날 마음도 먹지 못하고 스르르 주저앉았다. 조홍이 칼을 뽑아들고 막아섰지만 적병의 수가 너무 많았다.

그 위태롭기 그지없는 순간에 나타나 다시 조조를 구한 것이 하후돈과 하후연 형제였다.

"서영은 우리 주인을 다치지 말라!"

둘은 목소리를 합쳐 그렇게 외치며 수십 기를 이끌고 나는 듯 달려왔다. 승세를 탄 끝이라 서영이 겁도 없이 하후돈을 향해 마주쳐 갔다. 하지만 일찍이 패국을 떨쳐 울린 하후돈의 창 솜씨를 당할 재간은 없었다. 몇 번 말이 엇갈리기도 전에 하후돈의 창에 찔려 말 아래로 떨어졌다.

하후돈이 그 기세를 몰아 서영의 졸개들을 짓밟고 그 뒤를 하후연과 수십 기가 뒤따르니 기세 좋던 적병은 순식간에 흩어지고 말았다. 그때 다시 조인과 이전이 각기 약간의 군사를 수습해 그곳에 이르렀다.

간신히 목숨을 건졌으나 조조의 심경은 실로 착잡하였다. 남은 군사를 수습해 보니 겨우 오백 명 남짓했다. 앞뒤를 헤아리지 않은 기백이 가져다준 참담한 패전이었다. 어쩌면 뒷날 조조에게서 보이는 조심성은 그 패전의 뼈저린 교훈에서 얻어진 것인지도 모를 일이었다.

"내가 혈기에 치우쳐 살핌이 부족했다. 죄 없는 장졸만 죽였구나……."

조조는 그렇게 탄식하며 하내로 돌아갔다. 다른 제후들이 힘을 합쳐 뒤만 든든히 받쳐주어도 그 같은 참패는 면할 수 있었으리란 데서 온 노여움과 일의 앞뒤를 헤아리지 못하는 그들의 안목에 느낀 실망 때문에 그 제후들이 모여 있는 낙양은 쳐다보기도 싫었다.

그러나 조조가 알았으면 더욱 노엽고 실망스러웠을 일은 그 며칠 사이 낙양에서 벌어지고 있었다. 손견이 우연히 얻게 된 전국(傳國) 옥새를 둘러싼 제후들 간의 한바탕 다툼이 바로 그랬다.

각기 이끌고 온 대로 군사를 나누어 낙양에 머무르고 있는 제후들 가운데 손견은 유독 성안에 둔병하고 있었다. 궁궐의 불을 끈 뒤 건장전(建章殿) 터에 군막을 친 까닭이었다. 그러나 망연해 있는 다른 제후들과는 달리 손견은 제법 그럴듯한 정치적 식견을 보여주었다.

손견은 먼저 군사들을 시켜 궁궐의 기와 조각이며 무너진 돌담을 치우게 하고, 동탁이 파헤친 능침을 모두 원래대로 덮게 했다. 그리고 태묘(太廟)가 있던 터에 초옥이나마 세 간의 전을 마련한 뒤, 역대 황제의 신위를 모시고 여러 제후들을 청하여 태뢰(太牢)로 제사를 올렸다. 동탁의 흉포한 짓을 막지 못한 불충을 사죄하는 것으로 그들이 의병을 일으킨 명분을 세상에 다시 한번 널리 알린 것이었다.

그 제사가 끝난 뒤였다. 청함을 받고 왔던 제후들도 모두 돌아가고 손견도 자기의 군막으로 돌아왔으나, 착잡한 감회에다 마침 달까지 밝아 잠을 이룰 수 없었다. 이에 손견은 검을 찬 채 밖으로 나와 천문을 살폈다. 가만히 올려다보니 제실을 상징하는 자미원(紫微垣) 부근에 흰 기운이 가득하였다.

"제성(帝星)이 밝지 못하니 역적이 나라를 어지럽히고 백성이 도탄에 빠졌구나. 번성하던 옛 낙양은 어디 가고 이렇게 텅 빈 폐도만 남았는가……."

손견은 그렇게 탄식하며 자신도 모르게 눈물을 지었다. 가슴 깊은 곳에서 이미 불붙기 시작한 야망과는 달리, 일찍이 자신이 충성을 맹세했던 한 왕조의 몰락에 대한 순수한 감회였다.

그때 곁에서 호위하던 군사 하나가 한곳을 가리키며 말했다.

"건장전 남쪽 우물 위를 보십시오. 오색 서기가 뻗어나오고 있습니다."

손견이 보니 과연 그랬다. 이에 손견은 군사들을 불러 횃불을 밝히게 한 뒤 우물 안을 살펴보게 했다.

우물 안으로 내려간 사졸은 얼마 뒤 한 부인의 시체를 건져 올렸다. 죽은 지 여러 날이 된 것 같았으나 조금도 썩지 않은 시체였다. 궁복을 입은 것으로 보아 궁녀 같았는데 이상한 것은 목에 비단 주머니 하나를 걸고 있는 일이었다.

"그걸 끌러보아라."

이상하게 여긴 손견이 다시 곁에 선 군사에게 영을 내렸다. 끌러보니 비단 주머니 안에서 붉고 작은 갑(匣)이 나오는데 금으로 된 자물쇠가 채워져 있었다. 더욱 기이하게 여긴 손견은 이번에는 손수 그 자물쇠를 열었다. 놀랍게도 그 안에서 나온 것은 옥새인 듯싶은 도장이었다. 둘레가 네 치에 윗부분에는 다섯 마리의 용을 아로새겼고 떨어진 모퉁이는 금으로 때워놓은 것으로 인면(印面)에는

'수명어천(受命於天, 명을 하늘로부터 받았으니)

기수영창(旣壽永昌, 오래가고 길이 번창하리라)’

이라는 여덟 자가 전서(篆書)로 새겨져 있었다.

"이게 무엇인지 알겠소?"

손견도 대강 짐작은 갔지만, 그래도 미심쩍어 정보(程普)에게 물었다. 손견이 거느린 세 장수 가운데서는 가장 학식이 많은 정보가 한참 그 옥새를 들여다보다가 떨리는 목소리로 대답했다.

"주공, 이건 틀림없이 나라에서 나라로 이어온[傳國] 옥새올시다. 이걸 새긴 옥은 옛적 변화(卞和)가 형산(荊山) 아래서 얻은 것입니다. 봉황이 돌 위에 깃들이는 걸 보고 그 돌을 들어내 초(楚) 문왕에게 올렸던바, 문왕이 그 돌을 깨뜨리니 안에서 커다란 옥이 나왔습니다. 이른바 ‘화씨(和氏)의 옥[璧]’이란 것이지요. 진(秦) 이십육 년 초를 멸망시키고 이 옥을 얻은 시황제는 옥공(玉工)으로 하여금 도장을 깎게 하고 재상 이사(李斯)에게 지금 쓰인 여덟 자를 전서로 쓰게 해서 처음 옥새로 사용하게 됐습니다. 그런데 그 이태 뒤인 진 이십팔 년 시황제가 동정호를 순시하다가 갑자기 풍랑이 크게 일어 배가 뒤집히려 하자 급히 이 옥새를 물에 던져 물결을 가라앉게 한 적이 있습니다. 천자의 위엄으로 호수의 귀신을 억누른 것이라 여겨 모두 신기해 했습니다. 그리고 다시 십 년이 지난 뒤였습니다. 진시황이 화음 지방을 순시할 때였는데, 한 사람이 종자들과 함께 길을 막고 이 옥새를 바치면서 말했습니다.

‘이 물건을 조룡(祖龍)에게 돌려드리고자 합니다.’

그리고 말이 끝나기 무섭게 사라져버리니 사람들은 또한 신기한 일이라 여겼습니다. 그러나 진시황은 조룡이 황제인 자신을 뜻하는 것이라 해석하고 그 옥새를 거두어들였습니다. 이듬해 시황제가 죽자 천하는 크게 어지러워졌습니다. 그러다가 우리 고조께서 천하를 얻게 되시자 시황제의 아들 영(嬰)이 이 옥새를 고조께 바쳤습니다. 이후 전한 평제(平帝) 때까지 이 옥새는 한실의 위엄을 대신했습니다. 하지만 역적 왕망(王莽)이 일어 평제를 죽이고 신(新)나라를 세울 무렵 또 한차례 회오리가 일었습니다. 옥새를 내어주던 효원(孝元) 황태후가 왕망의 손발인 소헌(蘇獻)과 왕심(王尋)을 이 옥새로 내리쳐 한 모퉁이가 깨어지고 말았던 것입니다. 이제 금으로 때운 부분이 바로 그것입니다. 다행히 왕망의 찬역은 오래가지 못하고 후한의 광무제(光武帝)께서 천하를 평정하시매 옥새는 다시 한실로 돌아왔습니다. 광무제께서 의양 땅에서 이 옥새를 얻으신 이래 대를 이어 열성께 전해온 것입니다. 그런데 근년에 듣기로 십상시의 난 때 이 보물을 잃었다는 말이 돌았습니다. 어린 소제(少帝)를 끌고 북망산으로 도망치는 와중에서 없어져버렸다는 소문이었습니다. 이제 그 옥새가 주공의 손에 들어온 것으로 보아 이는 틀림없이 하늘이 주신 것입니다. 한나라의 운세가 다했으니 주공께서 구오(九五, 황제를 나타내는 수)의 자리로 나가시란 뜻으로 여겨집니다. 그렇다면 이곳은 결코 오래 있을 땅이 못 됩니다. 제후들은 겉으로는 충의를 내걸고 있으나, 속으로는 각기 딴마음을 품고 있는 자들이니 주공께서 옥새를 얻으신 줄 알면 힘을 합쳐 빼앗으려 들 게 분명합니다. 속히 강동으로 돌아가시어 따로 큰일을 도모하는 편이 옳을 것입니다."

이미 오래전부터 제 주인의 가슴속에 은밀히 불타고 있는 야심을 알고 있는 정보는 거리낌없이 그렇게 권했다. 다름 아닌 정보의 말이고 보니, 손견도 더는 속마음을 감추려 들지 않았다. 얼마 전의 순수한 감회는 깨끗이 잊고, 치솟는 야망에 떨리는 목소리로 정보의 말을 받아들였다.

"그대의 말이 꼭 내 뜻에 맞소. 날이 밝는 대로 병을 핑계하고 이곳을 떠나도록 하겠소."

그런 다음 그 자리에 있던 군사들을 엄하게 단속하여 옥새를 얻은 일이 다른 제후들의 귀에 들어가지 않도록 했다. 어떻게 보면 동탁보다도 먼저 딴 뜻을 드러낸 셈이었고, 뒷날 천하를 다투게 될 군웅 가운데서도 가장 앞서 찬역(篡逆)의 기치를 올렸다 할 수 있었다.

하지만 그것은 손견 개인의 성격보다는 출신이나 배경과 연관이 깊다. 원소는 대를 이은 명문의 자제였고, 조조 역시 비록 황문(黃門)이라 할지라도 대대로 두터운 한나라의 녹봉을 받아온 집안의 후예였다. 유비처럼 한나라 종실이란 끈에 묶인 이도 있고, 공손찬이나 유표처럼 유가적인 충성의 가르침에 얽매인 이도 있었으나, 손견에게는 그런 충성의 굴레가 없었다. 그의 벼슬이라 했자 스스로 쟁취한 것이나 다름없었고, 조상을 거슬러보아도 특별히 한실로부터 충성을 요구당할 만큼 은덕을 입은 일도 없었던 듯하다.

그런데 손견이 옥새를 얻은 경위를 지켜본 군사들 가운데 원소와 같은 고향 사람이 하나 있었다. 손견의 엄명에도 불구하고, 그 일을 기회로 자신을 높이고 싶었다. 어둠을 틈타 손견의 진채를 빠져나온 뒤 똑바로 원소의 군막을 찾았다.

손견의 군사 하나가 한밤중에 자기를 찾아와 뵙기를 청한다는 말을 듣자 원소는 문득 이상한 생각이 들었다. 하찮은 졸개임을 꺼리지 않고 자기의 군막으로 들이도록 했다.

"너는 손문대(孫文臺)의 수하로서 이 깊은 밤에 어찌 나를 찾았느냐?"

그 군사가 불려오자 원소가 은근하게 물었다.

"같은 고향 사람으로서 맹주께 긴히 여쭐 말씀이 있어 이렇게 감히 찾아뵈었습니다."

"날이 밝은 뒤 손문대를 통해서는 안 될 말이냐?"

"그렇습니다. 바로 손장군에게 관계된 일인즉, 그랬다간 제 목숨이 남아나지 못합니다."

그제서야 원소가 약간 긴장한 얼굴로 물었다.

"무슨 일이 그토록 엄중하냐?"

"실은 손장군께서 조금 전 전국 옥새를 얻으셨습니다."

"뭐? 옥새를?"

원소는 놀라 자리에서 벌떡 몸을 일으키며 소리쳤다. 옥새가 없어진 일은 십상시의 난 때 가장 중요한 몫을 했던 원소가 누구보다도 잘 알고 있었다. 손견의 군사는 한층 신이 나 주워섬겼다.

"네. 건장전 우물 속에서 죽은 궁녀의 시체를 건져내니 그 목에 걸려 있었습니다."

"그래서 어떻게 했느냐?"

"손장군께서는 그 옥새를 깊이 감추시고, 저희들에게는 만약 그 일을 입 밖에 내면 목을 베리라 엄포를 놓았습니다."

"뭐라고? 손견, 그자가?"

"뿐만이 아닙니다. 내일이면 반드시 맹주님을 찾아와 병을 핑계로 강동으로 돌아가겠다고 할 것입니다. 전국 옥새에 기대어 참람된 뜻을 품고 있음에 틀림없습니다."

듣고 보니 큰일이었다. 이에 원소는 그 군사에게 많은 상을 내리고 몰래 자기의 진채에 숨겨놓은 채 날이 밝기를 기다렸다. 이튿날 과연 손견은 날이 새기 무섭게 찾아와 불쑥 돌아갈 뜻을 표했다.

"이 견(堅)에게 병이 있어 잠시 장사로 돌아갈까 합니다. 병을 다스린 뒤에 다시 돌아와 근왕의 대의를 받들기로 하고 이제 특히 맹주인 공께 작별을 고하러 왔습니다."

그렇게 보아서 그런지 평소의 당당하던 목소리가 이상하게 떨리는 듯했다. 원소가 빙긋이 웃으며 그런 손견의 말을 받았다.

"내가 알기로 공의 병은 옥새를 얻어서 생긴 것이오. 그렇지 않소?"

그 말에 손견은 일시 안색까지 변했다. 그러나 이내 시치미를 떼며 되물었다.

"도무지 알아듣지 못할 말씀이십니다. 그 말을 어디서 들으셨습니까?"

"지금 군사를 일으켜 역적을 치는 것은 나라를 위해 해로운 것들을 없애고자 함이 아니오? 그런데 공은 어찌 사사로이 딴 뜻을 품으시오?"

"그건 또 무슨 말씀이십니까?"

"옥새는 나라의 보물이오. 공이 그 옥새를 얻었으면 마땅히 여러 제후에게 보인 뒤 맹주인 내게 맡겨야 할 것이오. 그리하여 동탁을 주멸한 뒤 조정에 돌려줘야 할 것인데, 이제 공이 숨겨가지고 떠나려 하니 그게 무슨 뜻이오?"

그 말을 듣자 손견은 아무래도 일이 심상치 않았다. 그러나 이미 시치미를 떼기로 작정한 이상 끝까지 그대로 밀고 가보는 수밖에 없다고 생각했다. 오히려 자못 불쾌한 투로 원소에게 되물었다.

"그거야 그렇습니다만 실로 알 수 없는 노릇입니다. 어째서 그 옥새가 제게 있단 말씀입니까?"

"그럼 건장전 우물에서 꺼낸 그 물건은 지금 어디 있소?"

원소가 한층 빈정대는 얼굴로 손견을 다그쳤다. 그에 비례해서 손견의 부인도 더욱 완강해졌다.

"모르는 일이오. 본래 내게 없는 것을 어찌 이렇게 억지로 내놓으라 하시오?"

말투까지 거칠게 나왔다. 그러자 원소의 얼굴에서 웃음기가 사라지고 대신 노기 띤 목소리로 을러댔다.

"닥치시오. 빨리 내놓는다면 스스로 화를 만드는 일은 면할 것이오."

그러자 손견은 하늘을 가리켜 맹세하며 소리쳤다.

"내가 만약 그 보물을 얻었고, 또 사사로이 그걸 감추고 있다면, 다른 날 제 명에 곱게 죽지 못하고 칼과 화살 아래 목숨을 잃을 것이오!"

손견이 그렇게까지 나오자 아직도 자세한 내막을 모르는 제후들은 절로 손견의 편이 되었다. 오히려 원소를 말려 두 사람의 다툼을 끝내려 들었다.

"손문대가 저렇게까지 맹세하니 틀림없이 그 물건을 가지고 있지 않은 듯합니다. 맹주께서 잘못 아신 것이나 아닌지 모르겠습니다."

"그렇다면 내 증거를 여러분께 보여드리겠소."

원소는 제후들에게 그렇게 말한 뒤 좌우를 시켜 간밤의 그 군사를 불러오게 했다.

　"이 사람을 보시오. 우물에서 옥새를 건져낼 때 이 사람이 있었소, 없었소?"

　손견이 보니 지난밤 건장전 우물에서 궁녀의 시체를 건져낼 때 함께 있었던 자기의 군사였다. 그러나 당황함에 앞서 노기부터 치솟았다.

　"이놈이 헛소리로 맹주와 나를 이간시키려 드는구나. 주인을 저버리고 도망친 죄만도 큰데 이제 제후들 사이를 이간시키려고까지 했으니 어찌 살기를 바라는 놈이겠느냐?"

　손견은 그렇게 꾸짖은 다음 칼을 뽑아 그 군사를 죽이려 했다. 그걸 가만히 보고 있을 원소가 아니었다. 참고 있던 노기를 터뜨리며 마찬가지로 칼을 뽑아 손견을 가로막고 소리쳤다.

　"네가 이 사람을 죽이려 드는 것은 바로 그렇게 입을 막아 나를 속이려는 수작이다. 굳이 이 군졸을 베려면 내 검부터 꺾고 가거라."

　이때는 원소의 상장인 안량과 문추가 당도한 뒤였다. 주인이 노하여 칼을 뽑는 걸 보자 그들도 각기 칼을 빼들고 원소를 감싸며 손견을 노려보았다. 그걸 본 정보와 황개, 한당 등 손견의 장수들도 가만히 있지 않았다. 마찬가지로 각기 칼을 빼들며 손견의 좌우로 몰려왔다.

　자칫하면 동탁을 치기에 앞서 집안 싸움부터 먼저 치를 판이었다. 기주의 용장(勇將)들과 강동의 맹장(猛將)들이 칼을 맞겨루고 있으니 어느 쪽이 이길지 실로 짐작조차 어려웠다.

영문도 모르고 그들의 다툼을 보고 있던 제후들은 크게 놀랐다. 어느 편이 이기든 자기들로서는 큰 손실이요, 가만히 있는 동탁만 이롭게 할 뿐이라는 생각이 들자 더는 그대로 보고 있을 수만은 없었다. 일제히 싸움 가운데 뛰어들어 말리는데, 우선은 손견더러 자기의 진채로 돌아가기를 권했다. 아직 자기들이 본 것만으로는 어느 쪽의 말이 옳은지 알 수가 없어 쉬운 대로 두 사람을 떼어놓는다는 게 그렇게 된 것이었다.

제후들이 나서서 말리자 손견은 은근히 반가웠으나 더욱 성난 기색을 짓고 한동안을 버티다가 마침내 마지못한 듯 말 위에 올랐다. 그리고 자신의 진채로 돌아오기 무섭게 명을 내렸다.

"모두 진채를 뜯고 강동으로 돌아갈 채비를 하라."

명을 받은 손견의 군사들은 지체없이 진채를 뜯었다. 손견은 그들을 이끌고 그날로 낙양을 떠나 자기의 근거지인 강동으로 향했다. 그 기세가 얼마나 흉흉한지 가까운 곳에 진채를 벌이고 있던 제후들도 말릴 엄두조차 내지 못했다.

한편 손견이 군사들을 이끌고 자기의 근거지로 돌아가버렸다는 말을 듣자 원소는 크게 노했다. 손견에게 옥새를 주어 보내서는 안 된다는 생각에 급히 사람을 뽑아 형주 자사 유표(劉表)에게 한 통의 글을 보냈다.


'지금 강동의 손견이 참람된 뜻을 품고 전국 옥새를 감추어 제 근거지로 돌아가고 있소이다. 공께서는 그 길목을 막으시어 반드시 나라의 막중한 보물을 되찾도록 하십시오……'

동탁을 쫓아간 조조가 형양에서 싸워 크게 졌다는 소식이 원소에게 전해진 것은 바로 손견이 떠난 다음 날이었다. 그가 옥새를 가진 줄 뻔히 알면서도 손견을 놓아 보낸 일로 심사가 한껏 뒤틀려 있던 원소였으나 역시 맹주로서 할 일은 잊지 않았다. 노여워서이건 부끄러워서이건 조조가 낙양으로 돌아오지 않고 멀리 하내에 둔병한 것을 알자 곧 사람을 보내 조조를 자신의 진채로 청해 들였다.

조조가 마지못해 가서 보니 원소는 제후들과 함께 크게 술자리를 마련해놓고 기다리고 있었다. 소년 시절부터의 정분 때문인지, 아니면 충분히 뒤를 밀어주지 못해 조조의 패배를 더욱 참담하게 만든 데 대한 맹주로서의 책임 때문인지 조조가 당도한 뒤에도 위로하는 태도가 자못 은근했다. 다른 제후들도 어딘가 무안해하는 기색이 엿보였다. 그 때문에 조조는 오히려 격앙되었다. 몇 순배 술이 돌자 일어나 큰 소리로 개탄했다.

"내가 처음 대의로 일어나 나라를 위해 역적 동탁을 없애고자 할 때 여기 계신 공들 또한 의를 짚어 호응해 오셨소이다. 그동안 우리는 어려운 싸움을 겪었으나 마침내 낙양에 이르렀소. 그런데 뜻밖에도 동탁은 천자를 끼고 장안으로 달아났지만, 그 도적을 잡을 길이 전혀 없는 것은 아니었소이다.

처음 이 조조의 뜻은 이러하였소. 먼저 맹주인 원본초(袁本初)께서는 하내의 여러 군사들을 이끌고 맹진과 산조 땅에 머무르시어 역적 동탁이 있는 장안의 동쪽 날갯죽지를 자르는 것이오. 그밖에 나머지 제후들도 그 근거지에 따라 한곳을 맡되, 성과 땅을 굳게 지키고 오창산(厫倉山)에 근거를 마련한 뒤, 환원(轘轅)과 대욕(大谷) 두

관을 막아 그 험한 요지를 제압해야 할 것이오. 그다음은 원공로(袁公路)가 남양의 군사를 이끌고 단절 땅을 거쳐 무관으로 들어가는 것이오.

그렇게 되면 장안은 사방에서 외로워지고, 장안 동쪽을 지키는 경조윤(京兆尹)과 장릉 북쪽을 지키는 좌풍익(左馮翊)과 위성 서쪽을 지키는 우부풍(右扶風) 등 삼보(三輔)가 아울러 놀라 떨게 될 것이외다. 그러나 우리는 각기 호를 깊이 파고 보루를 높게 할 뿐 굳이 적과 싸울 필요가 없소. 거짓으로 나날이 군사가 느는 것처럼 보이게 하여, 천하의 형세가 우리를 따르고 역적을 주살하려는 쪽으로 기운 듯 꾸미면, 모든 일은 절로 이루어진다 생각했소. 그런데 이제 이곳에 지체하여 나아가지 않음으로써 천하의 여망을 크게 잃고 있으니, 어찌 한탄할 일이 아니겠소? 이 조조 실로 부끄러운 마음을 금치 못하겠소이다."

원소 이하 모든 제후들이 곰곰 생각해보니 그 같은 조조의 말에 한 치의 그릇됨도 없었다. 그러나 또한 조조가 작은 군사를 이끌고 갔다가 예기만 꺾이고, 강동의 호랑이 손견마저 떠나버린 그 마당에서는 이미 소용없게 된 계책이었다. 다시 힘을 모은댔자 이미 충분한 시간을 번 동탁이 가만히 앉아 당하고 있을 리 만무하였다.

이에 아무도 조조의 말에 응대하지 못하고 어색한 가운데 술자리는 끝나고 말았다. 그러나 그런 말을 한 조조의 참뜻은 지난 허물을 들춰 제후들을 원망하고자 하는 것이 아니었다. 제후들을 격동시켜 늦은 대로 다시 한번 그들을 분기시키고자 한 것이었건만, 아무도 따라주지 않으니 생각을 바꾸는 도리밖에 없었다.

'이자들은 모두 딴 뜻을 품은 야심가의 무리거나 내 북소리에 놀라 달려 나온 어중이떠중이에 지나지 않는다. 이들과 무슨 큰일을 이룰 수 있을 것이랴!'

조조는 그렇게 단정하고 남은 자기의 군사들을 수습해 양주를 바라고 떠나갔다.

손견에 이어 조조까지 떠나가는 걸 보고 공손찬도 유비와 관우, 장비를 불러 말했다.

"원소가 무능한 위인이라 제후들을 제대로 통어하지 못하네. 오래잖아 반드시 제후들 간에 변고가 있을 것이네. 우리들도 이만 떠나세."

그리고 진채를 뽑아 자신의 근거지인 북평으로 돌아가버렸다. 유비 또한 눈과 귀가 있으니 반대할 까닭이 없었다. 투덜대는 관, 장두 아우와 원래 이끌고 온 오천 군마를 수습해 평원현으로 되돌아갔다. 조정에서 받은 현령 자리인 만큼 그 조정을 마음대로 주무르는 동탁에 항거하여 군사를 일으킨 이상 그대로 유지될 리 없지만, 이미 그 부근은 동탁의 세력이 미치지 못하는 곳이라 돌아갈 수가 있었다. 거기다가 그런 유비의 뒤에는 공손찬이란 강력한 후원자까지 버티고 있으니 누가 감히 평원을 넘보겠는가.

# 어제의 동지, 오늘의 적

먼저 손견이 떠나가고 이어 조조와 공손찬이 떠나버리자 남은 제후들의 의맹(義盟)은 날로 문란해져갔다. 그중에서도 참으로 기막힌 일은 대의로 모인 제후들 간에 일기 시작한 싸움이었다.

아무도 없는 낙양에 군사를 오래 머물게 하다 보니 제후들은 한결같이 군량 대는 일이 걱정거리가 되었다. 그런데 그들 가운데서도 연주 자사 유대(劉岱)가 가장 먼저 군량이 떨어졌다. 준비한 곡식에 비해 지나치게 많은 군사를 이끌고 온 탓이었다.

유대는 처음 군량과 마초의 수급을 맡은 원술에게 청해보았으나 그 마당에 원술인들 뾰족한 수가 있을 리 없었다. 원술이 맡은 것은 싸움에서 노획한 군량이나 의군의 이름으로 백성들에게서 거둔 군량을 모두 두었다 공평하게 나누어주는 것이지, 제 군사 먹일 군량을 덜어내 다른 제후의 군량을 대라는 것은 아니었던 까닭이다.

이에 유대는 제후들 중에 비교적 군량이 넉넉한 동군 태수 교모(喬瑁)에게 군량을 좀 꾸어달라고 부탁했다. 교모는 같은 동맹군의 청이라 거절하지 못하고 꾸어준다고는 하면서도 이런저런 구실로 얼른 꾸어주지 않았다. 앞날을 알 수 없는 터에 별로 되돌려 받을 가망이 없는 곳에 군량을 빌려주어 자기 군사를 먹일 곡식이 줄어드는 게 싫어서였다.

그러자 성난 유대는 어느 날 밤 교모를 공격하여 군량을 빼앗는 것은 물론 교모를 죽이고 그 군사들까지 아울러버렸다. 원래 교모가 군량이 넉넉했던 것은 가져온 곡식이 많아서라기보다는 이끈 군사가 적었기 때문이었다. 지척에 있던 유대의 대군이 기습해 오자 당해낼 재간이 없었다.

그 일이 있은 뒤로 제후들 사이는 이내 서로 의심하고 경계하는 것으로 변하고 말았다. 거기다가 차차 대의보다는 실리가 앞서게 되고, 명분보다는 타산이 앞서게 되니 의맹인들 제대로 유지될 리가 없었다. 이에 원소도 허수아비 맹주 노릇을 그만두고 진채를 거두어 낙양을 떠나버렸다. 용의 머리로 시작해 뱀의 꼬리로 끝나버린 듯한 기의였다.

그 무렵 형주(荊州)에서는 형주 자사 유표와 손견의 싸움이 한창 벌어지고 있었다. 형주 자사 유표는 자가 경승(景升)이요, 산양군 고평 땅 사람이었다. 역시 한실의 종친으로 어려서부터 사람 사귀기를 좋아했는데 특히 일곱 사람의 명사와 친했다.

자를 중린(仲麟)으로 쓰는 여남 땅의 진상(陳翔), 자를 맹박(孟博)

으로 쓰는 같은 땅의 범방(范滂), 자가 세원(世元)인 노국의 공욱(孔昱), 자가 중진(仲眞)인 발해 땅의 범강(范康), 자가 문우(文友)인 산양 땅의 단부(檀敷), 자가 원절(元節)인 같은 군의 장검(張儉), 자가 공효(公孝)인 남양 땅의 잠경(岑脛)이 그들 일곱 명사였다. 세상 사람들은 그 일곱에다 유표까지 넣어 흔히 그들을 '강하팔준(江夏八俊)'으로 불렀다.

유표의 사람됨이 그러하다 보니 형주 자사가 된 뒤에도 주위에 훌륭한 인재가 많아 형주 땅은 다른 어느 곳보다 풍족하고 평온했다. 앞서 말한 일곱 사람 외에도 연평 사람 괴월(蒯越)과 괴량(蒯良), 양양 사람 채모(蔡瑁) 등의 장수가 그를 도와 형주를 지켜준 덕분이었다.

산동에서 조조가 동탁을 치기 위한 의군을 일으켰다는 말을 듣자 원래 유표도 군사를 일으켜 거기에 호응하려 했다. 그러나 미처 군사를 움직이기도 전에 손견의 배신을 알리는 원소의 밀서를 받게 되었다. 손견의 그 같은 행동은 유표로서도 용서할 수 없는 일이었다. 이에 유표는 괴월과 채모에게 군사 만 명을 내어주며 일렀다.

"손견이 참람된 뜻을 품고 옥새를 감추어 제 소혈로 달아나려 한다 하니 그대들 둘은 그 길을 끊고 그를 사로잡아 옥새를 빼앗도록 하라."

주인으로부터 그 같은 엄명을 받은 괴월과 채모는 그날로 군사를 진발시켜 손견이 지나갈 길목에 진을 치고 기다렸다. 기다린 지 오래지 않아 과연 손견이 그 수하 군사들과 함께 그리로 행군해 왔다. 괴월은 자기 군사들에게 싸울 채비를 갖추게 한 뒤 먼저 말 위에 올라 진문 앞에 나가섰다. 손견이 그를 알아보고 큰소리로 물었다.

"괴영탁(英度, 괴월의 자)은 어찌하여 군사를 이끌고 내가 가는 길을 막는가?"

"너 또한 한나라의 신하가 아니냐? 그런데 너야말로 어찌하여 사사로이 나라의 보배인 옥새를 감추고 도망치는가? 어서 그걸 내놓아라. 그러면 너를 돌아가게 놓아주겠다."

괴월이 제 주인 유표에게 들은 대로 씩씩하게 대꾸했다. 그 말을 듣자 손견은 불 같은 성미가 일었다. 대답 대신 곁에 있는 황개에게 영을 내렸다.

"황공복(公覆)은 개처럼 짖어대는 저자의 목을 가져오라."

그러자 황개는 기다렸다는 듯이 쇠채찍을 휘두르며 말을 달려 나갔다. 괴월도 지지 않고 칼을 춤추며 마주쳐왔다. 이어 둘은 불똥을 튀기며 어우러졌지만, 싸움은 기대한 만큼 길지 못했다. 몇 합 되기도 전에 황개의 쇠채찍이 괴월의 호심경(護心鏡, 가슴 부분을 가리는 갑주의 일부)을 치며 쨍그랑 쇳소리를 냈다. 그러자 거기에 무슨 타격을 받았는지, 아니면 황개의 채찍 솜씨에 겁을 먹었는지 괴월이 갑자기 말 머리를 돌려 달아나기 시작했다.

황개가 그런 괴월을 뒤쫓고 손견도 승세를 탄 군사를 휘몰아 유표의 군사들을 덮쳤다. 유표의 군사들은 변변히 대항조차 못하고 달아나는 저희 대장을 뒤쫓을 뿐이었다.

그리하여 손견의 군사가 형주병들에 의해 막혀 있던 길목을 거의 벗어났을 무렵이었다. 홀연히 산 뒤에서 북과 징 소리가 울리며 유표가 친히 군사를 이끌고 나타났다. 임지가 서로 가까울 뿐만 아니라 유표가 워낙 인근에 신망이 두터운 사람이라 손견도 전부터 그를 알고 있었다. 어쩌면 싸우지 않고도 길을 빌 수 있을 것 같다는 생각으로 손견은 말 위에서나마 존경의 예를 보이며 유표에게 큰 소리로 물었다.

"경승(景升, 유표의 자)께서는 어찌 원소의 편지 한 장만 믿으시고 이웃 군을 이렇게 핍박하시오?"

그러나 유표의 표정은 엄하기만 했다.

"네가 전국 옥새를 숨겨가니 장차 역적질이라도 하겠단 말이냐?"

그 말에 손견은 이미 낙양에서 한차례 효험을 본 적이 있는 맹세를 되풀이했다.

"만약 내가 그 물건을 가지고 있다면 칼과 화살 아래 죽을 것이오!"

"그 말을 내게 믿게 하려면 너와 군사들의 몸과 짐을 뒤지도록 내게 맡겨라. 그렇지 않고서야 어떻게 믿겠느냐?"

그 말에 손견은 다시 화가 치밀었다. 조금 전까지 보였던 공손한 태도를 버리고 불길이 이는 듯한 눈길로 유표를 노려보며 꾸짖었다.

"네가 무슨 대단한 힘이 있다고 감히 나를 깔보느냐? 굳이 길을 막는다면 다만 네 목을 베고 지나갈 뿐이다."

그러고는 분연히 칼을 빼들고 똑바로 유표를 향해 말을 몰았다. 유표가 원래 무골이 아니라 손견과 대적할 까닭이 없었다. 얼른 군사들 속에 숨어 물러났다. 그러나 손견은 내친김이라 그대로 군사를 몰아 유표에게 부딪쳐갔다.

그때 산 양편에서 함성과 함께 미리 숨어 있던 유표의 군사들이 일시에 나타나 양쪽에서 손견의 군사를 덮쳤다. 거기다가 흩어진 줄 알았던 괴월과 채모의 군사도 기다렸다는 듯 손견의 등 뒤를 찔러왔다.

아무리 손견이라지만 앞뒤 좌우에서 적을 맞게 되니 정신을 차릴 수가 없었다. 좌충우돌하는 사이에 유표의 군사들에게 겹겹이 에워싸이고 말았다. 그때 만약 정보와 황개, 한당 등이 죽기로 싸워 그를 구하지 않았더라면 거기서 이미 손견은 파란만장한 일생을 끝맺고 말았을 것이다.

그러나 마침내 손견은 그들 세 장수의 분전에 힘입어 유표의 에움에서 벗어나고 말았다. 반 넘어 꺾이고 상한 대로 자기 군사들을 이끌고 무사히 근거지인 강동으로 돌아가니, 결국 유표는 옥새도 빼앗지 못하고 손견의 원한만 사게 된 셈이었다.

근왕(勤王) 쪽에 섰던 제후들 간의 그 같은 분열과 대립은 그 정도로 그치지 않았다. 기름지고 넓은 기주를 두고 다시 북방의 두 웅자(雄者)가 원수를 맺게 됐으니 그들은 다름 아닌 공손찬과 원소였다.

낙양에서 돌아온 원소는 하내에다 군사를 멈춘 채 다시 형세를 관망하고 있었다. 그러나 그 원소 역시도 군량이 떨어져 걱정하고 있었다. 동탁이 낙양을 불태우고 백성들을 흩어버리는 바람에 그곳에서 쌀 한 톨 얻지 못했을 뿐만 아니라 명색 의군이어서 함부로 약탈할 수도 없으니 실로 난감한 일이었다.

그런데 기주목 한복(韓馥)이 어떻게 알았는지 원소에게 군량에 보태 쓰라고 곡식 수천 석을 보내왔다. 원소에게는 가뭄 끝의 단비나 다름없었으나 한복은 한복대로 깊이 생각한 나머지였다. 다름 아닌 북쪽의 공손찬 때문이었다. 공손찬은 동탁을 치기 위해서란 명목으로 힘을 기르고 있지만 언제 남으로 내려와 기주를 덮칠지 알 수 없었다. 이에 한복은 그때를 대비해 미리 원소의 환심을 사두려 했다.

어떻게 보면 한복의 판단은 자못 옳았다. 사실 부근에서 공손찬에 대항할 만한 세력이 있다면 그것은 원소뿐이었다. 거기다가 원소는 사세오공(四世五公)의 후예이니 만큼 불의하게 남의 땅을 삼키려 들지도 않을 것 같았다. 하지만 그 같은 믿음이 바로 한복의 돌이킬 수 없는 몰락을 가져올 줄이야.

원소가 한복이 보낸 곡식을 반가워하고 있을 때 그의 모사 봉기(逢紀)가 가만히 원소에게 권했다.

"대장부가 천하를 종횡하면서 어찌 남이 보내주는 곡식을 구구하게 얻어먹고 지낼 수 있겠습니까? 기주는 돈과 곡식이 넉넉한 땅입니다. 그걸 취해 장차 주공의 큰 뜻을 펼 기반으로 삼는 게 어떻겠습니까?"

"그렇지만 저는 나를 생각해 이 많은 곡식을 보내왔는데 차마 그 기업을 빼앗을 수가 없구려. 만약 세상이 그걸 알면 이 원소의 불인함에 모두 등을 돌릴 것이오. 좋은 계책이 아니외다."

원소가 자못 의로운 체 대답했다. 그러자 봉기가 한 꾀를 내었다.

"좋은 수가 있습니다. 먼저 몰래 공손찬에게 사람을 보내 우리가 협공을 할 것이니 기주로 군사를 내라 이르십시오. 북방의 오랑캐들을 평정한 뒤부터 줄곧 남쪽 기주에 눈독을 들여오던 공손찬이니 반드시 거기에 응할 것입니다. 그러면 지모가 부족한 한복은 놀라 주공께 도움을 청할 게 틀림없습니다. 그때 틈을 보아 기주를 취하시고 그럴듯한 핑계로 공손찬을 따돌려버리시면 됩니다. 기주는 실로 손만 내밀면 얻을 수 있는 땅입니다."

말하자면 남의 칼을 빌려 살인을 하자는 것이나 다름없는 계책이었다. 원소도 그 계책이 마음에 들었다. 그날로 글을 닦아 가만히 공손찬에게 보냈다.

'기주는 땅이 넓고 기름지며 백성이 많으나 한복은 능히 다스릴 만한 그릇이 되지 못하외다. 먼저 공손(公孫) 태수께서 동북에서 기주로 군사를 내시면 저도 서남에서 협공을 하겠소이다. 기주를 차지한 뒤에 태수와 내가 나누어 다스린다면 그곳의 수백만 백성들에게도 복덕이 될 것이오.'

그런 글을 받은 공손찬은 크게 기뻤다. 진작부터 노리던 땅이었지만 한때의 동지였던 한복이 그 주인이라 망설이고 있던 중이었다. 그런데 바로 그 동맹군의 맹주였던 원소가 거들겠다니 더 망설일 필요가 없었다. 세상 사람들의 욕을 먹어도 원소가 더 먹을 것이고, 한복의 원망을 들어도 원소가 더 들을 것이기 때문이었다.

이에 공손찬은 원소의 속마음도 모르고 밀서를 받은 그날로 크게 군사를 일으켰다. 그러나 아직 기주로 군사를 들이기도 전에 소문이 먼저 기주목 한복의 귀에 들어갔다. 원소가 다시 몰래 사람을 보내 공손찬이 군사를 일으킨 일을 한복에게 알려준 탓이었다.

짐작대로 한복은 크게 놀랐다. 곧 모사인 순심(荀諶)과 신평(辛評) 두 사람을 불러놓고 걱정을 늘어놓았다.

"걱정했던 대로 공손찬 그놈이 우리 기주를 취하려 한다고 원본초가 알려왔소. 장차 어떻게 하면 좋겠소?"

그런 한복의 말에 순심이 나섰다.

"공손찬이 연(燕)과 대(代)의 군사를 이끌고 쳐들어오면 지금 우리로서는 그 예봉을 당할 길이 없습니다. 거기다가 평원(平原)에서 힘을 기르고 있는 유비와 관, 장 두 아우도 공손찬의 사람이니 그들까지 합세하면 더욱 막기 어렵습니다. 아무래도 원소에게 의지하는 수뿐입니다. 원소는 지혜롭고 용맹하기가 남다른 데다, 그 아래에는 뛰어난 장수들이 아주 많습니다. 장군께서 원소에게 함께 이 기주를 다스리자고 청하시면 원소는 반드시 달려와 장군을 도울 것입니다. 거기다가 원소는 덕망 있고, 또 장군께 군량까지 얻어 쓴 일이 있으니 장군을 대함에 결코 소홀함이 없을 것입니다. 그렇게 되면 공손찬 따위는 근심할 필요가 없습니다."

어리석은 한복이 들으니 꼭 그럴듯한 꾀였다. 곧바로 별가(別駕)인 관순(關純)을 보내 원소에게 도움을 청하게 했다.

"장군, 그래서는 아니 됩니다."

관순이 명을 받고 막 떠나려 할 때 한 사람이 나서서 크게 소리쳤다. 한복이 보니 장사(長史)로 있는 경무(耿武)란 자였다. 이미 원소에게 의지하기로 마음 먹은 한복은 못마땅한 눈길로 경무를 보며 물었다.

"그게 무슨 뜻인가?"

"원소로 말할 것 같으면 외로운 나그네요, 그 군사는 주리고 헐벗은 무리입니다. 우리만 바라보고 있는 처지이니, 비유컨대 품 안의 어린것과 다름없습니다. 젖을 주지 않듯 군량만 대어주지 않으면 절로 망할 그에게 무엇 때문에 우리 기주를 맡기려 하십니까? 그를 불러들이는 것은 양떼 속에 호랑이를 넣는 것이나 다름없는 일입니다. 아무쪼록 깊이 헤아려 행하십시오."

경무의 말은 간곡했다. 그러나 한복은 듣지 않았다.

"나는 원래 원씨(袁氏) 아래서 벼슬아치를 지낸 사람인 데다 재주와 힘이 아울러 원본초에게 미치지 못한다. 옛사람도 어진 이를 골라 그 자리를 내어주었으니 나도 그 예를 따르려 한다. 그대는 어찌 아녀자처럼 원본초를 질투하는가?"

꿈 같은 소리만 늘어놓으며 한복은 기어이 관순을 원소에게 보내버렸다. 한복의 앞을 물러난 경무는 길게 탄식했다.

"기주는 이제 끝났다!"

아무리 한복이 못난 주인이지만 그 아래에 사람이 아주 없는 것은 아니었다.

경무의 탄식을 듣고 그날로 벼슬을 버리고 떠나는 이가 서른이 넘었다. 그러나 경무는 차마 기주를 버리고 떠날 수가 없었다. 한복의 엄명에 눌려 원소의 진중을 다녀오기는 해도 관순 또한 뜻은 경무와 다름이 없었다. 함께 어떻게든 기주를 지켜볼 작정으로 가만히 성 밖에 숨어 때를 기다렸다.

며칠 안 돼 원소가 군사를 이끌고 기주성에 이르렀다. 경무와 관순은 때가 왔다고 생각하고 갑자기 숨은 곳에서 칼을 빼들고 달려 나왔다. 원소를 죽여 기주를 구하자는 뜻이었지만 장한 것은 의기뿐이었다. 그림자처럼 붙어 원소를 호위하던 안량과 문추가 그들을 가로막고 각기 한칼에 그들 둘을 베어버렸다.

원소는 성안에 들어서기 바쁘게 검은 속셈을 드러냈다. 스스로 기주목이 되어 한복을 분위장군으로 삼은 뒤, 전풍(田豊), 저수(沮授), 허유, 봉기 등에게 기주 다스리는 일을 갈라 맡게 했다. 한복은 허울 좋은 이름뿐, 권한은 몽땅 원소의 수중으로 넘어가버렸다.

그제야 한복은 후회했으나 이미 소용이 없었다. 자칫하다가는 목숨까지도 부지할 것 같지 않아 처자도 버린 채 기주에서 도망쳤다. 한복이 겨우 구한 말 한 마리에 쫓기듯 올라 몸을 의탁하러 달려간 곳은 전부터 가까이 지내던 진류 태수 장막(張邈)에게로였다.

한편 공손찬은 원소의 말만 믿고 군사를 일으켜 기주로 내려갈 채비를 갖추었다. 그런데 미처 군사를 내기도 전에 원소가 기주를 차지했다는 소문이 들려왔다. 경위가 좀 석연치 못했으나 알 바 아니라 생각하고, 아우 공손월(公孫越)을 원소에게 보냈다. 약속대로 기주의 반을 내놓으라고 요구하기 위함이었다.

비록 공손찬이 싸우지는 않았다 해도 약속은 약속이라 원소는 대답이 궁했다. 한동안 머뭇거리다가 좋은 말로 공손월을 달래 보냈다.

"그 일은 그대의 형인 공손 태수가 직접 오면 의논하기로 하겠소. 돌아가 그렇게 일러주시오."

대접도 융숭하고 또 약속한 땅을 내놓지 않겠다는 말도 아니니 공손월은 그냥 돌아가는 수밖에 없었다. 하루를 쉬고 다음 날로 원소에게 작별을 고한 뒤 형 공손찬이 기다리는 북평으로 길을 떠났다.

그런데 채 오십 리도 가기 전이었다. 길 옆에서 한 떼의 군마가 나타났다.

"우리는 동승상의 명을 받고 온 장수들이다."

그들은 그렇게 외치며 공손월 일행을 향해 어지럽게 활을 쏘았다. 사신으로 원소를 찾은 공손월이라 싸울 채비를 제대로 갖추지 못했다.

잠시 동안에 화살을 맞아 고슴도치처럼 되어 말에서 굴러떨어졌다.

요행히 목숨을 건져 도망친 졸개로부터 아우 공손월이 죽었다는 소식을 전해 들은 공손찬은 크게 노했다. 멀리 장안으로 쫓겨가 있는 동탁이 기주 북쪽까지 사람을 보내 하필 자기 아우를 죽일 리 만무했기 때문이었다.

"원소 그놈이 나를 시켜 한복을 치도록 해놓고, 뒤로 엉큼한 수를 부려 기주를 홀로 차지했다. 거기다가 이제는 동탁의 군사를 가장하여 내 아우까지 죽였으니 이 원수를 갚지 않고 어쩌랴!"

그렇게 분연히 외치며 휘하의 군사란 군사는 모조리 긁어모아 기주로 향했다. 십여 년 변방에서 기른 힘을 모두 쏟은 데다 속임을 당하여 아우까지 잃은 분노와 원한에 차 있으니 그 기세가 거셀 수밖에 없었다. 금세 기주를 삼켜버릴 듯 밀고 내려갔다.

공손찬이 쳐내려온다는 소식을 듣자 원소도 가만히 있지 않았다. 기다렸다는 듯이 대군을 이끌고 맞으러 나오니 두 군사는 곧 반하(磐河)의 상류 부근에서 만났다. 원소의 군사들은 반하에 놓인 다리 동쪽에 진을 치고 공손찬의 군사들은 서쪽에 진을 쳤다.

먼저 진용을 갖춘 공손찬이 말을 탄 채 다리 위에 서서 큰 소리로 원소를 꾸짖었다.

"원소, 이 의리를 저버린 놈아. 어찌하여 감히 나를 속이느냐?"

원소도 말을 타고 다리 끝에 나타나 지지 않고 공손찬을 꾸짖었다.

"내가 너를 속이다니 그게 무슨 소리냐? 한복이 스스로 재주 없음을 알고 내게 기주를 넘기고자 하기에 받았을 뿐이거늘 네놈이 무슨 간섭이냐?"

"지난날 네가 충의롭기에 너를 맹주로 추대했으나 이제 하는 짓을 보니 실로 늑대 같은 심보요, 개 같은 짓거리다. 음흉한 술수로 남의 땅을 빼앗고 내 아우까지 죽였으니 네 무슨 낯짝으로 세상 사람들을 대하겠느냐?"

공손찬이 한층 소리 높이 원소를 꾸짖었다. 아픈 데를 찔리자 원소는 왈칵 성이 났다. 대꾸 대신 좌우를 둘러보며 묻는다.

"누가 저놈을 사로잡아 올꼬?"

"제가 한번 나가보겠습니다."

원소의 말이 채 끝나기도 전에 문추가 큰 소리로 대답하고 창을 휘두르며 말을 달려 나갔다. 공손찬은 다리 곁에서 문추를 맞아 한바탕 싸움을 벌였다.

공손찬이 비록 용맹하나 원소의 상장 문추를 대적하기에는 미흡했다. 말이 열 번 엇갈리며 어우르기도 전에 손발이 어지러워지더니 스무 합을 채우지 못하고 자기의 진 쪽으로 도망치기 시작했다.

문추는 그 기세를 타고 그대로 쫓아와 공손찬이 몸을 감춘 중군 속으로 말을 몰고 뛰어들었다. 당황한 보졸들이 철갑으로 몸을 싼 채 말 위에서 긴 창을 휘두르는 문추를 어찌하지 못하니, 문추는 무인지경 가듯 공손찬의 중군을 짓밟았다.

그걸 본 공손찬 쪽의 장수 넷이 한꺼번에 달려 나가 문추를 막았다. 그러나 문추는 조금도 두려움 없이 그들을 맞아 싸우는데 과연 기주의 명장다웠다. 어지러이 날아드는 네 장수의 창칼을 막고 피하다가 한소리 기합과 함께 창을 내지르자 한 장수가 가슴에 피를 쏟으며 말 아래로 떨어졌다.

넷이서도 당하지 못하던 문추를 셋이서 당할 수는 없었다. 동료 하나가 죽는 걸 보자 남은 공손찬 쪽의 세 장수는 두려움에 질려 말 머리를 돌렸다. 그렇게 되면 이미 싸움은 끝났다고 하는 편이 옳았다. 뒤이어 밀려드는 원소의 군사들에게 대적할 엄두도 내지 못하고 공손찬의 진은 허물어지기 시작했다.

문추는 마음껏 공손찬의 중군을 유린하다가 문득 후진 쪽에 숨어 있는 공손찬을 발견하고 이번에는 그쪽으로 덮쳐갔다. 공손찬은 급했다. 군사들을 돌볼 틈도 없이 가까운 산골짜기를 바라 달아났다. 그 뒤를 문추가 따르며 큰 소리로 얼러댔다.

"공손찬 이놈, 어디로 달아나느냐? 얼른 말에서 내려 항복하지 못할까?"

공손찬은 급한 가운데도 뒤돌아 화살을 날렸으나 문추가 번번이 창으로 화살을 쳐내버리니 소용이 없었다. 마침내 화살은 다하고, 투구를 떨어뜨려 산발이 된 채 공손찬은 오직 말을 채찍질하기에만 바빴다.

그렇게 정신없이 쫓기면서 어느 산비탈을 돌 때였다. 힘이 다했는지 헛디뎠는지 공손찬의 말이 앞으로 고꾸라졌다. 그 바람에 공손찬은 몸을 뒤집으며 말에서 떨어져 산비탈 아래로 굴렀다.

"이제 너는 내 손에 죽었다."

문추는 그렇게 중얼거리며 창을 꼬나잡고 산비탈을 내려갔다.

하지만 공손찬의 운이 거기서 다한 것은 아니었다. 미처 문추가 공손찬에게 이르기도 전에 왼쪽 산비탈 풀숲에서 한 소년 장수가 나타나 소리쳤다.

"문추는 무얼 하려는가? 함부로 솜씨를 뽐내지 마라!"

이제 막 공손찬의 목을 얻어 큰 공을 세우려는 찰나에 난데없는 소년 장수가 나타나 길을 막으니 문추는 크게 성이 났다. 상대방이 누구인가를 물어보려 하지도 않고 창부터 내질렀다.

공손찬이 간신히 언덕을 기어올라 왔을 때는 두 장수의 싸움이 한창 어우러진 뒤였다. 자기를 구해준 사람을 바라보니 키는 여덟 자에 눈썹이 짙고 눈이 큰 소년이었는데 넓은 얼굴에 두툼한 턱이며 벌어진 어깨가 여간 늠름해 보이지 않았다. 그러나 더욱 놀라운 것은 나이에 어울리지 않을 만큼 귀신 같은 창솜씨였다.

원소의 으뜸가는 장수를 맞아 싸우는데도 오륙십 합이 되도록 조금도 밀리는 기색이 없었다. 싸우는 두 사람은 보이지 않고 창대만 어지러이 풍차 돌듯 하는 광경에 공손찬은 자신의 위태로운 처지마저 잊고 정신없이 바라보았다.

문추와 그 소년 장군의 싸움이 끝난 것은 공손찬의 구원군이 이른 뒤였다. 자기의 상대 하나만으로도 벅찬데 주인을 찾는 공손찬의 인마가 몰려드는 걸 보자 문추가 몸을 빼쳐 자기편 진채로 달아나버렸다.

"소년 장군은 뉘시오? 어떻게 이 몸을 구해주게 되었소이까?"

문추가 물러간 뒤에야 정신을 차린 공손찬이 감사와 아울러 소년 장수의 이름을 물었다. 소년 장수가 공손히 대답했다.

"저는 상산군 진정 땅 사람으로 성은 조(趙)요 이름은 운(雲)이라 하며 자는 자룡(子龍)으로 씁니다. 원래는 원소의 다스림 아래 있었습니다만, 그가 임금을 위하고 백성을 보살피는 마음이 없는 것을 보고 그를 떠나 장군의 휘하로 오던 길입니다. 뜻밖으로 이곳에서 뵙게 되니 실로 영광입니다."

원소가 기주를 차지한 내막을 알 리 없는 백성들은 그의 가문과 허명에 마음이 쏠리고, 식자들은 그의 위세에 눌려 따르는 때에 원소를 버리고 왔다니 좀 이상했다. 공손찬 또한 원소가 스스로 기주목이 되고 장군 칭호를 멋대로 쓰는 것을 보고 그의 사심을 짐작하여 떠나온 조자룡을 한눈에 알아볼 만큼 개결하지는 못했던 까닭이었다. 그러나 눈앞에서 원소의 상장 문추를 쫓고 자기를 구해주었으니 그를 계속 의심할 수는 없었다.

"실로 놀라운 의기요, 무예외다. 장군이 아니었다면 오늘 이 몸이 큰 욕을 면키 어려웠을 것이오."

공손찬은 그렇게 치하한 뒤 자기의 진채로 돌아가 군사들을 정돈했다.

첫 싸움에 지기는 했으나 십 년을 쌓아올린 공손찬의 세력은 과연 가볍지 아니했다. 군중을 정돈한 공손찬은 다음 싸움을 자기가 우세한 기병 위주로 벌이기로 작정했다. 공손찬에게는 오천이 넘는 철기가 있었는데 말은 태반이 백마(白馬)였다. 공손찬이 강(羌)이며 오환(烏丸), 선비(鮮卑) 등의 오랑캐를 진압하는 데 쓴 주력으로, 오랑캐들은 공손찬을 '백마장사'라 부르며 그의 백마로 이루어진 기병이 나타나기만 해도 겁을 먹고 달아났다. 공손찬은 그 기병을 좌우두 대로 갈라 한꺼번에 보갑 위주인 원소의 진중을 휩쓸어버리려 했다.

하지만 원소도 자기편과 적의 강한 곳과 약한 곳을 알 만큼은 되는 인물이었다. 공손찬이 자랑하는 철기를 두 대로 가르는 걸 보고 자신도 선봉을 두 대로 나누는 한편 각 대마다 궁수 천여 명을 딸려 적군 기마의 돌입에 대비케 했다. 그리고 다시 궁수 팔백과 보병 만 오천 명을 진 앞에 열지어 서게 함으로써 선봉의 화살비를 뚫고 들어온 적의 기마를 잡도록 했다.

이튿날 그런 원소군의 대비를 알 리 없는 공손찬은 날이 새기 무섭게 싸움을 돋우었다. 조운은 얻은 지 오래잖으니 속마음을 알 수 없다 하여 후군에 머물게 하고 대장 엄강(嚴綱)을 선봉으로 삼은 뒤 자신은 전날처럼 중군을 이끌었다.

"원소, 이 군자의 탈을 쓴 도둑놈아, 오늘은 결판을 내자."

공손찬은 진 앞에 나서 붉은 바탕에 금실로 테를 두른 대장기를 펄럭이며 원소를 충동질했으나 어쩐 일인지 원소의 진문은 굳게 닫긴 채 응답이 없었다. 공손찬의 속셈을 안 이상 함부로 진문을 열고 대적하다가는 그가 자랑하는 백마의 철기대(鐵騎隊)에 짓밟히기 십상이라고 단정한 원소군의 대응책이었다.

"안 되겠다. 그대가 가서 저것들을 짓밟아버려라."

진시(辰時, 오전 여덟 시경)부터 사시(巳時, 오전 열 시경)까지 갖은 욕설로 충동질해도 끝내 원소군이 움직이지 않자 마침내 공손찬은 선봉 엄강에게 그렇게 영을 내렸다.

명을 받은 엄강은 북과 징을 울리며 원소의 진을 향해 밀물처럼 휩쓸어갔다. 이때 진문 앞을 맡은 원소의 장수 국의(麴義)는 화살방패[箭牌] 아래 팔백 궁수들을 감춘 채 기다리고 있었다.

"모두 방패로 몸을 가리고 적이 가까이 올 때까지 기다리라. 그러다가 한 소리 포향(砲響, 실전용의 대포가 아니라 신호용의 폭죽과 같은 소리)이 터지거든 일제히 활을 쏘라."

그것이 궁수들에게 내려진 엄명이었다. 하지만 그걸 알 리 없는 엄강은 기세 좋게 말을 몰아 원소의 진 앞에 이르렀다.

갑자기 한 소리 포향이 터지며 방패 뒤에서 팔백 궁수가 나와 일제히 강한 활을 쏘아 붙였다. 얼굴을 알아볼 수 있을 정도로 가까운 거리라 화살은 어김없이 엄강의 군사들을 맞혔다. 순식간에 절반이 화살에 죽거나 상하니 엄강은 크게 당황했다. 급히 군사를 물리려고 했으나 달려온 기세가 있어 쉽지가 않았다.

그때 원소 쪽의 대장 국의가 칼을 휘두르며 말을 달려 나왔다. 곧바로 엄강을 취해 싸운 지 몇 합 안 돼 처음부터 손발이 어지러운 엄강의 목을 쳐 말 아래로 떨어뜨렸다. 그렇게 되자 공손찬의 군사는 더욱 혼란되고 원소의 군사는 한층 기세가 일었다.

공손찬이 급히 좌우 두 대로 나누어둔 기병을 내보내 대장 엄강을 잃은 선봉군을 구하게 했으나 그마저도 되지 않았다. 진작 그에 대비해둔 원소의 좌우 양군이 가로막았기 때문이었다. 문추가 이끄는 우군이나 안량이 이끄는 좌군 모두 마필은 공손찬의 철기에 미치지 못했으나 각기 강한 활과 쇠뇌를 든 일천 궁수가 있어 어지럽게 살을 쏘아 붙이는 바람에 견딜 수 없었다. 공손찬이 자랑하던 기병마저 허물어지자 오히려 그걸 보고 힘을 얻는 원소의 중군이 일제히 달려 나오기 시작했다. 또다시 공손찬 군의 대패였다. 원소의 장수 국의는 단숨에 공손찬의 진문까지 이르러 대장기를 지키고 있는 장수를 죽이고 그 깃대를 베어 쓰러뜨렸다.

공손찬은 자기의 권세와 위엄을 드러내는 수기(繡旗)가 두 동강이나 쓰러지는 걸 보자 더 싸울 마음이 내키지 않았다. 말을 돌려 다리로 도망치니 그 군사들은 더욱 걷잡을 수 없이 뭉그러져 갔다.

국의는 신이 났다. 순식간에 공손찬의 중군을 헤치고 똑바로 후군에 이르렀다. 승리에 겨워 죽을 곳인 줄 모르고 찾아든 셈이었다. 공손찬의 소심에 하릴없이 후군에 남아 있던 조운은 국의를 보자 말을 달려 곧바로 그를 맞았다. 원소의 상장 문추도 어쩌지 못한 조자룡의 창을 국의 따위가 당할 리 없었다. 창과 칼이 몇 번 부딪치지도 못해 국의는 조자룡의 한 창에 찔려 말 아래로 떨어졌다.

하지만 조자룡은 거기서 그치지 않고 말을 달려 국의를 뒤따라온 원소의 군사들 속으로 뛰어들었다. 왼쪽을 찌르고 오른편을 베며 나아가는데 마치 사람 없는 풀숲을 헤치고 가는 듯했다.

적의 선봉이 갑자기 뭉그러지는 걸 보고 다시 돌아온 공손찬은 그 광경에 힘을 얻었다. 흩어진 군사를 수습하여 밀려오는 원소군을 되받아쳤다. 이번에는 원소군의 대패였다. 거꾸로 대장을 잃고 선봉이 깨져 사기가 떨어진 원소의 군사들은 밀고 올 때의 기세만큼이나 풀이 죽어 달아나기에 바빴다. 전장에서 사기의 중요함을 잘 말해주는 한바탕의 역전극이었다.

그 무렵 원소는 전풍(田豊)과 함께 창을 가진 군사 수백과 활을 가진 기병 수십을 거느리고 진문 앞에 나가 싸움 구경을 하고 있었다. 국의가 적의 대장기를 베고 이어 적의 후군으로 돌입했다는 말에 방심한 탓이었다.

"공손찬은 실로 무능한 놈이로구나. 군사를 쓰는 법이 어찌 이리 서투른가!"

원소가 그렇게 껄껄거릴 때만 해도 좋았다. 아직 국의의 죽음을 모르는 원소의 중군이 기세 좋게 공손찬의 진 쪽으로 밀고 들어가고 있었기 때문이었다.

그런데 갑자기 이변이 일어났다. 선봉이 주춤하는 것 같더니 갑자기 조자룡이 물속에서 치솟은 신룡처럼 원소의 눈앞에 나타났다. 원소 곁의 궁수들이 급히 활에 살을 먹이는 순간에도 조자룡은 잇달아 네댓 명의 장수를 쓰러뜨려 원소의 중군을 흩어놓았다. 그러나 더욱 놀라운 것은 그 뒤를 이어 나타난 공손찬의 반격이었다.

"주공, 일이 급합니다. 우선 저 뒤로 몸을 숨기십시오."

놀란 전풍이 한 곳 흙담을 가리키며 권했다. 그때 원소를 구해준 것이 명문가의 자제다운 자존심과 결기였다. 원소는 투구마저 벗어 땅에 던지며 분연히 말했다.

"대장부가 전장에 나서면 싸우다 죽기를 바랄 일이지 어찌 담 뒤에 숨어 구구하게 살기를 바라겠느냐!"

그리고 스스로 칼을 빼들고 공손찬의 군사를 맞으러 나아갔다. 원소의 그 같은 언행을 본 군사들은 감동했다. 일제히 죽기를 각오하고 싸우니 아무리 조운이라도 그 같은 사람의 벽을 뚫을 수가 없었다. 거기다가 다시 뒤에 남아 있던 원소의 군사들이 합세하고 앞서 나아갔던 안량 또한 군사를 끌고 그곳에 되돌아왔다.

전세는 또 한 번 뒤집혔다. 이번에는 공손찬이 승리를 서두르는 바람에 적은 군사로 적진 깊이 너무 들어온 탓이었다. 조자룡의 무예가 비록 초절(超絶)하다 해도 워낙 뒤를 받쳐주는 군사의 수가 모자랐다. 잠깐 동안에 원소의 군사들에게 겹겹으로 에워싸인 공손찬 군은 그저 에움을 뚫기에 급급할 뿐이었다.

조자룡은 공손찬을 보호하며 개미 떼 같은 원소의 군사들을 헤치고 간신히 본진이 있는 다리 곁으로 물러났다. 그러나 원소가 틈을 주지 않고 대군을 몰아 추격하니 본진을 지킬 길이 없었다. 할 수 없이 반하 건너로 군사를 물렸다. 반하를 건너는 유일한 길인 넓지 않은 다리는 순식간에 공손찬의 군사들로 꽉 메워졌다. 원소군의 화살과 급한 추격을 면하기 위해 서로 밀치고 헤집고 하는 통에 다리에서 물에 떨어져 죽는 공손찬의 군사는 그 수를 헤아릴 수 없을 지경이었다.

간신히 반하를 건넌 뒤에도 원소군의 추격은 계속되었다. 이 기회에 공손찬을 사로잡아 아예 싸움을 끝내버리겠다는 듯한 원소의 기세였다. 군사들의 앞머리에서 말을 달리며 급하게 공손찬을 몰아댔다.

그렇게 오 리쯤 달렸을까. 한군데 산모퉁이를 도는데 갑자기 함성이 크게 일며 한 떼의 인마가 나타났다. 앞선 세 사람의 장수는 유현덕과 관우, 장비였다.

그들 셋은 불문곡직하고 똑바로 말을 몰아 앞서 뒤쫓는 원소를 덮쳐갔다. 몇몇 장수가 호위하려 했으나 도무지 적수가 되지 못하니 원소는 이내 쫓기는 몸이 되었다. 죽기를 두려워하지 않고 그를 호위하는 장졸들 덕분에 간신히 목숨을 건졌지만 원소의 혼은 놀라 중천까지 떠오르다 말았다. 쌍고검과 청룡도와 장팔사모에 쫓기어 자랑하던 보검조차 내버리고 달아나다가 다리 어귀에서야 여러 장수들의 구함을 받아 간신히 숨을 돌렸다.

공손찬은 그 여세를 몰아 원소의 군사들을 다리 건너 원래의 진채로 내쫓고 자기의 진채로 돌아갔다. 베어 넘어간 대장의 수기를 다시 일으키고 흩어진 장졸들을 모으게 한 뒤 유, 관, 장 삼형제를 자신의 군막으로 청해 치하했다.

"고맙네. 오늘 만약 현덕 아우가 나를 구해주지 않았더라면 참으로 큰 낭패를 당했을 거네."

"형님께서 이 아우에게 베풀어주신 은덕의 만에 하나라도 갚고자 이렇게 달려오는 길입니다. 너무 늦어 자칫 큰일을 그르칠 뻔했으니 송구스럽습니다."

유비가 겸손하게 대답했다. 지난번의 출병으로 한층 성숙하고 생각이 깊어진 언행이었다.

낙양에서 돌아온 뒤로 유비는 고을을 다스리는 일과 힘을 기르는 일에 전에 없이 마음을 쏟았다. 감가장(甘家莊)에서 청혼이 있었으나 그마저도 한마디로 물리쳤다.

"대장부 큰 뜻을 품고 세상에 나와 아직 그 뜻을 펴기도 전에 어찌 처자부터 얻어 작은 일에 연연해짐을 기를 수 있겠소? 기다리라 이르시오. 때가 오면 제후의 예로 감소저(甘小姐)를 맞이하러 가겠소."

그리고 언제나 그림자처럼 따르는 두 아우와 함께 현청과 조련장에서만 살았다. 몇 달간 열일곱 갈래 길로 온 제후들 사이에서 보고

들은 것이 어떤 심경의 변화를 준 것임에 틀림없었다.

원소와 공손찬 사이에 싸움이 벌어진 것은 유비의 힘이 갑절로 자라났을 즈음이었다. 유비는 공손찬이 당연히 자기를 부르리라 짐작하며 기다렸으나 왠지 공손찬은 부르지 않았다. 얼마 뒤에 들리는 소문은 연(燕)과 대(代)의 군사들만 이끌고 원소를 치러 떠났다는 것이었다.

"출진 준비를 서둘러야겠다. 원소를 가볍게 보고 계신 것임이 분명하다."

유비는 그 소문을 듣자마자 관우와 장비를 불러 그렇게 말했다.

사회의 밑바닥에서부터 혼자 힘으로 성취를 거듭해온 사람에게는 명문의 귀공자라면 무턱대고 깔보는 경향이 있다. 공손찬이 바로 그런 경우로 한미한 집안에서 나, 오직 재주와 담력만으로 제후의 열에 오른 그에게는 원소가 한낱 물정 모르는 어린애로밖에는 보이지 않았다. 그러나 유비는 원소의 여러 성격적인 결함에도 불구하고 그에게 숨어 있는 힘을 꿰뚫어 보고 있었다. 나이도 세력도 벼슬도 다른 제후들보다 나은 것 없는 원소가 지난번 기의에서 아무 반대 없이 맹주로 추대된 일이며, 한복이 갖다 바치듯 기주를 원소에게 넘겨준 것 따위가 바로 그 숨겨진 힘을 보여주는 예라 할 수 있었다. 유비에게는 오히려 공손찬이야말로 전력을 다해야만 간신히 원소로부터 자신을 지켜나갈 수 있는 사람으로 보였다.

결과로 보면 유비의 예측은 잘 맞아떨어졌다. 공손찬이 당연히 자기의 힘으로 보탤 수 있는 유비의 힘을 빌지 않고, 홀로 간 것은 그만큼 원소를 가볍게 본 탓이었다. 만약 유비가 때맞추어 구원을 오지 않았더라면, 공손찬은 목숨을 잃는 것까지는 몰라도 거의 돌이킬 수 없는 타격을 받았을 것이다.

하지만 유비의 그 출전은 공손찬에게 진 빚을 갚는 일 못지않게 이로움도 컸다. 그것은 바로 조운을 만난 일이었다. 그날 밤 유비와 두 아우를 위로하는 술자리에서 공손찬은 조운을 불러 유비에게 인사를 시켰다.

참으로 묘한 것은 사람과 사람의 만남이다. 어떤 사람과는 매일 얼굴을 맞대고 지내도 언제나 낯설고 멀게 느껴지는가 하면 어떤 사람은 처음 만나도 오래전부터 다정하게 지내온 사이처럼 친하고 가깝게 느껴진다. 조운을 처음 보는 유비의 마음이 그랬다. 분명 한 번도 만난 적이 없는 얼굴이건만 넓은 얼굴과 서글서글한 눈매는 아직 스물이 못 찬 나이와 아울러 오랜만에 헤어져 있던 친아우를 대하고 있는 듯한 느낌을 주었다. 공손찬이 입에 침이 마르도록 칭찬한 그의 무예나, 한눈에 날래고 힘깨나 씀을 알아볼 수 있는 늠름한 체격에서 느껴지는 훌륭한 장수감으로서의 욕심은 다음의 일이었다.

조운 또한 유비를 보는 눈이 예사스럽지 않았다. 처음 공손찬에게 불려올 때만 해도 엷게 수심이 껴 있던 얼굴이 유비를 보는 순간 환히 밝아지며, 술자리가 파할 때까지 줄곧 유비만을 향해 있었다.

하지만 유비와는 달리 조운은 정말로 전부터 유비를 알고 있는 것 같았다. 술자리가 파할 무렵 조운이 유비의 잔에 술을 치며 넌지시 물어왔기 때문이었다.

"유상공께서는 혹 상산초옹(常山樵翁)이란 분을 아시는지요?"

유비에게는 처음 그 이름이 얼른 떠오르지 않았다. 이미 십여 년

118

이나 지난 일이고, 또 그 만남은 너무도 짧아 기억 속에 깊게 새겨지지 못한 까닭이었다. 오히려 뚜렷한 것은 어느 이름 모를 마을 앞에서 한나절이나 쳐다보고 서 있었던 고목과 그때 언뜻 머릿속을 스쳐간 깨달음의 일섬(一閃)이었다.

"오래전에 그런 노인을 뵈온 적이 있소."

술이 다시 한 순배가 돈 뒤에야 간신히 스스로를 상산(常山)의 나무꾼 늙은이라고 일러주던 그 늙은이를 기억해낸 유비가 그때껏 자기만을 바라보고 있는 조운에게 대답했다.

"역시……."

조운의 표정이 갑자기 어두워지며 탄식처럼 그렇게 내뱉고는 뒤를 잇지 못했다. 이상하게 여긴 유비가 물었다.

"조장군은 어떻게 그를 아시오?"

"제 스승님의 막역한 벗이셨습니다."

"아직도 살아 계시오?"

"작년 제가 스승의 문하를 떠날 무렵 하여 돌아가셨습니다."

"그런데 어떻게 내가 그분을 만난 걸 아시었소?"

"그분께서 생전에 가끔씩 유상공의 얘기를 하신 일이 있습니다."

"그분이? 무어라 말씀하셨소?"

"뒷날 사석에서 뵈오면 조용히 말씀드리겠습니다."

조자룡은 그렇게 말한 뒤 굳게 입을 다물었다. 한층 어둡고 쓸쓸한 표정을 숨기지 못하는 걸로 보아 무슨 말 못할 까닭이 있는 것 같았다. 유비도 더는 캐어묻지 않았다.

간신히 원소를 물리치기는 했지만 아직 싸움이 끝난 것은 아니어서 그날의 술자리는 오래가지 않았다. 막사로 돌아온 유비는 생각할수록 조운의 일이 이상하게 느껴졌다. 이미 남의 사람이 되었고 또 처음 보는 터수지만, 까닭없이 조운이 자신의 삶과 깊은 연관을 맺을 것 같은 예감이 들었다.

거기다가 소년 시절의 몽롱한 꿈처럼 자신을 스쳐갔으나, 그를 통한 깨달음의 기억은 십여 년의 세월이 지나도 오히려 또렷해지는 그 늙은이를 조운이 상기시킨 일도 예사롭지 않았다. 스스로를 상산의 나무꾼 늙은이로 밝힌 그가 그때의 짧은 만남을 통해 자신에게서 무엇을 보았는지, 그리고 조운에게 어떻게 말했는지가 궁금하기 짝이 없었다.

하지만 유비는 결국 그 싸움이 끝나고 다시 평원으로 돌아갈 때까지는 궁금증을 풀지 못했다. 하루에도 몇 번씩 얼굴을 대하는 동안 서로 우러르고 아끼는 마음은 점점 자라갔지만 진중이라 조운이 말한 그런 사석을 마련하기 어려웠다. 유비는 유비대로 남의 사람을 넘본다는 의심을 받기가 싫었고 조운은 조운대로 시원하게 말하지 못할 사정이 있어 더욱 은밀한 사석을 만들기가 어려웠는지도 모를 일이었다.

유비의 군사들이 이른 뒤로 공손찬과 원소의 싸움은 지구전으로 변했다. 한번 쓴맛을 본 원소가 굳게 지킬 뿐 싸우려 들지 않는 데다 공손찬 또한 섣불리 공격할 마음이 일지 않은 까닭이었다.

그러다 보니 싸움은 어느새 달포를 넘기고 그 소식은 멀리 장안에 있는 동탁의 귀에까지 들어갔다. 동탁이 슬그머니 그 싸움을 이용할 수 없을까 하는 생각을 하고 있는데 모사 이유가 들어와 말했다.

"원소나 공손찬은 다같이 당금의 호걸들입니다. 지금 반하에서 서로 싸우고 있는데, 그대로 두고 볼 일이 아닙니다. 마땅히 천자의 조칙을 앞세우고 사람을 보내 말리셔야 합니다. 듣기에 두 사람은 어느 편도 쉽게 상대를 쓰러뜨릴 수 없어 시일만 끌고 있다 하니 승상의 뜻인 줄 알면서도 조칙이 당도하면 못 이긴 채 괴로운 싸움을 그만둘 것입니다. 그렇게 되면 승상의 위엄으로 싸움을 말렸다는 칭송을 듣게 될 뿐만 아니라, 괴로운 싸움을 면하게 되면 두 사람은 마음 깊이 승상의 은덕에 감복할 것입니다."

듣고 보니 자기 뜻에 맞는 말이었다. 이에 동탁은 다음 날로 태부 마일제(馬日磾)와 태복 조기(趙岐)를 뽑아 싸움을 그치라는 천자의 조칙을 가지고 반하로 가게 했다.

두 사람이 하북(河北)에 이르니 원소는 백 리 밖까지 나와 천자의 명을 받들었다. 다음 날 두 사람을 맞은 공손찬도 천자의 명을 받들어 둘의 화해는 쉽게 이루어졌다. 겉으로는 천자의 명을 어길 수 없다는 명분을 내세웠지만 속으로는 마찬가지로 이길 수도 없는 싸움에서 몸을 빼내게 된 걸 은근히 기뻐하는 것이 모두 동탁의 모사 이유가 헤아린 대로였다.

공손찬은 군사를 물리기에 앞서 다시 한번 조정에 표문을 올려 유현덕을 평원현의 현령에서 평원군의 상으로 올려주도록 청했다. 기의에 참가한 일로 평원령이란 벼슬 자체가 조정으로부터 박탈된 상태인 유비에게 공적인 권위를 회복시켜주려 한 것이었다. 승상의 자리에서 보면 대단찮은 벼슬자리인 데다, 방금 그의 권유를 순순히 받아들인 공손찬의 청이라 동탁도 그걸 허락했다. 유비를 키워주는 게 바로 공손찬의 세력을 보태는 결과가 되리라는 것을 염려하지 않은 것은 아니었으나, 평원이 이미 공손찬의 세력 아래 있는 이상 명분뿐인 벼슬에 인색할 필요가 없다는 게 동탁의 생각이었다.

유비와 조운의 사석은 유비와 공손찬이 각기 군사를 자기의 임지로 돌리게 된 전날 밤에야 마련되었다. 작별을 핑계로 유비가 조운을 자신의 군막으로 청했다.

"이제 헤어지면 언제 자룡(子龍)의 영용한 자태를 다시 보게 될는지…… 실로 이 비(備)의 섭섭한 마음 무어라 형용해야 할지 모르겠소."

유비는 조운을 옆자리에 앉히고 손수 술을 따라 권하다가 문득 조운의 손을 잡고 눈물을 글썽이며 말했다. 조운의 자를 부른 것은 가까운 만큼 허물이 없어진 사이를 뜻하는 것이기도 했다. 조운도 서글서글한 눈매에 물기를 비치며 탄식처럼 말했다.

"지난날 나는 공손찬이 영웅인 줄 잘못 알고 그에게 투항했으나 이제 그 하는 짓을 보니 원소와 다를 바 없는 무리외다. 상산초옹 그분께서 명공의 크신 이름까지 제게 일러주지 않으신 게 실로 한스럽습니다."

"그건 또 무슨 말씀이시오?"

그러잖아도 그 늙은이가 자기를 두고 한 말이 궁금하던 유비가 술잔을 내리며 물었다. 조운이 더욱 침울해지며 대답했다.

"그분께서 살아 계실 때 이따금씩 스승님을 찾아왔다가 무예를 연마하는 나를 보고 말씀하시곤 했습니다. 한실이 빛을 잃어 주인으로 섬길 수 없으면 달리 주인으로 섬길 사람은 귓밥이 인중 아래로 처지고 손이 무릎에 닿는 유씨 성을 쓰는 인걸이라 했습니다. 저는 세상에 나와 그런 분을 찾았으나 이름을 모르고 인연이 닿지 않아 종내 찾을 수가 없더니, 명공을 만난 뒤에야 그분의 말이 거짓이 아니었음을 깨닫게 되었습니다. 하지만 이미 공손찬을 주인으로 정한 뒤라 다만 늦게 만났음을 한할 뿐입니다."

유비도 그 말을 듣자 애석한 마음을 금치 못했다. 조운의 손을 한층 힘주어 잡으며 말했다.

"자룡은 잠시 몸을 굽혀 공손 태수를 섬기시오. 반드시 함께 일하게 될 날이 있을 것이오."

오랜 후원자인 동시에 은인이기도 한 공손찬에게는 은밀한 배신이 될 말이었지만 더는 속마음을 감출 수가 없었다. 조운을 아끼는 마음 못지않게 머지않은 공손찬의 몰락을 예감한 탓인지도 모를 일이었다.

# 장성(將星)은 강동에 지고

　그 무렵 원술은 자기의 근거지인 남양으로 내려가 힘을 기르는
데 여념이 없었다. 그러나 땅에 비해 지나친 대군을 거느리려 하니
모든 게 모자랐다. 종형인 원소가 새로이 넓고 기름진 기주(冀州)를
얻었다는 소문을 듣자 우선 급한 말부터 얻으려 했다. 남양 부근에
는 좋은 말이 나는 곳이 없어 기병을 기르기 어렵다는 사정과 함께
말 천 필만 달라고 사람을 보냈다.

　기주가 비록 좋은 북쪽 말이 나는 지방과 가까우나 말이 급하기
는 원소도 원술이나 다름없었다. 지난번 공손찬과의 싸움에서 가장
위협을 느낀 것이 공손찬의 강력한 철기대였기 때문이었다. 소견머
리 없는 아우의 턱없는 요구에 원소는 벌컥 화까지 내며 사자를 꾸
짖어 돌려보냈다.

속 좁은 원술이 그 같은 종형의 사정을 이해할 리 없었다. 가슴 깊이 원소의 인색함을 원망하며 앙심을 품으니 그때부터 원래도 겉보기처럼 다정하지 못하던 원소, 원술 종반(從班) 간은 남과 다름없이 되고 말았다.

원술이 말 다음으로 급한 것은 군량이었다. 가까운 데를 둘러보니 형주가 넉넉해 보여 곧 자사 유표에게 군량 이십만 섬만 꾸어달라고 졸랐다. 유표가 호인이라고는 하지만 되돌려 받을 가망이 별로 없는 곡식을 그렇게 많이 내놓으려 들지 않았다. 원술의 청을 점잖게 거절하자 원술은 또한 유표에게 앙심을 품게 되었다.

기주의 원소라면 종형일 뿐만 아니라 길이 멀어 쉽사리 일을 벌일 수 없지만 가까운 형주의 유표라면 문제는 달랐다. 원술은 원소가 공손찬을 이용해 기주를 손에 넣은 꾀를 자기도 한번 써볼 양으로 가만히 손견에게 밀서를 보냈다.


'전일 유표가 공의 길을 끊고 괴롭힌 것은 내 형 본초가 시켜서한 짓이외다. 이제 본초와 유표는 몰래 내통하여 강동을 빼앗을 궁리를 하고 있소. 만약 공께서 군사를 일으켜 유표를 친다면 나는 공을 위해 기주의 본초를 치겠소이다. 그렇게 되면, 둘 다 지난 원수를 갚을 수 있을 뿐만 아니라 공은 형주를 얻게 되고 나는 기주를 얻게 될 것이오. 결코 그르침이 없게 하시오.'


뜻으로 보면 손견의 힘을 빌어 원소와 유표 두 사람에 대한 앙심을 한꺼번에 풀려는 것처럼 보였지만, 사실 원술이 노린 것은 유표

뿐이었다. 유표와 손견을 싸움 붙여 가만히 보고 있다가 이득을 보려는 속셈이었다. 그러나 원소와 원술 종반 간이 불목하게 되었다는 소문이 이미 널리 퍼져 있는 데다 지난번 낙양에서 돌아오는 길에 유표에게 당한 욕을 분히 여기고 있던 손견이라 아무 의심 없이 원술의 충동질에 말려들고 말았다.

"좋은 기회다. 유표 그놈이 지난날 내가 돌아오는 길을 끊고 나를 괴롭혔는데 이 틈에 그때 원수를 갚지 않고 언제 갚겠느냐."

손견은 원술의 밀서를 읽자마자 황개와 정보, 한당 세 장수를 불러놓고 그렇게 말하며 유표를 칠 의논을 했다. 그러나 침착하고 분별 있는 정보가 나서서 그런 손견을 말렸다.

"원술은 속임수가 많은 사람입니다. 이 일도 유표에게 군량 이십만 섬을 꾸려다가 뜻대로 되지 않자 그 앙갚음을 하려고 꾸몄을 것입니다. 믿을 말이 못 되니 먼저 사람을 풀어 자세히 살핀 뒤에 군사를 일으키는 것이 좋겠습니다."

손견은 혈기가 지나치고 직정(直情)적인 사람이었다. 새삼 유표에 대한 분노가 치솟아 이미 마음을 정한 뒤라 그런 정보의 말이 귀에 들어오지 않았다.

"나는 스스로 지난 원수를 갚고자 할 따름이다. 어찌 원술 따위의 도움을 바랄까 보냐!"

그렇게 소리친 뒤 바로 군사를 일으켰다. 먼저 황개를 강가로 보내 전선을 띄우게 하고, 병장기와 군량이며 마초를 싣게 했다. 그리고 큰 배에는 싸움말을 태운 뒤 그날로 강을 거슬러 형주로 향했다.

강에는 형주에서 온 세작(細作, 첩자)들이 널려 있어 그 소식을 탐지하자마자 나는 듯 유표에게 전했다. 손견이 갑작스레 대군을 일으켜 형주를 치러 온다는 말을 듣자 유표는 크게 놀랐다. 곧 장수들과 모사들을 불러놓고 손견 막을 일을 상의했다.

"강동 손견이 지난날의 원혐을 풀려고 대군을 일으켜 형주로 오고 있다니 이 일을 어쩌면 좋겠소?"

세상이 다 알아주는 맹장 손견이 온 힘을 다 들여 설욕하고자 한다니 유표로서는 자못 근심거리가 아닐 수 없었다.

장수 괴량이 일어나 씩씩하게 말했다.

"손견이 비록 그 용력으로 다소간 이름을 얻고 있다 하나 크게 근심하실 것은 없습니다. 황조(黃祖)로 하여금 강하의 군사들을 이끌고 앞장서 막게 하고, 주공께서 몸소 형주와 양양의 병마를 들어 뒤를 받치신다면, 강을 거스르고 호수를 건너느라 피로하고 지친 손견의 군사들이 무슨 힘을 쓸 수 있겠습니까?"

듣고 보니 이치에 닿는 말이었다. 유표는 그 말을 옳게 여겨 강하를 지키던 장수 황조에게 손견의 군사를 막게 하고 자신도 대군을 일으켜 몸소 그 뒤를 받쳐주기로 했다.

이때 손견은 세 아내에 여섯 아들과 한 딸이 있었다. 첫째 오부인 소생에 아들 넷을 두었는데 맏이가 책(策)으로 자가 백부(伯符)였으며, 둘째가 권(權)으로 자가 중모(仲謀)요, 셋째가 익(翊)으로 자가 숙필(叔弼), 넷째가 광(匡)으로 자는 계좌(季佐)였다. 또 오부인의 동생을 아내로 맞아 아들 하나와 딸 하나를 두었으니 아들은 이름이 낭(郎)이요 자가 조안(早安)이며 딸은 이름이 인(仁)이었다. 거기다가 유씨(兪氏) 부인을 보아 아들 하나를 더 얻으니 이름은 소(韶)요

자는 공례(公禮)였다.

손견이 군사를 일으켜 강동을 떠나려 할 즈음하여 아우 손정(孫靜)이 그 조카들을 데리고 형 앞에 나와 다시 한번 손견을 말리려 들었다.

"지금 동탁이 나라의 대권을 오로지하고 있고, 황제는 나약하여 그를 억누르지 못하니, 해내(海內)가 크게 어지럽습니다. 영웅들이 각기 땅을 갈라 한 조각씩 차지하고 있어 다툼이 그치지 않는 터에 다만 강동만이 형님이 계셔서 평온합니다.

그런데 이제 형님께서는 작은 원한을 풀고자 큰 군사를 일으키시니 마땅한 일이 못 됩니다. 바라건대 이 어린것들을 보셔서라도 마음속의 분을 푸시고 다시 한번 가다듬어 생각해보십시오."

강동을 비우다시피 하여 군사를 일으킨 형의 마음을 어린 조카들을 앞세워 돌려보려는 것이었으나 손견은 듣지 않았다. 오히려 엄한 얼굴로 아우의 심약함을 나무랄 뿐이었다.

"나는 장차 천하를 종횡하려는 사람이다. 어찌 원수를 두고도 갚지 않을 수 있느냐? 만약 이번에 이 쥐 같은 유표놈을 살려둔다면 앞으로도 나를 거스르기를 겁내지 않는 무리가 자주 나타날 것이다. 너는 여러 말 하지 말라."

그러자 맏아들 책이 일어나 말했다.

"아버님께서 반드시 가셔야 한다면 제가 따르겠습니다."

그때 손책의 나이 열일곱이었다. 아버지 손견에게서 강인한 근골을 이어받은 데다 어머니 오부인의 아리따움까지 더하여 빼어난 용자(容姿)를 지니고 있었다. 강동 사람들은 그 이름보다도 '손랑(孫

郎)'이라는 애칭으로 부르며 한결같이 사랑했는데, 어릴 적부터 아버지와 그 장수들 아래서 창검을 익혀 이제는 한 장수로도 힘과 무예에 모자람이 없었다. 태몽이나 상에 있어서는 둘째 권이 더 귀하다는 말이 있었지만 손견은 그런 책을 훨씬 사랑하였다.

맏아들이 스스로 출전하기를 청하자 손견은 흐뭇했다. 나이 마흔이 넘어도 자식은 어려 보이는 게 부모 마음이라 하나 손견이 그 말을 듣고 살피니 손책도 이미 어린아이는 아니었다. 그 자신도 열일곱에 단신으로 전당호의 수적들을 무찌르고, 열여덟엔 회계의 허창(許昌)을 치기 위해 의군을 일으키지 않았던가.

"장하다. 네 뜻이 그러하다면 한번 싸워보아라."

손견은 기꺼운 마음으로 손책의 종군을 허락했다. 이에 손책은 갑주와 병기를 갖추고 싸움배에 올라 번성으로 거슬러 올라갔다.

한편 유표의 명을 받아 강하를 지키던 황조는 손견의 배들이 거슬러 올라오는 대강 연변에다 궁노수를 숨겨두고 기다리고 있었다. 며칠 안 돼 과연 손견의 전선들이 줄을 이어 나타났다. 황조는 미리 숨겨둔 군사들을 시켜 어지러이 활과 쇠뇌를 쏘아 붙였다.

때아닌 화살비에 손견의 군사들은 몹시 당황했다. 그때 손견이 칼을 뽑아들고 소리쳤다.

"모두 가벼이 움직이지 말라. 뱃전에 몸을 숨겨 화살을 피하고 배는 그대로 저어나가라. 적이 더 많은 활과 쇠뇌를 쏘도록 충동해야 한다."

군사들은 영문도 모르고 그 말을 따랐다. 뱃전이나 배 안에 숨은 채 함성만 지르며 강을 오르내리기를 사흘에 수십 번이었다.

강동의 군사들이 수전에 능하다는 걸 잘 아는 황조는 감히 배를 내어 덤벼볼 생각은 못하고 손견의 전선들이 나타날 때마다 애꿎은 활과 쇠뇌만 미친 듯 쏘아댔다. 그러기를 사흘에 수십 차례나 했으니 화살이 견뎌내지 못하는 건 정한 이치였다.

마침내 화살이 다하여 강을 오르내리는 손견의 전선들을 멀거니 보고만 있을 때 손견이 다시 군사들에게 영을 내렸다.

"뱃전에 박히고 배 안에 떨어진 화살을 주워 모아라."

군사들이 그대로 하니 모은 화살이 십여 만이었다. 그제서야 군사들도 손견의 뜻을 알고 감탄했다.

"지금부터 저쪽 강 언덕에 배를 댄다. 먼저 활을 쏘아 숨어 있는 적을 쫓아버려라."

화살을 다 거둬들인 뒤 손견이 드디어 황조의 군사들이 매복해 있던 강변을 가리키며 공격령을 내렸다. 손견의 군사는 사흘이나 강을 오르내리다 보니 적군이 어디 숨어 있는지 훤히 아는 데다 공짜로 얻은 화살만도 십여 만이었다. 황조의 군사가 숨은 곳을 향해 흔전만전 소나기처럼 화살을 퍼부어대니 황조의 군사는 견딜 재간이 없었다. 원래 배를 대고 군사들이 뭍에 오를 때 들이쳐야 하건만 화살에 쫓기어 그대로 강 언덕을 내주고 말았다.

그 틈을 탄 손견은 빈 강 언덕에 배를 대고 군사 한 명 상하지 않은 채 병마와 양초(糧草)를 뭍에 내릴 수 있었다. 말하자면 상륙 작전의 가장 힘든 고비를 단숨에 넘겨버린 셈이었다. 그러나 손견의 신속한 움직임은 거기서 그치지 않았다.

"영채를 세우지 말라. 공복(公覆, 황개의 자)과 덕모(德謀, 정보의 자)

는 각기 한 무리를 이끌고 똑바로 황조의 영채를 치도록 하라. 뒤는 의공(義公, 한당의 자)과 내가 받치리라."

마땅히 진채를 열어야 하건만 그렇게 싸움을 재촉했다. 명을 받은 정보와 황개가 각기 일군을 이끌고 질풍처럼 황조의 본진을 짓밟아 가고 그 뒤를 한당이 이끄는 손견의 중군이 이었다.

뭍에 내리자마자 영채도 세우지 않고 똑바로 달려들 줄은 몰랐던 황조는 그 기습에 크게 낭패했다. 제대로 싸워보지도 못하고 뭉그러 져 달아나기 시작했다. 급하게 쫓기다 보니 원래 의지했던 번성으로 돌아갈 틈조차 없었다. 손쉬운 대로 부근의 등성으로 쫓겨 들어가서 야 간신히 패군을 수습했다.

손견의 추격은 집요했다. 황조의 영채를 짓밟고 번성을 손에 넣은 뒤에도 멈추지 않고 급한 추격을 계속했다. 그러나 황개를 번성에 남겨 성과 배들을 지키게 하고, 군사도 나누어야 하는 동안 등성으 로 쫓겨 들어간 황조도 한숨을 돌렸다.

"적은 며칠이나 배 위에서 보낸 데다 급한 싸움으로 지칠 대로 지 쳐 있다. 무작정하고 성안에서 지키기보다는 나가서 싸우자. 반드시 어제의 패전을 설욕할 수 있을 것이다."

수습한 자기 군사에다 등성을 지키던 군사들을 합치고 보니 다시 한번 싸워볼 만한 머릿수가 되자 황조는 그렇게 말하며 군사를 이끌 고 성을 나왔다. 하도 어이없이 진 싸움이라 도무지 실감이 나지 않 은 것도 그의 무모한 용기를 북돋아주었다.

황조가 등성 앞 들판에 진세를 벌였을 무렵 손견도 군사를 이끌 고 그곳에 이르렀다. 황조의 진세가 자못 정연한 것을 보고 이번에는 손견도 진을 벌이게 했다.

대강 진세를 갖춘 뒤 손견은 말을 몰아 문기 아래로 나갔다. 그 곁에는 화려한 갑옷에 번쩍이는 투구를 쓴 손책이 창을 끼고 서 있었다.

손견이 진문 앞에 나서는 걸 보고 황조도 두 장수를 좌우에 세운 채 자신의 진문 앞으로 말을 몰아나왔다. 두 장수 중 하나는 강하 사람 장호(張虎)요, 다른 하나는 양양 사람 진생(陳生)이었다.

"강동의 쥐 같은 도적놈아, 네 어찌 감히 한실 종친의 땅을 침범하느냐?"

황조가 채찍을 들어 손견을 가리키며 소리 높여 꾸짖었다. 제법 늠름한 모습에 우렁찬 목소리였다. 그러나 더 장해 뵈는 것은 그 곁에 서 있던 장수 장호였다.

"누가 저 옥새를 훔친 도적놈을 잡아오겠느냐?"

손견을 꾸짖은 뒤 좌우를 둘러보며 묻는 황조의 물음에 장호는 큰 칼을 비껴들고 거침없이 말을 달려 나왔다.

장호가 달려 나와 싸움을 돋우자 손견 쪽에서는 한당이 영을 받을 새도 없이 마주 나갔다. 장호의 병장기가 칼인 걸 보자 역시 큰 칼을 잘 쓰는 한당이 스스로 나선 것이었다.

두 마리의 말은 양군 가운데서 거세게 부딪쳤다. 잠시 휘황한 칼 부림이 벌어졌다. 그러나 아무래도 장호는 한당의 맞수로는 부족했다. 두 말이 어울렸다 갈리기 서른 번도 못 돼 장호의 칼이 기세를 잃기 시작했다.

진생이 그걸 알아보고 말을 달려 나와 장호를 도우려 했다. 아버지 곁에 섰던 손책이 그런 진생을 용서하지 않았다. 손에 들고 있던 창을 가만히 기대 놓고 활과 화살을 집었다.

시위 소리와 함께 날아간 손책의 화살은 어김없이 진생의 이마 한가운데에 가 박히고 진생은 한마디 비명과 함께 말에서 떨어졌다.

그러지 않아도 힘에 부치는 싸움을 끌어오던 장호는 자기를 도우러 오던 진생이 죽는 꼴을 보자 크게 놀랐다. 손발이 말을 듣지 않고 칼놀림이 더욱 어지러워졌다. 한당이 그때를 놓치지 않고 한소리 우렁찬 기합과 함께 큰 칼로 내려찍으니 장호는 머리통이 짜개져 뇌수를 쏟으며 또한 말 아래로 굴러떨어졌다.

사기가 오를 대로 오른 손견의 군사들이 함성과 함께 황조의 진채를 밀고 들어갔다. 특히 정보는 진작부터 황조를 살피고 있다가 가장 앞서서 그를 쫓았다.

눈앞에서 두 장수가 처참한 모습으로 죽어가는 걸 본 데다 정보가 눈에 불을 켜고 자기를 향해 달려드니 황조는 두려움에 질려 얼이 빠졌다. 그저 한목숨 구하는 것만이 상책이라 생각하고 남의 눈에 띄는 투구부터 벗어던졌다. 그리고 나중에는 말까지 버린 채 보졸들 사이로 숨어들어 달아나버렸다.

또다시 손견의 큰 승리였다. 손견은 마음껏 황조의 군사들을 죽이며 그 뒤를 따라 대강(大江)의 지류인 한수가에 이르렀다. 그러나 거기서부터 유표의 근거지인 양양성이 가까워 가벼이 움직일 수 없었다. 사람을 보내 황개로 하여금 모든 배와 군사들을 이끌고 그곳으로 올라오도록 했다. 힘을 한군데로 모아 유표와 결전을 할 심산이었다.

그럴 즈음 보졸들 틈에 숨어 간신히 목숨을 건진 황조는 약간의 군사들을 수습해 유표에게로 갔다. 싸움에 진 것을 변명하자니 가장 좋은 길은 손견의 군세를 과장하는 것뿐이었다.

"손견의 군사가 어찌나 많고 날랜지 소장으로서는 당할 길이 없었습니다. 주공께서 십분 헤아려주십시오."

황조의 그 같은 말을 들은 유표는 또다시 놀랐다. 급히 괴량을 불러 손견을 막을 일을 의논했다. 괴량이 황조의 패전에 약간 풀이 죽은 듯한 얼굴로 대답했다.

"이제 막 싸움에 진 뒤라 군사들은 싸울 마음이 없을 것입니다. 지금은 다만 성 밖의 도랑을 깊이 하고 보루를 높이어 손견의 날카로운 칼끝을 피하는 길뿐입니다. 그런 다음 몰래 원소에게 사람을 보내 도움을 청하면 손견은 스스로 에움을 풀고 물러날 것입니다."

얼핏 듣기에는 지극히 소극적인 전법이었다. 그때 곁에 있던 장군 채모(蔡瑁)가 격한 목소리로 끼어들었다.

"자유(子柔, 괴량의 자)의 말은 우직하고 졸렬한 계책입니다. 적의 군사가 지금 성 아래 이르렀고, 머지않아 그들의 군선도 강을 타고 내려와 이곳에 이르게 된 마당에 어찌 두 손을 모으고 죽기만을 기다릴 수 있겠습니까? 제가 비록 재주는 없으나, 바라건대 군사를 이끌고 성을 나가게 해주십시오. 손견과 한바탕 겨루어보겠습니다. 성안에 숨어 지키는 일은 그 뒤에라도 늦지 않습니다."

들으니 괴량보다는 장수다운 말이었다. 괴량도 이미 자신의 계책이 절반이나 깨어진 뒤라 그런지 심하게 반대하지는 못했다. 이에 유표는 불안한 대로 채모에게 군사 만여 명을 딸려 다시 한번 성을 나가 싸우게 했다.

양양성을 나온 채모는 성 밖 현산(峴山) 어귀에 진을 치고 손견의 군사가 오기를 기다렸다. 오래잖아 손견은 승세를 탄 군사들을 이끌고 기세 좋게 밀고 들어왔다. 멀리 한수에는 황개가 이끄는 선단이 강을 덮듯 내려오고 있었다.

그러나 채모는 조금도 움츠러듦이 없이 말을 몰고 진문 앞에 나와 손견의 대군을 맞았다. 손견이 그를 알아보고 좌우를 돌아보며 물었다.

"저자는 유표의 처남이 된다고 들었다. 전실(前室)이 죽은 뒤에 얻은 후실(後室)의 오라비가 된다 하니, 산 채로 사로잡을 수만 있다면 젊은 후실에게 빠져 있는 유표를 달래 볼 수가 있을 것이다. 누가 저자를 사로잡아 오겠느냐?"

"제가 한번 나가보겠습니다."

정보가 쇠자루 달린 창을 비껴들고 말을 박차며 소리쳤다.

채모 또한 두려워하지 않고 마주 싸웠으나 무예가 정보에 미치지 못했다. 몇 합 어우러보지도 못하고 말 머리를 돌려 달아나기 시작했다. 그러지 않아도 손견의 군사들에게 잔뜩 겁을 먹고 있는 형주 군사들이었다. 대장이 도망치자 한번 싸워볼 생각도 않고 그 뒤를 따랐다. 손견의 군사들이 그런 그들을 뒤쫓으며 죽이니 시체가 들판에 즐비하였다.

채모가 군사 태반을 잃고 간신히 양양성 안으로 쫓겨 들어갔을 때였다. 그제서야 힘을 얻은 괴량이 유표에게 말했다.

"채모는 옳은 계책을 마다하고 군사를 이끌고 나갔다가 이토록 패하고 말았습니다. 아까운 군사들만 죽였을 뿐만 아니라 성안 백성들의 사기까지 떨어뜨렸으니 마땅히 군법을 시행해야 합니다."

유표의 면전에서 자기에게 면박을 준 데 대한 앙심까지 실린 말이었다. 그러나 유표는 새로이 채모의 누이를 후처로 맞아 정을 쏟고 있는 터라 차마 채모를 벌줄 수 없었다. 다만 좋은 말로 괴량을 달래 농성할 준비를 서두르게 했다.

한편 채모의 패군을 쫓아온 손견은 그대로 양양성을 에워싸고 맹렬하게 공격을 퍼부었다. 그러나 유표가 십 년 선치(善治)의 여력을 모아 고치고 높인 양양성이었다. 성벽이 두껍고 높기가 여느 성에 비할 바가 아니었다. 거기다가 성안에는 아직 적지 않은 군사가 있고 백성들도 한마음으로 유표를 따르니 손견이 용맹하고 그 군사가 아무리 충성스럽다 해도 쉽게 깨뜨릴 수가 없었다.

그러던 어느 날이었다. 맑은 날이 갑자기 흐려지고 미친 듯한 바람이 일더니 중군의 '수(帥)' 자 기가 부러졌다. 대장을 상징하는 깃발인 만큼 예삿일이 아니었다. 음양을 짚을 줄 아는 한당이 조용히 손견에게 말했다.

"중군의 수자 기가 부러진 것은 좋은 징조가 못 됩니다. 잠시 군사를 돌리시는 게 어떻겠습니까?"

본시 배포가 크고 속기(俗忌)에 구애받지 않은 손견이 그 말을 들을 리가 없었다. 호탕하게 웃으며 한당의 권유를 한마디로 물리쳤다.

"우리는 몇 번을 싸워 모두 이기고 지금은 양양성을 우려빼는 것도 아침 아니면 저녁의 일이 되었다. 그런데 한낱 바람에 깃대가 부러진 일로 어찌 군사를 되돌릴 수 있겠느냐? 살핌이 많으면 근심도 많다더니 의공이 바로 그러하구나."

손견이 그렇게 나오니 한당도 더는 권하지 못했다. 사기를 중히 여기는 진중이라 쓸데없이 불길한 말을 거듭할 수 없기 때문이었다.

하지만 이상한 조짐은 천문에도 비친 모양이었다. 그날 밤의 일이었다. 손견이 더욱 급하게 성을 공격하는 바람에 근심에 젖은 채 홀로 있는 유표를 괴량이 찾았다. 사실 괴량은 장수라기보다는 모사에 가까웠다. 무예도 범상치 않았지만 그에 못지않게 학식이 있고 천문과 지리에도 밝았다. 초저녁부터 성루에 올라 하늘을 바라보더니 무엇을 보았는지 은밀한 어조로 입을 열었다.

"오늘 저녁 제가 천상(天象)을 보니 장성 하나가 떨어지려 하고 있었습니다. 그 있는 곳으로 헤아리건대 손견의 별임에 틀림없습니다. 주공께서는 급히 원소에게 글을 보내 도움을 청하십시오. 어쩌면 손견을 죽이게 될는지도 모르겠습니다."

유표는 그런 괴량의 말이 얼른 믿어지지 않았으나 손견에게 나쁜 조짐이라니 우선 반가웠다. 거기다가 원소에게는 어차피 도움을 청해야 할 처지이니 구태여 괴량의 계책을 물리칠 필요는 없었다. 그러나 원소에게 보낼 글은 써도 겹겹이 에워싼 손견의 군사들을 뚫고 나갈 일이 꿈 같았다.

"누가 손견의 에움을 뚫고 이 글을 원소에게 전하겠느냐?"

유표가 궁리 끝에 여러 장수들을 모아놓고 물었다. 여러 장수가 모두 대답이 없는데 한 젊은 장수가 씩씩하게 나섰다.

"제가 한번 해보겠습니다."

유표가 반가운 마음으로 보니 여공(呂公)이란 아장(牙將)이었다.

유표는 몇 번이나 그의 장한 기상을 치하하고 후한 상을 약속한 뒤 원소에게 보낼 글을 맡겼다.

여공이 막 성을 나서려 할 때 괴량이 다시 그를 불렀다.

"그대가 죽기를 두려워 않고 성을 나서려 하나 그전에 먼저 내 계책 하나를 들으시오. 나갈 때 군마 오백을 데리고 가되 반드시 활을 잘 쏘는 이들을 데려가시오. 그리고 무사히 적진을 뚫고 나가거든 바로 기주로 닫지 말고 현산으로 들도록 하시오.

손견은 성정이 강급(剛急)하니 그대가 뚫고 나간 걸 알면 반드시 앞장서서 그대를 쫓을 것이오. 그때 그대는 군사 백 명을 풀어 산 위로 올려 돌을 모아두게 하고 백 명은 활을 들고 숲속에 숨어 있게 하시오. 현산은 지세가 묘해 매복에 알맞은 곳이 여럿 있을 것이오.

매복이 끝난 다음 손견의 군사들이 그곳에 이르면 너무 빨리 달아나서는 아니 되오. 될 수 있으면 길을 돌고 이곳저곳에서 적을 격동시킨 뒤 궁노수를 숨겨둔 곳으로 유인해 가도록 하시오. 그리고 적이 그곳에 오면 돌과 화살을 한꺼번에 쏘아 붓도록 하시오. 잘만 되면 손견도 잡을 수 있소.

만약 우리 계책대로 되어 크게 이기게 되거든 연주호포(連珠號砲)를 울려 신호를 하시오. 그러면 성안에서도 급히 군사를 이끌고 나가 그대들과 접응하겠소. 그러나 적이 따라오지 않거나 따라와도 우리 계책에 떨어지지 않으면 그대로 길을 재촉해 원소에게로 가시오. 오늘 밤은 달이 그리 밝지 않으니 해가 지는 대로 곧 성을 나서도 될 것이오."

실로 두 수를 한꺼번에 보는 절묘한 계책이었다. 그걸 들은 여공은 힘이 났다. 그저 한목숨 건져 원소에게 위급을 고하는 것만이 다행인 초라하고 불안한 길이 아니라, 잘만 되면 원소의 도움 없이도 강한 적을 깨뜨릴 수 있는 길인 까닭이었다.

여공은 괴량의 계책을 자세히 머릿속에 담은 뒤 해가 지기 무섭게 나섰다. 특별히 활 잘 쏘는 이들로만 골라 뽑은 오백을 거느리고 가만히 동문을 연 뒤 질풍처럼 손견의 진중을 뚫고 나갔다.

날이 저물자 잠시 공격을 그치고 장막으로 돌아와 쉬고 있던 손견은 갑작스런 함성과 함께 수많은 병마가 내닫는 소리를 듣고 놀라 좌우에게 물었다.

"무슨 일이냐?"

"성안에서 한 떼의 군마가 갑자기 동문을 열고 달려 나와 현산 쪽으로 달아났습니다."

잠시 뒤에 돌아온 군사가 그렇게 대답했다. 그 말을 들은 손견은 문득 유표와 원소가 손을 잡고 자기를 치려 한다는 원술의 편지가 떠올랐다. 현산은 북쪽에 있으니 틀림없이 다급한 유표가 원소에게 구원을 청하러 보낸 것이라 여겨 갑주도 제대로 여미지 못하고 말 위에 올랐다.

서둘러 쫓다 보니 손견을 뒤따르는 것은 서른 몇 기밖에 되지 않았다. 유표의 사자를 놓쳐서는 안 된다는 생각 때문에 군사를 모을 틈은 고사하고 항상 곁에다 두는 장수들조차 제대로 데려가지 못한 때문이었다.

손견이 현산 기슭에 이르렀을 때 여공은 이미 알맞은 곳을 골라 매복을 끝내놓고 있었다. 한쪽은 작은 숲이요, 다른 쪽은 가파른 벼랑인 소로로, 벼랑 위에는 바윗덩어리에 군사 백 명이 숨고 숲에는 활과 쇠뇌를 가진 군사 백 명을 숨게 했다.

그런 다음 여공은 남은 군사를 이끌고 산자락으로 와 느릿느릿 행군을 했다. 손견의 말이 빨라 홀로 앞장서서 달리다 보니 저만치 그런 여공의 병마가 보였다. 기어코 따라잡았다는 생각에 손견은 혼자라는 것도 잊고 크게 외쳤다.

"멈춰라! 쥐 같은 무리가 감히 어디로 달아나느냐?"

그런데 이상하게도 적장은 오히려 말 머리를 돌려 손견에게 부딪쳐 왔다. 손견이 조금만 침착했어도 여공이 자기를 유인하고 있다는 걸 눈치 챌 수 있었으련만 하늘이 정한 운수는 어쩔 수 없었다. 손견은 용맹을 뽐내며 한칼에 여공을 찍어버릴 듯 덮쳐갔다.

여공은 계책대로 맞아가는 것이 은근히 기뻤다. 싸우는 둥 마는 둥 한 합을 부딪고는 그대로 말 머리를 돌려 앞서가는 졸개들의 뒤를 따랐다. 손견은 더욱 마음이 급했다. 여전히 뒤따르는 군사가 하나도 없다는 걸 잊은 채 여공을 쫓기에만 바빴다.

오래잖아 도망치던 여공은 험한 산길로 접어들었다. 손견도 멈추지 않고 말을 몰아 그 뒤를 쫓았다. 그런데 한군데 벼랑 곁으로 난 산길에 이르렀을 때였다. 홀연 앞서가던 여공의 모습이 보이지 않았다. 손견은 여공이 산 위로 달아났다고 여기고 자신도 급하게 말을 산 위쪽으로 돌려세웠다.

홀연 한차례 징소리가 나더니 산 위에서 집채 같은 바위가 아래로 굴러떨어지기 시작했다. 그리고 숲속에서는 화살이 비처럼 손견의 머리를 덮어씌웠다. 어떻게 피해보려고 할 틈도 없이 손견은 화살에 맞고 바위에 깔린 시체로 변하고 말았다. 머리가 부서져 뇌장(腦漿)이 흘러나오고 사지는 으깨어진 처참한 모습이었다. 나이 서른일곱, 한창 세력을 키워 가슴속의 큰 뜻을 막 펴보려 하던 손견은 그렇게 어이없이 꺾여버렸다.

그런데 여기서 한 가지 섬뜩하게 떠올릴 일은 지난날 그가 원소와 유표에게 하늘을 가리키며 한 맹세이다. 만약 전국 옥새를 가졌다면 화살과 돌 아래 죽으리라고 말한 것이 그대로 이루어진 셈이었다. 궁한 처지에 몰린 나머지라고는 하지만 망령되이 하늘에 대고 거짓 맹세를 한 죗값이라 말한다면 지나치게 가혹한 풀이가 될는지.

손견을 죽인 여공은 뒤이어 나타난 손견의 수하 서른 기까지 모조리 죽인 뒤에야 괴량과 약속한 연주호포를 놓았다. 손견을 죽인 이상 두려워할 게 없다는 생각에서였다.

포소리를 들은 성안에서는 괴월과 황조, 채모 세 장수가 각기 한 떼의 병마를 거느린 채 쏟아져 나왔다. 손견이 없는 데다 갑작스레 형주 군사들이 거센 기세로 쏟아지자 강동의 군사들은 큰 혼란에 빠졌다. 연이은 승리에 따른 방심도 그 혼란을 키운 원인이었다.

하지만 아무래도 손견을 따라다니며 단련된 장졸들이라 그런지 역시 강동의 군사는 달랐다. 까닭 모르게 사기가 오른 적의 강습에도 불구하고 각기 자리를 지키며 조금도 물러서지 않았다.

한수 가에서 수군을 이끌고 전선을 지키던 황개는 갑작스레 손견의 진채에서 크게 함성이 일고 병장기 부딪는 소리가 나자 심상치 않은 일이라 여겼다. 데리고 있던 수군들을 이끌고 급히 손견의 본진 쪽으로 달려갔다.

황개가 간신히 손견의 진채에 이르렀을 때는 마침 성안에서 쏟아져 나온 황조의 군사들이 기세 좋게 중군 쪽으로 밀려들 때였다. 쇠채찍을 휘두르며 밀려드는 적을 막으려고 나선 황개의 눈에 앞장서서 말을 달려오는 황조가 들어왔다.

"이놈, 내 쇠채찍을 받아보아라."

황개가 졸개들을 거들떠보지도 않고 똑바로 황조에게 말을 몰아가며 소리쳤다. 황조도 피하지 않고 창을 휘둘러 대적해왔다. 그러나 승세만 믿고 방심한 것은 황조의 불행이었다. 두 합을 채우지도 못하고 황개에게 사로잡히는 신세가 되고 말았다.

정보의 분전도 황개에 못지않았다. 손책을 보호하며 길을 앗다가 마침 현산에서의 크나큰 소득에 마음이 부풀어 손견의 본진으로 뛰어드는 여공을 만났다. 아직 자기 주인 손견을 죽인 것이 바로 그라는 걸 모르는 정보였지만 곧바로 말을 몰아 여공을 덮쳤다. 들뜬 마음에 여공도 그대로 정보의 창을 맞았으나 처음부터 무리한 상대였다. 몇 합을 넘기지 못하고 정보의 한 창에 찔려 말 아래로 떨어지니 애써 세운 큰 공도 허사가 되고 말았다.

한당과 다른 장수들도 각기 힘을 다해, 형주군과 강동군의 싸움은 시작 이래 가장 격렬한 것이 되었다. 강동의 군사들에게 다행이었던 것은 손견의 죽음이 알려지지 않은 일이었다. 난전 중이라 알려질 틈도 없었거니와, 유표 쪽도 아직은 확신을 못하고 있었다.

양쪽의 대군은 그렇게 밤새도록 싸우다가 날이 밝은 뒤에야 각기 군사를 물렸다. 유표의 군사들은 성안으로 되돌아가고 손견의 군사들은 배와 수군의 진영이 있는 한수 가에까지 밀려나 난군을 수습했다.

간신히 군사들을 한수 가에 정돈한 뒤에야 손책은 아버지 손견이 적의 매복에 걸려 돌과 화살 아래 죽은 것을 알았다. 군사들이 부서지고 으깨진 손견의 시체를 찾아왔으나 목은 잘려 성안의 유표에게 바쳐진 뒤였다.

손책이 목 없는 아버지의 시체를 놓고 슬피 목놓아 우니 그 참혹한 정경에 여러 장수들과 사졸들도 한결같이 눈물을 흘렸다. 하지만 손책은 언제까지나 슬픔에만 빠져 있는 나약한 소년은 아니었다. 강동의 호랑이라 불리던 손견의 맏아들이요, 역시 뒷날 소(小)패왕이라 불릴 만큼 영웅의 기상이 있었다. 한차례 호곡이 끝난 뒤에 앙연히 하늘을 쳐다보며 부르짖었다.

"아버님의 시신이 적의 손에 있는데 어찌 고향으로 돌아갈 수 있으리오!"

이어 손책은 여러 장수들을 자신의 군막으로 불러 다시 유표와 싸울 일을 의논했다. 생각이 깊고 근후한 황개가 일어나 손책을 달랬다.

"작은 주인, 하늘의 별처럼 많고 많은 게 사람의 날입니다. 또 군자의 복수는 백년이 걸려도 늦지 않는다는 말도 있습니다. 지금 우리 군사는 주공을 잃은 데다 간밤의 싸움에 밀려 사기는 떨어지고 몸은 모두 지쳐 있습니다. 사기가 오를 대로 오른 데다 높고 든든한 성에 의지하고 있는 적과 싸우기는 아무래도 어렵습니다. 고정하십시오."

"그럼 장군께서는 목 없는 선고(先考)의 유체를 안고 강동으로 돌아가잔 말씀이오? 내 무슨 낯으로 어머님과 아우들을 대하며, 또 강동 사람들은 나를 어찌 보겠소? 옛말에 아비를 죽인 자와는 한 하늘을 이지 않는다 했거늘, 아비 죽인 원수가 눈앞에 있는데도 어찌 이대로 버려두고 갈 수가 있단 말이오?"

"싸우지 않고도 주공의 머리를 되찾을 방도는 따로 있습니다. 제가 어젯밤 적장 황조를 사로잡아 두었는 바, 듣기로 그자는 유표가 아끼는 장수 가운데 하나라고 합니다. 사람을 성안으로 보내 일시 화평을 맺으시고, 황조와 주공의 머리를 바꾸자 하시면 유표는 반드시 거기에 응할 것입니다."

그런 황개의 말이 채 끝나기도 전에 군리(軍吏)로 있는 환해(桓楷)가 나서서 말했다.

"그 일이라면 제가 한번 해보겠습니다. 저와 유표는 전부터 아는 사람이니 저를 사자로 삼아 성안으로 보내주십시오. 반드시 유표를 달래 돌아가신 주공의 시신을 온전히 하겠습니다."

비록 나이 어리고, 부친을 잃은 슬픔과 원한으로 격앙돼 있기는 하지만, 손책 또한 그들의 권유를 물리칠 만큼 무모하지는 않았다. 한동안 말없이 생각에 잠겼다가 마침내 그 일을 허락했다.

손책의 허락이 있자 환해는 그날로 양양성 안에 들어가 유표를 만났다. 환해의 말을 들은 유표는 별다른 주저 없이 거기에 따랐다.

"죽은 문대(文臺, 손견의 자)의 머리는 이미 관에 담아 간직해두었소. 빨리 황조를 풀어주면 돌려드리겠소이다. 그런 다음 양쪽 모두 군대를 물리고 다시는 서로 침범하는 일이 없어야 할 것이오."

아직도 손견이 강동에 쌓아둔 기반의 무서움을 제대로 알지 못하는 유표로서는 당장 귀찮은 싸움을 끝내게 된 것만이 반가웠다.

환해는 거듭 유표의 너그러움에 감사한 뒤 다시 손책의 진채로 돌아갈 채비를 했다. 그때 뒤늦게야 그 일을 전해 듣고 달려온 괴량이 큰 소리로 유표에게 말했다.

"주공, 아니 됩니다. 결코 그래서는 아니 됩니다. 강동에서 왔다면 군사 한 사람 갑옷 한 조각도 돌아가지 못하게 해야 합니다. 먼저 환해를 목 베시고 따로 계책을 세워 저들을 쓸어버려야 할 것입니다."

그 말에 유표가 난색을 지으며 멀거니 괴량을 보았다. 그의 말이 옳다 해도 이미 허락한 일이라 뒤집기 어려운 까닭이었다. 그런 유표를 깨우치듯 괴량이 다시 말을 이었다.

"지금 손견은 이미 죽고 아들들은 모두 어립니다. 그 허약한 틈을 타 급히 강동으로 군사를 내시면 북소리 한번으로 그 넓고 기름진 땅을 얻으실 수 있습니다. 그런데도 저들을 그냥 돌려보내 힘을 기를 수 있도록 버려둔다면 뒷날 강동은 반드시 우리 형주의 큰 걱정거리가 될 것입니다."

살핌에서도 헤아림에서도 괴량은 확실히 뛰어난 모사였다. 그러나 유표는 그를 제대로 쓸 만한 그릇이 못 되었다. 유가적(儒家的) 인의와 작은 인정에 얽매여 머뭇거리며 되물었다.

"그렇지만 황조가 저들 손에 사로잡혀 있으니 어찌 차마 버릴 수 있는가?"

"무모한 황조를 버려 강동을 얻을 수 있다면 안 될 건 또 무엇이겠습니까?"

괴량이 한층 답답한 얼굴로 그렇게 소리쳤다. 그러나 유표는 기어

이 듣지 않았다.

"황조와 나는 서로 마음을 터놓고 지내온 사이다. 그를 버리는 것은 불의를 저지르는 것이나 다름없다."

이에 환해는 무사히 돌아가고, 약조대로 손견의 목과 황조는 맞바꿔졌다.

손책은 선부의 영구를 앞세우고 강동으로 돌아가 곡아(曲阿)의 들에 장사 지냈다. 그런 다음 무리를 이끌고 강도에 머무르며 몸을 굽혀 어진 이와 학식 있는 선비를 맞아들이고 사방의 호걸들을 대접하니 차차 세력이 불어갔다.

# 천하를 위해 내던진 미색

손견이 유표와 싸우다 죽었다는 소문은 멀리 장안에 있는 동탁의 귀에도 들어갔다. 낙양까지 진격한 제후군(諸侯軍)이 내분으로 흐지부지 흩어진 데다, 그 주동이라 할 수 있는 원소와 공손찬의 싸움까지 말려 위신을 되찾은 동탁은 다시 한번 가슴을 쓸어내렸다.

"손견이 죽었다니 가슴과 배의 무거운 병이 나은 듯하구나. 실로 큰 걱정거리 하나를 덜었다."

동탁이 그렇게 기뻐하다가 문득 곁에서 시중하는 자들에게 물었다.

"그 아들이 시신을 수습해 갔다는데 올해 나이가 몇이냐?"

워낙 손견을 두려워했던 터라 그 아들 손책에게까지 걱정이 미쳤던 것이다.

"이제 열일곱이라 합니다."

물음을 받은 자들 가운데 하나가 아는 대로 대답했다. 그렇다면 걱정거리가 못 되었다. 늙은 동탁에게는 열일곱 살의 손책이 한낱 철부지로만 떠올랐다. 이제 겁날 게 없어진 동탁은 나날이 그 교만함과 횡포가 더해졌다. 스스로를 상보(尙父, 아버지와 같이 높임을 받는 사람)로 높여 황제조차 그렇게 부르도록 하니 그 참람됨이 지난날 십상시의 우두머리 장양(張讓)을 넘었다. 영제(靈帝)가 장양을 아부(阿父)라 부른 것은 환관들의 아첨에 넘어간 황제 스스로가 한 일이지만 동탁은 헌제(獻帝)를 강요하여 상보로 부르게 한 때문이었다.

또 동탁은 아우 동민(董旻)을 좌장군(左將軍)에 호후(鄠侯)로 높이고 조카 동황(董璜)은 시중으로 금군(禁軍)을 이끌게 하였다. 뿐만 아니라 동(董)가 성을 쓰기만 하면 늙고 젊고를 가리지 않고 모두 열후(列侯)에 봉하니 천하는 그대로 동탁의 것이나 다름없었다.

그러나 더욱 참람된 것은 장안에서 백여 리쯤 되는 곳에 새로 미오성(郿塢城)을 쌓은 일이었다. 자기 자신의 거처로 삼기 위해 백성 이십오만을 끌어내 성곽과 궁실을 지었는데 성곽은 그 높이며 두께가 한 가지로 장안성(長安城)과 똑같았다. 궁실은 장안성 안의 금궁(禁宮)보다 더 화려하게 꾸미고 창고에는 이십 년을 먹을 곡식을 쌓아 뜻 아니한 변고에 대비케 했다. 뿐만 아니라 민간 소년들과 미녀 팔백 명을 뽑아 그 안에 살게 하고, 자신의 가속들도 그리로 옮겨 호사를 누리게 하니 도성인 장안성이 무색할 지경이었다.

동탁 자신도 평소에는 항상 그 미오성에 머물며 미녀와 주지육림(酒池肉林)에 빠져 지냈다. 그러다가 잦으면 보름에 한 번이요, 뜸하면 한 달에 한 번 꼴로 장안성을 드나들었는데, 그때는 공경대부(公卿大夫)며 제후들이 횡문(橫門) 밖까지 나가 그를 맞아들이고 보내었다.

그때 동탁은 길가에다 장막을 치고 크게 잔치를 벌여 거기 나온 백관들과 술을 마시는 걸 통례로 삼았다. 명목이야 그들을 대접한다는 것이었지만, 속셈으로는 그 자리를 통해 자신의 위엄을 세우고 대신들을 겁주기 위함이었다.

한번은 이런 일이 있었다. 그날도 동탁이 횡문을 나서자 백관이 모두 배웅을 나왔다. 동탁은 여느 때처럼 수레에서 내려 장막에 든 뒤 거기 나온 백관들과 술잔을 나누었다. 그런데 잔치가 파할 무렵 북지(北地)에서 난을 일으켰다 잡힌 항졸(降卒) 수백이 끌려왔다. 동탁은 마침 좋은 기회라 생각하고 그 자리에서 그 항졸들을 처형하도록 했다.

참으로 끔찍한 혹형이었다. 어떤 자는 그 손발을 자르고, 어떤 자는 눈알을 뽑았다. 어떤 자는 그 혀를 잘랐으며 더러는 큰 솥에 삶아 죽이기까지 했다. 하나같이 차마 눈뜨고 못 볼 형벌이었다. 그 구슬픈 울음소리와 괴로운 외침이 하늘까지 사무치니 백관들은 한결같이 두려움에 질렸다.

그러나 처음부터 그걸 노린 동탁은 태연했다. 오히려 그 광경이 즐거운 듯 마시고 먹으며 웃고 떠들었다. 자신에게 항거하는 자는 모두 그렇게 죽으리라는 엄포의 효과를 한층 높이려는 수작이었다.

또 하루는 이런 일도 있었다. 그날은 궁궐 안 성대(省臺)에서 술자리를 벌였다. 백관들을 두 줄로 늘어 앉히고 한창 술잔을 돌리고 있는데 여포가 급하게 뛰어들어와 동탁의 귀에다 몇 마디 수군거렸다. 듣고 있던 동탁이 대수롭지 않다는 듯 피식 웃으며 중얼거렸다.

"으응, 그렇단 말이지……."

그러고는 술자리에 끼어앉은 사공 장온(張溫)을 가리키며 여포에게 나직이 말했다.

"저자를 데려가거라."

그러자 여포는 당 위로 올라가 사공 장온을 왁살스레 끌어냈다. 까닭은 알 수 없지만 장온이 새파랗게 질린 얼굴로 여포에게 끌려가는 모습에 백관들은 모두 가슴이 철렁했다. 마지못해 잔을 비워도 술인지 소태 물인지 모를 지경이었다.

여포에게 끌려간 사공 장온은 오래잖아 목만 붉은 쟁반에 담겨 돌아왔다. 아직도 시뻘건 피가 흐르는 장온의 목을 본 여러 벼슬아치들은 놀라 혼이 다 빠져나간 듯 그 까닭조차 묻지 못하고 벌벌 떨며 동탁의 눈치만 살폈다. 그걸 즐기듯 살피고 있던 동탁이 이윽고 만족하는 듯한 웃음과 함께 입을 열었다.

"제공들은 놀라지 마시오. 장온이 원술과 한 끈으로 이어져 몰래 나를 해하고자 하였소. 사람을 시켜 원술에게 보낸 밀서가 잘못하여 내 아들 봉선(奉先)의 손에 들어가는 바람에 일이 드러난 것이외다. 역적의 목을 벤 것은 그런 까닭이 있어서이니, 무고한 공들은 놀라거나 두려워할 필요가 없소."

너무도 조용하고 부드러워 오히려 듣는 사람을 질리게 만드는 목소리였다.

그 자리에 있던 뭇 벼슬아치는 하나같이 더 이상 자세한 까닭을 캐물을 엄두도 내지 못하고 술잔만 비우다가 동탁이 미오성으로 돌아간 뒤에야 말없이 쫓기듯 흩어졌다.

살펴보면 동탁이 자신의 권력 유지를 위해 즐겨 사용한 수단은 공포였고 그의 통치는 이른바 공포 정치인 셈이었다. 하지만 백성들을 위압하고 적대 세력을 꺾는 데에 그 어떤 수단보다 빠르고 확실한 효과가 있는 것에 못지않게 계속되기 어렵고 결말이 위험한 것이 또한 공포 정치이다.

공포 정치가 계속되기 어렵다는 것은 인간의 감각이 가진 마비란 특성 때문이다. 다른 감각과 마찬가지로 공포감도 거듭되면 마비되게 마련이다. 따라서 공포를 수단으로 이용하려는 쪽은 거듭될수록 보다 강력한 자극을 줄 수 있는 걸 개발해야 하는데, 그것은 다만 보다 잔혹해지고 야만스러워지는 길뿐이다. 그러나 그 방법은 이미 공포감이 마비된 이들에게는 효과도 없이 이용하는 쪽만 광란적인 가학 심리로 몰아넣어, 적대 세력에겐 한층 설득력 있는 대의명분을 무기로 주는 결과밖에 되지 않는다는 데 공포 정치의 한계가 있다.

공포 정치의 결말이 위험스럽다는 것은 언제나 공포 정치가 비극적으로 끝난다는 데 있다. 정당한 승계가 아닌 권력의 상실은 대개 비극적이긴 하지만 공포 정치의 종말처럼 극단적이지는 않다. 그 주인공은 바로 자신이 사용한 잔혹하고 야만적인 수단에 의해 무대에서 굴러떨어지기 때문이다. 역사에서는 아주 희귀한 예로 비극적인 결말을 모면한 경우가 있지만, 그 행운이란 것도 결국은 죽음이란 자연의 비극적 결말이 적대 세력이나 더 참을 수 없게 격분한 민중들의 동해(同害) 보복을 앞당겨 대신한 것에 지나지 않는다.

그런 면에서는 동탁도 크게 다르지 않았다. 겉보기에는 동탁이 휘두르는 공포란 철권에 질려 있는 것 같았지만 그가 틀어잡고 있는 조정에서도 이미 마비의 증상과 아울러 더 참을 수 없다는 격분의 분위기가 일고 있었다. 그 대표격인 사람이 바로 사도 왕윤(王允)이었다.

왕윤은 자가 자사(子師)로 태원군(太原郡) 기(祁) 땅에서 나고 자랐다. 어려서부터 절의를 숭상하고 공명에 뜻을 두어 학문에 전심하였으나 특히 불의를 참지 못하는 대쪽 같은 성품으로 맑은 이름을 얻었다.

아직 이름 없는 군리(郡吏)로 있던 열아홉 살 때의 일이었다. 환관인 조진(趙津)이란 자가 탐욕과 횡포가 심하여 현의 큰 근심거리였지만 그때만 해도 환관들의 세상이라 아무도 감히 손대지 못하고 있었다. 그런데 왕윤이 겁 없이 조진을 잡아다 죽여버렸다.

그러자 조진의 형제들이 가만있지 않았다. 다른 환관들의 도움을 입어 영제에게 왕윤이 무고한 조진을 죽였다고 참소하니 환관들의 말이라면 콩을 팥이라 해도 믿던 영제는 크게 노했다. 곧 태수 유질(劉鑕)에게 명하여 왕윤을 가두고 죄를 가려 죽이게 했다. 그때 왕윤은 다행히 죽음을 면했으나 꼭 삼 년을 옥살이하고서야 고향으로 돌아갈 수 있었다.

또 한번은 이런 일이 있었다. 그 뒤 다시 군리로 나갔는데 모시는 태수 왕구(王球)가 노불(路佛)이란 이름도 공도 없는 인물을 중히 쓰려 했다. 강직한 왕윤이 그걸 보고 있을 리 없었다. 험한 얼굴과 심한 말로 그 그릇됨을 따지니 왕구는 크게 성이 나 그를 죽이려 했다.

다행히 이웃 군의 태수가 듣고 왕윤을 구했는데, 그로 인해 왕윤의 이름은 널리 알려졌다.

왕윤의 그 같은 성품은 조정으로 들어간 뒤에도 변함이 없었다. 예주 자사로 황건적 토벌에 나갔다가 십상시인 봉서, 장양 등이 황건적과 내통한 것을 알아낸 것도 그였으며, 그들을 벌하자고 주장하다가 오히려 참소를 입어 옥살이까지 하기도 했다. 지난번 조조를 시켜 동탁을 찌르려다 실패한 것도 마찬가지로 이해될 수 있으리라.

사공 장온이 참혹하게 죽음을 당하던 날도 왕윤은 그 자리에 있었다. 동탁의 위세에 눌리어 한번 따져 물어보지도 못하고 집으로 돌아왔으나 그날 지낸 일을 생각할수록 기가 막혔다. 삼공(三公)의 하나인 사공의 목을 쟁반에 담아 술자리에 내놓은 동탁의 방자하고 잔혹함을 더는 용서할 수 없는 일이라 여겼다.

그러나 분하고 원통한 것은 마음뿐, 동탁을 죽일 마땅한 계책은 떠오르지 않았다. 답답함을 이기지 못하고 방을 나선 왕윤이 지팡이를 끌고 뒤뜰을 거닐기 시작했다. 밤이 깊고 달이 높이 뜨도록 궁리를 해보았지만 방 안에서 떠오르지 않던 묘안이 뒤뜰을 거닌다고 솟아날 리 없었다. 밤과 함께 시름만 깊어갈 뿐이었다.

그러다가 복받치는 감회를 이기지 못해 국화 덤불 곁에서 하늘을 우러르며 눈물을 짓고 있는데, 문득 모란정(牡丹亭) 쪽에서 긴 한숨과 짧은 탄식이 엇갈리며 들려왔다. 괴이한 일이라 여긴 왕윤은 발소리를 죽이고 가만히 가서 살펴보았다. 집안의 가기(歌伎, 노래와 춤으로 시중 드는 여종)인 초선(貂蟬)이 홀로 정자에 나와 있었다.

초선은 어려서부터 왕윤의 집으로 뽑혀와 노래와 춤을 익혔는데,

열여섯 살인 그 무렵에는 그 재주와 아울러 아름다움도 뛰어난 가기로 자라 있었다. 왕윤은 특히 그런 초선을 사랑하여 친딸 못지않게 대했고, 초선 또한 왕윤을 아비처럼 우러르고 따랐다.

"천한 것이 무슨 사사로운 정에 취해 이토록 요사스런 짓거리냐?"

한참이나 초선의 한숨과 탄식을 듣고 있던 왕윤이 소리 높여 꾸짖었다. 평소에 아끼던 초선이었지만, 편치 않은 심기로 들으니 모두가 정인(情人)을 그리는 소리로만 느껴져 버럭 역정이 인 까닭이었다.

"천한 계집이 어찌 사사로운 정이 있겠습니까?"

초선이 깜짝 놀라며 황급히 무릎을 꿇고 말했다. 왕윤이 달빛에 의지해 보니 아리따운 아미에 한 가닥 수심이 어렸으나 사된 기운은 보이지 않았다.

그제서야 왕윤은 조금 목소리를 부드럽게 하며 물었다.

"사사로운 정이 없다면 어찌하여 이토록 밤이 깊은데 긴 탄식에 잠겨 있느냐?"

"용납하여 주신다면 감히 아뢰겠습니다. 진작부터 아뢰고자 하였으나 때를 만나지 못해 가슴 깊이 감추고 지내온 말이옵니다."

초선이 문득 옷깃을 여미며 진정이 가득 담긴 목소리로 대답했다. 왕윤은 심상치 않은 일이라 여겨 재촉했다.

"그게 무엇인지는 모르나 숨기지 말고 사실대로 말해보아라."

초선이 고요한 목소리로 입을 열었다.

"저는 일찍부터 대인의 은혜를 입어, 이 몸이 기름을 받았을 뿐만 아니라 노래와 춤이며 예의범절까지 크신 가르침을 들었습니다. 낳은 이도 부모지만 기르신 이 또한 부모란 말이 있으나, 제가 대인께 입은 은혜는 실로 견줄 데를 찾지 못하겠습니다. 뼈와 살이 부서져 가루가 된다 한들 그 은혜의 만에 하나라도 갚을 수 있겠습니까? 그런데 이즈음 뵙기에 대인의 미간에 늘 근심스런 기색이 떠나지 않고 있으니 반드시 나라에 큰일이 있는 것으로 여겨집니다. 거기다가 또 오늘 밤은 잠자리에조차 들지 않으시고 이토록 밤이슬을 맞으시며 시름에 잠겨 뒤뜰을 거니시니 이 천한 것이 어찌 편히 잠자리에 들 수 있겠습니까? 하여 먼빛으로 대인을 살피다가 스스로 감회를 억제하지 못해 한숨과 탄식을 토한 것이 그만 대인께 들린 것 같사옵니다. 그것이 대인의 심기를 건드렸다면 엎드려 용서를 빌 뿐이오나, 먼저 감히 묻고자 합니다. 혹 대인의 근심을 더는 데 저 같은 것은 쓸모가 없을는지요? 만 번 죽더라도 대인께 도움이 되는 일이라면 기꺼이 이 천한 몸을 던지고자 합니다.”

듣고 보니 뜻밖의 말이었다. 그때껏 초선을 한 어린 계집으로만 보고 있던 왕윤은 자기 귀를 의심하며 다시 한번 초선을 살폈다. 꼿꼿하고 흔들림 없는 자태며, 수심 못지않게 차가운 결의가 어린 아미와 눈물이 반짝이는 눈길로 미루어 건성으로 둘러대는 말은 결코 아니었다.

그러자 초선의 아름다움이 전보다 한층 눈부시게 왕윤의 눈에 들어왔다. 그 아름다움을 새삼스레 느끼는 순간 문득 무슨 계시처럼 왕윤의 머리에 떠오르는 생각이 있었다.

“대한의 천하가 너의 손에 달리게 될 줄 누가 생각이나 했으랴!”

왕윤은 기쁨을 못 이겨 지팡이로 땅을 두드리며 그렇게 소리친 뒤 초선에게 말했다.

"나를 따라오너라. 조용한 화각(畵閣)으로 가서 의논하자."

그러면서 앞장서 초선을 인도하는 왕윤의 눈앞에는 호색한 동탁의 모습과 아울러 아직 동탁보다는 여자에 대해 순진하지만 한번 눈을 뜨면 앞뒤를 못 가리게 빠져들 건장하고 단순한 여포의 모습이 어른거렸다.

화각에는 평소에 왕윤을 시중드는 비첩(婢妾) 몇몇이 아직 잠자리에 들지 못하고 주인을 기다리고 있었다. 왕윤은 그들을 꾸짖어 물리친 뒤 초선을 청해 자리에 앉혔다. 그리고 그 어떤 때보다도 공손하고 엄숙하게 머리를 조아려 큰절을 올렸다. 초선이 놀라 황급하게 방바닥에 몸을 엎드리며 물었다.

"대인께서 어찌하여 이 천한 것을 놀라게 하십니까."

"너는 무릇 한의 천하에 목숨 받은 것들을 가엾게 여겨다오……."

그렇게 말하는 왕윤의 두 눈에서는 샘솟듯 눈물이 흐르고 있었다.

"이미 말씀드린 바 있습니다. 저 같은 것이 쓰일 데가 있다면 다만 영만 내려주옵소서. 만 번 죽는다 해도 마다하지 않겠습니다."

초선이 다시 한번 굳은 결의를 보였다. 그러자 왕윤은 무릎을 꿇은 채로 말을 이었다.

"지금 백성은 모두 거꾸러져 죽게 되었을 만큼 위태롭고, 임금과 신하는 아울러 달걀을 재어놓은 듯 급한 지경에 빠져 있다. 네가 아니면 이 천하를 구할 사람이 없으니, 잘 듣고 다시 한번 살펴 마음을 정하거라.

역적 동탁은 장차 천자의 자리까지 넘보고 있으되, 조정에 있는 문무의 여러 벼슬아치로는 어찌해볼 도리가 없다. 동탁의 주위에서 그 악을 돕는 무리들 때문인데, 그중에서도 특히 두려운 것은 동탁의 맺은 아들 여포란 자다. 그 날래고 군세기가 놀라워 힘으로는 아무도 여포를 꺾을 수 없는 까닭이다.

그런데 오늘 밤 네 말을 듣다 보니 문득 한 계책이 떠올랐다. 이른바 연환계(連環計)다. 동탁과 여포가 하나는 드러나고 하나는 드러나지 않은 차이는 있으나, 한가지로 호색하는 무리이니 네 아리따움이면 능히 그들을 도모할 수 있을 것이다. 나는 먼저 너를 여포에게 시집보낸 뒤 다시 동탁에게 바치고, 너는 또 그 가운데서 적당히 그들 부자를 반목하도록 만들어라. 그런 다음 여포를 시켜 동탁을 죽인다면 큰 악을 잘라 없애는 길이요, 나라를 다시 일으키는 길이 될 것이다. 네 미색을 시랑이 같은 그들 부자에게 내던지는 것은 괴로운 일이나, 또한 천하를 위해 큰 공을 이루는 일인즉, 어떠냐, 한번 해보겠느냐?"

그런 왕윤의 말은 간곡했다. 초선이 선뜻 대답했다.

"저는 이미 대인을 위해 만 번 죽어도 마다하지 않겠다고 아뢰지 않았습니까? 얼른 저를 그들에게 보내주옵소서. 제겐 저대로 대인의 뜻을 이루어드릴 꾀가 마련되어 있습니다."

"만약 이 일이 새어나가면 내 집안은 아무도 살아남지 못할 것이다."

"대인께서는 걱정하지 않으셔도 됩니다. 제가 만약 그 같은 대의에 보답하지 못하면 만 자루 칼 아래 죽을 것입니다."

그 말을 듣자 왕윤은 벌떡 몸을 일으키더니 다시 큰절로 초선에게 감사했다.

"고맙다. 다행히 역적이 죽고 한실이 다시 밝은 날을 맞을 수 있다면 그는 모두 네 공이리라."

그런 다음 왕윤은 초선을 쓸어안고 또 한 번 비오듯 눈물을 흘렸다. 한편으로는 박명한 가인(佳人) 초선을 위한 눈물이었지만, 다른 한편으로는 그 길밖에 달리 길이 없는 자신의 무력함을 한탄하는 눈물이기도 했다.

동탁과 여포를 겨냥한 왕윤의 연환계는 다음 날로 곧장 펼쳐졌다. 왕윤은 집 안에 고이 간직해두었던 값지고 귀한 구슬 몇 알을 꺼내 솜씨 좋은 장인에게 내주며 그걸 박은 금관 하나를 만들게 했다. 그리고 솜씨를 다해 만든 그 금관을 사람을 시켜 가만히 여포에게 보냈다.

순금으로 만든 관에다 한 알만 해도 천금에 값하는 구슬이 몇 개나 박힌 그 귀한 선물을 받자 여포는 몹시 기뻤다. 평소에 냉담하던 왕윤이 보낸 것이라 더욱 기뻤는지도 모를 일이었다. 하늘을 찌를 것 같은 위세도 돌보지 않고, 몸소 고마움을 표시하고자 왕윤의 집으로 달려갔다.

그걸 미리 헤아리고 온갖 준비를 갖춘 채 기다리고 있던 왕윤은 문 밖까지 나가 여포를 맞아들였다. 그리고 좋은 술과 맛난 안주로 그득하게 상을 차려둔 후당으로 인도한 뒤 상좌에 앉혔다.

귀한 선물에다 이제는 융숭한 대접까지 받게 되자 단순한 여포는 더욱 감격했다. 목소리까지 떨리며 왕윤에게 감사했다.

"이 여포는 승상부에 속한 한낱 장수요, 사도께서는 조정의 대신

이십니다. 그런데도 오히려 제가 거꾸로 대접을 받는 격이 되니 몸 둘 바를 모르겠습니다."

그 같은 여포의 말에는 지나친 호의에 대한 의아로움까지 들어 있었다. 왕윤이 좋은 말로 둘러댔다.

"당금의 천하에는 이렇다 할 영웅이 없는 터에 오직 장군만이 있을 뿐이외다. 여기 이 왕(王)아무개는 장군의 벼슬이 높음을 사모하는 것이 아니라 재주를 우러러 작은 정표를 보냈을 뿐이오."

그러자 여포는 희미하게 일던 의심마저 풀고 기쁘게 잔을 받았다. 왕윤은 여포에게 술잔을 올리면서도 입으로는 끊임없이 동탁과 여포의 덕을 추켜세웠다. 혹시라도 여포가 다시 의심을 품게 될까 봐서였지만 쓸데없는 걱정이었다. 단순한 여포는 점점 우쭐해하며 신이 나서 잔을 비워댔다.

몇 순배 술이 돈 뒤 왕윤이 시중하는 자들을 모두 물리치고 시첩 몇만 남겨 자리를 좀더 은밀하고 호젓하게 만들었다. 그렇게 함으로써 은연중에 여포의 색심(色心)을 동하게 하기 위함이었다.

젊고 예쁜 시첩에게 둘러싸인 채 본채로부터 떨어진 후당에서 마시는 때문인지 과연 오래잖아 굳어 있던 여포의 자세가 풀어지기 시작했다. 제법 시첩들을 희롱까지 해가며 번갈아 권하는 대로 거리낌 없이 마셔대는 것이었다. 그렇게 하여 여포의 남다른 주량이 반쯤 찼다 싶을 때 왕윤은 다시 분위기를 바꾸었다. 시첩들마저 물러가게 하고는 그중 하나에게 넌지시 말했다.

"가거든 내 딸 초선이를 들여보내라. 아비가 부른다고 하면 수줍어 피하지는 않을 것이다."

약간 거나해진 여포는 젊고 예쁜 시첩들마저 내보내는 게 속으로는 싫었으나 집주인이 하는 일이라 말없이 보고만 있었다. 거기다가 딸을 불러낸다니 은근한 기대가 일지 않는 것도 아니었다.

오래잖아 방문이 열리고 푸른 옷을 입은 두 비녀의 부축을 받으며 한껏 단장한 초선이 들어왔다. 원래도 빼어난 자색인 데다 비단과 보석으로 치장하고 곱게 화장까지 하고 나니 그 아름다움은 눈이 부실 지경이었다. 놀란 눈으로 그런 초선을 바라보고 있던 여포는 조금 전에 들은 말도 잊고 더듬거리며 왕윤에게 물었다.

"도대체 이 사람이 누, 누굽니까?"

"이 아이는 내 딸 초선이외다. 이 왕윤은 장군을 집안사람처럼 가까이 여기는 터이라 이 아이를 불러 장군을 뵙게 하는 것이오."

반나마 얼이 빠진 듯한 여포를 보고 속으로는 기뻐하면서도 왕윤은 참으로 여포를 그렇게 생각한다는 듯 말했다. 그리고 초선을 향해 엄숙하게 일렀다.

"이분은 당금에 둘도 없는 영웅인 여(呂)장군이시다. 아비와는 형제와 다름없이 지내는 터이니 어려워 말고 술 한잔 올리도록 해라."

그러자 초선은 옥으로 깎은 큰 잔 가득 향기로운 술을 따라 다소곳이 여포에게 올렸다. 잔을 받은 여포는 거의 제정신이 아니었다. 가까이에서 볼수록 빼어난 초선의 자색이었다. 초승달 같은 눈썹과 가을물처럼 맑고 찬 눈, 상아로 깎은 듯 오똑한 콧날에 복사꽃빛 도는 볼, 그리고 붉은 꽃잎 사이로 보일 듯 말 듯하는 희고 가지런한 치아, 실로 미인을 형용하는 고금의 비유를 한군데 모아놓은 듯한 얼굴이요 자태였다.

넋 나간 듯한 여포의 꼴을 보고 왕윤은 거짓으로 취한 체하여 초선에게 말했다.

"오래 장군을 모시고 함께 술잔을 나누도록 하여라. 실로 우리 전 집안이 이분의 두터운 정에 기대고 있다고 해도 지나친 말은 아니니라."

말하자면 술에 취한 양함으로써 딸을 외간남자의 술시중을 들게 하는 변명을 대신하고 있었다. 평소 예절에 밝고 격식에 까다로운 왕윤이었기에 혹시 그 파격적인 대우가 여포의 의심을 살까 걱정이 되어서였다.

여포도 그제서야 정신을 수습하고 초선에게 앉기를 권했다. 그러나 거기에 대한 초선의 응대 또한 빈틈없기로는 왕윤에 못지않았다. 이미 그에 바쳐지기로 작정된 몸이지만, 가볍고 천하게 보이지는 않으려 했다. 아비의 그 같은 분부가 부당하다는 듯 맑고 고운 눈을 들어 짐짓 가볍게 왕윤을 흘기고는 돌아서 나가려 했다.

초선이 몸을 일으키려 하자 여포는 애간장이 탔다. 그러나 다행히도 왕윤이 나서서 다시 초선을 달래었다.

"장군은 나와 가장 가까운 벗이나 다름이 없다. 곁에 앉는다고 아니 될 일이 무에 있겠느냐?"

마치 여포의 급한 마음을 읽기라도 한 듯한 왕윤이 말했다. 그러자 초선도 못 이긴 체 자리에 앉았으나 여포 쪽이 아니라 왕윤 곁이었다.

그 같은 초선의 몸가짐은 더욱 여포의 마음을 사로잡았다. 건성으로 술을 마시기는 해도 눈은 잠시도 초선을 떠나지 않았다. 금세 떠나갈 듯 떠나갈 듯 다가오는 초선에게서 느껴지는 양가의 규수다운 몸가짐이 거칠게 살아온 무부(武夫)에게는 그녀의 눈부신 아름다움 못지않게 고혹적이었다.

그만하면 여포와의 일은 거지반 이루어진 것이나 다름없었다. 하지만 왕윤은 다시 몇 순배 술잔이 오가도록 뜸을 들인 뒤에야 천천히 입을 열었다.

"나는 이 아이를 장군의 첩으로 보낼까 합니다만 장군께서 받아들이실지 모르겠소이다. 이 몸이 늙어가니 누구에겐가 맡겨야 할 터이나, 내가 마음놓고 눈감을 수 있는 길은 장군께서 거두어주시는 것뿐이외다."

여포로서는 자기 귀가 의심스러울 정도로 기쁜 말이었다. 그리하여 왕윤이 진심으로 말하고 있다는 걸 알아차리자마자 여포는 벌떡 자리에서 일어나 두 손을 모으며 소리쳤다.

"만약 그렇게만 된다면 이 여포는 사도께 마땅히 개나 말이 주인에게 그러하듯 힘을 다해 은혜에 보답하겠습니다."

하도 기쁜 나머지 당금 천하에서 동탁에 다음가는 자로서의 체신도 잊고 하는 말이었다.

"원 별말씀을…… 장군께서 거두어주시겠다니 오히려 이 왕아무개의 광영이외다. 그럼 가까운 날 길일을 골라 이 아이를 장군의 부중(府中)으로 보내드리겠습니다."

왕윤이 정말로 고마운 듯 그렇게 말했다. 여포는 기쁜 나머지 정신까지 아뜩했다. 그도 그럴 것이, 몸은 비록 후(侯)의 자리에 올랐으나 여자에 대해서는 아직 그리 능숙한 편이 못 되었다. 한참을 허둥대다가 간신히 눈길을 모아 머지않아 가슴에 품게 될 초선을 바라보았다. 마주보는 초선의 눈길 역시 앞서와는 달리 은은한 추파를 띠고 있었다.

그렇게 되자 술자리는 한층 무르익었다. 초선에게 넋을 잃은 여포는 지난 무용담을 자랑하며 말술로 호기를 부렸다. 마음 같아서는 그날 밤 안으로 당장 초선을 품고 싶었다. 그러나 미리 세워둔 왕윤의 계책은 그걸 허락하지 않았다.

"원래는 장군을 이곳에서 하룻밤 묵어 가게 했으면 좋겠소만 동태사(董太師)께서 의심하실까 두렵소이다. 뒷날을 기약하고 오늘 자리는 이만 파하는 게 옳겠소."

밤이 깊자 왕윤이 문득 그렇게 말하며 술상을 거두게 했다. 여포는 아직 돌아가기 서운했으나 어쩔 수 없었다. 취한 몸을 간신히 가다듬으며 왕윤에게 두 번 세 번 절하여 고마움을 표하고는 승상부로 돌아갔다.

초선을 앞세워 여포의 마음을 사로잡는 데 성공한 왕윤은 다시 동탁에게 손을 뻗쳤다. 여포가 다녀간 지 며칠 뒤의 일이었다. 조당에 들었다가 마침 동탁 홀로 있는 걸 본 왕윤은 땅에 엎드려 절하며 은근한 목소리로 청했다.

"이 윤(允)의 거처가 비록 누추하나 한번 태사의 수레를 머물게 하여 수주(壽酒)라도 한잔 올리고 싶습니다. 다만 태사의 뜻을 몰라 미루다가 이제 청하는 바, 태사께서 허락해주시겠습니까?"

"사도께서 불러주시기만 한다면 언제든 그 즉시로 달려가겠소이다."

좀 뜻밖이긴 하지만 동탁은 기꺼이 응낙했다. 대권을 잡고 있는 그이기는 해도 조정의 원로대신이요, 곧기로 이름 높은 왕윤이 사가(私家)로 자신을 청해준다니 반갑지 않을 수 없었다. 어딘가 왕윤이 자신에게 적의를 품고 있는 듯한 느낌이 없던 것은 아니었으나, 감히 자신을 상대로 무슨 큰 음모를 꾸밀 위인이라고는 생각되지 않았다. 그보다는 오히려 이제는 올곧기로 이름난 왕윤마저 몸을 굽혀 자신에게 가까워지려 한다는 지레짐작으로 흐뭇해했다.

생각보다 쉽게 동탁의 응낙을 받은 왕윤은 그 자리에서 이튿날로 그를 청했다. 그리고 돌아오기 바쁘게 동탁을 맞을 채비에 들어갔다. 황제의 어가라도 거기에 이를 듯한 법석이었다.

대청에 큰상을 벌이되 물과 뭍에서 나는 온갖 맛나고 값진 음식을 빠뜨리지 않았고, 그 가운데는 특히 동탁을 위해 높은 자리를 마련했다. 집 안팎으로 화려한 장막을 드리우는가 하면 마당은 수놓은 비단으로 덮었다.

그러나 더욱 동탁을 흐뭇하게 한 것은 그를 맞는 왕윤의 태도였다. 이튿날 정오 약속대로 동탁의 수레가 이르자 왕윤은 조복을 갖추고 마중을 나가 두 번 절하고 서서 기다렸다. 그리고 갑사(甲士) 백여 명을 거느린 동탁이 수레에서 내려 집 안으로 들어선 뒤에도 왕윤은 여전히 당 아래 머물러 있었다. 미리 마련해둔 자리에 앉은 동탁에게 두 줄로 늘어선 갑사들 끝에서 다시 공손하게 절을 올리는 왕윤의 태도는 손님을 맞는 주인이라기보다는 임금을 맞아들이는 신하에 가까웠다.

"사도께서도 당으로 오르시오."

동탁이 흐뭇해서 그렇게 권했다. 그러나 마지못해 좌우의 부축을 받아 동탁의 곁에 앉은 왕윤은 여전히 송구스런 얼굴이었다. 동탁이 기뻐할 청송 한마디를 잊지 않았다.

"태사의 성덕이 크고 높으니 이윤(伊尹) 주공(周公)인들 태사께 미칠 수 있겠습니까. 분부가 지엄하여 감히 나란히 앉기는 하나 어디다 손발을 두어야 할지조차 모르겠습니다."

그 말에 동탁은 더욱 기뻤다. 예전의 의심 많고 날카롭던 그였다면 왕윤의 그 같은 표변이 이상하게 느껴졌으련만 계속되는 성공에 취한 그라 그 말을 왕윤의 진심으로만 받아들였다.

가만히 살피면 동탁의 그 같은 방심은 별로 이상한 것도 없다. 그가 처음 낙양으로 군사를 이끌고 들어갔을 때만 해도 조정은 그를 무슨 사나운 짐승이나 더러운 물건 보듯 하는 무리로 가득 차 있었다. 어떤 자는 대의를 코에 걸고 저항했으며, 어떤 자는 지조와 절개를 소리 높이 외치며 벼슬을 떠나갔다. 어떤 자는 그가 변방의 농군 자식이라 경멸했고, 어떤 자는 그가 학문 없는 무장이라 외면했다. 그러나 그로부터 삼 년 후 그의 권세가 점차 확고해지면서 동탁은 너무도 자주, 그리고 쉽게 그들이 자신에게 굴복하는 것을 보아왔다.

아직 대세가 결정되기 전에는 의를 위해 당장이라도 목숨을 내놓을 것 같던 자들도 한번 동탁의 천하가 되자 서량에서 데리고 온 부하들보다 더 비굴하게 따랐고, 소리 높이 지조와 절개를 내세우던 자들도 웬만한 벼슬자리 하나면 감격에 찬 얼굴로 달려와 무릎을 꿇었다. 가문이나 학식을 내세우던 자들도 마찬가지여서 동탁은 종종 그들의 비판이나 저항이란 것이 동탁에게 팔릴 자신의 값을 높이기 위한 술수나 아니었던가 의심이 갈 정도였다.

하지만 황하가 아무리 흐려도 한가닥 맑은 흐름은 있게 마련이다. 그 가운데서도 끊임없이 목숨을 내던져 그의 불의와 폭정에 항거하는 이들이 없지는 않았으나 그 세력은 너무도 미미했다. 거기다가 그마저도 너무 쉽게 들키고, 너무 어이없이 실패하니 오히려 동탁의 방심만 키울 뿐이었다.

왕윤의 거짓 아첨은 바로 그런 동탁의 허점을 겨냥하고 있었다. 기분이 좋아진 동탁이 내리는 술을 받으며 왕윤은 거듭 마음에도 없는 치하와 공경의 말을 하여 그를 더욱 기쁘게 했다.

향기로운 술과 진귀한 안주는 줄을 이어 날라져 오고, 사죽(絲竹, 거문고와 피리)은 세상에 다시 없는 경사를 만났다는 듯 자지러졌다. 그리하여 날이 저물고 동탁도 거나해지자 왕윤이 문득 낯빛을 고치며 가만히 동탁을 후당으로 청했다.

"태사께 긴히 드릴 말씀이 있습니다."

취한 중에도 소매를 끄는 왕윤의 표정에 은밀함을 원하는 구석이 있는 걸 알아본 동탁은 호위하던 갑사들까지 물리치고 후당으로 따라 들어갔다. 거기서 왕윤은 다시 한차례 동탁을 추켜세운 뒤 갑자기 목소리를 낮추며 말했다.

"제가 젊을 때부터 천문 보는 법을 익혀온 터라 나잇살이나 먹은 이제는 좀 알 듯도 합니다. 요즈음 밤마다 하늘의 상[乾象]을 살펴본 바, 한나라의 기수(氣數)는 이미 다한 듯싶습니다. 그런데 지금 태사의 공덕은 천하에 떨치니, 순(舜)이 요(堯)를 잇고 우(禹)가 순을 잇 듯 태사께서도 한을 이으셔야 할 것입니다. 실로 하늘과 사람의 뜻

166

에 아울러 합당한 일입니다."

듣고 보니 왕윤의 입에서 나온 말치고는 너무 뜻밖인 데다 내용도 너무 엄청난 것이라 동탁도 잠시 아연한 모양이었다. 한참이나 왕윤을 살피다가 더듬거리며 되물었다.

"그게 무슨 말씀이시오? 내가 어찌 감히 그걸 바라겠소?"

"예부터 '도로 무도함을 치고, 덕이 없는 자는 덕 있는 이에게 천하를 내어준다[有道伐無道 無德讓有德]'란 말이 있습니다. 바로 태사께서 한을 이으심이 그에 크게 다르지 않습니다. 어찌 분에 넘치는 일이라 하겠습니까?"

왕윤이 목소리까지 가다듬어 다시 동탁을 부추겼다. 표정 또한 조금도 맘에 없는 소리를 하는 사람 같지 않았다. 그제서야 동탁도 활짝 웃으며 말했다.

"만약 천명이 내게로 돌아온다면 사도께서는 마땅히 그 원훈(元勳)이 되리다."

어느새 동탁의 눈에는 왕윤마저 한실에 등을 돌리고 자기에게서 부귀와 영달을 구하는 무리로만 보였다. 그리고 그 정성을 다한 대접과 전에 없던 아첨의 속사정도 짐작할 수 있을 것 같았다.

왕윤은 거기다 한술 더 떴다. 정말로 당장에 큰 벼슬이라도 얻은 듯 그 같은 동탁의 말 한마디에 허연 머리를 조아려 절하며 감사했다. 동탁은 이미 천자의 자리에라도 오른 기분이었다. 황망한 듯 손을 저으며 겸양을 떨었지만 입은 귀밑까지 찢어져 있었다. 이어 왕윤은 짐짓 분위기를 은밀하게 만들기 위해 어둑한 대로 놓아두었던 방 안에 촛불을 밝히고 물리쳤던 계집종들을 불러들였다.

"태사께 올릴 진짓상 준비는 어떻게 되었느냐?"

왕윤이 그렇게 묻기 바쁘게 음식과 술이 곁들여진 상이 다시 후당 안에 차려졌다. 낮에 못지않게 풍성한 차림이었다. 왕윤이 다시 동탁에게 은근하게 말했다.

"교방(教坊)이 춤과 노래를 가르치나 그 풍류가 태사께 바쳐올리기에는 모자란 데가 있습니다. 마침 제가 기른 가기가 하나 있어 그 재주가 자못 볼만하기로 감히 태사께 바쳐올리고자 합니다."

"매우 좋은 일이오. 사도께서 그렇게 말씀하시니 더욱 보고 싶구려."

동탁도 기꺼이 허락했다. 그러자 왕윤은 아른아른한 발을 드리우고 부는 것이며 퉁기는 것[絲竹]을 벌이게 한 뒤, 초선을 불러들여 발 뒤에서 춤추게 했다. 곧 생황 소리가 방안에 가득해지며 미리 비단과 보석으로 단장하고 기다리던 초선이 거기에 맞추어 춤을 추기 시작했다.

그 모습이 아름답기는 지난날 미인 많기로 이름났던 소양궁(昭陽宮)의 궁녀가 되살아난 듯하고, 초양왕(楚讓王)을 넋빠지게 한 무산(巫山)의 신녀(神女)가 거리로 내려온 듯했다. 두 팔을 휘저어 바삐 휘돌면 동정호의 봄을 나는 기러기요, 버들잎을 스치는 제비 같았으며, 느릿느릿 멈추어 서면 아름다운 누각에 걸린 흰 구름이요, 바람에 흔들리는 한 떨기 고운 꽃이었다.

발을 사이에 두고 그 광경을 보고 있던 동탁은 그대로 얼이 다 빠져나가는 듯했다. 거기다가 적지 않이 오른 술도 초선의 춤추는 자태를 한층 아리땁게 보이도록 만들었다. 슬몃 색심이 동한 동탁은 한차례 춤이 끝나기 무섭게 초선에게 말했다.

"이리 가까이 오너라."

왕윤이 곁에서 얼른 거들었다.

"태사께서 너를 부르신다. 와서 인사드려라."

그러자 초선은 마지못한 듯 발을 걷고 나와 동탁에게 공손히 절을 올렸다. 절을 마치고 고개를 드는 걸 보니 실로 뛰어난 자색이었다. 천하의 권세를 오로지한 지 삼 년, 미인이라면 궁녀로부터 여염의 아낙까지 숱하게 안아본 동탁이었으나, 가까이서 한번 초선을 보자 자기는 한번도 미인을 안아본 적이 없는 사람처럼 느껴졌다.

동탁은 갑자기 말까지 더듬거리며 왕윤을 돌아보고 물었다.

"이 미인이 누구요?"

"저희 가기 초선입니다."

왕윤이 속으로 쾌재를 부르며 대답했다. 동탁이 거슴츠레한 눈으로 다시 한번 초선을 살피다가 불쑥 왕윤에게 말했다.

"가기라면 노래도 할 줄 알겠구려. 한 곡조 듣고 싶소이다."

"노래도 제법 흉내는 낼 줄 압니다. 태사께서 바라신다면 한마디 불러 올리게 하겠습니다."

왕윤이 그렇게 대답하고 초선에게 일렀다.

"태사께서 네 노래를 원하신다. 일신의 광영으로 알고 재주를 다 해보아라."

그러자 초선은 수줍은 듯 동탁과 왕윤을 훔쳐본 뒤 가만히 장단을 맞추는 데 쓰는 단판(檀板)을 집어들었다.

곧 은쟁반 옥구슬을 굴리는 듯한 초선의 음성이 방 안을 가만히 떨어 울렸다. 시인이 그 모습을 이런 시로 그려냈다.

한잎 앵도꽃이 새빨간 입술로 열린 듯,

一點櫻花啓絳唇

옥을 바수어 따스한 봄 뿜어내나,

兩行碎玉噴陽春

정향 같은 혀에 숨은 칼날 토하듯 후려

丁香舌吐橫鋼劍

나라 어지럽히는 간사한 도적 목 베려 하네.

要斬奸邪亂國臣


그러나 초선의 혀에 숨은 칼날을 알 리 없는 동탁은 더욱 홀린 듯 반했다. 노래가 끝나자 초선의 솜씨를 크게 칭찬하고 듬뿍 상을 내렸다. 왕윤이 그 틈을 놓치지 않고 초선에게 말했다.

"너는 그같이 과분한 상을 받고도 어찌 가만히 있느냐? 태사께 수주라도 올리도록 하여라."

초선이 술을 한잔 가득 부어올리자 동탁은 단숨에 들이켜고 물었다.

"올해 나이가 몇이냐?"

"천한 몸 이제 열여섯이옵니다."

"너는 참으로 선녀와 같이 아름답구나. 내 일찍 너 같은 미색과 재주는 본 적이 없다."

그렇게 되면 왕윤이 뜻하는 바는 거의 이루어진 것이나 다름없었다. 하지만 왕윤은 조금도 기쁨을 내색하지 않고 다음 단계로 넘어갔다.

"태사께서 천한 계집을 높이 보아주시니 이 윤도 기쁘기 한량없습니다. 저 아이를 태사께 바치고 싶사오나 받아들여주실지 몰라 망설이고 있을 뿐입니다."

목소리를 가다듬어 가장 공경하는 체 그렇게 말했다. 마음은 있어도 차마 조정 원로대신의 가기까지 뺏어갈 수는 없어 군침만 흘리고 있던 동탁은 왕윤의 그 같은 말에 기쁨을 감추지 못했다. 입이 귀밑까지 벌어져 감사해 마지않았다.

"사도께서 이토록 은혜를 베푸시니 무엇으로 보답해야 될지 모르겠소이다."

"천만의 말씀입니다. 오히려 저 아이야말로 승상의 총애를 입게 되었으니 그 복이 얕지 아니하다 할 수 있을 것입니다."

그리고 거듭 고마움을 표시하는 동탁의 눈앞에서 사람을 불러 명했다.

"어서 전거(氈車)를 준비하도록 하라."

당장 초선을 보내겠다는 뜻이었다. 벌써 색심이 동할 대로 동한 동탁도 그런 왕윤의 서두름을 말리지 아니했다.

곧 털로 짠 휘장을 드리운 호화로운 수레가 준비되고, 새로이 단장을 마친 초선이 그 위에 올랐다. 동탁의 승상부로 가기 위함이었다.

초선이 자기의 부중으로 떠나는 걸 보자 동탁은 마음이 급했다. 다시 몇 순배 술이 돌기도 전에 취한 체 돌아갈 채비를 차리게 했다. 얼른 달려가 아리따운 초선을 품을 생각에 왕윤의 듣기 좋은 말도 귀에 들어오지 않을 지경이었다.

"나도 이만 돌아가 봐야겠소이다. 오늘의 분에 넘치는 환대 잊지 않겠소."

왕윤도 더는 동탁을 잡지 아니했다. 친히 말을 타고 동탁의 수레와 나란히 달려 승상부까지 배웅했다.

왕윤이 동탁과 작별하고 집으로 돌아오는 길이었다. 중간쯤 왔을 때 붉은 등들을 앞세우고 달려오는 인마가 있었다. 왕윤이 놀라 말을 멈추고 바라보니 방천화극을 꼬나든 여포였다. 어둠 속에서도 불이 철철 넘치는 두 눈이며 거친 숨소리로 미루어 분을 이기지 못하는 게 역력했다.

"왕사도! 이럴 수가 있소."

여포는 왕윤에게 다가오자마자 옷깃을 움켜잡으며 벼락같이 소리쳤다. 까닭을 훤히 알면서도 왕윤은 오히려 이상하다는 듯 여포에게 되물었다.

"온후께서 갑자기 무슨 말씀이시오? 이 늙은이가 무엇을 어찌했기에?"

"아니, 어쨌기에라니? 사람을 놀려도 정도가 있지, 그래 놓고 시치미를 떼는 거요?"

여포가 더욱 펄펄 뛰며 소리쳤다. 그러나 왕윤은 정말로 알 수 없다는 표정이었다.

"여장군, 그게 무슨 말씀이오? 이 왕아무개가 장군을 놀렸다니? 우선 까닭부터 말씀해주시오."

그러자 여포도 이상한 느낌이 든 모양이었다. 한동안 왕윤을 삼킬 듯 노려보더니 약간 가라앉은 목소리로 말했다.

"사도께서는 이미 초선을 내게 주시기로 허락하시고, 이제 다시 태사께 보내시지 않으셨소? 그래도 사람을 놀리지 않았다고 하시 겠소?"

끝부분에 와서는 다시 격앙되는 여포의 목소리였다.

# 두 이리 연환계에 걸리다

"그 일이라면 이곳은 크게 떠들 곳이 못 되오이다. 제 초사(草舍)
에 가서 조용히 말씀드리겠소."

왕윤이 문득 안색을 바꾸고 여포에게 말했다. 긴히 할 말이 있다
는 듯한 표정이었다. 제풀에 다시 화가 치솟은 여포였으나 그 같은
왕윤의 표정을 보자 무턱대고 고함만 칠 수는 없었다. 까닭이나 알
고 보자는 듯 움키고 있던 왕윤의 옷깃을 놓고 뒤를 따랐다.

"장군은 어찌하여 이 늙은이만 괴이하다 여기시오?"

자기의 집에 이르러 말을 내린 왕윤은 여포를 후당으로 인도한
뒤 오히려 따지듯 물었다.

"누가 와서 그러는데, 사도께서 친히 전거를 내어 초선을 승상부
로 보냈다 했소. 그렇다면 그게 무슨 까닭이오?"

여포가 아직 화가 덜 풀린 목소리로 왕윤의 물음을 받았다. 그러자 왕윤은 답답하다는 듯 말했다.

"그건 장군이 몰라 하시는 말씀이오. 아무려면 이 늙은이가 장군을 욕되게 할 리가 있겠소?"

"그럼 무엇 때문이오?"

"일은 이렇게 되었소이다. 어제 이 늙은이가 조당에 있는데 태사께서 볼일이 있으니 내 집으로 오시겠다 하셨소. 그래서 준비를 갖추고 기다리고 있자니 태사께서 정말로 찾아와 함께 술잔을 나누다가 불쑥 말씀하셨소. '내가 듣자니 이 댁에 초선이라는 여아가 있어 우리 봉선(奉先)이에게 시집 보내기로 허락했다는데 그게 정말이시오? 나는 아무래도 그 말이 믿어지지 않아 특별히 와보았소. 내 며느리 될 그 아이를 한번 보았으면 좋겠소.' 태사께서 그렇게 말씀하시는데 이 늙은이가 어찌 거스를 수 있겠소이까? 할 수 없이 초선을 불러내어 태사께 절하며 뵙게 하였던바 태사께서는 한동안 그애를 바라보다가 다시 말씀하십디다. '오늘이 마침 좋은 날이니 내가 돌아갈 때 이 아이를 데려가 우리 봉선이와 짝지어주겠소.' 그러니 장군도 생각해보시오. 다른 사람도 아닌 태사께서 친히 오셔서 그렇게 말씀하시는데 망설일 게 무엇이겠소? 곧 수레를 준비시켜 그 아이를 승상부로 보낸 것인데, 그게 어떻게 잘못 전해진 모양이오."

여포가 듣고 보니 왕윤이 그른 데는 아무 데도 없었다. 거기다가 동탁이 초선을 데려간 것도 자기와 혼인을 시키기 위함이라 하지 않는가. 이에 단순한 여포는 오히려 머리를 조아리며 왕윤에게 사죄했다.

"이 포(布)가 어리석어 잠시 착각을 한 모양입니다. 내일 매를 지고 와서 사도께 죄를 빌겠습니다."

거기다가 왕윤이 또 한 번 초를 쳤다.

"장군의 부중으로 보낼 딸아이의 장렴(粧區, 경대) 등속이 약간 있습니다. 일이 이렇게 되었으니 빨리 보내도록 하겠소이다."

다시 말해 혼수감은 직접 여포에게로 보내겠다는 뜻이었다. 더욱 왕윤을 의심할 수 없게 된 여포는 거듭 앞날의 장인에게 감사하고 왕윤의 집을 물러났다.

그 길로 돌아간 여포는 밤새도록 뜬눈으로 동탁의 부름을 기다렸다. 왕윤의 말대로라면 동탁은 그날 밤 안으로 자기를 불러 초선과 짝을 짓게 해주어야 했다. 그러나 날이 훤히 밝도록 동탁은 여포를 부르지 않았다.

그제서야 여포는 더럭 의심이 났다. 날이 밝는 대로 자기의 방을 뛰어나가 동탁이 기거하는 중당(中堂) 쪽으로 가보았다. 아직 새벽이라 사방은 고요했다. 그 고요함이 더욱 수상쩍어 여포는 곧장 중당 안으로 뛰어들었다. 안에는 일찍 깨어난 동탁의 시첩 몇이 서성거리고 있었다.

"태사께서는 어디 계시냐?"

여포는 그들에게 다가가 누구에게 할 것도 없이 물었다. 그 가운데 하나가 입을 비쭉이며 대답했다.

"어젯밤에 태사께서는 새로운 계집 하나를 얻어 함께 잠자리에 드신 뒤 아직 일어나지 않으셨습니다."

그 말에 여포는 이미 일이 어떻게 되었는지 짐작이 갔다. 그러나 한 번 더 확인할 양으로 버럭 소리를 질러 물었다.

"그 새로운 계집이 누구라더냐?"

"저희들이 어떻게 알겠습니까만 이름만은 태사께서 초선이라 부르시는 것 같았습니다."

일은 끝내 마음 조이던 대로 되어버린 것이었다. 그 말을 듣는 순간 여포는 솟구치는 분노로 눈앞이 다 캄캄했다. 아무리 호색한 동탁이라지만 그래도 자신은 명색 그 아들이고 초선은 며느릿감이 아닌가.

이에 분노로 눈이 먼 여포는 곧바로 동탁의 침실이 있는 곳으로 갔다. 그리고 방 뒤켠 난간 쪽에 숨어 방 안을 훔쳐보았다.

그때 초선은 이미 일어나 창가에서 머리를 빗고 있었다. 더럽혀진 몸을 슬퍼하지도 못하고 하염없이 창밖을 내다보며 빗질을 하고 있는데, 문득 창 아래 못에 사람 그림자가 하나 어른거리는 게 보였다. 고요한 물결에 비치는 인물을 살피니 몸집이 크고 머리에는 속발관(束髮冠)을 얹은 것이 바로 여포 그 사람이었다.

뒷문 곁에 바짝 붙어선 것으로 보아 방 안을 훔쳐보고 있는 게 틀림없다고 생각한 초선은 이때라 여겼다. 두 눈썹을 잔뜩 찌푸리고 슬픔과 근심에 젖은 표정을 지었다. 결코 자기의 신세를 기뻐하는 이의 자태가 아니었다. 그러다가 다시 향라(香羅) 수건을 꺼내 두 눈을 찍었다. 처음에는 시늉이었으나 가만히 자신의 가련한 처지를 생각하니 정말로 눈물이 났다.

그 모양을 훔쳐보고 있던 여포는 괴로웠다. 특히 그 눈물이 자신을 향한 것이란 짐작이 들자 동탁에 대한 분노는 한으로 뼈에 사무

쳤다.

하지만 여포 또한 한때나마 대국(大局)을 주도한 인물이라, 몸을 움직임이 가볍지 아니했다. 당장 뛰어들면 동탁 하나를 죽이는 것은 어렵지 않았으나, 그 뒤가 막연했다. 서량에서 따라온 동탁의 심복 장수들과 모사는 하나로 뭉쳐 주인의 원수를 갚고자 달려들 것이고, 동탁에게 빌붙어 해놓은 짓이 있으니 조정의 옛 신하들은 그들대로 자기를 받아줄 것 같지 않았다. 쫓기는 신세가 되고 말기 십상이었다.

거의 본능과도 같은 감각으로 그런 자신의 처지를 짐작하고 있는 여포는 거기서 일단 물러나기로 마음먹었다. 참담한 기분이었으나, 그래도 초선의 슬퍼하는 모습은 한 가닥 위로가 되었다. 적어도 그녀에게까지 배신당하지는 않았다는 생각이 든 까닭이었다.

중당을 나선 여포는 한동안 부중을 쏘다녀 어느 정도 마음을 가라앉힌 뒤에야 다시 돌아왔다. 그때는 동탁도 자리에서 일어나 중당에 앉아 있다가 들어오는 여포를 보고 물었다.

"밖에 별일이 없느냐?"

"아무 일도 없사옵니다."

여포는 시무룩이 대답하고 여느 때처럼 동탁 곁에 시립하고 섰다. 그때 마침 음식상이 들어왔다. 동탁의 늦은 아침이었다. 동탁이 먹는 데 정신이 팔려 있는 걸 보고 여포는 가만히 눈길을 돌려 침실쪽을 훔쳐보았다. 분명 그 안에 있을 초선의 자태를 발을 통해서나마 보고 싶어서였다.

그 같은 때만 기다리고 있던 초선이 그 호기를 놓칠 리 없었다. 수놓은 발 저편에서 오락가락하며 한동안 여포의 애간장을 녹인 뒤에 슬몃 발을 들어 반쯤 얼굴을 내밀었다. 여포를 건너보는 눈길에는 무어라 한마디로 형언할 수 없는 정이 실려 있었다. 애틋한 그리움이 있는가 하면 한없는 슬픔도 섞여 있고, 은은한 원망이 비치는가 하면 아득한 대로 기다림도 어려 있었다.

그런 초선을 바라보는 여포는 그 또한 형언할 수 없는 감회로 정신이 아뜩할 지경이었다. 그런데 그때 먹는 일에만 마음을 쏟고 있던 동탁이 고개를 돌려 그들을 보았다. 여포와 초선의 눈길이 심상치 않다 싶자 문득 마음속에 의심과 질투가 일었다.

"봉선은 무얼 그리 얼빠진 듯 보고 있는가? 다른 일이 없거든 나가 보아라."

울컥 치솟는 노기를 간신히 억누르고 그렇게 말했다. 그 말을 듣자 여포는 한층 동탁이 미웠다. 남의 여자를 가로챈 주제에, 하는 기분으로 앙앙불락(怏怏不樂)하여 물러났다.

그 뒤 동탁은 한 달이 넘도록 방 밖을 나오지 아니했다. 초선의 미색에 취하다 보니 나라 다스리는 일도 뒷전인 모양이었다. 밤낮으로 침실의 휘장을 드리우고 초선의 몸을 탐하며 지냈다.

아무리 정력이 남다른 동탁이라 하나 나이가 나이인지라 늙은 몸에 배겨날 리 없었다. 오래잖아 병을 얻어 자리에 눕고 말았다. 그러나 죽을 병은 아니라는 걸 알고 초선은 그날부터 옷의 띠를 푸는 일도 없이 동탁 곁에 붙어서 지극히 간호했다. 왕윤을 위해 뜻한 바를 이루려면 여포 못지않게 동탁에게 사랑과 믿음을 얻어야 하기 때문이었다.

그 같은 초선의 속마음을 알 리 없는 동탁은 오히려 병난 것이 기쁠 지경이었다. 그 지극한 간호를 진심에서 우러난 것으로 본 동탁은 한층 더 깊이 초선을 사랑하고 믿었다.

마음속으로는 분한을 품고 있으나 동탁이 병들어 누웠다는 말을 듣자 여포 또한 아니 가볼 수 없었다. 내키지 않는 발길을 떼어 동탁이 거처하는 중당으로 갔다.

여포가 문안을 갔을 때 동탁은 마침 잠들어 있었다. 할 수 없이 깨어나기를 기다리는데, 문득 침상 저쪽에서 초선이 반나마 몸을 내보이며 여포를 바라보았다. 여포가 뛰는 가슴을 억누르고 초선의 고운 얼굴을 살피니 무언가 할 말이 있다는 듯 안타까운 표정이 떠올라 있었다.

초선은 그렇게 여포의 눈길을 끈 뒤에 곧 손을 들어 자기의 가슴을 가리켰다. 그리어 이어 동탁을 가리킨 뒤 가만히 도래질을 쳤다. 그런 그녀의 두 눈에는 어느새 수정 같은 눈물이 샘솟듯 솟고 있었다.

그 모습을 보는 여포의 가슴은 부서지는 것 같았다. 마음에도 없는 동탁을 섬기고 있는 초선의 괴로움을 보는 것 같아 종내 눈길을 다른 데로 돌리지 못했다.

그때 공교롭게도 잠든 것 같던 동탁이 눈을 떴다. 잠든 가운데도 이상한 느낌이 들어 눈을 뜬 것인데, 여포가 보이자 갑자기 정신이 확 들었다. 무엇에 홀린 듯 한쪽으로만 눈이 쏠려 있는 여포가 심상찮았기 때문이었다. 동탁이 슬쩍 몸을 뒤쳐서 그쪽을 보니 생각대로 초선이 거기 서 있다가 갑자기 몸을 돌려 휘장 뒤로 사라져버렸다.

"이놈, 네가 감히 내 애희(愛姬)를 희롱하다니……."

화가 치솟을 대로 치솟은 동탁은 앞뒤 없이 여포를 꾸짖었다. 얼떨떨해 있는 여포를 끌어내게 하였다.

"앞으로는 저놈을 다시는 이 당 안으로 들이지 말아라."

초선의 눈물에 넋을 잃고 있다 갑작스레 그 꼴을 당한 여포는 무안한 얼굴로 그곳을 쫓겨나왔다. 초선을 빼앗긴 것만도 분한데 여럿 앞에서 욕까지 보게 되니 견딜 수가 없었다. 점점 커가는 분노와 원한으로 이를 갈며 집으로 돌아가는데 동탁의 모사 이유를 만났다.

"여장군의 안색이 전에 없이 어둡소이다. 무슨 일이 있으시오?"

여포의 화난 모습을 심상치 않게 여긴 이유가 넌지시 물었다. 여포가 퉁명스레 대답했다.

"이제 이 여포도 돌아가야 할 때가 된 모양이외다. 이공도 잘 있으시오."

"아니 그게 무슨 말씀이오? 태사께서는 장군을 기둥이나 대들보처럼 여기시며 친아들보다 더 사랑하시는데."

"바로 그 태사께 쫓겨났소이다. 다시는 부중에 들이지도 말라고 좌우에 엄명을 내리셨소."

"더욱 모를 일이오. 태사께서 차마 그러셨을 리가 없소."

동탁과 여포 사이가 벌어지면 큰일이라 생각한 이유가 황급히 그 까닭을 물었다. 여포는 몇 번이나 어긋진 대답으로 퉁을 놓다가 마침내 그 까닭을 말했다. 그리고 그 끝에는 비통한 탄식까지 덧붙였다.

"비록 첩이라 하나 혼인을 언약한 여자를 빼앗긴 데다 이제는 뭇 아랫것들 앞에서 쫓겨나는 욕까지 당했으니 내가 무슨 낯으로 다시 승상부를 돌아다닐 수 있겠소!"

이유가 듣고 보니 실로 예삿일이 아니었다. 대저 계략이라는 것은 상대의 마음을 읽어 거기에 대응해 펼치는 꾀요, 계략에 밝다는 것은 그만큼 사람의 마음을 밝게 읽을 줄 안다는 뜻도 된다. 비록 좋은 꾀보다는 나쁜 꾀를 더 자주 내는 이유지만 사람의 마음을 밝히 아는 데는 역시 남달랐다. 남자를 갈라놓는 데는 아름다운 여자를 쓰는 것보다 더 무서운 계교가 없다는 걸 잘 아는 그로서는 그대로 보아 넘길 수 없는 일이었다. 우선 좋은 말로 여포를 달래둔 뒤 곧바로 동탁을 찾아갔다.

"태사께서는 천하를 얻고자 하시면서 어찌 작은 잘못으로 그토록 온후를 꾸짖으셨습니까? 만약 저 사람이 마음이 변한다면 대사는 그대로 어그러지고 말 것입니다."

이유가 그렇게 말하자 동탁도 퍼뜩 정신이 들었다. 지난 공뿐만 아니라 앞으로 웅지를 펴기 위해서도 여포는 그에게 없어서는 안 될 사람이었다. 조금 전의 그 맹렬한 분노도 잊고 황망히 이유에게 물었다.

"그럼 이제 어찌하면 좋겠느냐?"

"내일 아침 여포를 불러들이시어 금과 비단을 내리시고 좋은 말로 어루만져주십시오. 그는 단순한 사람이라 그렇게만 해도 달리 큰일은 없을 것입니다."

동탁은 이유의 말을 옳게 여겼다. 다음 날로 사람을 보내 여포를 불러들이고 부드러운 말로 달랬다.

"어제는 내가 병중이라 제정신이 아니었다. 그로 인해 함부로 말하다 네 마음을 상케 한 것이니 너무 새겨듣지 말라."

그리고 황금 열 근과 비단 스무 필을 내렸다. 여포도 별로 고집 부리지 않고 동탁의 뜻을 받아들이니 일은 얼른 보아서 원만히 해결된 것처럼 보였다.

하지만 귀신 같다는 이유도 그 일에서는 헤아리지 못한 게 있었다. 그 하나는 여포가 초선에게 품은 열정의 크기였다. 겉으로 드러난 것 외에 깊은 내막을 모르는 이유는 그것이 젊은 여포의 일시적인 혈기라 생각해 그 정도로 달랠 수 있다고 믿었다. 다른 하나는 초선의 정체였다. 그저 좀 행실이 나쁜 시첩으로만 보고, 그 일 뒤로는 조심하리라 여겼다.

그러나 아무 일 없는 듯이 보이는 겉과는 달리 여포의 가슴속에 있는 열정의 불길은 갈수록 세차게 타올랐다. 몸은 동탁의 좌우에 있어도 마음은 언제나 초선에게로만 달리고 있었다. 거기다가 초선의 드러나지 않은 유혹도 집요했다. 먼빛으로라도 여포의 눈길을 의식하면 어떻게든 어김없이 그 마음을 흔들어놓고 말았다.

그런 내막이니 만큼 일이 다시 터질 것은 정한 이치였다. 동탁의 병이 나아 조당에 들기 시작하고 얼마 안 된 때였다.

하루는 동탁이 헌제(獻帝)와 함께 긴 얘기를 나누게 되었다. 언제나 창을 잡고 동탁을 호위하던 여포였으나 동탁이 천자와 함께이니 그날만은 곁에 갈 수가 없었다. 할 수 없이 대전 밖에서 기다리는데 갑자기 초선이 생각났다. 천자와 동탁의 얘기가 길어질 것 같으니 그 틈을 타서 초선과 단둘이 만날 수 있을 것 같았다.

그러자 여포는 더 참지 못하고 화극(畫戟)을 긴 채 대궐을 빠져나와 말 위에 올랐다. 급한 마음으로 모니 말은 나는 듯 달려 승상부에 이르렀다. 문 앞에 말을 맨 여포는 초선을 찾아 똑바로 후당으로 뛰어들었다.

"장군께서 어쩐 일이십니까?"

초선이 짐짓 놀란 체 물었다. 여포가 불타는 듯한 눈길로 초선을 바라보며 대답했다.

"그대를 만나고 싶어서 억지로 틈을 냈소."

"태사께서는 어디 계십니까?"

"그는 지금 폐하와 말씀을 나누는 중이오. 어쨌든 묻고 싶은 게 있소……."

하고 싶은 말, 듣고 싶은 말이 태산같이 쌓인 여포였다. 언제 동탁이 어전을 나와 자기를 찾을지 모르는 일이라 장소를 가리지 않고 급한 얘기부터 꺼냈다. 초선은 긴 얘기를 듣지 않아도 앞뒤를 짐작할 만했다. 교태로운 눈짓으로 여포를 호려 넋을 뺀 뒤 속삭이듯 말했다.

"장군은 후원에 있는 봉의정(鳳儀亭)에 가서 기다리십시오. 그곳은 후미진 곳이니 번다한 이목을 피할 수 있을 것입니다. 저도 곧 그리로 가겠습니다."

그러자 여포는 여전히 창을 낀 채 후원으로 달려갔다.

여포가 두근거리는 가슴으로 정자 아래 구부러진 난간에 기대 기다리기 한참 만에 새롭게 단장을 마친 초선이 나타났다. 꽃밭을 가로지르고 버들가지를 헤치며 나타나는 초선의 모습은 월궁선녀(月宮仙女)가 하강이라도 한 것 같은 착각을 일으킬 만큼 고왔다.

여포는 그 같은 초선을 동탁에게 가로채인 게 새삼스레 한이 되었다. 그러나 더욱 여포를 격동시킨 것은 여포의 소매를 잡고 흐느끼며 털어놓는 초선의 하소연이었다.

"제가 비록 친딸은 아니었지만 왕사도께서는 그와 다름없이 사랑해주셨습니다. 한번 장군을 뵈옵고 쓰레받기나 비[箕帚, 기추. 아내가 스스로를 낮춰 하는 말]처럼 장군의 사람이 되어 일생 곁에서 모실 것을 허락받으니 첩의 평생 소원이 이루어지는가도 싶었습니다. 그런데 누가 알았겠습니까? 동태사가 옳지 못한 마음을 품고 첩을 장군께 넘겨준다고 속여 이리로 데려온 뒤 이 몸을 더럽히고 말았습니다. 하오나 첩이 깊은 한을 품고서도 죽지 못한 것은, 장군께 이 억울한 사정 한마디 여쭙지 못하고 영영 이별하게 되는 일이 두려워서였습니다. 다행히도 욕을 참고 살아 견딘 보람이 있어, 이제 이렇게 장군을 뵈옵게 되니 첩의 바람은 이로써 모두 이루어진 거나 다름없습니다. 이 몸은 비록 더럽혀져 장군 같은 영웅을 다시 섬길 수 없게 되었사오나, 바라건대 장군 앞에서 죽어 생전에 우러르고 그리던 뜻이나 밝히고자 할 따름입니다. 부디 장군께서는 만수무강하시고 무한한 복록을 누리시옵소서."

말을 마친 초선은 홀연 구부러진 난간을 기어오르며 꽃이 핀 연못으로 몸을 던지려 했다. 여포가 황망히 그런 초선의 옷자락을 잡으며 말했다.

"잠깐만 기다리시오. 그대의 매운 뜻은 내 이미 오래전부터 알고 있었소. 다만 함께 말을 나눌 기회가 없었을 뿐이오."

그러는 여포의 눈에는 감동의 눈물이 샘솟듯 했다. 그에게도 처첩이 있었으나 이름 없던 무장 시절에 얻어 배움과 예절이 없거나 아니면 동탁의 수하에 든 뒤 힘과 위세로 억눌러 뺏은 여자들이었다. 한번도 여인과 진실되고 애틋한 정을 나누어본 적이 없는 여포에게 초선은 첫정이나 다름없었다. 그 초선이 죽음으로 진심을 밝히려 드니 여포가 어찌 감격하지 않겠는가.

그러나 초선은 짐짓 여포의 손을 뿌리치고 죽기만을 고집했다.

"첩은 이 세상에서는 장군의 사람이 될 자격이 없는 몸이옵니다. 다만 다음 세상을 기약할 따름입니다."

"아니오. 만약 이 세상에서 그대를 아내로 삼지 못한다면 나는 결코 영웅이 되지 못할 것이오!"

여포가 한층 격앙되어 소리쳤다. 그제서야 초선은 한동안 눈길로 여포를 올려다보다가 애원하듯 말했다.

"첩은 하루를 일 년같이 여기며 기다리겠습니다. 불쌍히 여기시어 하루속히 구하여주옵소서."

초선이 그렇게 뜻을 바꾸는 걸 보자 여포는 비로소 안심이 되었다. 그러나 안심이 되기 무섭게 동탁 생각이 났다. 언제 어전을 물러나와 자신을 찾을지 모르는 일이었다.

"내 어찌 그걸 모르겠소? 하지만 아무런 말 없이 이리로 온 길이라 동탁 그 늙은 도적이 의심할까 두렵소. 이만 가야겠소."

여포는 그렇게 말하며 돌아갈 채비를 했다. 하지만 초선이 참으로 바라는 것은 동탁이 의심을 하고 급히 돌아와 두 이리 사이가 완전히 벌어지게 되는 일이니 여포를 그대로 놓아 보낼 리 없었다. 옥으로 깎은 듯 고운 손을 들어 여포의 옷깃을 잡으며 원망스러운 듯 속살거렸다.

"장군께서 이토록 그 늙은 도적을 두려워하신다면 첩이 어찌 밝은 날을 바랄 수 있겠습니까?"

"늙은 도적이 원체 세력이 커서 조속히 도모하기는 어렵소. 천천히 좋은 계책을 세워 도모할 것이니 기다려주시오."

초선의 충동질에도 불구하고 여포는 그렇게 말하며 창을 들고 떠나려 했다. 더 강하게 충동질하지 않고는 잡아둘 수가 없을 것 같았다. 이에 초선은 이번에는 약간 빈정대는 듯한 말투까지 섞어 여포의 남다른 자부심을 건드렸다.

"첩은 비록 규중 깊이 있으나 장군의 높으신 이름은 우레가 귀를 떨쳐 울리듯 들었습니다. 모두 말하기를 당세에 으뜸가는 인물이라 하였는데 오히려 남의 다스림을 받고 있는 줄 어찌 알았겠습니까! 장군께서 그러하니 아무래도 첩이 밝은 해를 보기는 그른 것 같아 실로 아뜩할 뿐입니다."

그리고 다시 비 오듯 눈물을 흘리니 여포가 목석이 아닌 다음에야 어찌 격동되지 않으랴. 얼굴 가득 부끄러움이 떠오르는 것도 잠시, 이내 오기가 불끈 치솟았다.

"알겠소. 늙은 도적이 의심한들 이 여아무개를 감히 어찌겠소?"

그렇게 내뱉고는 다시 창을 기댄 뒤 초선을 껴안았다. 초선이 기다렸다는 듯 여포의 넓은 가슴으로 파고들었다. 향그러운 여인의 살 내음에 여포는 더욱 황홀하여 중얼거렸다.

"조금만 기다리시오. 내 그대를 얻는 일에 어찌 시각을 지체하겠소?"

그리고 좋은 말만 골라 초선을 어르고 달래었다. 연못의 꽃그늘 사이로 비친 두 사람의 끌어안고 기대앉은 모습[偎偎倚倚]은 그대로 한 폭의 그림 같았다.

한편 동탁은 전에 올라 황제와 얘기를 나누다가 문득 고개를 돌려 전 아래를 보니 거기 있어야 할 여포가 보이지 않았다. 겉으로는 좋은 얼굴로 대해도 속으로는 여포에 대해 의심을 버리지 않고 있던 동탁은 참고 있을 수가 없었다. 급히 하던 얘기를 맺고 헌제 앞을 물러나온 뒤 수레에 올라 승상부로 달렸다.

짐작대로 문 앞에 여포의 적토마가 매어져 있었다.

"여포는 어디 있느냐?"

동탁이 벌써부터 노기 서린 음성으로 문지기에게 물었다. 문지기가 두려움에 질려 대답했다.

"온후께서는 후당으로 드셨습니다."

여포가 후당으로 들어갔다는 말만 듣고도 동탁은 이미 제정신이 아니었다.

"너희들은 물러가거라!"

벽력 같은 고함으로 좌우를 물리치고 혼자 후당으로 뛰어들어갔다. 그러나 아무리 찾아도 후당 안에서는 여포를 찾을 수 없었다. 이에 동탁은 초선을 불렀지만 그녀 역시 그곳에서는 보이지 않았다.

"초선은 어디 있느냐?"

동탁은 불이 철철 넘치는 눈으로 시첩 하나를 잡고 물었다. 그 시첩이 야릇한 미소와 함께 대답했다.

"초선은 뒤뜰에서 꽃구경을 하고 있습니다."

그러자 동탁은 미친 듯 후원으로 달려갔다. 얼마 찾지 않아 봉의정 아래서 서로 얼싸안고 이야기를 나누는 두 사람의 남녀를 보았다. 바로 여포와 초선이었다.

짐작은 했지만 막상 눈앞에서 두 사람이 얼싸안고 있는 꼴을 본 동탁은 완전히 눈이 뒤집혔다. 그런 동탁의 눈에 언뜻 봉의정 한 모퉁이에 기대어져 있는 여포의 화극이 비쳤다. 성난 동탁은 비명인지 호통인지 모를 괴상한 소리를 내지르며 그 화극을 잡았다. 그런 그의 머릿속에는 천하고 무엇이고가 없었다. 가장 소중한 것은 초선이었고, 여포는 그 초선을 훔치려는 가증스런 정적일 뿐이었다.

초선에게 홀려 있던 여포에게도 동탁의 성난 외침은 들렸다. 얼른 초선을 놓아주며 돌아보니 동탁이 살기 띤 얼굴로 화극을 들고 다가오고 있었다. 그 기세에 크게 놀란 여포는 초선에게 한 장담도 잊고 급히 몸을 빼쳐 달아나기 시작했다.

"이놈, 거기 서지 못하겠느냐?"

동탁이 화극을 든 채 그런 여포를 뒤쫓으며 소리쳤다. 그러나 여포는 듣지 않은 체 도망치기에만 바빴다. 젊고 날랜 여포가 힘을 다해 뛰니 늙고 비둔한 동탁이 따라잡을 수가 없었다.

"죽어라!"

한소리 고함과 함께 동탁은 느린 몸 대신 들고 있던 화극을 여포에게 던졌다. 손에는 아직도 옛적 젊은 시절의 가락이 남아 화극은 똑바로 여포의 등줄기를 향해 날아갔다. 하지만 무예라면 당대에서 둘째라고 해도 서러워할 여포가 아닌가. 힐끗 돌아보며 날아오는 화극을 주먹으로 가볍게 쳐 날려버렸다. 뒤따라간 동탁이 다시 땅에 떨어진 화극을 집어들었으나 그때는 이미 여포가 멀리 달아나버린 뒤였다.

그래도 동탁은 단념 않고 여포를 쫓았다. 그런데 막 원문(轅門)을 나설 무렵이었다. 누군가 급하게 원문 안으로 달려오다가 동탁과 세차게 부딪쳤다. 갑자기 가슴에 심한 충격을 받고 쓰러진 동탁이 간신히 정신을 차려 상대방을 보니 다름 아닌 모사 이유였다. 아무리 화가 머리끝까지 올랐지만 하나에서 열까지 그의 꾀를 빌고 있는 이유인지라 동탁도 그에게까지는 화극을 들이대지 못했다.

이유도 몹시 놀란 모양이었다. 황급히 동탁을 일으켜 세운 뒤 가까운 서원으로 부축해 갔다.

"너는 어찌하여 이렇게 왔느냐?"

서원에 자리 잡고 앉은 뒤에도 한동안이나 숨만 허덕거리던 동탁이 아직 노기 서린 음성으로 이유에게 물었다. 이유가 약간 질린 얼굴로 대답했다.

"조금 전 부중으로 들어오다가 태사께서 크게 노하셔서 여포를 찾아 후원으로 가셨다는 말을 들었습니다. 그래서 급히 뒤따라 달려가는데 여포가 뛰어나왔습니다. 태사께서 자기를 죽이려 하신다는 게 여포의 말이었습니다. 더욱 놀란 저는 태사의 노기를 풀고자 허둥지둥 후원으로 뛰어들었습니다. 그러다 보니 앞뒤를 살필 겨를이 없어 그만 태사께 부딪고 만 것입니다. 실로 죽을 죄를 지었습니다."

"죽일 놈은 네가 아니다. 여포 그놈이 내가 사랑하는 계집을 희롱했다. 그놈을 반드시 죽이고 말리라!"

동탁은 새삼 분통이 터지는 듯 이까지 부득부득 갈며 맹세했다.

이유는 그렇게 되면 정말 큰일이라 생각했다. 문득 안색을 갖추고 침착하게 입을 열었다.

"아니 됩니다. 태사께서는 저 절영지회(絕纓之會)를 잊으셨습니까?"

이유의 그 같은 어조는 대개 중요한 진언(進言)이 있을 때에 쓰는 것이었다. 자주 그런 진언에 힘입어 어려운 고비를 넘겨온 동탁은 거기서 퍼뜩 정신이 들었다. 노기를 누르고 가만히 이유의 말을 되씹어보았다.

절영지회, 다시 말해 갓끈[纓]을 끊고[絕] 노는 잔치란 초(楚) 장왕(莊王)의 고사(故事)에서 나온 말이다. 어느 때 초 장왕이 여러 장수들과 잔치를 벌였다. 그런데 잔치가 한창 흥겹게 어울릴 무렵 갑자기 바람이 불어 방 안의 불이 일시에 꺼져버렸다. 그 틈을 타 장웅(蔣雄)이란 장수 하나가 왕이 사랑하는 시녀의 입술을 범하자 그녀는 그의 갓끈을 끊어 쥐고는 가만히 왕께 그 일을 알렸다. 불만 켜면 갓끈이 끊긴 자가 바로 감히 왕의 애희(愛姬)를 희롱한 자라는 게 드러날 판이었다.

그러나 왕은 도리어 불을 켜지 못하게 하고 큰 소리로 모두에게 갓끈을 떼어 던지도록 했다. 따라서 다시 불을 켜도 그 자리에 모인 모든 장수가 갓끈을 뗀 뒤라 누가 그런 무엄한 짓을 했는지 드러나지 않았다. 하지만 장웅은 그런 왕의 너그러움에 깊이 감복되어 뒷날 초나라가 진나라와 싸울 때에 이르러 그 은혜를 갚았다. 진군(秦軍)에게 패한 왕이 위급에 빠져 있자 목숨을 내던져 왕을 구한 일이 그랬다.

동탁이 비록 학문이 없는 무장 출신이기는 하지만 그 유명한 고사를 모를 리 없었다. 그러나 얼른 마음이 내키지 않아 불쾌한 목소리로 이유에게 되물었다.

"그렇다면 너는 나더러 초 장왕의 흉내라도 내라는 뜻이냐?"

"그렇습니다. 장웅은 결국 진병(秦兵)에 의해 곤경에 빠진 초 장왕을 죽을 힘을 다해 구해내지 않았습니까? 이제 천하를 다투시려는 태사께서 보시면 초선은 한낱 계집에 지나지 않으나 여포는 심복의 용맹한 장수입니다. 만약 이 일을 기회로 태사께서 여포에게 초선을 내리신다면 여포 또한 그 은혜에 감격해서 죽음으로 보답할 것입니다. 바라건대 태사께서는 거듭거듭 헤아려주십시오."

듣고 보니 옳은 말이었다. 그러나 초선에 대한 애착을 쉽게 떨치지 못한 동탁은 한동안이나 무겁게 입을 다물고 있다가 마지못한 듯 대답했다.

"네 말이 옳은 듯하다. 마땅히 그리해야 할 일이다."

"역시 이 나라의 상보(尙父)다우신 말씀이십니다. 천하를 위해 큰 걱정거리 하나를 덜게 되었으니 무어라 경하의 말씀을 올려야 할지 모르겠습니다."

동탁이 뜻밖에도 쉽게 마음을 돌리자 이유는 기쁜 얼굴로 그렇게 동탁을 추켜세우고 물러났다.

하지만 이번에도 이유는 헤아리지 못한 게 하나 있었다. 다름이 아니라 초선의 마음속에 숨겨진 칼날이었다.

"너는 어찌하여 여포 그놈과 사사로이 정을 통하였느냐?"

이미 여포에게 내리기로 마음을 정하였으나 그래도 한 가닥 남은 미련으로 동탁이 초선을 불러 그렇게 묻자 초선이 문득 흐느끼며 대답했다.

"태사께서 잘못 아시고 계십니다. 실로 억울하고 원통한 일입니다."

"네 이년, 이 두 눈으로 똑똑히 보았는데도 잡아뗄 작정이냐?"

동탁은 초선의 그 같은 부인이 은근히 반가우면서도 짐짓 소리를 높여 꾸짖었다. 그러자 초선은 한층 애처로이 흐느끼며 꾸며댔다.

"이미 첩을 버리시고자 하시는 터에 구구한 말이 무슨 소용이겠습니까만 행여 더러운 혐의라도 벗을까 하여 소상히 말씀드리겠습니다. 짧으나마 베풀어주신 정에 기대어 바라건대, 부디 번거롭다 물리치지 마시고 들어주시옵소서. 조금 전 첩이 후원에서 꽃구경을 하고 있자니 난데없이 여포가 뛰어들어왔습니다. 놀라 피하려는데 그가 자기는 태사의 아들이니 피할 게 무어 있느냐며 창을 든 채 봉의정까지 따라왔습니다. 그제서야 첩은 그의 마음이 더러운 욕심으로 차 있음을 알아보고 욕을 면하고자 연못에라도 뛰어들어 자진(自盡)코자 했으나 그 짐승 같은 자가 어느새 첩을 붙잡아 껴안고 놓아주지 아니했습니다. 그 같은 생사지간에 태사께서 오셔 이 천한 목숨을 살려내신 것입니다."

비록 거짓말일지라도 듣기에 나쁘지 아니했다. 세상에 다시 없는 꼴불견이 계집에게 버림받은 사내인데 초선의 말이 동탁을 그 꼴불견에서 구해주었다. 따라서 동탁은 그 일을 그만 따지기로 하고 아주 너그러운 체 초선에게 물었다.

"어쨌든 여포가 너를 탐하는 것은 분명하니 너를 그에게 주어야겠다. 네 뜻은 어떠냐?"

초선은 소스라치듯 놀라더니 이내 크게 목놓아 울며 부르짖었다.

"첩의 몸은 이미 귀인을 섬겼거늘 어찌 갑자기 가노(家奴)에게 내리려 하십니까? 첩은 차라리 죽을지언정 천한 종놈에게 욕을 보지는 않겠습니다!"

말뿐이 아니었다. 초선은 그 말을 맺음과 아울러 발딱 몸을 일으키더니 벽에 걸린 보검을 내려 자기 목을 찌르려 했다. 누가 보아도 거짓으로 꾸며 하는 짓거리 같지가 않았다. 그걸 본 동탁은 놀랍고 기뻤다. 급히 초선의 손에서 칼을 뺏어 던지고 두 팔로 싸안으며 달랬다.

"내가 지나쳤다. 잠시 너를 놀렸을 뿐이니 진정해라."

그런 동탁의 어조에는 이미 조금 전의 노기는 찾을 길이 없었다. 그러나 초선은 거기서 그치지 않았다. 동탁의 품에 안긴 채 소매로 얼굴을 가리고 더욱 애절하게 흐느끼다가 문득 이를 갈며 소리쳤다.

"이것은 틀림없이 이유란 자의 꾀일 것입니다. 그자와 여포는 원래 교분이 두터운 사이라 여포의 음욕을 채워주고자 나를 태사께 얻어낼 꾀를 이와 같이 낸 것입니다. 실로 태사의 체면뿐만 아니라 제 목숨까지도 돌아보지 않은 더럽고 못된 꾀입니다. 첩은 반드시 그자의 고기를 생으로 씹겠습니다!"

적어도 자신에 관한 한 이유의 어떤 말도 소용이 없도록 그렇게 미리 방패막이를 해두었다. 그러나 그것마저도 초선의 진정을 드러낸 것으로 본 동탁은 그 같은 초선이 귀엽기만 했다. 더욱 힘주어 그녀를 껴안으며 무엇에 홀린 사람처럼 중얼거렸다.

"아아, 내가 차마 너를 어찌 버리겠느냐······."

그러나 초선은 여전히 울음을 그치지 않다가 갑자기 몸을 떨며 동탁의 품을 파고들었다.

"천한 몸이 비록 태사의 두터운 사랑을 입고 있으나 아무래도 이곳은 오래 있을 곳이 못 됩니다. 오래 있다 보면 반드시 여포에게 해를 당하고 말 것입니다. 부디 헤아려주옵소서."

마치 매에 쫓겨 겁먹은 새가 날갯죽지를 파들거리며 숨어드는 시늉이었다. 동탁은 그런 초선의 등을 쓸어주며 안심시켰다.

"아무려면 그럴 리야 있겠느냐? 걱정 마라. 내일 미오성으로 돌아갈 때 너를 데려가마. 거기서 함께 즐기며 살 것이니 아무 걱정 말고 나를 믿어다오."

동탁 자신도 예측하지 못한 결말이었다. 그러나 그 같은 속사정을 알 리 없는 이유는 다음 날 날이 새기 바쁘게 찾아와 동탁을 재촉했다.

"오늘이 마침 날이 좋으니[良辰] 초선을 여포에게 보내는 게 어떻겠습니까? 이미 그에게 내리시기로 결정 보신 이상 하루라도 빨리 보내 그를 어루만져주시는 게 좋겠습니다."

그러나 하룻밤 새 동탁의 말은 달라져 있었다.

"글쎄 그것도 좋겠지만 아무래도 여포와 나는 아비 자식이라……어째 선뜻 내리기가 쉽지 않구나. 당장은 내가 그의 죄를 따지지 않을 것이니 너는 우선 그런 내 뜻을 그에게 전하고 좋은 말로 달래놓아라. 그 뒷일은 따로 의논하는 게 좋겠다."

그 말에 이유는 아차 싶었다. 동탁이 원래 변덕이 심한 줄은 알지만, 하룻밤 새 그토록 달라진 것은 틀림없이 초선의 농간이란 짐작이었다.

"그게 무슨 말씀이십니까? 태사께서는 지금 한낱 여자의 말에 홀려 있으십니다. 그래서는 아니 됩니다. 천하 대사를 위해 다시 한번 깊이 헤아리십시오."

이유가 급히 그렇게 동탁을 깨우쳤으나 동탁은 이미 다시 초선에게 흠뻑 빠진 뒤였다. 돌연 낯색까지 변하며 이유를 꾸짖었다.

"너라면 네 아내를 여포에게 내주겠느냐? 초선의 일은 두 번 다시 말하지 말라. 만약 또다시 입을 여는 날이면 그 목을 어깨 위에 남겨두지 않으리라!"

동탁의 고집 또한 잘 아는 이유인지라 그렇게까지 나오자 더는 자기 뜻을 내세울 수 없었다. 말없이 동탁 앞을 물러나오기는 해도 생각할수록 앞날이 두려웠다. 하늘을 우러르며 깊이 탄식했다.

"이제 우리는 모두 한낱 계집의 손에 죽게 되었구나!"

그제야 이유는 초선의 정체가 짐작되었지만 그녀는 이미 그의 활 시위 거리를 벗어난 새였다.

동탁은 한번 먹은 자신의 마음을 과시하기라도 하듯 그날로 미오성으로 돌아간다는 영을 내렸다. 동탁의 수레가 승상부를 나서자 백관들은 전처럼 횡문(橫門) 밖까지 배웅을 나왔다. 그들 속에는 물론 뜬눈으로 그 밤을 지새운 여포도 들어 있었다.

초선이 수레 안에서 가만히 내다보니 여포가 모여선 백관들 틈에서 핏발 선 눈으로 수레마다 안을 훔쳐보고 있는 게 보였다. 또한 놓쳐버릴 수 없는 호기라 여긴 초선은 넓은 소매로 얼굴을 가리고 거짓으로 통곡하는 시늉을 했다. 마침내 눈길이 초선이 탄 수레 안에 머물자 그 꼴을 본 여포는 가슴이 부서지는 것 같았다. 그의 눈에 비친 초선은 동탁의 위세에 눌리어 통곡하며 끌려가는 가련한 소녀였다.

그러나 당장은 어찌해볼 도리가 없는 여포였다. 수천의 장졸이 동탁의 수레를 호위하고 있으니 동탁을 치기도 어렵거니와 설령 그를 죽인다 해도 주인의 원수를 갚으려들 그들 수천을 감당할 자신이 없었다. 다만 망연히 바라다보고 있는 사이에 초선이 탄 수레는 멀어져 갔다.

여포는 조금이라도 초선의 수레가 끼어 있는 행렬을 더 오래 보고자 가까운 흙언덕으로 말을 몰았다. 언덕 위에 오르자 고삐를 당겨 말을 멈추고 하염없이 미오로 가는 행렬을 바라보는데 그나마도 이내 수레바퀴가 일으키는 자욱한 먼지 속에 가리어 보이지 않았다. 여포는 그 먼지 속에 묻혀간 초선의 애처로운 모습을 떠올리고 자기도 모르게 주먹을 불끈 쥐며 중얼거렸다.

'오냐, 내 꼭 너를 구하고 말리라⋯⋯.'

그때였다. 갑자기 등 뒤에서 인기척이 나며 누군가가 점잖게 물었다.

"온후께서는 어찌 태사와 함께 미오로 가지 않으시고 이곳에서 멀리 바라보며 탄식만 하고 계시오?"

여포가 놀라 그 사람을 보니 다름 아닌 사도 왕윤이었다. 모든 잘못은 동탁에게 있지 그를 원망할 것은 아무것도 없다고 믿고 있는 여포이니 굳이 그를 피해야 할 까닭이 없었다. 오히려 때가 때인지라 전보다 더 가깝게 느껴질 뿐이었다. 그런 여포와 예를 나누기 무섭게 왕윤이 다시 물었다.

"이 늙은 것이 몸에 병이 나 얼마간 문을 닫아걸고 나오지 않은 바람에 장군을 뵈온 지도 오래된 것 같소이다. 오늘 태사께서 미오성으로 돌아가신다기에 억지로 아픈 몸을 이끌고 나왔다가 장군을 뵙게 되니 반갑기 그지없구려. 그런데 무슨 일이 있길래 장군은 이곳에 홀로 남아 탄식만 하고 계시오?"

"이 모두가 공의 따님 때문입니다."

여포가 힘없이 대답했다. 그 말에 왕윤은 짐짓 놀라는 시늉을 하며 되물었다.

"이 몸의 딸 때문이라니? 초선이 어찌 되었다는 것이오? 아직도 장군께 가지 않았단 말씀이시오?"

"내게 오기는커녕, 동탁 그 늙은 도적놈의 총애를 받은 지가 오래되오!"

여포가 비분에 차 대답했다. 왕윤은 더욱 놀란 시늉을 하며 소리쳤다.

"아니, 여장군, 그게, 무슨 말씀이시오? 세상에 어찌 그 같은 일이 있을 수 있소이까? 나는 아무래도 믿을 수가 없소이다."

"안됐지만 틀림없는 사실입니다. 일은 이렇게 된 것입니다……."

여포는 그렇게 허두를 뗀 뒤 앞서 있었던 일을 하나하나 차례로 왕윤에게 일러주었다. 하늘을 우러르기도 하고 발을 구르기도 하며 듣던 왕윤은 여포의 말이 끝나자 한동안 말이 없었다.

"태사가 참으로 그런 짐승 같은 짓을 할 줄은 몰랐구려!"

이윽고 그렇게 탄식한 왕윤은 문득 여포의 소매를 끌며 넌지시 말했다.

"갑시다. 그 일은 제 집에 가서 의논하는 게 좋겠소."

여포도 울적하던 터라 순순히 왕윤을 따랐다.

집에 돌아온 왕윤은 우선 은밀한 방으로 여포를 인도한 뒤 술을 갖추어 위로했다. 몇 잔 술이 들어가자 한층 비분에 젖은 여포는 조금 전에 빠뜨렸던 봉의정에서의 일을 자세히 털어놓았다. 초선을 만난 일에서부터 동탁이 나타나 창을 던지던 때까지 하나하나 얘기하고 있는 여포의 눈길에는 어느새 흉흉한 불꽃이 일고 있었다.

"태사가 내 딸을 욕보이고 또 장군의 아내를 빼앗았으니 천하가 크게 비웃을 것이외다. 태사가 아니라 이 왕윤과 장군을 비웃을 것이오. 그러나 이 왕윤은 늙고 힘없는 무리라 어찌해볼 도리가 없소이다. 다만 애석한 것은 장군 같은 세상을 뒤덮을 만한 영웅도 마찬가지로 그 더럽힘과 욕을 참고 받아들이는 것이오."

왕윤이 때를 놓치지 않고 그렇게 충동했다. 그러자 하늘을 찌를 듯한 노기를 스스로 억제하지 못한 여포는 주먹으로 상을 치며 무언지 알아듣지도 못할 고함을 질러댔다. 왕윤이 급히 그런 여포를 말렸다.

"늙은 것이 잘못 입을 놀린 것 같소. 아무쪼록 장군은 노여움을 푸시오."

여포가 화를 낸 것이 동탁을 욕한 때문으로 오인하는 체하며 다시 한번 여포를 격동시킨 것이었다. 여포가 더 참지 못하고 소리쳤다.

"맹세하거니와 내 반드시 그 늙은 도적을 죽이고 이 욕을 씻을 것이오!"

기다리고 기다려온 여포의 그 같은 말이었으나 왕윤은 짐짓 황망하게 여포의 말을 막으며 질린 목소리로 말했다.

"장군은 그만 입을 다무시오. 그 화가 이 늙은 것에게 미칠까 두렵소이다."

여포가 더욱 흉흉한 기세로 소리쳤다.

"대장부가 하늘을 지붕 삼고 땅을 집 삼아 살면서 어찌 남의 아래 오래 눌려 지내리오!"

그제서야 왕윤도 여포의 뜻이 이미 정해진 걸 알았다. 슬쩍 여포를 부추겼다.

"하기야 장군의 재주로 동태사에게 부림을 받는 것이 한스럽기는 할 것이오."

"그래서 그 늙은 도적을 죽이고자 하나 명색이 아비와 자식이라 뒷사람들이 욕할까 두려울 뿐입니다."

여포가 더욱 엄청난 소리를 했다. 여포가 제 입으로 동탁을 죽일 일을 말한 바에야 왕윤도 더 망설일 게 없었다.

"그건 그렇지 않소. 장군은 원래 성이 여(呂)씨고 태사는 동(董)씨요. 거기다가 이미 동태사는 장군께 창을 던진 일이 있다는데 창을 던질 때에야 무슨 부자의 정이 있었겠소?"

왕윤이 이렇게 말하자 여포도 문득 봉의정의 일이 떠오른 듯 분연히 소리쳤다.

"참으로 귀한 것을 깨우쳐주셨습니다. 사도께서 말씀해주시지 않았더라면 이 어리석은 포는 크게 그릇 생각할 뻔했습니다."

그와 같이 여포의 뜻이 동탁을 죽이는 것으로 굳어진 것을 본 왕윤은 드디어 적극적인 설복에 들어갔다. 전과 달리 정색을 하고 위엄 있게 말했다.

"이미 장군의 뜻이 그러하다니 이 윤도 숨김없이 말하겠소이다. 만약 장군께서 무너져가는 한실을 떠받쳐 충신이 된다면 장군의 큰 이름은 청사에 올라 빛날 것이요, 그 향기가 백세를 이어 그윽할 것이외다. 그러나 동탁을 도와 반신이 된다면 더러운 이름으로 역사를 적는 붓끝에 올려져 그 고약한 냄새가 만 년을 풍길 것이오."

여포는 왕윤의 말을 듣자 자리를 피하여 절을 하며 대답했다.

"이 포의 뜻은 이미 정해졌으니 사도께서는 너무 의심하지 마십시오."

여포는 아직도 왕윤이 자기를 설복하려 드는 걸 보고 자리에서 일어나 절까지 하며 그렇게 말했다.

얼른 보면 여포의 그 같은 자세가 지나쳐 보이지만 사실은 그만한 까닭이 있었다. 여포에게는 진작부터 동탁을 죽일 마음도, 또 우선은 그럴 만한 힘도 있었다. 그러나 문제는 그다음이었다. 먼저 불안한 것은 뿌리 깊은 동탁의 세력이었다. 여포는 동탁의 병권 일부를 장악하고 있었으나 그 아래 장수들은 대개 서량에서부터 동탁을 따라온 심복들이었다. 여포가 동탁의 신임을 받고 있을 때는 그들의 복종을 기대할 수 있지만 동탁을 죽인 뒤에도 그들이 여포를 따라주리라는 보장은 없었다.

거기다가 미오를 지키고 있는 이각, 곽사, 장제, 번조 등의 네 장수와 그 휘하 수만 장졸은 용장 정병이면서도 평소에는 거의 여포와 무관했다.

하지만 더욱 괴로운 것은 명분이었다. 여포의 여느 때 행동이 공명정대하고 사람들로부터 믿음을 살 만했다면 동탁을 죽인 것이 곧 의가 되고 공이 될 수도 있었다. 따라서 동탁의 적대 세력이 모두 뭉쳐 여포의 뒤를 받쳐준다면 동탁의 잔당들도 크게 두려워할 필요가 없었다. 그런데 그게 그렇지가 못했다. 양부 정원(丁原)을 죽이고 동탁 쪽으로 간 것부터가 그렇지만 그 뒤는 더욱 나빴다. 동탁의 가장 충실한 개가 되어 온갖 흉포하고 잔인한 짓을 도맡아 해온 바람에 세상 사람들로부터 동탁에 버금가는 미움을 받아온 때문이었다. 설령 여포가 그럴듯한 대의를 내세워 동탁을 죽인다 해도 사람들이 믿어주지 않으려니와 그를 떠받들어줄 리는 더욱 없었다.

그렇지만 만약 왕윤과 손을 잡는다면 일은 달라질 수도 있었다. 왕윤 자신도 곧고 충성되기로 세상에 알려진 사람이지만 구(舊)조정 대신 가운데서도 원로라는 점 또한 큰 의미를 가지고 있었다. 그가 나서서 조정 대신들의 손발로서 동탁을 죽인 것으로 해준다면 그때는 아무도 명분을 의심하지 않을 것이었다. 당장 동탁의 자리를 잇지 못하는 것이 여포는 아쉬웠으나 그 일은 따로 때를 기다려볼 수도 있었다.

여포가 너무 쉽게 몸까지 굽혀 거듭 뜻이 굳음을 보여주자 왕윤은 다시 못 미더운 기분이 들었다. 짐짓 몸을 도사리는 체 한 번 더 여포를 떠보았다.

"장군을 믿지 못해서가 아니라 다만 일은 이루어지지 않고 큰 화만 부르게 될까 두려워서 그러는 것이오."

은연중에 말 이상의 어떤 결의의 증거를 보여달라는 요청이 숨어 있었다.

# 큰 도적은 죽었으나

여포도 왕윤의 뜻을 읽은 것 같았다. 문득 차고 있던 칼을 빼더니 자신의 팔뚝을 찔렀다. 그리고 거기서 솟는 붉은 피를 손바닥에 찍어서 하늘과 왕윤에게 맹세했다.

"만약 이 여(呂)아무개에게 딴 뜻이 있다면 귀신과 사람이 아울러 이 피가 시궁창에 썩어 흐르는 걸 보게 될 것이오!"

그제서야 왕윤도 여포 앞에 무릎을 꿇으며 말했다.

"한실의 제사가 끊기지 않게 된다면 이는 모두 장군께서 베푸신 바와 다를 바 없습니다. 우선 이 일이 절대로 밖으로 새나가지 않도록 하십시오. 늙은 도적을 죽이는 일은 때를 보아 따로이 계책이 세워질 것입니다. 그동안 서로 은밀한 연락을 끊지 말고 기다립시다."

"사도께서 믿어주시니 고맙습니다. 가까운 날 좋은 소식이 있기를 기다리며 이만 물러가겠습니다."

이윽고 여포도 개연히 그 의견에 따르는 말을 남기고 왕윤의 집을 나갔다.

왕윤은 시각을 지체하지 않고 전부터 서로 뜻이 통하는 복야사 손서(孫瑞)와 사예교위 황완(黃琬)을 자기 집으로 불렀다. 둘 다 조정의 원로라 할 만한 이들이었다.

왕윤이 그들에게 그간의 경위를 말하고 의견을 묻자 먼저 손서가 입을 열었다.

"사도께서 종사를 바로잡을 큰 기틀을 마련하시고 계신 줄도 모르고, 우리는 동탁, 여포의 무리와 가까이하시는 것만 두고 근심하였소. 말씀을 듣고 보니 속 좁고 미련함이 부끄러움과 아울러 홀연한 계책이 떠오르는구려."

"무엇이오?"

"방금 주상께서는 환중(患中)에서 일어나시었소. 말 잘하는 사람을 골라 미오로 보내 폐하께서 의논할 일이 있다 하고 동탁을 부르는 한편, 여포에게는 천자의 밀조를 주어 갑병을 거느리고 조문 앞에 숨어 있다가 동탁이 들어오면 쳐죽이게 하는 것이오. 늙고 둔한 머리로는 이게 가장 좋은 계책인 듯싶소."

"그렇지만 누가 감히 미오로 가서 동탁을 꾀어올 수 있겠소?"

황완이 근심스런 얼굴로 끼어들었다. 손서는 거기에 대해서도 이미 생각해둔 게 있는 듯 거침없이 대답했다.

"여포와 같은 고향 사람에 기도위로 있는 이숙(李肅)이란 자가 있소. 일찍 동탁의 수하가 되어 여포를 정원에게서 유인해 오는 등 많은 공을 세웠으나 동탁이 그 벼슬을 높여주지 않아 마음속으로 원망을 품고 있소이다. 만약 이 사람을 보낸다면 아직 그를 자기의 사람으로만 생각하고 있는 동탁은 반드시 의심하지 않을 것이오."

"그것 참 좋은 생각이오."

왕윤이 선뜻 손서의 의견에 찬동하고 황완도 달리 반대가 없어 셋은 그렇게 의논을 마치고 헤어졌다.

이튿날 왕윤은 다시 여포를 불러 조정 대신들이 그의 뒤를 받쳐주고 있음을 알리고, 이어 이숙 끌어들일 일을 의논했다. 여포가 선선히 대답했다.

"그 일이라면 제게 맡겨주십시오. 지난날 나로 하여금 정건양(丁建陽)을 죽이고 동탁에게로 오게 한 것도 바로 그 사람입니다. 만약 이번 일에 가지 않겠다고 하면 내가 먼저 그자를 목 베겠습니다."

왕윤이 들으니 비록 여포의 말이나 또한 그럴듯했다. 이에 곧 이숙에게 사람을 보내 그리로 불러들였다. 얼마 뒤 이숙이 의아로운 얼굴로 나타나자 여포가 정색을 하고 말했다.

"지난날 공이 나를 설득하여 정건양을 죽이고 동탁에게 투항하게 하였소. 그런데 이제 보니 동탁은 위로 임금을 속이고 아래로 백성들을 학대하여, 죄악이 하늘과 땅에 가득하매 사람과 귀신이 함께 분해하고 있소. 이에 조정의 원로 대신들과 의논하여 동탁을 죽이고자 하는 바, 공도 그 일에 나서주셨으면 하오. 만약 공이 천자의 조서를 받들고 미오로 가서 동탁을 입조케 하면 나는 군사를 거느리고 숨어 기다리다가 그를 죽일 작정이오. 그렇게 되면 우리 둘 모두 힘을 다해 넘어지는 한실을 붙든 충신이 될 것이오."

그러자 이숙은 한번 생각해 보지도 않고 선뜻 응했다.

"나 역시 그 늙은 도적을 없애고 싶어한 지 오래이나 다만 같은 마음으로 일할 사람이 없는 걸 한탄해왔을 뿐이외다. 이제 장군의 말씀을 듣고 보니 바로 하늘의 뜻인가도 싶소. 이 숙(肅)이 어찌 감히 두 마음을 품을 리 있겠소?"

그리고 화살을 분질러 자기의 뜻에 거짓이 없음을 밝혔다. 곁에서 보고 있던 왕윤이 넌지시 거들었다.

"만약 공께서 이 일을 훌륭히 해내시기만 한다면 벼슬 높지 못함을 무엇 때문에 근심하시겠소?"

동탁에 대한 이숙의 앙심이 벼슬 높여주지 않은 데 있는 걸 알아서 한 말이었다. 이숙은 그 말에 더욱 힘이 났다. 잘만 되면 원한도 풀고 벼슬도 올라갈 수 있으니 돌 하나로 두 마리 새를 잡는 일이나 다름없었다.

이튿날 이숙은 수십 기를 이끌고 미오성 앞에 이르렀다. 사람이 와서 천자의 조서가 내렸다는 말을 하자 동탁은 사자를 불러들이게 했다. 사자로 들어와 절을 하는 걸 보니 다름 아닌 이숙이었다.

"폐하께서 무슨 일로 조서를 내리셨느냐?"

이숙이 자기 사람이라 칙사를 맞는 예도 않고 동탁이 물었다. 이숙이 기쁜 얼굴로 대답했다.

"폐하께서 오래 편찮으시다가 요즘 쾌차하시매, 환중에 미루어두신 일을 문무 대신들과 논의하시려는 것입니다. 다름 아니라 태사께 제위를 선양하시는 일이옵니다. 서둘러 입조하셔야 될 줄로 아옵니다."

그러면서 비슷한 내용의 조서를 내놓았다. 오래전부터 은근히 꿈꾸어 오던 일이었으나 너무 갑작스럽고 쉽게 때가 오니 동탁은 기쁜 마음보다 의혹이 먼저 일었다. 사람이 없다, 없다 해도 아직 완고한 원로 대신들이 몇몇 버티고 있는 조정에서 어찌 그 같은 일이 그토록 갑작스럽고 쉽게 결정났는지 궁금했다.

　"얼른 믿기지 않는구나. 왕윤의 뜻은 어떻더냐?"

　동탁은 초선 때문에 그 무렵 들어 무척 가깝게 여겨진 왕윤의 동태부터 물었다. 이숙이 천연덕스럽게 대답했다.

　"왕사도께서는 사람을 시켜 태사께서 보위를 물려받으실 수선대(受禪臺)를 쌓아놓고 주공께서 오시기만을 기다리고 있습니다."

　마음속으로야 어떠하든 왕윤쯤 되는 원로 대신이면 남의 이목도 살펴야 했다. 그런데 그가 나서서 특별히 대까지 쌓고 자기를 기다린다니 조정의 분위기는 대강 짐작이 갔다. 그제서야 동탁은 얼굴 가득 기쁜 빛을 드러냈다.

　"간밤 꿈에 용 한 마리가 내 몸에 감기더니 이제 이 기쁜 소식을 듣는구나. 때를 놓쳐서는 안 되리라!"

　그렇게 말하며 사양하거나 어려워하는 기색 한번 나타냄 없이 미오를 떠날 채비를 했다. 그런데 거기서 동탁은 또 하나의 큰 실수를 저질렀다. 친위대랄 수 있는 비웅군(飛熊軍) 삼천과 이각, 곽사, 장제, 번조 네 장수를 미오에 떼어놓고 온 일이었다. 선위를 받으러 가는 경사스러운 길까지 살벌한 창검을 앞세울 필요가 없다는 이숙의 말을 받아들인 탓이었다.

　"내가 제위에 오르면 마땅히 너를 집금오로 삼으리라."

오히려 이제는 문덕(文德)을 앞세우라는 이숙의 진언에 그같이 때늦은 약속까지 했다. 이숙이 벌써 신하의 예를 하며 그런 동탁에게 감사한 것은 말할 나위도 없었다.

이때 동탁에게는 나이 아흔이 넘은 노모가 있었다. 서둘러 장안으로 돌아갈 채비를 마친 동탁이 작별 인사를 드리려 하자 물었다.

"얘야, 너 어디를 가느냐?"

"한나라 조정으로 들어갑니다. 어머님께서는 머지않아 태후마마가 되실 것입니다."

하지만 선인에게이건 악인에게이건 어머니의 정만은 다르지 않았다. 사랑하는 자식의 목숨이 경각에 달렸는데 어찌 그 불길한 예감이 없겠는가.

"내가 요사이 자꾸 몸이 떨리고 가슴이 두근거리는 게 예삿일이 아니다. 아무래도 좋은 징조가 못 되는 것 같아 두렵구나."

주름진 얼굴 가득 근심스런 빛을 띤 채 말했다. 그러나 이미 사신과도 같은 방심에 사로잡힌 동탁에게는 노모의 그 같은 말도 좋은 뜻으로만 들렸다.

"장차 국모가 되실 터인데 어찌 놀라운 조짐이 없겠습니까? 너무 심려 마시고 기다리십시오."

그렇게 허허거린 뒤 다시 초선에게도 가서 선위의 조서를 받은 일과 아울러 실천될 리 없는 약속까지 했다.

"내가 천자가 되면 너를 반드시 귀비로 삼으리라."

초선은 대개 일의 내막이 짐작되었으나 내색은커녕 누구보다 기뻐하며 동탁의 품 안으로 달려들어 또 한차례 동탁의 얼을 빼놓았다.

동탁은 이미 천자라도 된 양 거드름을 피우며 미오성을 떠났다. 비록 비웅군과 이각, 곽사 등 네 장수는 남겨두었으나 그래도 수레를 호위할 갑사들과 사사로이 쓰는 대소의 문무 가신들이 앞뒤를 따르니 제법 거창한 행렬이었다.

하지만 몇 년이나마 천하를 그의 손에 맡긴 탓인지 하늘도 동탁의 파멸에 무심치는 않았다. 기세 좋은 동탁의 행렬이 장안을 바라고 떠난 지 삼십 리쯤 되었을 무렵이었다. 갑자기 동탁이 타고 있던 수레바퀴가 와지끈 부러져 내려앉았다. 먼 길을 가다 보면 있을 수도 있는 일이어서 동탁은 별 생각 없이 수레를 버리고 말을 탔다. 그런데 그 말이 또 미친 듯 울부짖으며 고삐와 재갈을 끊고 길길이 뛰었다.

그제서야 동탁도 슬며시 불길한 느낌이 들어 그림자처럼 따르고 있는 이숙에게 물었다.

"수레바퀴가 부러지고 말이 재갈과 고삐를 끊어버리니 이 무슨 조짐인가?"

"태사께서 한의 천하를 물려받으시니 헌것을 버리고 새것으로 바꾸신다는 뜻인 듯합니다. 수레바퀴가 부러진 것은 태사의 수레바퀴를 버리시고 천자의 옥련(玉輦)으로 바꾸신다는 뜻이며, 말이 재갈과 고삐를 끊은 것 또한 태사의 마구를 버리고 천자의 황금안장에 오르시게 됨을 뜻함 아니겠습니까?"

혹시라도 동탁이 행렬을 미오로 돌릴까 봐 겁이 난 이숙이 재주를 다해 그렇게 꾸며댔다. 동탁은 기쁜 마음으로 그 말을 믿고 행렬을 재촉했다.

장안과 미오가 겨우 백오십 리 길이나 행렬을 지어서 하루에 왕복하기에는 멀었다. 이숙이 미오까지 가는 데 걸린 시간이 있어, 동탁이 좌우를 재촉했으나 그날로 장안에 들어갈 수 없었다.

하늘이 보여준 두 번째 조짐은 도중에서 하룻밤을 쉰 동탁의 행렬이 이튿날 다시 길을 서두르고 있을 때였다. 홀연 미친 듯 바람이 일고 어둑한 안개가 하늘을 덮었다. 어제의 일로 우쭐해 있던 동탁이었지만 그걸 보니 또 기분이 이상했다. 그러나 소심해 보이는 게 싫은지 대범한 체 이숙에게 물었다.

"이것은 또 어떤 상서로운 조짐인가?"

이숙이 다시 둘러댔다.

"주공께서 제위에 오르시는 것은 용이 등천하는 것과 같사옵니다. 반드시 붉은빛과 자주색 안개가 일어 천위(天威)를 더욱 드러내게 할 것입니다."

그 말을 들으니 광풍과 어두운 안개가 정말로 붉은빛과 자줏빛 안개로 비치는지 동탁은 또한 기뻐하며 더는 의심하지 않고 말을 달렸다.

장안성 밖에 이르자 전과 다름없이 횡문 밖까지 백관들이 모두 늘어서서 마중했다. 그런데 한 사람 이유만이 보이지 아니했다. 병을 얻어 며칠째 집 밖을 나오지 못한다는 것이었다. 이유의 그 같은 공교로운 발병도 동탁으로 보면 또 다른 불운이었다. 그만 성했더라도 동탁이 그토록 감쪽같이 왕윤의 계략에 넘어가도록 보아 넘기지는 않았으리라.

하지만 여전히 아무것도 느끼지 못한 동탁은 곧바로 성안에 있는 승상부중으로 갔다. 막 자리를 잡고 앉는데 여포가 들어와 경하를 올렸다. 한때는 초선 때문에 그에게 창을 던진 적까지 있었으나, 그 초선은 미오로 데려가 완전히 자기 것으로 만들었고, 이제는 또 천자 자리에까지 오르게 되었으니 마음이 한껏 관대해졌다. 친아들 대하듯 다정한 눈길로 여포의 하례를 받은 뒤 말했다.

"내가 구오(九五)의 자리에 오르면 너로 하여금 천하의 병마를 다스리게 하마."

여포는 속으로 코웃음이 나왔지만, 역시 황공스런 표정으로 감사하고 물러났다. 그런데 그날 밤이었다. 하늘만이 아니라 사람 가운데도 더러는 진심으로 동탁을 아끼고 위하는 이가 있었던 듯했다. 승상부는 이미 여포의 엄명을 받은 군사들로 에워싸여 있어 직접 동탁을 만날 길이 없게 되자 수십 명 인근 마을 아이들의 동요에 실어 은근히 위험을 알렸다.

천리의 풀, 푸르고 푸르건만      千里草 何靑靑
열흘을 넘겨서는 살지를 못하네.     十日上 不得生

그날 밤 동탁이 이숙과 마주 앉아 있는데 그런 아이들의 노랫소리가 거듭하여 들려왔다. 가락이 슬프기 짝이 없는 데다 초저녁부터 거듭 들리니 동탁이 이상히 여겨 물었다.

"저 동요를 지은 이는 무슨 뜻이 있는 듯한데 너는 그 길흉을 어떻게 보느냐?"

이숙이 속으로 곰곰 헤아려보니 천리초(千里草)는 동(董)의 파자

(破字)요 십일상(十日上)은 탁(卓)의 파자라 곧 동탁이 죽는다는 뜻이었다.

"역시 유씨(劉氏)가 망하고 동씨(董氏)가 흥한다는 뜻입니다."

얼른 그렇게 동탁을 안심시켜 놓고 가만히 그 자리를 빠져나와 군사들을 시켜 노래하는 아이들을 쫓아버리게 했다.

하지만 왕윤과 여포를 중심으로 한 계략의 낌새를 알고 동탁에게 알리려고 애쓴 것은 그날 밤 동요를 지은 이뿐만이 아니었다. 다음날 동탁이 여포의 호위를 받으며 궁궐로 들어갈 무렵이었다. 앞뒤를 에워싼 군사들의 창검 사이로 한 도인이 괴상한 차림으로 길가에 서 있는 게 보였다. 푸른 도포에 흰 수건을 쓰고 손에는 긴 장대를 들었는데 그 끝에는 한 길이나 되는 헝겊이 묶여 있었다. 이숙이 보니 헝겊에는 입 구(口) 자 두 개가 좌우 양쪽에 하나씩 씌어 있었다. 입 구 자 둘을 더하면 다름 아닌 여(呂) 자라, 동탁에게 여포(呂布)를 조심하라고 깨우쳐주려는 것임에 틀림없었다.

동탁도 그걸 보았으나 원래 머리가 밝지 못한 탓인지, 아니면 운이 다했는지 얼른 그 뜻을 알아차리지 못하고 이숙에게 물었다.

"저 도인이 무슨 뜻으로 저러고 서 있느냐?"

이숙은 속으로 뜨끔했으나 태연히 대답했다.

"미친 사람인 모양입니다."

그러고는 무사들을 시켜 그 도인을 멀리 쫓아버리게 했다. 여포와 이숙의 엄명을 받은 군사들 때문에 동탁에게 접할 길이 없어 멀리서나마 위험을 경고하려 했던 그 도인은 깊이 탄식하며 그 자리를 떠났다.

그 뒤로는 별다른 일이 없어 행렬은 그럭저럭 조당에 이르렀다. 여러 신하들이 조복을 갖춰 입고 길에 늘어서서 동탁을 맞아들였다. 이숙은 그때부터 보검을 빼들고 수레를 밀 듯하며 나아갔으나 동탁은 호위를 위한 것이려니 하며 특별히 개의치 않았다.

북액문(北掖門)에 이르러 따라온 군사들을 모두 물리쳐 문 밖에 있게 하고 스무남은 명만 수레를 몰게 하여 들어가게 할 때도 동탁은 별로 의심하지 않았다. 하진(何進)의 일이 몇 해 되지 않건만, 여포가 따르고 있음을 동탁은 믿은 것이었다.

그런데 궐문 안으로 들어가니 왕윤을 비롯한 조정 대신들이 한결같이 칼을 빼들고 전문(殿門) 앞에 서 있는 것이 보였다. 그제야 이상한 낌새를 느낀 동탁이 놀라 이숙에게 물었다.

"저 사람들이 모두 칼을 빼들고 있으니 어찌 된 일이냐?"

그러나 이숙은 대답 없이 수레만 앞으로 밀고 나아갔다. 동탁이 섬뜩하여 다시 물으려는데 왕윤의 외침이 이숙의 대답을 대신했다.

"나라를 훔치려던 큰 도적이 여기에 이르렀는데 무사들은 모두 어디에 있느냐?"

그러자 미리 숨어 있던 백여 명의 무사가 우르르 달려 나오더니 창이며 칼로 동탁을 일시에 찌르고 베었다. 원래 의심이 많은 동탁은 항상 조복 밑에 갑옷을 받쳐 입고 다녔다. 가슴을 찔렸으나 별로 상함이 없이 수레에서 굴러떨어지며 소리쳤다.

"내 아들 봉선이는 어디 있느냐?"

수레를 따르던 여포가 이내 그 소리에 달려왔지만 대답은 전혀 뜻밖이었다.

"천자의 조서를 받들어 역적을 친다. 동탁은 어명을 받으라."

한소리 외침과 함께 방천화극을 번쩍 들어 갑옷 밖으로 드러난 동탁의 목을 찔렀다. 동탁은 어떻게 자기가 죽게 되었는지도 모르는 채 비명조차 변변히 지르지 못하고 숨이 끊어졌다. 하늘을 찌를 것 같던 위세에 비해 너무도 허망한 최후였다.

여기서 잠시 돌아볼 것은 이 부분에 대한 정사의 기록이다. 현재 남아 있는 사서(史書)에는 왕윤의 연환계(連環計)나 초선(貂蟬)의 이름은 전하지 않는다. 그러나 여포와 동탁의 사이가 벌어진 중요한 이유 중에 여자가 들어 있는 것만은 사실이다. 동탁이 항상 여포에게 자기가 거처하는 중각(中閣)을 지키게 하였는데 여포가 동탁의 비첩 하나와 사사로이 정을 통해 그 일이 들킬까 봐 두려워하던 중 왕윤의 설득을 받고 동탁을 죽이게 되었다는 내용이다.

평소 아랫사람의 실수에 관대하던 동탁이었다면 여포도 그렇게까지 하지는 않았을 것이지만, 전에 이미 작은 실수로 자기에게 창까지 던진 동탁이라 여포로서는 용서를 기대하기 어려웠으리라. 거기다가 정적으로서의 미움까지 겹쳐 마침내 여포는 극단적인 배반으로 나가게 된 듯하다.

동탁의 숨이 끊어지자 이숙은 재빨리 그 목을 잘라 손에 들었다. 여포가 그 곁에서 왼손으로 창을 잡은 채 오른손으로 가슴에서 조서를 꺼내 보이며 크게 소리쳤다.

"폐하의 조칙을 받들어 역적 동탁을 죽였다. 그 나머지는 죄를 묻지 않을 것이니 동요하지 마라!"

그러자 그 자리에 모여 있던 장수와 벼슬아치들이 일시에 만세를 불러 동탁의 죽음을 기뻐했다.

일단 자리가 수습되자 여포가 다시 소리쳤다.

"동탁을 도와 백성을 학대한 자로는 이유가 있다. 다른 이는 용서해도 그만은 용서할 수 없다. 누가 가서 잡아오겠느냐?"

"제가 다녀오겠습니다."

이숙이 나서서 스스로 가기를 청했다. 마치 이제는 여포의 가신이라도 된 듯한 태도였다. 그러나 미처 영을 받고 떠나기도 전에 함성이 들리며 사람이 와서 알렸다.

"이유의 종들이 이미 이유를 잡아 이리로 끌고 오고 있습니다."

그 주인 동탁과 마찬가지로 이유 또한 부리던 자들에게 배신을 당해 달아날 궁리조차 한번 해보지 못하고 묶여 온 것이었다. 이유가 끌려 들어오자 왕윤이 영을 내렸다.

"저놈을 저잣거리로 끌고 나가 목을 베어 그 주인 동탁의 목과 나란히 걸게 하라."

이에 그들 주종(主從)의 목은 나란히 저잣거리에 내걸리고 시체는 그 곁에 버려졌다.

동탁은 원래 살찌고 기름진 몸이었다. 비록 목이 잘린 시체가 되었으나 몸의 기름기까지 빠져나갈 리 없었다. 시체를 지키던 군사 하나가 심지를 배꼽에 박아 불을 켜니 그 기름기가 흘러내려 땅을 적실 정도였다. 지나가는 백성 치고 그 목을 향해 주먹질을 휘두르거나 시체를 밟지 않는 이가 없었다.

왕윤은 다시 여포와 황보숭, 이숙 등에게 군사 오만을 주어 미오성으로 보냈다. 동탁의 재산을 거두어들임과 아울러 동탁 밑에 빌붙어 못된 짓을 한 자들과 피붙이를 처단케 했다.

이때 미오성에는 이각, 곽사, 장제, 번조 등 동탁의 심복 장수들이 악명 높은 비웅군 삼천을 중심으로 적잖은 군사를 거느리고 있었으나 동탁이 이미 죽고 여포가 대군을 이끌고 오는 중이란 소문을 듣자 겁부터 났다. 한번 싸워볼 엄두도 내보지 못한 채 밤을 틈타 비웅군을 이끌고 양주로 달아나버렸다.

아무도 가로막는 사람이 없는 미오성에 들어간 여포는 먼저 초선을 찾았다. 초선 또한 여포를 마다할 이유가 없었다. 이왕에 다시 씻기워 깨끗해질 수 있는 몸이 아닐 바에야 차라리 젊고 잘생긴 여포가 나았다. 거기다가 동탁은 죽었지만 아직은 여포를 실망시킬 때도 아니었다. 이에 두 사람은 서로 부둥켜안고 그동안의 회포를 푸느라 좌우를 돌볼 겨를이 없었다.

그사이 황보숭은 미오성 안에 끌려와 있던 양가의 자녀들을 모두 풀어주고, 동탁의 친족들은 남녀노소 가리지 않고 모조리 죽이게 했다. 동탁의 노모가 죽은 것은 물론이요, 아우 동민과 조카 동황도 모두 목이 잘리었다.

그다음 동탁의 가산을 거두어들여 보니 우선 황금이 수십만 냥에 백금은 수백만 냥이었다. 비단과 보석이며 값진 기명(器皿)은 헤아릴 수 없었고 쌓아둔 곡식 또한 태산 같았다.

황보숭과 여포는 그 모든 일을 끝낸 뒤 장안에 있는 왕윤에게 결과를 알렸다. 왕윤은 크게 공을 치하하고 잔치를 베풀어 군사들을 위로했다. 그리고 따로 도당(都堂)에 자리를 마련하여 백관들과 함께 술잔을 들며 한실의 회복을 기뻐했다.

그런데 술자리가 한창 무르익을 무렵이었다. 홀연 사람이 와서 알렸다.

"동탁의 시체를 저자에 버려두었던바, 그 앞에 엎드려 크게 곡을 하는 사람이 있습니다."

왕윤이 소리쳤다.

"동탁이 나라의 큰 죄를 짓다가 죽임을 당해 아래위 모두 기뻐해 마지않는데 누가 감히 그 시체 앞에서 곡을 한단 말이냐? 이리 잡아들여라!"

대국(大局)을 주재하는 왕윤의 명이라 말이 떨어지기 바쁘게 무사들이 달려갔다. 얼마 뒤 잡혀온 자를 보니 놀랍게도 시중 채옹(蔡邕)이었다. 여러 벼슬아치들이 한결같이 놀란 얼굴로 채옹을 바라보고 있는데, 왕윤이 매섭게 꾸짖었다.

"동탁은 역적으로 이제 죽임을 당했으니 나라의 큰 다행이라 아니할 수 없다. 그런데 너는 한의 신하로서 나라를 위해 기뻐하지는 못할망정 오히려 역적들을 위해 곡을 하니 어찌 된 일이냐?"

왕윤의 서릿발 같은 꾸짖음에 채옹은 자기 죄를 순순히 인정하며 빌었다.

"제가 비록 재주 없으나 역시 대의는 알고 있습니다. 어찌 나라를 등지고 역적 동탁을 좇을 리 있겠습니까? 다만 한때 그의 지우(知遇)를 입은 적이 있어 그 정을 생각다 보니 나도 모르는 사이에 곡을 하게 되었습니다. 사사로운 정에 의지해 대역죄인의 시체에 곡을 한 죄가 큼은 스스로도 잘 아오나, 바라건대 공께서는 너그러이 살펴주십시오. 발꿈치를 베고 서인(庶人)으로 내치시더라도[黥首則足], 목숨을 부지하여 짓고 있는 한사(漢史)만 마치게 해주신다면 이 옹 (邕)으로서는 더 큰 다행이 없겠습니다."

원래 채옹이 동탁 아래 벼슬을 하게 된 것은 강압에 못 이긴 탓이었으나, 그래도 한번 벼슬에 나아가자 동탁은 한 달에도 세 번이나 벼슬을 높여줄 정도로 그를 끔찍이 여겼다. 이 은혜에다 문사의 감상이 겹쳐 비참하게 버려진 동탁의 시체를 그냥 지나칠 수 없었던 것 같았다. 비록 죄가 크다 해도 죽이기에는 너무 아까운 채옹의 재주였다. 이에 그 자리에 있던 여러 벼슬아치들은 힘을 다해 그를 구하려 애썼다. 태부 마일제도 그중의 한 사람이었다. 가만히 왕윤을 달랬다.

"백개(伯喈, 채옹의 자)는 실로 세상에서 보기 힘든 재주를 가졌습니다. 만약 한사를 마칠 수 있게 해준다면 정성을 다해 그 일을 훌륭히 끝낼 것입니다. 거기다가 또 그는 효행이 빼어나 널리 알려진 터이니, 만약 그를 죽였다가는 인망을 잃게 될까 두렵습니다."

하지만 왕윤은 듣지 않았다.

"지난날 효무제(孝武帝)께서 사마천을 죽이지 않고 『사기(史記)』를 짓게 했더니 그는 오히려 효무제를 비방하는 글을 세상에 남겼소이다. 지금 국운이 쇠미하고 조정이 어지러운 때에 아첨만 일삼는 신하가 어린 임금 곁에서 붓을 들게 한다면 반드시 우리를 헐뜯게 될 것이오. 일찍 죽임만 못하오."

그렇게 매몰차게 마일제의 권유를 뿌리쳤다. 마일제는 더 해봐야 소용없음을 알고 말없이 왕윤의 곁을 물러났다. 그리고 다른 벼슬아치들에게 가만히 그의 독선을 근심했다.

"왕윤은 뒤가 없겠소이다. 옛말에 이르기를 착한 사람은 나라의 기강이요, 글을 짓고 쓰는 일은 나라의 전고(典考)라 했소. 그런데 이제 왕윤은 채옹을 죽여 나라의 기강이 될 만한 인물을 없앰과 아울러 전고가 될 글조차 남기지 못하게 만드려 드니 그 운이 오래가기를 어찌 바라겠소?"

그래도 왕윤은 기어이 채옹을 가둔 뒤 목을 매달아 죽이게 했다. 그 소문을 들은 사대부치고 울지 않은 이가 없을 정도였다. 뒷사람도 논하기를 채옹이 동탁을 위해 운 것은 옳지 못하나 왕윤이 그를 죽인 것 또한 심하다 했다.

어쨌든 채옹을 죽인 것을 마지막으로 조정은 왕윤을 중심으로 구(舊)대신들의 손 아래 들어간 듯보였다. 여포의 야심 또한 만만치 않았으나 아직은 동탁의 뒤를 넘볼 처지가 못 되었다. 오히려 동탁 아래서 저지른 일로 새삼 중론의 공격이나 받지 않을까 삼가고 삼갈 지경이었다.

하지만 동탁이 죽은 것만으로 모든 일이 끝난 것은 아니었다. 불씨는 아직도 남아 있었으니, 그것은 다름 아닌 동탁이 기르던 장졸들이었다. 그 무렵 이각, 곽사, 장제, 번조 네 장수는 비웅군 삼천과 그동안 모은 동탁의 졸개들을 이끌고 섬서(陝西)로 도망가 있었다.

그러나 그들이 처음부터 소동을 일으키려 든 것은 아니었다. 동탁의 참혹한 최후에 질린 그들은 먼저 사람을 장안으로 보내 표문을 올리고 용서를 빌었다. 하지만 왕윤은 그걸 받아들이지 않았다.

"동탁이 그토록 날뛸 수 있었던 것은 모두 그 네 놈이 도운 탓이다. 지금 비록 천하에 대사령(大赦令)을 내려 민심을 수습하는 중이나 그 네 놈만은 용서할 수가 없다!"

왕윤은 그렇게 주장하며 사자를 꾸짖어 돌려보냈다. 원래 싸움을 알지 못하는 문신인 그에게 그들 넷이 거느린 군사 따위는 안중에도 없었다.

장안에서 쫓겨난 사자는 이각과 곽사 등에게 들은 대로 전했다. 이각이 풀이 죽어 나머지 셋에게 말했다.

"용서를 구했으나 얻지 못했으니 할 수 없이 각자 달아나 살 궁리를 해야겠네."

나머지 셋도 달리 방도가 없는 것 같았다. 이각의 말에 묵묵히 동의하며 침울해져 있는데 그 자리에 함께 있던 모사 가후(賈詡)가 입을 열었다.

"장군들이 만약 군사를 버리고 홀로 도망다닌다면 정장(亭長, 작은 마을의 이장 정도) 따위라도 장군들을 잡아 묶을 수 있을 것이오. 적당한 구실로 섬서의 사람들을 끌어들이고 지금 거느린 군마를 보태 크게 일을 꾸며봄만 같지 못하외다. 그 군사로 장안으로 쳐들어가 동태사의 원수를 갚고, 일이 잘되면 조정을 받들며 천하를 바로잡을 수도 있소. 만약 이기지 못하면 도망은 그때 가도 늦지 않소이다."

이각을 비롯한 네 사람이 들으니 그럴듯했다. 하지만 별로 지략에 밝지 못한 무장들이라 어떻게 군사를 모아들여야 할지 알 수가 없었다. 비록 그 땅이 동탁의 근거지이긴 하나 워낙 동탁의 악명이 높아 그의 원수를 갚는다거나 천하를 바로잡는다는 명분 따위로는 사람이 모일 것 같지 않았다.

"왕윤은 성격이 편협하고 부정하니 그러한 점과, 이 지방은 동태사가 근거하던 곳이란 점을 이용하면 될 것이오."

가후가 그렇게 말하며 한 꾀를 일러주었다. 역시 될성부른 꾀였다. 이에 이각을 비롯한 네 사람은 다음 날부터 군사들을 풀어 무시무시한 소문을 퍼뜨렸다.

"왕윤은 이 땅이 동탁의 근거지였다는 이유로 이 땅 사람들을 모조리 죽여 없애려 한다."

"곧 장안에서 대군이 와 이곳을 쓸어버린다더라."

이런 소문들이 양주에 나돌자 사람들은 모두 놀랍고 두려웠다. 동탁을 위해 곡 한번 한 채옹까지 죽일 만큼 매몰찬 위인이니 능히 그럴 수도 있다는 생각이 든 까닭이었다.

양주 백성들이 놀라고 두려워하는 걸 보고 다시 이각의 무리는 선동했다.

"헛되이 죽을 바에야 우리를 따라 난리를 일으키는 게 어떠냐? 잘되면 동태사의 원수도 갚고 벼슬과 재물도 얻을 수 있으리라."

그 말을 들은 백성들은 귀가 솔깃했다. 그날부터 줄을 지어 이각과 곽사 등의 군문으로 몰려드니 그렇게 모인 군사가 며칠 안 돼 십만이 넘었다. 일을 시작하기는 해도 마음 한구석에는 여전히 불안과 근심이 남아 있던 이각, 곽사의 무리도 군사가 그같이 모이자 부쩍 힘이 솟았다. 장제, 번조와 더불어 각기 길을 나누어 장안으로 쳐들어갔다.

도중에 동탁의 사위 우보(牛輔)가 군사 오천을 이끌고 와 함께 장인의 원수를 갚으러 가기를 청했다. 이각, 곽사의 무리는 더욱 힘이 났다. 곧 우보의 군사를 합친 뒤 그를 전구(前驅)로 삼고 한층 기세 높게 장안으로 휘몰아갔다.

동탁의 잔당인 그들이 군사 십여 만을 모아 쳐들어온다는 소식을 듣자 장안은 술렁이기 시작했다. 왕윤도 그 소식을 듣자 겉으로 보이던 위세와는 달리 은근히 근심이 되었다. 믿느니 여포뿐이라 곧 그를 불러 의논했다.

"사도께서는 조금도 근심하지 마십시오. 그 쥐 같은 무리들이 수가 많은들 무슨 소용이 있겠습니까? 제가 나가 단숨에 뭉개놓고 오겠습니다."

몇 마디 나누기도 전에 여포가 그렇게 말하며 싸우러 가기를 스스로 원했다. 왕윤은 마음이 든든했다. 이튿날로 조회에 붙여 그 출전을 허락하니 여포는 급히 긁어모은 군사 몇 만에다 이숙(李肅)을 데리고 적을 맞으러 나갔다.

이숙이 선봉을 맡아 나아가다 적의 선봉인 우보와 만났다. 이숙이 군사를 몰아 힘껏 부딪쳐가니 우보는 마침내 견디지 못하고 한 싸움에 져서 달아났다.

그런데 그날 밤 이경 무렵이었다. 낮의 승리에 취해 이숙이 방심하고 있는 틈을 타 우보가 야습을 했다. 갑작스레 당한 일이라 이숙의 군사들은 어지럽게 흩어져 삼십 리나 쫓긴 뒤에야 겨우 수습이 되었다. 군사를 헤아려보니 절반이 꺾여 있었다.

이숙은 더 싸울 힘이 없어 여포에게로 돌아갔다. 여포는 이숙이 첫 싸움에 지고 군사를 반이나 잃었다는 말을 듣자 크게 노했다.

"네놈이 어찌 우리 군사의 예기를 꺾느냐?"

여포는 그렇게 이숙을 꾸짖은 뒤 좌우에게 명령했다.

"저놈을 끌어내 목을 베어라!"

이에 이숙의 목은 한 싸움에 진 죄로 군문 높이 걸리었다. 생각하면 어이없는 이숙의 죽음이었다.

여포와 한 고향에서 자라 먼저 그를 동탁에게로 꾀어갔고, 다음에는 그의 말에 따라 동탁을 죽이는 일에 가담한 그였다. 이제 동탁을 죽여 부귀영화가 눈앞에 이르렀는가 싶을 때 다른 사람도 아닌 여포에 의해 목이 달아나고 말았다. 오랜 친구라면 친구요, 동지라면 동지인 이숙을 그토록 쉽게 죽일 수 있는 여포 또한 그 일을 통해 의리 없고 무정한 사람됨을 잘 보여주었다.

이숙을 죽인 다음 날 여포는 군사를 내어 우보와 맞섰다. 천하의 여포에게 우보 따위가 어찌 상대가 되겠는가. 우보는 싸움 같은 싸움도 해보지 못하고 여포에게 여지없이 패해 달아나버렸다. 간신히 이각의 진중으로 돌아가 숨을 돌린 우보는 심복인 호적아(胡赤兒)를 불러 가만히 의논했다.

"여포가 용맹하고 날래니 아무래도 대적해낼 것 같지가 않다. 이각 등 네 사람을 속이고 진중에 감추어둔 금은보석을 훔쳐 몇 사람만 데리고 달아남만 못하리라. 네 생각은 어떠냐?"

호적아 또한 우보 곁에서 여포의 용맹에 혼쭐이 난 터라 생각이 우보와 크게 다르지 않았다. 기꺼이 우보를 따라 이각의 진채에 감추어진 금은보석을 훔쳐낸 뒤 졸개 서넛과 함께 진채를 버리고 달아났다.

그리하여 그들 일행이 어떤 물가에 이르렀을 때였다. 호적아는 훔

쳐 내온 그 금은을 혼자 차지하고 싶은 욕심이 일었다. 곰곰 궁리를
해보니 곧 좋은 꾀가 떠올랐다. 우보를 죽여 그 목을 여포에게 바치
면 훔쳐내 온 재물은 자기가 차지하게 될 뿐만 아니라 여포에게는
상까지 받을 것이란 생각이 든 것이었다.

이에 호적아는 우보를 죽여 그 목을 가지고 여포를 찾아갔다. 그
런데 일은 호적아의 뜻대로 되지 않았다. 여포가 의심스런 얼굴로
투항해 온 까닭을 묻자 그때껏 따라온 졸개들 가운데 하나가 나서서
고자질을 했다.

"호적아는 장군께 충성을 바치자고 우보를 죽인 게 아닙니다. 다
만 그가 지닌 금은보화를 빼앗기 위해 우보를 죽였을 뿐입니다."

그 말에 노한 여포는 그 자리에서 호적아를 죽여버렸다. 제딴에는
주인을 배반한 더러운 종놈을 죽인다는 자못 의기로운 결정이었다.

여기서 다시 한번 확인되는 것은 사사로운 이익으로만 뭉친 무리
의 특징이다. 동탁과 이유가 각기 그 아랫사람들의 배반으로 비참한
최후를 마친 것은 이미 보았거니와 호적아의 일은 더욱 한심한 배반
의 연쇄로 이어졌다. 먼저 우보가 이각을 배반했으며 다시 호적아가
그 우보를 배반했으며 이제는 그 졸개들이 또 그 호적아를 배반한 것
이다. 대저 무리를 이룸에 반드시 대의가 필요한 까닭이 이에 있다.

우보가 죽어 전구가 없어진 이각의 군사들을 향해 여포는 호적아
를 죽인 그날로 진군을 서둘렀다. 오래잖아 이각의 본진이 나타났
다. 그걸 보자 여포는 미처 진열을 가다듬을 틈조차 주지 않고 똑바
로 군사를 부딪쳐갔다. 그 자신이 맨 앞에서 적토마에 높이 올라 방
천화극을 휘두르며 나아가니 이각이 당해낼 길이 없었다. 금세 이각

의 본진은 쑥대밭이 되고 장수와 군사는 아울러 여포의 군사에 쫓기는 신세가 되고 말았다.

그날 이각은 오십여 리나 쫓긴 뒤에야 간신히 작은 산에 의지해 보니 열에 일고여덟이 상하거나 흩어져 돌아오지 않고 있었다. 혼자서는 아무래도 여포와 더 싸울 힘이 남아 있지 않았다.

"안 되겠다. 곽사, 장제, 번조 세 장군을 모셔오너라."

그리고 그들 세 장수가 모이기를 기다려 입을 열었다.

"여포가 비록 용맹스러우나 지모가 모자라는 위인이니 크게 두려워할 건 없소이다. 나는 군사를 이끌고 골짜기 입구를 지키며 내일 그를 꾀어내 싸움을 돋울 터이니 곽장군은 군사를 이끌고 그 뒤를 치시오. 이는 옛적 팽월(彭越)이 항우를 괴롭히던 법으로, 징을 치면 군사를 내몰고 북을 두드리면 군사를 거두어 여포를 우리 둘 사이에 묶어둘 수가 있소이다. 그사이 장제와 번조 두 장군은 길을 나누어 급히 장안을 치면 저것들은 머리와 꼬리가 서로 구하지 못하는 형국이 되어 반드시 크게 패하고 말 것이오."

우선은 자신의 대패를 얼버무리고 나머지 셋의 힘을 한군데로 모아쓰기 위함이었으나 이각의 그 같은 계책은 자못 그럴듯했다. 동탁의 그늘에 묻혀 기껏해야 동탁의 충실한 개처럼 알려져온 터이지만 이각 또한 범상한 장수는 결코 아니었다. 나머지 셋도 병법을 조금씩 아는 자들이라 금세 그 계책을 따르기로 결정을 보았다.

그걸 알 리 없는 여포는 곧 이각을 쫓아 그 산 아래에 이르렀다. 그런데 겁을 먹고 도망칠 줄 알았던 이각이 오히려 골짜기를 가로막고 싸움을 돋워오지 않는가. 성난 여포는 앞뒤 돌볼 것도 없이 똑바로 군사를 몰아 이각을 잡으러 갔다. 이각은 몇 번 싸우는 체하다가 곧 산 위로 도망치기 시작했다. 여포는 급히 말을 몰아 그런 이각을 쫓았으나 산 위에서 화살과 돌이 비 오듯 쏟아지는 바람에 앞으로 나아갈 수가 없었다.

그래서 막 군사를 돌리려는데 급한 보고가 들어왔다.

"곽사의 군사들이 갑자기 후진을 들이쳐 우리 군사들이 크게 동요하고 있습니다."

그렇다면 큰일이었다. 여포는 급히 군사를 돌려 곽사와 싸우러 갔다. 그러나 미처 여포가 그곳에 이르기도 전에 북소리가 크게 나며 곽사의 군사들은 물러가버렸다. 여포는 한숨을 내쉬며 수습하려 했다. 그때 다시 급한 외침이 들렸다.

"이각의 군사들이 다시 몰려옵니다!"

여포는 쉴 틈도 없이 군사를 이끌고 이각을 맞으러 갔다. 그러나 미처 이각의 군사들과 창칼을 맞대기도 전에 다시 등 뒤에서 곽사의 군사들이 덤벼들었다. 그래서 곽사에게로 향하면 곽사는 다시 북소리 징소리로 군사를 거두어버리고…….

여포는 화가 나 가슴이 터질 지경이었으나 그렇게 되고 보니 어쩔 도리가 없었다. 이각과 곽사 둘 사이를 오락가락하며 헛되이 기력만 소모했다. 싸우려야 싸울 수도 없고 쉬려야 쉴 수도 없는 괴로운 상황이었다.

여포가 그 미칠 듯한 싸움에 며칠이나 질질 끌려다니고 있을 때 갑자기 장안에서 비마(飛馬)가 달려와 전했다.

"장제와 번조 두 역적의 괴수가 장안을 침범하여 지금 도성이 위급한 지경에 이르렀습니다."

그 말을 듣자 여포는 정말로 급했다. 장안이 떨어지면 모든 것은 끝장이라 해도 지나친 말은 아니었다. 천자가 도적들의 손에 떨어지면 자신은 하루아침에 역적이 되어 쫓기게 될 것은 뻔한 이치였다.

"군사를 돌려라. 천자가 계신 도성을 지켜야 한다."

여포는 그렇게 영을 내리고 정신없이 군사를 장안으로 돌렸다. 이 각과 곽사가 그 좋은 기회를 놓칠 리 없었다. 급하게 군사를 몰아 여포를 쳤다. 싸울 마음이 없는 여포가 다만 장안을 바라고 도망치니 장안에 이르는 동안에 거느린 인마의 태반이 꺾이고 말았다.

장안성 아래에는 적군이 구름처럼 모여 성을 에워싸고 있었다. 여포는 그 군사를 뚫고 장안성 안으로 들어가려고 했으나 몇 번을 싸워도 이롭지 못했다. 그러다 보니 조급한 여포가 한층 군사들을 혹독하게 몰아붙여 그게 또 많은 군사를 잃게 했다. 여포를 두려워하는 군사들이 적병에게 투항해버린 까닭이었다. 이래저래 성안으로는 들어가지도 못하고 느느니 근심뿐이었다.

그렇게 며칠이 지났다. 장안성에는 동탁의 잔당 중에 이몽(李蒙)과 왕방(王方)이란 자가 사면을 받아 남아 있었는데 가만히 보니 전세가 자기들 편에 유리하게 여겨졌다. 서로 의논하여 바깥의 도적들과 내응하기로 하고 네 대문을 일제히 열어젖혔다.

열린 네 성문으로 이각, 곽사, 장제, 번조가 각기 한 무리의 군사를 이끌고 짓쳐들어오니 장안성은 주인 없는 집과도 같았다. 여포는 혼자서 좌충우돌 분전했지만 워낙 적군의 수가 많아 감당할 수 없었다.

마침내 장안성을 단념한 여포는 수백 기를 거느리고 급히 청쇄문 밖으로 갔다. 사도 왕윤이 지키고 있는 곳이었다.

"아무래도 전세가 급합니다. 사도께서는 어서 말 위에 오르십시오. 함께 관을 벗어나 따로 좋은 계책을 꾸미심이 낫겠습니다."

여포는 왕윤을 보고 말에 오르기를 재촉했다. 그러나 왕윤은 무겁게 고개를 저으며 말했다.

"만약 사직을 지켜주는 혼령이 있어 나라가 평안해진다면 이는 내가 바라는 바이나 그렇지 못하다면 이 왕윤은 다만 나라에 몸을 바쳐 죽을 뿐, 어려움을 만나 구차히 목숨을 도모하지는 않겠소이다. 장군은 뒷날 관동의 제공(諸公)을 만나거든 나를 대신해 지난날의 기의에 감사의 뜻과 아울러 나라를 위한 일념으로 한층 더 힘써 달라고 전해주시오. 그럼 잘 가시오."

그리고는 여포가 두 번 세 번 권해도 끝내 청쇄문을 내려오지 않았다. 이때 이미 각 성문에서는 불꽃이 하늘을 찌르고 성안에는 함성과 비명이 가득했다. 할 수 없이 여포는 왕윤을 버려두고 그대로 장안성을 떠났다. 가족들과 새로 얻은 초선도 돌볼 틈이 없이 백여 기만 이끌고 관을 벗어난 것이었다.

여포마저 달아나자 이각과 곽사는 더 두려울 게 없었다. 대병을 풀어 마음껏 장안성을 노략질했다. 태상경 충불(种拂), 태복 노규(魯馗), 성문교위 최열(崔烈) 등 충신 여남은 명이 그 통에 나라를 위해 죽고, 수많은 군사들도 동탁의 잔당에게 목숨을 잃었다.

난군들은 드디어 천자가 있는 내정을 둘러쌌다. 일이 그토록 급해지자 황제를 모시던 신하가 황제께 권했다.

"폐하께서 몸소 나서시어 저들을 달래봄이 어떠하올는지요? 저들이 비록 역적의 졸개들이라고는 하나 폐하의 엄명이야 어찌 감히 어기겠습니까?"

이에 헌제는 몸소 선평문 위로 올라갔다. 이각과 곽사는 멀리서 선평문 문루(門樓) 위로 누런 일산(日傘, 자루 긴 해가리개)이 나타나는 걸 보고 천자의 황개(黃蓋)라 짐작했다. 군사들을 멈추게 한 뒤 크게 만세를 불렀다. 거기에 힘을 얻은 헌제는 문루에 의지한 채 큰 소리로 물었다.

"경들은 한마디 주청조차 없이 장안으로 뛰어들었으니 도대체 무엇을 하고자 함인가?"

이각과 곽사가 나란히 얼굴을 들고 천자를 올려다보며 말했다.

"동(董)태사는 폐하의 충성스런 신하였사오나 왕윤에게 까닭 없이 모살되었습니다. 이에 저희들은 특히 동태사의 원수를 갚고자 달려왔을 뿐 감히 모반을 일으킬 뜻은 없었습니다. 다만 왕윤만 내어주신다면 곧바로 군사를 물리겠습니다."

천자가 들으니 기가 막혔다. 목에 칼끝이 닿은 것과 같은 형국이어서 그들의 뜻을 거스를 수도 없고, 그렇다고 충신을 역적의 손에 내주어 죽게 할 수도 없었다. 천자가 잠시 말문이 막혀 무어라 대답을 못하고 있을 때 곁에 있던 왕윤이 나섰다.

"신은 원래 사직을 위해 역적을 죽이는 꾀를 내었으나 뜻밖에도 그 잔당의 세력이 강하여 일이 이 지경에 이르렀습니다. 하되 폐하께서는 못난 신을 애석히 여기어 나랏일을 그르쳐서는 안 됩니다. 제가 내려가 저 두 도적을 만나보겠습니다."

죽음을 각오한 비장한 목소리였다. 천자는 다시 궁리를 짜보았으나 이미 왕윤을 구할 길은 없었다. 차마 그 뜻을 허락하지도 말리지도 못하고 문루 위를 서성거릴 뿐이었다.

왕윤은 천자의 허락을 기다리지 않고 문루에서 뛰어내리며 소리쳤다.

"왕윤이 여기 있다! 이 왕윤을 누가 찾느냐?"

이를 본 이각과 곽사가 달려와 칼을 빼들고 꾸짖었다.

"동태사께 무슨 죄가 있기로 네놈이 함부로 죽였느냐?"

"역적 동탁의 죄는 하늘을 채우고 땅을 덮을 만하니, 어찌 말로 다하겠느냐? 그놈이 죽던 날 장안의 뭇 백성들이 서로 경하했거늘 유독 너희만 그 일을 듣지 못했더란 말이냐?"

왕윤이 꼿꼿하게 맞섰다. 곽사가 다시 그런 왕윤에게 물었다.

"태사는 죄가 있다 하더라도, 우리는 무슨 죄가 있어 사면을 허락지 않았느냐?"

"역적 놈이 왜 이리 말이 많으냐? 오늘 이 왕윤에겐 다만 죽음이 있을 뿐이다."

왕윤이 더욱 소리 높여 이각과 곽사를 꾸짖어 죽음을 재촉했다. 이에 이각과 곽사는 왕윤을 누각 아래로 끌어내 죽이고, 사람을 보내 그 가족까지 몰살시켰다. 일찍이 왕윤이 채옹을 죽일 때 마일제가 한 말이 그대로 들어맞은 것이었다. 비록 정의일지라도 지나치게 독선에 흐르면 화가 따른다는 이치를 마일제는 이미 헤아리고 있었음에 틀림없다.

# 드디어 패자(覇者)의 길로

동군. 낙양 동쪽 팔백 리, 옛 위(衛)나라에 설치된 군이다. 스물셋의 한창 나이 때 환관들의 참소를 당해 그 속현(屬縣)인 돈구(頓丘)의 현령을 지낸 이래 그곳은 조조와 인연 깊은 땅이 되었다. 그로부터 꼭 십 년 뒤 이번에는 동군의 태수가 되어 선정(善政)을 펴다가 부친 조숭이 일억만 전으로 삼공의 하나인 태위 자리를 사는 걸 보고 초현으로 낙향해 가게 된다. 벼슬을 팔고 사는 조정에 실망하여 병을 핑계 대고 물러난 것이었다.

그 뒤 동탁을 치기 위해 의병을 일으켰다 실패함으로써 동군은 다시 한번 조조와 인연을 맺게 되었다. 관동의 제후들이 불화와 반목 속에 뿔뿔이 흩어진 뒤, 싸움에 진 외로운 의병을 이끌고 근거도 없이 떠도는 조조를 흑산적(黑山賊)이란 도적의 무리가 불러들인 까닭이었다.

흑산적이란 황건란을 틈타 각처에서 일어난 크고 작은 도적떼가 서로 연결되어 이룬 세력이었다. 원래 그들은 흑산(黑山), 백파(白波), 우각(牛角), 비연(飛燕), 뇌공(雷公), 우독 등 크면 이삼만이요, 작으면 이삼천의 무리로 여기저기 산골짜기에 자리 잡고 있었다. 그러다가 영제(靈帝) 말 장연(張燕)이란 괴수를 중심으로 흑산이란 이름 아래 뭉쳐 세력 백만을 헤아리게 되었다.

조정은 이를 진압할 힘이 없어 한때 하북의 여러 주군이 그 세력 아래 놓이게 되었다. 그러나 뒷날 그 우두머리 장연이 표를 올려 투항하니 조정은 그를 평난(平難)중랑장으로 삼고, 또 다른 우두머리 양봉(楊奉)을 흑산교위(黑山校尉)로 삼아 무리를 다독이게 했다. 이에 한때 흑산적은 진정된 듯도 보였으나 동탁이 도성을 장안으로 옮기고 천하가 어수선해지자 그들은 또다시 무리를 지어 일기 시작했다.

그들 가운데에 우독과 백요(白繞), 휴고(眭固) 등은 무리 수십만을 모아 위군과 동군을 위협했다. 이때 겁을 먹은 동군 태수 왕굉(王肱)이 조조에게 구원을 청해왔다. 흑산적이 조조를 불렀다 함은 바로 이런 사정을 달리 이른 말이었다.

조조는 휘하의 의병들을 이끌고 복양에서 백요의 군사들을 크게 깨뜨렸다. 그걸 본 우독과 휴고의 무리가 감히 침범하지 못하니 동군은 곧 평온해지고 동군은 사실상 조조의 지배 아래 들어갔다.

그때 조조에게 왕굉을 대신해 동군 태수를 맡게 한 게 원소였다. 한복(韓馥)을 위협해 기주를 빼앗은 뒤 힘을 기르는 데 열중하던 원소는 장안으로 표문을 올려 조조의 공을 아뢴 뒤 조조를 동군 태수로 추천했다. 지난날 공손찬과 싸울 때 공손찬을 도운 흑산적을 물리쳐준 데 대한 고마움을 표시함과 아울러 그 기회에 조조와 긴밀하게 맺어져 필요하면 그의 힘을 빌 수 있도록 하기 위함이었다.

그때껏 대권을 잡고 있던 동탁은 아직 조조에 대한 노여움이 풀어지지 않았으나 황제를 움직여 조조를 동군 태수로 삼았다. 이왕에 조정의 세력이 미치지 못하는 관동의 일이요, 또 그 동군은 이미 사실상 조조의 손안에 들어가 있다는 걸 알자 미운 놈 떡 하나 더 준다는 식으로 동탁이 선심을 쓴 덕분이었다.

조조에게는 호랑이가 날개를 얻은 일이나 다름없었다. 의병이란 군사를 움직이는 구실을 마련하는 데도, 그들을 먹이고 입히는 데도 어려움이 많았다. 그런데 이제 동군 태수가 됨으로써 그의 군사들은 관군이 되었을 뿐만 아니라 군자도 세금을 거두어 쓸 수 있게 되었다.

조조는 곧 동무양을 치소(治所)로 삼고 동군을 중심으로 세력을 키워가기 시작했다. 그 같은 난세에서 가장 빨리 세력을 키워가는 길은 다른 세력을 깨뜨려 그 근거지와 군사들을 아우르는 길이었다. 조조는 그 상대를 먼저 아직 남아 있는 부근의 흑산적으로 잡았다.

머릿수는 많았지만 오합지중이나 다를 바 없는 흑산의 무리가 그 같은 조조의 공격을 당해낼 리 없었다. 이듬해 봄이 되자 우독, 휴고 등의 무리는 조조에게 많은 군사만 보태준 뒤 동군 근처에서 사라지고, 드디어 조조는 한 땅의 주인으로 확고하게 자리를 잡게 되었다.

흑산적을 돕던 어부라(於夫羅)란 흉노의 추장을 내황에서 크게 쳐

부수고 돌아온 며칠 뒤 조조는 한바탕 크게 잔치를 벌여 장졸들을 위로했다. 그때 이미 조조에게는 처음 진류 땅을 떠날 때보다 배가 넘는 장수와 모사들이 모여 있었다. 그들과 함께 술잔을 들던 조조는 돌연 한 가닥 시흥이 솟았다.

흥겨움과 기쁨의 시흥이기보다는 쓰라림과 슬픔의 시흥이었다. 드디어 젊은 날 한실에 바쳤던 충성의 맹세를 철회하고 패자(覇者)의 길로 들어선 사십 줄의 자신과 어지러운 세상으로 신음하는 백성들, 그리고 이제는 대의보다 영웅들의 감춰진 야망을 위해 죽어가게 될 장졸들에 생각이 머무르자 갑자기 비감에 젖어든 탓이었다.

"제공들, 내 호리행(蒿里行, 죽은 사람을 애도하는 글의 일종) 한 수 읊겠소이다."

조조가 잔을 놓으며 그렇게 말한 뒤 조용히 읊조리기 시작했다.


| 관동에 의로운 이들 있어 | 關東有義士 |
|---|---|
| 흉한 무리 치고자 군사를 일으켰네. | 興兵討群凶 |
| 맹진에서 만나 처음 기약할 제 | 初期會盟津 |
| 마음은 모두 임금 계신 도성에 있었으되 | 乃心在咸陽 |
| 힘을 모음에 가지런하지 못하고 | 軍合力不齊 |
| 혹은 앞서고 혹은 머뭇거렸네. | 躊躇而雁行 |
| 세력과 이익 사람을 다투게 하고 | 勢利使人爭 |
| 끝내는 서로 죽이며 돌아섰네. | 嗣還自相戕 |


거기서 조조는 잠시 읊조리기를 멈추었다. 형양(榮陽)에서 패주하

던 자신의 참담한 모습이 새삼스런 비분으로 떠오르는 모양이었다.
그러나 조조는 곧 목소리를 가다듬어 계속했다.

| 회남에서는 임금이 참칭되고 | 淮南帝稱號 |
| 옥새는 북쪽에서 새겨지니 | 刻璽於北方 |
| 갑옷과 투구에는 이가 생기고 | 鎧甲生蟣虱 |
| 수많은 백성 싸움에 죽네. | 萬姓以死亡 |
| 흰 뼈 들판에 널려 있고 | 白骨露於野 |
| 천리에 닭 우는 소리 들리지 않으니 | 千里無鷄鳴 |
| 살아남은 자 백에 하나나 될까 | 生民百遺一 |
| 생각하면 애가 끊기는 듯하네. | 念之斷人腸 |

조조의 읊조림이 끝나자 흥겹던 술자리는 한동안 숙연해졌다. 그
러다가 하후돈이 끝내 의아로운 듯 조조에게 물었다.

"주공, 회남에서 제호(帝號)를 참칭한다면, 원술이 이미 칭제(稱帝)
라도 했단 말씀입니까?"

"아직은 아니다. 그러나 나는 돌아가려는 손견을 가로막던 그의
눈길을 잘 기억하고 있다. 만일 우리 가운데 칭제할 자가 있다면 틀
림없이 그가 가장 먼저일 것이다."

조조가 조용히 대답했다. 그때 조인(曹仁)이 다시 물었다.

"북쪽에서 옥새를 새기는 자란 원소를 가리키는 것입니까?"

"그는 이미 작년에도 한 번 옥새를 새겼다."

원소가 그 전해에 이미 옥새를 새겼다는 것은 실패로 끝난 원소

의 새로운 황제 추대를 가리키는 말이었다. 아직 한복과 갈라서기 전이던 그해 정월 원소는 한복과 함께 조조에게 유주목(幽州牧)으로 있던 유우(劉虞)를 제위에 올리자는 제안을 해온 적이 있었다. 일은 유우의 거절로 흐지부지되고 말았지만, 조조는 그 일을 통해 원소의 가슴속에 숨은 야심의 크기만은 짐작하고도 남았다. 그러나 그 내막을 잘 알지 못하는 조인은 알 수 없다는 듯한 눈길로 조조를 바라보며 물었다.

"그럼 원소가 모반을 꾀한 적이 있단 말입니까?"

그때 장수들 틈에 끼어 앉았던 모사 하나가 조조를 대신해 대답했다.

"그렇소이다. 지난해 정월에 종실 한 사람을 제위에 추대하려다 실패한 적이 있소."

그리고 잔잔한 미소를 띤 얼굴로 조조를 보며 말했다.

"그러나 주공의 노래는 방금 수십만 도적의 무리를 깨치고 돌아온 영웅의 것이 못 됩니다. 문사의 감상은 죽은 자를 더 무겁게 여기되, 남의 우두머리 된 이의 경륜은 언제나 산 자를 위주로 펼쳐져야 합니다. 지금 이 뜰 안과 뜰 밖의 장졸들은 한결같이 주공을 위해 창검과 시석을 두려워 않고 싸워온 이들입니다. 주공께서는 마땅히 이 자리를 흥겨움과 기쁨으로 차게 하여 이들 장졸들을 위로해야 할 것입니다."

사실 조조도 반드시 죽은 자를 위한 감상에만 빠져 있는 것은 아니었다. 그의 마음속 깊은 곳에는 죽은 자를 더 무겁게 여김으로써 산 자들이 안심하고 자신을 위해 죽을 수 있게 하기 위한 뜻도 숨어 있었다. 하지만 다른 사람은 몰라도, 방금 충언을 한 모사만은 그런 조조의 속마음을 알 만한 사람이었다.

그 젊은 모사의 이름은 순욱(荀彧), 자는 문약(文若)으로 영주 영음 땅 사람이었다. 그 조부 순숙(荀淑)은 순제(順帝), 환제(桓帝) 시절에 널리 이름이 알려졌던 사람이었는데 그에게는 세상에서 '순가팔룡(荀家八龍)'으로 불려지는 여덟 명의 아들이 있었다. 그중에서도 둘째 곤(昆)과 여섯째 상(爽)이 특히 뛰어나 곤은 제남상(濟南相)을 지냈고 상은 사공(司空)에까지 올랐다. 순욱은 바로 그 곤의 아들이었다.

순욱은 어려서부터 그 재주가 뛰어나 사람들은 그를 왕좌지재(王佐之才)라 불렀다. 일찍이 효렴에 천거되어 수궁령(守宮令)의 벼슬을 받았고 이어 동탁이 도성에 들어오자 그를 항보령(亢父令)으로 삼았다. 그러나 순욱은 그 벼슬을 버리고 고향 영천으로 돌아가 부로(父老)들을 모아놓고 말했다.

"영천은 사방이 싸우기에 좋은 땅입니다. 천하에 변란이 일면 항상 군사들이 이곳에서 부딪게 되니 오래 머물 땅이 못 됩니다. 기주로 옮기는 것이 좋겠습니다."

그러나 대부분의 사람들은 정든 땅을 버리기 싫어 움직이려 들지 않았다. 이때 기주 태수 한복은 순욱이 오겠다는 말을 듣자 말까지 보내어 그를 맞아들이게 했다. 순욱은 할 수 없이 자기 일족만 이끌고 기주로 옮겨 갔으나 순욱이 당도했을 때는 이미 원소가 기주의 주인이 된 뒤였다.

원소도 순욱의 재주는 들어 알고 있는지라 상빈(上賓)의 예로 그를 맞아들였다. 순욱의 아우 순심(荀諶)과 같은 군의 신평(辛評), 곽도(郭圖) 등이 원소로부터 벼슬을 받게 된 것도 그 무렵이었다. 그러나 이내 순욱은 원소의 그릇이 큰일을 이루지 못하리라는 걸 헤아리고 조조에게로 찾아왔다. 그의 나이 스물아홉 살 때였다. 조조 또한 순욱의 재주를 들어 알고 있어 크게 기뻐하며 그를 맞아들였다.

"그대는 나의 자방(子房, 장량의 자)이 되어주시오."

조조는 그렇게 간청하며 이런저런 이야기를 하던 끝에 동탁에 대해서 물었다. 순욱이 서슴지 않고 대답했다.

"동탁은 포학이 점점 심해지니 머지않아 반드시 비참한 끝을 보게 될 것입니다. 그를 치려고는 아무 힘도 쓸 필요가 없습니다."

그 말에 조조는 더욱 기뻤다. 앞날을 내다보는 순욱의 안목은 영천 땅의 지세를 말한 일로 그 밝음이 이미 증명된 바였다. 순욱 일가가 기주로 옮기고 오래잖아 영천 땅은 동탁이 보낸 이각군의 무자비한 노략질을 당해 많은 백성들이 재물과 목숨을 잃었기 때문이다.

그런 순욱이 조조의 마음속을 헤아리지 못할 리 없었다. 그런데도 죽은 자보다 산 자를 무겁게 여기라고 말한 까닭은 자신의 비감(悲感)이 지나친 탓이라는 걸 깨닫자, 조조는 재빠르게 감정을 전환시켰다. 그 특유의 드높은 소리로 껄껄 웃으며 말했다.

"아무려면 내가 여러 장졸들의 노고를 가벼이 여기기야 하겠소? 아마도 내 노래가 지나쳤던 것 같소. 자, 이제부터 흥겹게 잔을 듭시다."

그리고 먼저 한 잔을 들이켠 뒤 여러 장수와 모사들에게도 술을 권했다. 자리는 이내 흥겹게 어우러졌다. 그런데 다시 그로부터 오래잖아 사람이 와 알렸다.

"장안에서 놀라운 소식을 가지고 온 이가 있다고 합니다."

조조가 그를 들이게 하고 보니 장사치를 가장해 장안으로 보냈던 세작 가운데 하나였다. 조조가 물었다.

"무슨 일이냐?"

"동탁이 사도 왕윤 등에게 목숨을 잃었습니다."

"왕사도가 무슨 힘이 있어 동탁을 죽였단 말이냐?"

"여포와 이숙의 도움을 받아 그를 모살했다 합니다."

그리고 그 세작은 자세히 일의 전말을 고했다.

"물러가 있거라."

듣기를 마친 조조는 그렇게 그를 돌려보낸 뒤 장수와 모사들에게 물었다.

"이제 동탁이 죽었다 하니 우리는 무엇을 어찌했으면 좋겠소?"

말이 떨어지기 무섭게 조홍이 벌떡 일어나 소리쳤다.

"여포 따위에게 조정과 천자를 맡겨서는 안 됩니다. 머지않아 또 다른 동탁이 생겨날 것입니다. 급히 군사를 이끌고 장안으로 가 미리 화근을 없애는 게 좋겠습니다."

조조도 그 점이 염려스러웠다. 왕윤과 황완 등이 일을 꾸몄다 하나 군사를 움직이는 것은 여포였기 때문이다.

조조는 그 여포를 잘 알고 있었다. 언제 그 본색을 드러내어 닭 모가지 하나 비틀 힘이 없는 조정의 늙은 대신들을 위협해 새로운 동탁이 될지 모르는 일이었다. 하지만 당장 군사를 일으켜 장안으로 진격하는 것은 성급한 일 같았다.

이에 조조는 대답 대신 가만히 순욱을 보았다. 순욱은 무겁게 고개를 저은 뒤 일어나 말했다.

"주공께선 아직도 움직이셔서는 아니 됩니다. 비록 여포가 시랑(豺狼)이 같은 무리라 하나 천자가 그 손안에 있고 또 지금 대국을 주재하고 있는 것이 사도 왕윤인 이상 아직도 대의명분은 그쪽에 있습니다. 선불리 건드렸다가 오히려 천자와 조정 대신에 항거하는 역적으로 몰릴 염려가 있습니다. 거기다가 또 하나 미덥지 못한 것은 동탁의 잔당입니다. 동탁은 죽었으나 그가 거느린 병마는 아직 고스란히 보존되어 있으니 반드시 뒤탈이 있을 것입니다. 더욱이 왕윤은 채옹을 죽이고 동탁의 네 장수에게 끝까지 사면을 허락하지 않았으니 누가 칼을 손에 쥐고서 잡혀 죽기를 기다리겠습니까? 주공께서는 당분간 이곳에서 병마를 쉬게 하시면서 형세의 변화를 보아 거기에 대처하는 게 옳을 것입니다."

마치 조조의 마음속을 읽고 있기나 한 듯한 대답이었다. 하나 빠진 게 있다면 천자의 신임을 깊게 하기 위해서도 아직은 때가 아니라는 점이었다. 표면적으로는 동탁이 죽고 조정 대신들이 대권을 되찾은 듯 보여 안심하고 있을 어린 천자에게 조조가 군사를 몰고 들어가 대권을 빼앗을 경우, 열에 아홉은 동탁과 같은 부류로 의심을 받게 될 것이기 때문이었다.

"문약(文若, 순욱의 자)의 말이 옳소. 가벼이 군사를 움직여 낭패를 당하느니보다는 이곳에서 당분간 형세를 살피는 것이 좋겠소. 이 일은 그리 정하고 모두 술이나 드시오."

조조는 그렇게 말하여 기고만장한 무장들의 의견을 누르고 기다리기로 했다.

과연 일은 며칠 안 돼 예측대로 발전해갔다. 이각과 곽사, 장제, 번조가 십여만 양주 사람들을 모아 장안으로 진격한다는 소식이 들리는가 싶더니, 이어 여포가 싸움에 져서 달아나고 장안성이 떨어졌다는 전갈이 들어왔다. 그러나 더 기막힌 것은 그 뒤의 일이었다.

선평문 문루 아래서 사도 왕윤을 죽인 이각과 곽사는 잠시 생각한 뒤 엉뚱한 쪽으로 의논을 맞추었다.

"이왕 여기까지 이르렀는데 천자를 죽여 대사를 도모하지 않고 다시 어느 때를 기다리겠는가?"

"그러세. 아예 여기서 일을 맺어버리세."

그리고 둘은 칼을 빼들고 소리를 치며 안으로 달려들어갔다. 그때 함께 온 괴수 장제와 번조가 그들을 가로막았다.

"아니 되오. 오늘 급하게 천자를 죽이면 사람들이 우리를 따르지 않을까 두렵소이다. 전에 사람들이 하는 것처럼 그를 주인으로 받들며 우리가 장안에 들어온 걸 구실 삼아 제후들이 입관(入關)하기를 기다림만 같지 못하오. 그들을 깨뜨려 먼저 그 깃과 날개를 잘라버린 뒤에 천자를 죽이면 천하를 도모해볼 수도 있을 것이오."

듣고 보니 옳은 말이었다. 이에 이각과 곽사는 그 말을 좇아 칼을 거두었다. 이때 누각 위에서 헌제의 선유가 내려왔다.

"왕윤이 이미 죽었거늘 어찌하여 군마를 물리지 않는가?"

이각과 곽사 등 네 사람은 거기에 대답했다.

"신 등은 왕실을 위해 역적을 죽였으니 그 공이 적지 않은 터이나 아직 버슬을 받지 못했습니다. 이에 감히 물러나지 않고 성지(聖旨)

를 기다리고 있는 것입니다."

황제가 마지못해 물었다.

"경들이 원하는 관작은 무엇인가?"

그러자 이각, 곽사, 장제, 번조는 제각기 바라는 벼슬 이름을 댔다.

헌제는 어쩔 수 없이 그대로 들어주었다. 이각은 거기장군 지양후(池陽侯)에 사예교위 가절월(假節鉞)을 삼고, 곽사는 후장군 가절월에 병조정(秉朝政)을 겸하게 했다. 번조는 우장군 만년후(萬年侯)에 봉했으며 장제는 표기장군 평양후(平陽侯)를 삼고 나머지 이몽(李蒙), 왕방(王方) 등의 무리도 모두 교위로 삼았다. 그제서야 이각의 무리는 천자께 사은하고 군사를 궐 밖으로 물리었다.

정통성과 권위를 확보하지 못한 권력의 승계자가 그걸 메우기 위해 즐겨 이용하는 방법의 하나는 앞사람의 정통성과 권위에 의지하는 방법이다. 거기서 죽은 전임자를 위해서가 아니라 산 후임자를 위해 전임자의 신화가 조작되고 업적의 과장이 일어난다. 그러함으로써 그를 이은 후임자도 정통성과 권위를 획득할 수 있기 때문이다.

이각의 무리도 마찬가지였다. 원래는 변방의 미천한 장수였고, 그 얼마 전까지도 동탁의 사병 우두머리에 불과하던 그들이 한나라의 대권을 잡기 위해서 의지할 수 있는 것은 죽은 옛 주인뿐이었다. 이에 그들은 수하 장졸들에게 명하여 동탁의 시신을 거두게 하는 한편 성대한 장례식을 준비했다.

하지만 그동안 동탁의 시신은 어디론가 없어지고, 효수되었던 머리도 부서져 흩어져버렸다. 며칠을 두고 장안을 뒤졌으나 찾은 것은 부서진 피골(皮骨) 몇 조각에 지나지 않았다. 이각의 무리는 어쩔 수 없이 그것에다 향나무로 사람의 형체를 짜 맞추어 시신을 대신케 했다. 그리고 크게 제사를 지낸 뒤, 왕자의 의관과 관곽(棺槨)을 갖추고 날을 가려 미오(郿塢)에 장사 지내려 했다.

그런데 장례일이 되자 갑자기 뇌성이 일며 큰 비가 쏟아졌다. 금세 평지에도 물이 몇 자나 쌓이고 동탁의 관곽은 벼락을 맞아 시체가 드러났다. 할 수 없이 이각의 무리는 맑은 날을 가려 다시 장례를 치르려 했으나 그날 밤 또 전과 같은 일이 일어났다. 세 번째로 개장(改葬)을 해도 마찬가지였다. 여전히 관은 흙 밖으로 나와 있고, 몇 조각 피골마저 벼락에 타 없어져버렸다. 하늘이 동탁을 미워함이 그와 같았다.

하지만 대권을 잡은 이각과 곽사는 조금도 두려워함이 없이 동탁에 못지않은 폭정을 폈다. 백성을 학대함도 그러려니와 천자를 구박함은 더했다. 헌제의 좌우에 몰래 심복들을 풀어놓아 그 일거일동을 낱낱이 살피게 할 정도였다. 동탁을 본받아 민심을 수습한답시고 인망 높은 주준(朱儁)을 불러 태복에 앉혔지만, 조정에서도 마찬가지였다. 대소 관원들의 벼슬이 그 두 사람의 말 한마디에 오르고 내렸다.

그런 어느 날이었다. 홀연 이각과 곽사에게 급한 전갈이 들어왔다.

"서량 태수 마등(馬騰)과 병주 자사 한수(韓遂)가 십여만 대군을 이끌고 장안으로 쳐들어오고 있습니다. 도적을 쳐 나라를 평안케 하려 한다고 떠든다는 것입니다."

이각과 곽사에게는 갑작스러운 내습이었지만 사실 거기에는 숨은 내막이 있었다.

마등과 한수는 군사를 일으키기 전에 먼저 사람을 보내 조정의 대신들 가운데서 내응할 사람을 찾았다. 거기에 가담한 것이 시중 마우(馬宇)와 간의대부 충소(种邵), 좌중랑장 유범(劉範) 세 사람이었다. 세 사람은 가만히 헌제에게 상주하여, 마등을 정서장군, 한수를 진서장군으로 삼은 뒤 밀조를 주어 이각의 무리를 치게 한 것이다.

그 같은 내막은 알 길이 없었으나, 대군이 장안으로 쳐들어오고 있다는 말에 이각의 무리는 크게 놀랐다. 곧 이각, 곽사, 장제, 번조 네 우두머리가 모여 적을 막을 계책을 궁리했다.

모사 가후(賈詡)가 일어나 말했다.

"서량, 병주 두 곳의 군사들이 밀려온다 하나 크게 근심할 일은 못 됩니다. 도랑을 깊게 파고 성벽을 높여 굳게 지키기만 하면 멀리서 온 그들은 식량이 떨어져 스스로 물러가지 않을 수 없을 것입니다. 그때 군사를 내어 그 뒤를 치면 마등과 한수를 사로잡을 수 있습니다."

그 말에 왕방(王方)과 이몽(李蒙)이 나란히 일어나 반대했다.

"그건 좋은 계책이 못 됩니다. 원컨대 저희에게 군사 만 명만 내어 주신다면 선 채로 마등과 한수의 목을 잘라 휘하에 바치겠습니다."

"만약 지금 당장 나가 싸운다면 반드시 지고 말 것이오."

가후가 한마디로 그들의 말을 막으려 들었다. 그러나 왕방과 이몽이 목소리를 합쳐 소리쳤다.

"만약 우리 두 사람이 이 싸움에 진다면 목을 쳐도 좋습니다. 그러나 우리가 이긴다면 공 또한 우리에게 그 목을 내주어야 할 것이오!"

그런 두 사람의 기세는 자못 씩씩했다. 이각과 곽사도 그런 그들의 기세에 넘어가고 말았다. 군사 만 오천을 헤아려 내주며 마등과 한수를 막게 했다.

이몽과 왕방은 기꺼운 마음으로 장안을 떠나 이백팔십 리쯤 떨어진 곳에 진채를 세웠다. 오래잖아 서량의 군사들도 그곳에 이르렀다. 이몽과 왕방은 각기 군사를 이끌고 그들을 맞으러 나갔다. 서량 쪽에서는 마등과 한수가 말고삐를 나란히 잡고 나오더니 왕방과 이몽을 손가락질해 꾸짖은 뒤 좌우를 돌아보며 물었다.

"나라를 저버린 저 역적 놈들을 누가 가서 사로잡아 오겠느냐?"

말이 채 끝나기도 전에 한 소년 장군이 씩씩하게 소리치며 나섰다.

"제가 가겠습니다."

그리고 손에 장창을 비껴든 채 준마를 박차 날듯 달려 나가는 그의 모습을 보니 얼굴은 관옥(冠玉) 같고 두 눈은 샛별같이 빛났다. 호랑이 몸에 원숭이 팔이요, 표범의 배에 이리의 허리였다. 다름 아닌 마등의 아들 마초(馬超)로 그때 겨우 나이 열일곱 살이었지만 씩씩하고 날래 이미 그를 당할 자가 없다는 평판이 나돌 정도였다.

왕방은 상대가 어린 걸 보고 가벼운 마음으로 말을 달려 맞았다. 그러나 몇 번 말이 어우르기도 전에 마초의 한 창에 찔려 말 아래로 떨어졌다.

왕방이 한 창에 찔려 죽는 걸 보자 이몽은 두 눈이 뒤집혔다. 의기양양하게 말을 몰아 자기의 진채로 돌아가는 마초를 향해 살같이 말을 달렸다. 마초는 그걸 모르는 체 뒤도 돌아보지 않았다. 멀리서 애가 탄 마등이 큰 소리를 질러 알렸다.

"조심해라. 네 뒤에 따라오는 자가 있다!"

미처 마등의 말이 끝나기도 전이었다. 어느새 마초는 이몽을 사로

잡아 말 위로 싣고 있었다. 원래 마초는 이몽이 뒤쫓아 오는 것을 알고 있었으나 짐짓 모르는 체하다가 이몽이 창을 들어 찌르려 하자 잽싸게 몸을 뒤틀어 피했다. 그리고 말이 서로 스쳐갈 때, 원숭이 같은 팔을 내뻗어 헛창질에 당황한 이몽을 사로잡은 것이었다.

한꺼번에 두 주인을 잃어버린 이몽과 왕방의 군사는 가을바람에 가랑잎 흩어지듯 흩어져 도망치기 시작했다. 마등과 한수는 그들을 쫓아가며 죽이고 사로잡아 큰 승리를 거두었다. 그리하여 곧바로 애구(隘口)에 이른 뒤에야 군사를 멈춘 뒤 사로잡은 이몽을 목 베어 한층 기세를 올렸다.

이각과 곽사는 이몽과 왕방이 마초에게 죽음을 당했다는 소식을 듣고 나서야 비로소 가후의 말이 옳았음을 깨닫고 그의 계책을 중히 여겼다. 각 곳의 관을 굳게 지키며 적이 싸움을 돋우어도 맞서 싸우지 아니했다. 과연 서량군(西凉軍)은 채 두 달도 못 돼 군량과 말 먹일 풀이 아울러 떨어지자 별수없이 돌아갈 의논을 했다.

이때 장안성 안에서 내응하기로 한 세 사람 중 시중 마우(馬宇)의 가동(家童) 한 놈이 다시 일을 그르쳤다. 마우가 가까이 두고 부리는 종이라 주인과 유범, 충소가 꾸미는 일을 대강 알고 있던 그는 서량군이 이길 가망이 없다는 걸 알자 문득 딴생각이 들었다. 가만히 이각과 곽사를 찾아가 마우와 유범, 충소 등이 밖에 있는 마등과 한수의 편이 되어 내응하기로 한 사실을 일러바쳤다. 이각과 곽사는 크게 성을 내어 그들 셋의 가족은 물론 부리는 사람까지 모조리 죽이게 한 뒤 그들 세 사람의 목을 나란히 성문 위에 매달게 했다.

마등과 한수는 이미 군량이 다한 데다 안에서 호응하기로 한 그들 셋마저 죽은 걸 알자 드디어 진채를 뽑아 군사를 물렸다. 이각과 곽사는 장제와 번조에게 군사를 주어 그런 마등과 한수를 뒤쫓게 했다.

그렇게 되자 가후가 예측한 대로 서량군은 대패하고 말았다. 마등을 뒤쫓게 된 장제는 마초가 죽기로 싸워 물리쳤으나 한수를 뒤쫓게 된 번조는 그대로 승승장구하여 진창 땅까지 쫓아갔다.

쫓기던 한수가 돌연 말을 세우고 번조를 향해 소리쳤다.

"공과 나는 원래 같은 고향 사람인데 어찌 이리 무정하게 쫓으시오?"

원래 번조와 한수는 다 같은 고향 사람일 뿐만 아니라 젊었을 적에는 약간의 친분도 있었다. 이에 번조는 문득 마음이 흔들렸으나 곧 목소리를 가다듬어 대답했다.

"위에서 받은 명은 어길 수가 없소이다."

번조의 마음이 약간이나마 움직였음을 눈치 챈 한수가 더욱 간곡한 목소리로 말했다.

"내가 이렇게 온 것 또한 나라를 위해서일 따름이오. 공께서는 너무 핍박이 심하시구려."

그러자 번조는 한수를 살려주고 싶었다. 문득 말 머리를 돌리더니 자기 군사를 수습해 장안으로 돌아갔다.

그때 번조의 진중에는 이각의 조카 이별(李別)이란 자가 있었다. 번조가 한수를 살려 보내는 걸 보고 가만히 그 아재비 이각에게 알렸다. 그 말을 들은 이각은 몹시 노했다. 금세 군사를 일으켜 번조를 치고자 했다. 가후가 곁에서 가만히 말했다.

"아직 민심이 안정되지 않은 터에 자주 군사를 움직이는 것은 좋지 않습니다. 장제와 번조가 싸움에 이긴 공을 치하하는 술자리를 만들어 둘을 청하십시오. 그 자리에서 번조를 잡아 죄를 묻고 목을 베시면 힘들이지 않고 뜻하신 바를 이루실 수 있습니다."

그의 꾀에 의지해 마등과 한수를 이긴 뒤라 이각은 성난 가운데도 기꺼이 가후의 말을 들었다. 서둘러 큰 잔치를 마련하고 장제와 번조를 청했다. 싸움에 이기고 돌아온 장수를 위로한다는 명목이니 누구도 그런 이각을 의심치 않았다. 장제와 번조도 흔연히 참석했다.

그런데 술자리가 반쯤 무르익었을 무렵이었다. 그때껏 좋은 말로 장제와 번조의 공을 추켜세우던 이각의 안색이 갑자기 변하여 번조를 꾸짖었다.

"번조는 어찌하여 한수와 몰래 통하고 모반을 꾀하는가?"

그 말에 번조는 깜짝 놀랐다. 그러나 미처 무어라고 변명을 늘어놓기도 전에 칼과 도끼를 든 무사들에 둘러싸여 나간 뒤 오래잖아 목만 잔치 자리로 되돌아왔다. 그걸 본 장제는 죄도 없이 더럭 겁이 났다. 그대로 땅에 엎드려 벌벌 떨며 어찌할 바를 몰랐다.

이각이 그런 장제를 부축하여 일으키며 말했다.

"번조는 모반을 꾀했기에 주살했을 뿐이오. 공은 내가 깊이 믿는 장수인데 무어 두려워할 게 있겠소?"

그리고 번조의 군사를 장제가 아울러 거느리게 했다. 동탁 아래서는 같은 열(列)의 장수였으나 어느새 이각의 수하로 떨어지고 만 장제는 두말없이 군사를 거느리고 홍농으로 가 머물렀다.

이각과 곽사가 스스로의 힘으로 서량의 대군을 깨뜨렸다는 소문이 돌자 제후들은 아무도 감히 장안을 넘보지 않았다. 그러자 가후는 이각과 곽사에게 여러 차례 권하여 백성을 어루만지는 일을 하게 했다. 뿐만 아니라 현명한 이들을 받아들이고 힘 있는 호걸들과는 연결을 지어두게 하니 비로소 조정에 생기가 돌기 시작했다.

장안의 소식을 거기까지 듣자 조조는 문득 불안해졌다. 그대로 이각과 곽사의 세상으로 천하가 안정돼 버리는 게 아닌가 싶었다. 마등과 한수가 기병(起兵)할 때 함께 군사를 내지 않은 게 은근히 후회가 될 지경이었다.

그런데 뜻밖에도 조조에게 크게 힘을 늘릴 기회가 왔다. 청주(靑州)에 다시 황건적이 인 것이었다. 전에도 황건의 잔당들이 여기저기서 소요를 일으킨 적은 있지만, 이번처럼 큰 규모는 아니었다. 그런데 이번에는 삼십만이 넘는 대군으로, 비록 각기 우두머리는 달라도 흑산적처럼 서로 연결하여 삽시간에 청주를 휩쓸어버렸다.

동군과 청주는 삼백 리 남짓, 멀다면 멀지만 가깝다면 가까운 거리였다. 날랜 기병을 내어 달려오면 이틀로 넉넉히 짓밟을 수 있었다. 거기다가 이미 청주를 휩쓴 황건의 서쪽 전봉과 조조가 다스리는 동군의 변경 관병은 부딪기 시작했다.

조조는 다시 순욱을 불러 의논했다.

"지금 서쪽에는 이각과 곽사 두 도적이 천자를 끼고 천하를 호령하고 있고, 동쪽에는 백만 황건이 일어 백성을 도륙하고 있소. 전일 공은 군사를 기르며 쉬기를 진언하였으나 등과 배에 각기 용서 못할 도적의 무리가 있으니 더는 앉아서 저들이 날뛰는 꼴을 구경만 할 수는 없을 것 같소이다. 만약 군사를 일으킨다면 어느 쪽을 먼저 쳐야 할 것 같소?"

"황건의 무리입니다. 하지만 아직은 때가 아닙니다."

"실은 나도 그렇게 생각했소. 장안은 이각과 곽사가 자못 선정을 펴 인심을 거두어들이고 있다 하니 아직은 더 곪기를 기다려 째야 할 종기요. 그런데 황건을 먼저 치되 지금은 때가 아니라니 그건 또 어찌 된 까닭이오?"

그러자 순욱은 조용히 대답했다.

"황건의 무리는 아직 일어난 지 오래지 않아 예기가 제법 날카롭습니다. 거기다가 우리와 그들 사이에는 연주목 유대와 제북상 포신이 힘을 합쳐 길을 막고 있습니다. 이기든 지든 그들이 황건의 기세를 무디게 한 뒤에 주공께서 나서면 힘은 반이 들고 공은 배를 이룰 것입니다."

조조는 속으로 은근히 급했으나 순욱의 말을 듣고 보니 또한 옳았다. 급한 마음을 꾹 눌러 참고 여전히 장안과 청주의 형세만 살폈다.

그런데 사흘도 안 돼 일은 순욱이 예측한 대로 되었다. 제북상 포신이 연주군의 주리 만잠(萬潛)과 몇몇 종자를 이끌고 동군으로 달려왔다.

"그때 낙양에서 뿔뿔이 흩어진 뒤에 오래 뵙지 못했소이다. 오늘은 무슨 일로 이렇게 급히 달려오시었소?"

몸소 관사 밖으로 나가 포신을 맞아들인 조조가 자리를 정하기 바쁘게 물었다. 그러자 포신은 쓸데없는 말은 다 빼고 곧바로 달려온 까닭을 밝혔다.

"조공(曹公)께서 연주목을 맡아주셔야 거센 물결 같은 황건의 기세를 꺾을 수 있겠습니다. 그래서 연주의 주리들을 이끌고 달려오는 길입니다."

"나더러 연주목을 맡으라니? 연주는 유대가 맡고 있지 않소?"

"유공(劉公)은 이미 이 세상 사람이 아닙니다. 간밤에 도적에게 해를 입어 목숨을 잃었습니다."

그때 함께 온 만잠이 곁에서 거들었다.

"처음 도적이 연주 경계에 나타났을 때 제북상께서는 우리 사군(使君)께 간했습니다. '적은 무리가 백만이나 되어 백성들은 한결같이 두려워 떨고 우리 사졸들은 싸울 마음이 없으니 대적하기 어렵습니다. 하오나 도적들을 가만히 살피건대 한결같이 치중(輜重)을 제대로 갖추고 있지 않기로 그 약한 곳을 찌르는 계책을 세워보았습니다. 먼저 군사와 백성들의 힘을 모아 굳게 지키면 적은 싸우려야 싸울 수도 없고 공격해야 이길 수도 없어 저절로 흩어져갈 것입니다. 그때 가리고 골라 뽑은 군사들로 요해(要害)가 될 만한 곳을 점검하고 있다가 그들을 치게 하면 능히 깨뜨릴 수 있을 것입니다.' 그런데 우리 사군께서는 제북상의 말을 듣지 아니하시고 군사를 내어 도적들과 맞붙어 싸우다가 기어이 해를 입고 마신 것입니다. 따라서 지금 우리 연주는 주인 없는 땅이 되어버렸습니다. 연주가 비록 보잘것없는 땅이라 하지만 하루도 주인이 없어서는 안 되겠기에 제북상께 의논하여 이렇게 태수님을 찾아 뵙는 것입니다."

그러면서 인수(印綬) 보퉁이를 내려놓았다. 치소인 동무양을 중심으로 동군의 십여 개 성은 이미 조조란 용이 놀 물로는 좁아져 있었다. 그런 때에 저절로 천하 열세 개 주 가운데 하나인 연주가 굴러들어오니 어찌 기쁘지 않겠는가. 하지만 조조는 기쁨을 내색하지 않고 오히려 엄숙한 낯빛으로 말했다.

"비록 이 조조에게 약간의 군마가 있다 하나 관원의 인수는 사사로이 주고받는 것이 아니외다. 반드시 조정의 명에 따라야 할 것이오."

그 말에 포신이 격한 얼굴로 대꾸했다.

"이 신도 또한 한나라의 신하로서 그 이치를 어찌 모르겠습니까? 그러나 지금 조정은 이각과 곽사 두 도적이 틀어잡고 있어 폐하의 성덕이 올바로 미치지 못할 뿐만 아니라 하루도 연주를 주인 없이 비워둘 수가 없어 편법을 쓴 것입니다. 조정의 허락은 먼저 도적들을 물리치신 뒤에 받아도 늦지 않을 것입니다."

그러나 조조는 기어이 인수를 받지 않았다. 이에 포신은 사람을 장안으로 보내 황건적이 크게 일어 유대가 죽은 일과 조조를 연주목으로 삼아달라는 글을 올리게 했다.

글은 먼저 조정을 관장하는 태복 주준에게 들어갔다. 그러나 미처 황제에게 아뢰기도 전에 이각과 곽사의 부름을 받았다. 주준이 조당에 이르니 이미 다른 관원들도 모두 그리로 불려나와 있었다.

"지금 산동 일대에 크게 황건이 일었다 하니 어떻게 하면 좋겠소?"

이각과 곽사도 소문을 들은 듯 자못 근심스런 얼굴로 백관에게 물었다. 태복 주준이 나서서 말했다.

"그 일이라면 꼭 한 사람 천거할 인재가 있소이다."

"그게 누구요?"

"황건의 무리를 깨뜨리는 일은 조맹덕(曹孟德)보다 나은 사람이 없을 듯하오."

"맹덕은 지금 어디 있소?"

이각과 곽사가 한꺼번에 주준에게 물었다.

"그는 지금 동군의 태수로 있소이다. 휘하에 많은 용장, 모사와 날래고 씩씩한 사졸들이 있으니 이 사람을 연주목으로 삼아 황건을 치게 하면 며칠도 안 돼 그 무리를 깨뜨려 흩어버릴 것이오."

"그렇지만 연주목은 따로 있지 않소?"

이각이 주준에게 물었다.

"그는 이미 죽었소."

그제서야 주준은 포신이 올린 글을 내보였다.

이각과 곽사에게 달리 이의가 있을 리 없었다. 앞날에 대한 긴 안목이 없는 그들에게는 자기 군사들을 상하지 않고 도적의 무리를 없앨 수 있다는 게 오히려 기쁠 지경이었다. 이각은 그날 밤 안으로 조조에게 연주목을 내림과 아울러 포신과 함께 힘을 다해 도적을 치라는 조서를 얻어내 동군으로 보냈다.

성지(聖旨)를 받은 조조는 곧 제북과 연주의 잔병들을 수습한 포신과 함께 황건을 치러 나갔다. 조조와 황건의 무리가 처음으로 크게 부딪친 곳은 수양 동쪽이었다. 이때 황건은 연주목 유대, 임성의 상(相) 정수(鄭遂) 등을 죽이고 기세가 오를 대로 올라 있었다.

조조는 힘들게 싸워 간신히 적의 예봉을 꺾었다. 그러나 이때 제북상 포신은 적진 너무 깊이 들어갔다가 해를 입고 말았다. 시체를 찾지 못한 조조는 나무를 깎아 포신의 시체를 대신하여 후하게 장례를 치러 준 뒤 곧장 황건을 쫓아 제북까지 이르렀다.

더 버틸 수 없게 된 황건의 무리는 그제서야 조조에게 항복을 받아들여줄 것을 애원했다. 계략에 밝은 조조가 궁한 쥐를 기어이 잡으려다 손가락이 물리는 것과 같은 짓을 할 리가 없었다. 못 이긴 체 그들의 항복을 받아들이니 항복한 도적의 무리가 삼십만이요, 그들을 따르던 백성이 남녀 합쳐 백만이 넘었다. 뿐만 아니라 산동 일대는 고스란히 조조의 세력 아래 들어와 지금까지 의지했던 동군에 비교할 바가 아니었다.

조조는 항복한 황건의 무리로부터 젊고 날랜 자를 뽑아 자기 군사로 삼았다. 이른바 청주병(靑州兵)이란 군사들로 동탁의 서량병(西涼兵) 못지않게 조조의 앞날에 중요한 힘이 된다.

다스리는 땅이 불어나고 인구가 늘자 조조에게 무엇보다도 필요한 것은 그를 도와줄 인재였다. 장수로는 하후돈, 하후연, 조홍, 조인, 이전, 악진 등이 있고 모사로는 당대 제일의 재사(才士)라는 순욱과 그의 조카 순유 등이 있었으나 십만이 넘는 대군과 백만이 넘는 백성을 거느리고 다스리기에는 턱없이 모자랐다. 그걸 짐작한 순욱이 한 사람을 추천했다.

"제가 듣기로 연주에 뛰어난 현사(賢士)가 하나 있다고 했는데 지금 어디에 있는지 모르겠습니다."

"그게 누구요?"

조조가 반가운 얼굴로 물었다. 순욱이 대답했다.

"동군 동아 사람으로 성은 정(程)씨요, 이름은 욱(昱)이라 하며, 자는 중덕(仲德)으로 쓰고 있습니다."

"그 사람이라면 나도 전에 이름을 들은 적이 있소."

그러고는 사람을 보내 정욱을 찾게 했다.

정욱(程昱)은 키가 여덟 자 세 치에 수염이 몹시 볼만하여 위엄이 있는 풍채였다. 그의 재주와 담력을 보여주는 일화로는 이런 게 있다.

처음 황건이 일어날 때였다. 현승(縣丞) 왕탁(王度)이 내응하여 창고에 불을 지르는 바람에 이미 성이 황건적에게 떨어진 줄 안 현령은 성을 넘어 달아나고, 백성들도 남녀노유 할 것 없이 부근의 거구산(渠丘山)으로 피해버렸다.

정욱도 얼결에 함께 피하기는 하였으나 곧 사람을 보내 왕탁의 무리를 정탐하게 했다. 왕탁은 빈 성을 얻었으나 지킬 힘이 없어 성밖 오륙 리 되는 곳에다 무리를 머무르게 해놓고 있었다. 이에 정욱은 현(縣)의 대성(大姓)인 설방(薛房) 등에게 말했다.

"이제 왕탁이 성을 얻고도 그 안에 있지 못하는 걸 보니 세력을 짐작할 만합니다. 저것들은 다만 노략질이나 하러 왔을 뿐 굳게 성을 지킬 뜻은 없는 것 같습니다. 그만 성으로 돌아가 그걸 지키는 게 어떻겠습니까? 우리 성은 높고 두꺼우니 돌아가 굳게 지키기만 하면 왕탁의 무리는 오래 견디지 못할 것입니다. 그리되면 어디론가 저희 패거리를 찾아갈 것인데 그때 그 뒷덜미를 치면 넉넉히 깨뜨릴 수도 있을 것입니다."

설방을 비롯한 유지들은 이내 정욱의 말을 알아들었다. 그러나 현리들과 백성들은 얼른 따르지 않았다. 적이 서쪽에 있으니 동쪽에 피해 있는 것이 옳다는 주장이었다.

"현의 벼슬아치들과 백성들이 성으로 돌아가기를 원치 않으니 어쩌면 좋겠소?"

설방을 비롯한 사람들이 근심스레 물었다.

"어리석은 백성들이 일을 헤아리지 못해 그렇습니다."

정욱은 그렇게 말한 뒤 몇 사람의 인마를 보내 동쪽 산 위에다 깃발을 세우게 하고, 설방에게는 백성들을 충동케 했다.

"적이 이미 동쪽에도 이르렀다!"

설방은 동쪽 산 위에 있는 자기편의 사람과 깃발을 가리키며 그렇게 소리치고 급히 산을 내려가 비어 있는 성을 차지하자고 권했다. 돌아가기를 거부하던 현리와 백성들도 그제야 어쩔 수 없이 성안으로 들어갔다.

정욱이 현령까지 찾아 백성들과 함께 굳게 지키니 왕탁의 무리는 성을 공격해도 떨어뜨릴 수가 없었다. 할 수 없이 다른 데로 떠나가려 할 때 정욱은 현리와 백성들을 이끌고 성문을 나와 그 뒤를 들이쳤다. 이에 왕탁의 무리는 대패하여 달아나고 동아 고을은 온전할 수 있었다. 실로 눈부신 정욱의 기지 덕분이었다.

또 정욱은 공손찬과 원소의 틈바구니에 끼어 갈피를 못 잡던 생전의 유대에게 적절한 충언을 올린 것으로도 사람들에게 널리 알려져 있었다. 그때는 원소보다 공손찬의 세력이 컸건만 정욱은 한마디로 공손찬의 패망을 잘라 말하고 유대로 하여금 원소와 손잡게 했다.

그러나 정욱은 누구 밑에서도 벼슬살이를 하려 들지 않았다. 한번은 유대가 그를 기도위로 삼으려 들었으나 병을 핑계로 받지 않았다. 조조가 찾아갔을 때도 정욱은 산중에서 책만 읽고 있었다. 그러나 조조가 절까지 올리며 간곡하게 도움을 청하자 정욱도 마침내 조조를 따라나섰다.

"전에는 남의 밑에서 벼슬살이를 않겠다더니 이번에는 어쩐 일이시오?"

이상히 여긴 마을 사람 하나가 그렇게 물었으나 그는 빙그레 웃을 뿐 대답하지 않았다. 넘치는 패기와 번득이는 재치를 통해 나타나는 조조의 가능성을 한마디로 대답하기 어려웠음이리라.

조조의 기쁨은 정욱을 얻은 데 그치지 않았다. 순욱과 마주 앉은 정욱이 또 한 사람의 기재(奇才)를 추천한 까닭이었다.

"나는 고루하고 아는 게 적어 공의 추천을 받을 만한 그릇이 못 됩니다. 공의 고향 사람 중에 곽가(郭嘉)란 이가 있는데 실로 뛰어난 현사라 할 수가 있습니다. 어째서 그를 끌어들이지 않았습니까?"

"참으로 잊을 뻔하였소!"

그제서야 순욱도 곽가를 기억해내며 무릎을 쳤다.

곽가는 자가 봉효(奉孝)로 영천 양택 사람이었다. 일찍부터 천하가 어지러워질 줄 알고, 이름을 숨긴 채 영걸스럽고 빼어난 이들과 오가며 속된 무리들과는 상종을 않으니, 비록 널리 이름이 알려지지는 않았지만 아는 이는 모두 그 재주를 기이하게 여겼다. 그 또한 처음에는 북쪽의 원소에게 몸을 의탁하러 갔으나 곧 떠나왔는데, 그때 원소의 모사 신평(辛評)과 곽도(郭圖)에게 남긴 원소의 인물평은 다른 사람에게까지 인용될 만큼 유명하다.

"무릇 지혜로운 자는 주인을 찾는 데 깊이 헤아려야 하니, 그래야만 틀림없이 공명을 이룩할 수가 있소. 원공(袁公)은 헛되이 주공(周公)을 본받으려 하나 아직 사람을 쓸 줄 모르는 것 같소. 일을 많이 벌이나 꼭 필요한 것은 적고, 지모를 좋아하나 결단성이 없소이다. 함께 천하의 큰 어지러움을 가라앉히고 패왕(霸王)의 업적을 이룩하기는 어려울 것 같소."

그런 곽가를 상객(上客)의 예로 맞은 조조는 그와 한나절이나 천하의 일을 의논한 뒤 그가 나가자 다른 사람에게 말했다.

"나를 도와 큰일을 이룩할 수 있는 자는 반드시 저 사람일 것이다."

곽가도 조조 앞을 물러나와 여럿에게 말하였다.

"나는 이제야 참주인을 만났다!"

그렇게 조조의 사람이 된 곽가는 다시 또 한 사람을 천거했다. 회남 성덕 땅의 유엽(劉曄)이란 이로 광무제의 적파(嫡派) 자손이었다. 조조는 즉시 사람을 보내 예를 갖추어 그를 청했다.

유엽 또한 기꺼이 왔다. 그리고 또 두 사람을 천거해 올렸다. 한 사람은 산양군 창읍 사람으로 자를 백녕(伯寧)으로 쓰는 만총(滿寵)이요, 다른 하나는 같은 산양군 무성 사람 여건(呂虔)이었다. 조조는 둘 모두 들은 이름이라 서둘러 사람을 보냈다.

만총과 여건이 다시 한 사람을 추천하니, 진류의 평구 땅 사람 모개(毛玠)로 조조는 또한 사람을 보내 그도 맞아들이게 했다. 하나같이 당대의 제일급 모사들이었다.

그 무렵 조조를 찾아든 것은 모사들뿐만 아니라 무장들도 있었다. 그중 가장 먼저 들 수 있는 것은 우금(于禁)이었다. 그는 태산 거평 사람으로, 자를 문칙(文則)이라 하였는데 무리 수백을 이끌고 조조에게 투항해왔다. 조조는 그가 말을 잘 다루며 무예에 뛰어난 걸 보고 전군사마로 삼았다.

그다음은 전위(典韋)였다. 하루는 하후돈이 한 장대한 사내를 이끌고 조조 앞에 나타났다. 조조가 누구냐고 묻자 하후돈이 대답했다.

"이 사람은 진류 땅의 전위라는 장사입니다. 용력이 남달라 일찍부터 진류 태수 장막(張邈)에게 몸을 의탁했으나, 그 아랫것들과 뜻이 맞지 않아 수십 명을 때려죽이고 산중에 숨어 있었습니다. 제가 사냥을 나갔다가 산중에서 범을 쫓아 개울을 건너뛰는 그의 모습을 보니 범보다 더 사납고 날랬습니다. 이에 특히 그를 이리로 데려와 주공께 천거하는 것입니다."

조조도 한눈에 비범함을 알아볼 만했다.

"내가 이 사람의 용모를 보니 크고 씩씩함이 남다르다. 반드시 힘 또한 남다를 것이다."

조조가 그렇게 말하자 하후돈이 신이 나서 자랑했다.

"저 사람이 일찍이 친구를 위해 원수를 갚아준 일이 있는데, 죽인 자의 목을 잘라 저잣거리를 지나갔으나 수백 명이 뻔히 그 광경을 지켜보면서도 감히 가까이 가지 못했다고 합니다. 또 지금 쓰는 무기는 두 자루 갈래 난 쇠창[雙鐵戟]으로 그 무게가 팔십 근이나 되지만 그걸 끼고 말 위에 올라 휘두르는 모습은 나는 듯 가벼워 보일 정도입니다."

그 말을 듣자 직접 그걸 확인하고 싶어진 조조는 하후돈을 시켜 보기를 청했다. 조조의 명을 받은 전위는 실제로 팔십 근 쇠창 두 자루를 들고 말 위에 뛰어올라 나는 듯 닫고 멈추는데, 창 그림자와 사람의 그림자가 한덩이로 엉겨 분간이 안 될 정도로 몸놀림이 빨랐다.

전위가 한창 솜씨 자랑을 하고 있을 때였다. 홀연 바람이 일며 조조 장하(帳下)의 큰 깃발이 쓰러지려 했다. 여러 군사들이 한꺼번에 달려들어 바로 세우려 했으나 워낙 바람이 세어 세울 수가 없었다. 그걸 본 전위가 말에서 뛰어내리더니 한 손으로 깃대를 잡으며 소리 쳤다.

"모두 물러서라."

그 목소리가 어찌나 우렁찼던지 군사들은 얼결에 모두 깃대를 놓고 물러섰다.

그러나 전위가 한 손으로 잡고 있는 깃대는 그새 뿌리라도 내린 듯 세찬 바람 속에서도 꿈쩍 않았다.

"실로 그 옛날 악래(惡來)와 같은 장사로구나!"

그걸 본 조조가 감탄했다. 악래란 은나라 때의 이름난 장사였다. 조조는 전위를 장전도위로 삼고 입고 있던 비단옷을 벗어줌과 아울러 좋은 말과 안장도 내렸다. 조조의 인재를 반기는 마음이 대개 그러했다.

그 뒤로도 조조를 찾아오는 사람은 끊이지 않았다. 글을 한 이라면 뛰어난 모사요, 무예를 닦은 이라면 범 같은 맹장이라 차차 조조의 위세는 산동 일대를 떨쳐 울렸다.

수십만의 군사와 수백의 양장(良將), 모사를 거느리게 되자 참고 억눌러온 조조의 야망이 고개를 들기 시작했다. 하지만 천하를 다투기 시작하기 전에 조조는 먼저 해야 할 일이 하나 있었다. 그것은 일가 권속을 자기의 세력권 안으로 불러들여 어디서 나타날지 모르는 적대 세력에게 인질로 내주게 되는 일이 없도록 하는 것이었다.

그때 조조의 아버지 조숭(曹嵩)을 비롯한 일가족 사십여 명은 낭야 땅에서 숨어 지내고 있었다. 원래 진류 땅에 있다가 조조가 주동이 된 관동 제후들의 의병이 동탁 타도에 실패하자 동쪽 멀리 피해 간 때문이었다. 하지만 낭야가 비록 산동의 한쪽 끝이라고는 해도 조조가 근거하고 있는 동군으로부터는 천리에 가까웠다. 조조의 보호가 온전하게 미치지 못하는 땅이라 일가를 거기 그대로 둘 수 없었다.

조조는 생각 끝에 태산 태수 응소(應劭)를 보내 부친 조숭과 일가 노유(老幼)를 낭야에서 모셔오게 했다. 천하쟁패에 뛰어들기 위한 채비의 마지막 마무리인 셈이었다.

# 연못을 떠나 대해로

옛 제나라 동쪽 고당현의 벌판에 사오천의 병마가 몇 달째 조용히 머물러 있었다. 바로 공손찬의 요청을 받아 원소를 견제하고 있는 유비의 군사들이었다. 비록 동탁의 중재로 군사를 거두기는 했지만 원소와 공손찬은 이미 하늘을 함께 일 수 없는 사이가 된 뒤였다.

유비는 군막 앞에 나와 멀거니 산야를 바라보고 있었다. 어느새 겨울이 가고 봄도 깊어 마을 뒷산에는 복사꽃이 환했다. 복사꽃을 보자 유비는 문득 처음 관우, 장비와 만나 형제를 맺던 탁현의 복사꽃 핀 동산이 떠올랐다. 벌써 구 년, 그사이 수많은 싸움터를 헤매었고, 나이도 서른을 훌쩍 넘어섰으나 아직도 그는 떠돌이 객장(客將)에 지나지 않았다. 그런 자신의 처지에 생각이 머물자 유비는 새삼 기분이 울적해졌다.

"운장과 익덕은 어디 있느냐?"

유비는 시중 드는 군사를 불러 물었다. 그동안 말없이 자기를 따라 준 그들을 위로하고 아울러 자신의 울적한 회포도 풀 겸해서였다.

"두 분 장군께서는 조금 전 진채를 둘러보러 나가셨습니다. 곧 돌아오실 것입니다."

부름을 받은 군사가 공손하게 대답했다.

"돌아오거든 즉시 내가 찾는다고 일러라."

유비는 그렇게 말하고 다시 생각에 잠겼다. 비록 대여섯의 나이 차이는 있었지만 그때 황건의 난리를 만나 몸을 일으킨 이들은 그사이 모두 한 군국(郡國)의 주인이 되어 있었다. 원소는 기름진 기주를 차지했고, 원술은 회남에 자리 잡았다. 조조는 연주의 주인이 되었고, 공손찬은 북방의 여러 군(郡)을 거느린 강자였으며, 비록 죽었으나 손견 또한 한 군의 태수였다. 그런데 자신은 아직도 조그만 고을의 상(相)으로 남의 부림을 받고 있었다.

거기다가 유비를 더욱 울적하게 만드는 것은 형제같이 지내온 공손찬의 변화였다. 북으로는 요동 오환(烏丸)을 지배하고 남으로는 산동까지 세력이 뻗을 만큼 힘이 자라자 공손찬은 차츰 교만하고 조심성이 없어졌다. 그리고 그 같은 변화는 유비를 대하는 태도에도 미쳐, 전에는 형제처럼 가까이하면서도 예를 잃지 않더니 그 무렵 들어서는 잘해야 객장 대접이요, 때로는 바로 막장(幕將) 부리듯 했다.

하지만 유비는 쓸데없는 울적함에 오래 빠져 있지는 않았다. 기다린다. 오래 참고 기다린다. 그러면 언젠가는 때가 오리라. 천성이 느긋하고 매사를 좋게만 보는 유비는 곧 그렇게 중얼거리며 군막 안으로 들어갔다.

"술과 안주를 내오너라."

시중 드는 군사에게 그같이 말한 뒤 아끼는 축(筑, 거문고와 비슷한 악기)을 꺼냈다. 음률을 좋아하는 그가 자주 즐기지는 못하지만 군막에까지 가지고 다니는 악기였다.

줄을 가다듬은 유비는 곧 노래를 부르기 시작했다.


큰 바람 읾이여, 구름 높이 나는도다　　大風起兮雲飛揚
널리 위엄을 떨치고 고향에 돌아왔네　　威加海內兮歸故鄉
맹사를 얻어 천하를 평안케 하리　　安得猛士兮守四方


근심이나 한탄은 조금도 들어 있지 않은 호쾌한 목소리였다. 미처 그 노래가 끝나기도 전에 군막을 들치며 관우와 장비가 들어왔다.

"그 노래는 고제(高帝, 한고조)의 대풍가(大風歌)가 아닙니까?"

글을 아는 관우가 약간 어이없는 눈길로 물었다. 유비가 천연스레 축을 내려놓으며 대답했다.

"그렇다네. 왕자(王者)의 호기가 넘치는 노래일세."

그러자 비로소 장비도 그 노래에 대해 들은 게 기억나는지 불퉁거리며 반문했다.

"고제께서 이미 천하를 평정하신 뒤 고향에 돌아가 부르신 그 노래가 자기 땅 한 치 없이 이리저리 불려다니는 형님과 무슨 상관이슈? 무슨 신나는 일이라도 있습니까?"

"그때 고제께서는 이미 육순을 넘기신 때였다. 하지만 내 나이는 이제 겨우 서른셋, 아직도 긴 세월이 남았다. 더구나 고제께서는 이 나이엔 아직 사상(泗上)의 정장에 지나지 않으셨느니라. 거기에 비하면 나의 군상은 오히려 너무 벼슬이 높지 않으냐?"

"그래서 허구한 날 집 지키는 개새끼처럼 빈 들판에서 오지도 않는 원소나 기다리고 있단 말씀이오?"

말투로 보아 이미 불평이 찰 대로 찬 장비였다. 그때 관우가 엄한 목소리로 장비를 꾸짖었다.

"익덕, 형님께 그게 무슨 말버릇이냐."

"입은 비뚤어져도 말은 바로 하랬다고 일이 그렇지 않소? 난데없는 상전 하나 만들어 그 명령에 여기 이렇게 죽치고 앉았기 벌써 몇 달째요? 하다못해 황건의 잔당이라도 찾아 나서는 게 옳지 이게 무슨 꼴이오?"

장비가 퍼붓듯 대꾸했다. 그걸 유비가 조용한 목소리로 달랬다.

"익덕, 네 말도 옳다. 내가 노둔해서 자네들 고생이 많은 줄은 안다. 하지만 조급히 군다고 될 일은 아니다. 오래 참고 기다리다 보면 반드시 때가 올 것이다."

그리고 마침 날라져 오는 술과 안주를 보며 한층 부드럽게 말했다.

"그러지 않아도 자네들이 울적할 것 같아 술과 안주를 마련케 했으니 오늘은 마음껏 마셔 울적함을 씻어내게. 그리고 우리 셋이 함께 머리를 맞대고 의논하다 보면 좋은 길도 있을 것이네."

술이라면 사족을 못 쓰는 장비였다. 거기다가 정에 약해 유비가 부드럽게 달래자 금세 심술이 풀어졌다. 환한 얼굴로 탁자 모퉁이에 자리 잡자 관우도 말없이 따라 앉았다.

"공손태수와는 십여 년을 형제처럼 지내왔고, 그 또한 이제는 한 지역의 웅자(雄者)가 되었으나, 우리가 몸담기에 넉넉한 물은 못 되는 것 같네. 실은 나도 그걸 울적해하던 참이라네. 그러나 달리 생각해봐도 좋은 방책이 떠오르지 않으니 난감하이."

한차례 술이 돈 뒤 유비가 천천히 입을 열었다. 장비가 대뜸 대답했다.

"우리도 조조처럼 황건의 잔당들을 쓸어 힘을 키우면 어떻겠습니까?"

"조조는 이미 태수란 벼슬이 있었고 군사들도 수만이나 되었지만 매우 힘든 싸움을 했다고 들었다. 그런데 나는 한낱 군(郡)의 상(相)이요, 기껏해야 오천 남짓한 병력으로 무얼 한단 말인가?"

"그럼 우리도 주위를 둘러보고 적당한 주군을 골라 빼앗읍시다. 원소, 원술이 그랬고, 조조도 처음부터 조정에서 받은 벼슬은 아니잖습니까?"

"그것도 아니 되네. 우선 나는 그들만 한 재주와 힘이 없거니와 세상이 어지러울수록 중요한 건 대의야. 힘과 술수로만 남의 기업을 빼앗는 것은 옳지 못할 뿐더러 천하 사람들의 신망을 잃게 되는 첩경이지."

그 말에 묵묵히 술잔만 기울이고 있던 관우가 천천히 고개를 끄덕이며 동의했다.

"형님의 말씀이 옳습니다. 의(義) 아닌 것을 취하기보다는 아무것도 가지지 않는 편이 낫습니다."

그렇게 되니 남는 것은 막연한 기다림뿐이란 결론이었다. 그런데 거기에 대해 장비가 다시 심통을 부리려 할 때였다. 군사 하나가 달려와 급히 고했다.

"장군을 뵙고자 청하는 사람이 있습니다."

"누구라더냐?"

"북해 태수 공융이 보낸 사람이라 하는데 이름을 밝히지 않았습니다."

"들라 하여라."

북해 태수 공융이란 이름을 듣자 유비가 안색을 고치며 사자를 들게 했다.

잠시 뒤에 나타난 사람을 보니 온몸이 피와 땀에 젖고 먼지를 뒤집어쓴 청년 장수였는데 얼굴은 낯설었다.

"문거(文擧, 공융의 자)가 그대를 보냈다는 말은 들었소만, 그대는 뉘시오?"

"저는 동해의 태사자(太史慈)란 하찮은 사람입니다. 북해 태수 공융과는 골육도 아니고 고향 친구도 아니나 특히 의기가 서로 맞아 걱정과 괴로움을 함께하는 사이가 되었습니다. 지금 태수께서 매우 큰 어려움에 빠져 있기로 그분을 위해 특히 장군께 도움을 청하러 왔습니다."

"공북해(孔北海)가 어려움에 빠져 있다니 무슨 일이오?"

"지금 황건의 한 우두머리 관해(管亥)란 자가 오만의 무리로 북해를 에워싸고 급한 공격을 퍼부어 성의 위태로움이 아침저녁을 다툴 지경입니다."

그리고 태사자는 공융의 편지를 내어줌과 함께 북해의 사정을 자세히 말했다.

바로 이틀 전의 일이었다. 북해 일대에서 세력을 키우고 있던 황건적의 우두머리 관해가 갑자기 무리 오만을 이끌고 북해성을 향해 밀고 온다는 전갈을 받은 공융은 급히 군사를 수습해 성을 나갔다. 관해가 무리 앞으로 말을 몰고 나와 자못 위엄 있게 말했다.

"내가 알기로 북해는 양식이 넉넉한 곳이다. 곡식 만 석만 빌려주면 즉시 군사를 물리겠거니와, 그렇지 않으면 성을 깨뜨려 늙고 젊고를 가리지 않고 아무도 살려두지 않으리라. 태수는 어쩌겠는가?"

실로 눈 아래 사람이 없는 듯한 태도요, 요구였다. 성난 공융이 소리 높여 꾸짖었다.

"나는 대한의 신하로서 이 땅을 지키고 있는 태수다. 어찌 도적의 무리에게 곡식을 바쳐 평온을 사겠느냐!"

그 말에 관해도 성이 나 칼을 휘두르며 말을 박차 달려 나왔다. 관해가 똑바로 공융에게 달려드는 걸 보고 공융 쪽에서는 장수 종보(宗寶)가 또한 창을 끼고 말을 달려 마주쳐 갔다. 그러나 종보는 관해의 상대가 못 되었다. 몇 번 창칼을 나누기도 전에 관해의 한칼을 맞고 말 아래로 굴러떨어졌다. 그 바람에 기가 꺾인 공융의 군사들은 어지러이 쫓기면서 성안으로 숨었다.

관해는 무리를 나누어 사면으로 북해성을 에워싸고 공격을 늦추지 않았다. 성안에 갇힌 공융은 울적하고 근심스러웠다. 그때 성안에는 서주 태수 도겸이 보낸 미축(麋竺)이란 이가 와 있었는데 그 또한 답답하고 불안하기는 마찬가지였다.

다음 날이었다. 간신히 하룻밤을 지탱한 공융은 성 위로 올라가 적세를 살폈다. 사방을 수풀처럼 덮고 있는 것이 적의 기치 창검이요, 메뚜기 떼처럼 흩어져 있는 것은 적의 병마이니, 느는 것은 근심과 불안뿐이었다. 그런데 돌연 성 밖에 한 장수가 창을 휘두르며 말을 달려 적진 가운데로 뛰어드는 게 보였다. 왼쪽을 찌르고 오른쪽을 후비며 똑바로 성문을 향해 달려오는데 그 기세가 마치 무인지경가듯 했다.

"성문을 여시오."

이윽고 성문 아래 도달한 그 장수가 성벽 위를 향해 소리쳤다. 그러나 공융은 그 장수가 누구인지 몰라 감히 성문을 열지 못하다가, 그가 다시 밀려온 적병 수십 명을 찔러 말 아래로 떨어뜨리는 것을 보고서야 급히 성문을 열어 맞아들였다.

온몸에 피를 뒤집어쓰고 성안으로 들어온 장수의 이름은 태사자요, 자는 자의(子義)라 했다. 원래 동래 황현(黃縣) 사람으로 용맹과 무예가 뛰어난 장재였는데, 그의 노모가 북해성 밖 이십 리쯤 되는 곳에 살고 있어 공융이 매양 곡식과 피륙을 보내 도와주고 있었다. 그때 태사자는 요동 지방에 나가 있었으나 그 사람됨이 비범함을 전해 들은 공융은 얼굴도 못 본 태사자를 흠모하여 그의 노모를 보살펴왔다.

"노모의 명을 받들어 태수께 작은 힘이라도 보태고자 이렇게 달려왔습니다."

태사자는 자신을 밝힘과 아울러 그렇게 말하며 공융에게 공경의 예를 다했다.

이미 그의 뛰어난 무예를 직접 확인한 뒤인지라 공융은 몹시 기뺐다. 태사자를 무겁게 여겨 두터이 대하며, 갑옷과 안장을 내려 그 정을 표했다. 태사자가 감격해 받으며 말했다.

"제게 군사 천 명만 빌려주시면 성을 나가서 도적들을 모조리 죽여버리겠습니다."

"그대가 비록 씩씩하고 날래나 적의 세력이 워낙 크니 가볍게 나가서는 아니 되오."

공융이 조용한 어조로 말렸다. 그러나 태사자는 더욱 호기롭게 청했다.

"아닙니다. 노모께서는 태수의 은덕에 감복해서 이 태사자를 특히 여기로 보내신 것입니다. 만약 도적들의 에워쌈을 풀어드리지 못한다면 무슨 낯으로 돌아가 노모를 뵙겠습니까? 원컨대 한바탕 결사전을 허락해주십시오."

그러자 공융은 문득 다른 한 가지 방책이 생각난 듯 이야기를 딴 쪽으로 끌어갔다.

"내가 듣기에 유현덕이 당세의 영웅이라 할 만하다 했소. 마침 그가 지금 군사를 이끌고 이곳에서 멀지 않은 고당에 머물러 있다 하니 만약 그의 구함을 얻을 수만 있다면 포위는 절로 풀릴 것이오. 다만 근심되는 것은 도적들이 겹겹이 성을 에워싸고 있어 사자로 갈 만한 사람이 없다는 점이외다."

태사자가 그 말을 못 알아들을 리 없었다. 곧 투구 끈을 여미며 결연히 말했다.

"태수께서 글을 써서 주시면 제가 한번 가보겠습니다."

그제서야 공융도 기뻐하며 유현덕에게 보내는 글 한 통을 닦아서

태사자에게 내주었다. 태사자는 갑옷으로 몸을 단단히 감싸고, 허리에는 활과 살을 찬 채 창을 잡고 말 위로 올랐다.

갑자기 성문이 열리며 태사자가 홀로 말을 달려 나오는 걸 보자 에워싸고 있던 도적들도 가만히 있지 않았다. 성지(城池) 가까이 있던 도적의 장수 하나가 졸개 수십 명을 이끌고 앞을 가로막았다. 그러나 태사자는 입 한번 열지 않고 잇달아 대여섯을 창으로 찔러 말 아래로 떨어뜨리니 도적들은 놀라 길을 내주지 않을 수 없었다.

적의 우두머리 관해는 한 사람이 성을 나와 길을 앗고 있다는 말을 듣자 반드시 구원을 요청하러 가는 사자일 것이라 짐작했다. 스스로 수백 기를 몰고 급하게 뒤쫓아 여덟 방향으로 태사자를 에워쌌다. 그러나 태사자는 조금도 두려워하지 않고 창을 말 안장에 걸더니 활을 꺼내 살을 먹였다. 시위 소리와 함께 여덟 갈래로 날아간 화살은 단 한 대도 빗나감이 없었다. 다가드는 자마다 급소에 화살을 맞고 말 아래로 떨어지니 겁을 먹은 도적의 무리는 아무도 다가들지 못했다.

"그래도 공북해가 세상에 유비 있는 것을 알아주는구나!"

공융의 글과 태사자의 말로 그 같은 북해의 사정을 알게 된 유비는 그렇게 말하며 곧 관우와 장비에게 군사를 움직일 준비를 하게 했다.

"만일 그사이 원소가 움직이면 공손찬에게는 뭐라 하시겠습니까?"

관우가 그런 유비에게 신중하게 물었다.

"이곳 일은 잠시 청주 자사 전해(田楷)에게 맡겨두는 수밖에 없겠네. 우선은 공문거(孔文擧)의 일이 급하네."

유비는 그렇게 대답하며 군사 삼천을 이끌고 북해로 떠났다.

공융(孔融)은 노나라 곡부 사람으로 공자의 이십 대 손 태산도위 공주(孔宙)의 아들이었다. 어릴 때부터 총명하였는데, 나이 열 살 때 하남윤 이응(李膺)을 찾았다. 이응은 소위 청의파(淸義派)의 우두머리 되는 선비로 그때 이미 세상에 널리 깨끗한 이름을 얻고 있었다. 거기다가 벼슬이 하남윤이니 어린아이가 찾는다고 문지기가 쉽게 들여보내줄 리가 없었다. 그때 공융이 가로막는 문지기에게 말했다.

"우리 집과 하남윤의 댁과는 오랜 세교(世交)를 맺어왔소. 들여보내주시오."

그 말을 들은 문지기는 아무리 어린애라 해도 그대로 돌려보낼 수가 없었다. 공융을 이응에게 데려가 들은 대로 말했다. 이응이 보니 얼굴도 낯설고 이름도 처음 듣는 어린 소년이라 이상한 듯 물었다.

"너는 우리 집과 세교가 있다 하였지만 도대체 너희 조상 누가 우리 조상과 친하였단 말이냐?"

그 말에 공융이 천연덕스레 대답했다.

"예전 공자께서 노자께 예를 물으셨다니, 저와 사군(使君)이 어찌 여러 대를 알고 지낸 집안이라 아니할 수 있겠습니까?"

즉 이응의 성이 노자의 성과 같음에 의지해 꾸며낸 말이었다. 비록 어린아이의 말장난일지 모르나 이응은 공융의 재주를 기이하다 여겼다.

그때 마침 대중대부 진위(陳煒)가 찾아오자 이응은 공융을 가리키며 말했다.

"이 아이는 참으로 기동(奇童)일세."

그러나 진위는 공융이 그리 대단해 보이지 않았다. 천하의 이응에게 대수롭잖은 말장난으로 크게 칭찬받은 어린 것에 대한 시기까지 겹쳐 비꼬인 어조로 대꾸했다.

"어릴 때 총명하면 어른이 되어서는 반드시 총명해지지 못한다는 말도 있습니다."

그 말을 듣자 공융은 되받아 말했다.

"그 말이 옳다면 대부께서는 어릴 때 틀림없이 총명하셨던 모양입니다."

진위로서는 자신이 한 말에 자신이 걸려든 셈이었다. 허허거리며 이응의 말에 찬성하는 수밖에 없었다.

"이 아이가 자라면 당대의 큰 인물이 될 것일세."

그 뒤 공융은 중랑장이 되었다가 거듭 벼슬이 올라 북해 태수에 이르렀다. 태수가 되어서도 손님이 찾아오는 걸 몹시 좋아해 항상 말하곤 했다.

"자리에는 귀한 손님이 가득하고, 술독에는 술이 비지 않는 게 내가 가장 바라는 바이다."

하지만 그 공융과 유비와의 인연은 그리 깊지 못했다. 지난번 관동의 제후들이 일어나 동탁을 칠 때 열일곱 갈래 제후 가운데 하나로 참가해 공손찬을 따라온 유비와 인사를 나누었을 뿐, 다시 몇 년이나 내왕이 없다가 갑작스레 구원을 요청하게 된 것이었다.

여느 사람이라면 공융의 그 같은 요청이 좀 엉뚱스러웠겠지만 유비는 오히려 그게 더 기뻤다. 사사로운 정분에 의지하지 않고도 공융 같은 천하의 재사(才士)가 자기를 믿어줄 만큼 세상에 자신이 알려진 셈이기 때문이었다.

유현덕이 관, 장 두 아우와 태사자, 그리고 삼천 군마를 재촉해 북해에 이르자 도적의 우두머리 관해가 먼저 맞았다. 멀리서 구원군이 이르는 것을 보고 스스로 군사를 이끌어 마주쳐 온 것이었다. 제 딴에는 성안의 군사와 연결되기 전에 하나씩 나누어 깨뜨리려는 심산 같았다.

듣기와는 달리 구원군이 겨우 삼천인 것을 알자 관해는 이내 마음을 놓았다. 북해성을 포위하는 데 이만을 남겨둔다 해도 자신에게는 구원 온 군사의 열 배가 넘는 병마가 있었다. 이에 관해는 여러 말 늘어놓을 필요도 없이 진 앞에 나와 선 유현덕을 향해 똑바로 말을 몰아 덮쳐갔다. 태사자가 그런 관해를 향해 말 머리를 돌려 세울 때 관운장이 먼저 말을 달려 나가 관해를 맞았다.

관운장과 관해의 말이 서로 어울릴 무렵 양군의 함성은 천지를 진동하는 것 같았다. 비록 도적의 우두머리라 하나 과연 관해는 용맹을 뽐낼 만했다. 관운장과 어울려 수십 합을 버티는데 자못 그 광경이 볼만했다.

하지만 그도 끝내 관운장의 적수는 못 되었다. 갑자기 관운장이 청룡도를 일으켜 세우는가 싶더니 길게 휜 무지개를 그리며 후리는 곳에 관해의 몸이 두 동강 나 말 위에서 떨어졌다.

그때를 놓치지 않고 태사자와 장비가 각기 말을 내어 창을 휘두르며 적진으로 돌입했다. 현덕 또한 군사를 몰아 그들을 따르며 죽이니 비록 머릿수가 많다 하나 도적의 무리가 견뎌낼 재간이 없었다. 금세 대오가 흐트러지고 군령이 상하로 이르지 못했다.

공융도 성 위에서 그 광경을 보았다. 관우, 장비 형제와 태사자가 싸우는 모습이 마치 양떼 속에 뛰어든 호랑이와도 같았다. 종횡으로 치달으며 베고 후리고 찌르고 후비는데 아무도 당하지 못했다.

"성문을 열어라."

힘을 얻은 공융이 그렇게 영을 내리며 성안의 병마를 이끌고 달려나왔다. 앞뒤에서 적을 맞자 아무리 수가 많은 도둑의 무리지만 마침내 견뎌내지 못했다. 태반은 무기를 버리고 항복하고 나머지는 거미 새끼처럼 흩어져 달아나버렸다.

유비를 성안으로 맞아들인 공융은 예를 마치자마자 크게 잔치를 열어 유비와 아울러 장졸들의 노고를 치하했다.

"참으로 고맙소이다. 유공(劉公)께서 때맞추어 와주지 않으셨다면 이 북해 땅은 도적의 소혈이 될 뻔하였소."

한차례 술이 돈 후 공융이 새삼 그렇게 감사한 뒤 다시 정색을 하며 덧붙였다.

"이제 이 북해 땅은 평온해졌으나 아직 이 공아무개의 근심은 걷히질 않았소. 실은 공을 청한 것도 황건의 무리 때문만은 아니었소……."

"아니, 그럼 아직도 태수를 괴롭히는 무리가 남았단 말씀이십니까?"

"이 일은 나의 사사로운 청이 아니라 남아라면 의(義)를 짚어 나서야 할 일이외다. 바로 서주(徐州)의 도공조(陶恭祖, 도겸)를 구하는 일이오."

그러자 유비도 고당에 둔치고 있을 때 들은 소문이 떠올랐다. 도겸의 수하 장수가 조조의 부친 조숭과 그 일가 사십여 명을 죽인 까닭에 성난 조조가 크게 군사를 일으켜 서주를 공격하려 한다는 소문이었다. 자세한 내막을 모르는 유비는 속으로 그 싸움을 안타깝게 여겼으나 둘 다 아는 사이라 어느 한쪽을 도울 수도 없고, 그렇다고 나서서 말릴 만한 힘도 없었다. 그러다가 그 싸움의 후문을 듣기도 전에 공융의 구원 요청을 받고 달려와 그 뒤가 궁금한 때였다.

"이 비도 그 소문을 들었습니다. 도공조에게 어려운 싸움이 되리라는 짐작은 합니다만, 자세한 경과는 아직 듣지 못했습니다. 태수께서는 더 들으신 게 있으신지요?"

"조조는 순욱과 정욱에게 군사 삼만을 주어 견성, 범현, 동아 등 근거가 되는 땅을 지키게 하고, 나머지 군사는 하후돈, 우금, 전위를 선봉으로 삼아 서주를 향했습니다."

"그렇다면 전력을 들어 서주를 치려는 셈이군요. 서주에서는 어떻게 대응했습니까?"

"유공도 아시다시피 도공조는 원래가 인의의 선비라 무비(武備)가 그리 대단하지 못했소. 겨우 구강 태수 변양(邊讓)이 오천 군사로 서주를 도운다고 나섰으나 그마저도 하후돈에게 길이 끊겨 아무 소용이 없게 되고 말았소이다."

"도공조가 인의로운 사람이라는 것은 세상이 다 아는 일인데 어쩌다가 조조의 부친과 일가 권속을 죽이게 되었소?"

"들어보면 실로 그 내막이 딱하오."

공융은 그렇게 말한 뒤 갑자기 영을 내렸다.

"가서 미공(糜公)을 들게 하라."

그러자 기다릴 것도 없이 한 사람의 훤칠한 선비가 들어오며 말했다.

"사람을 멀리 보낼 건 없네. 일찍부터 문 밖에서 기다리고 있었네."

말투로 보아 공융과는 막역한 사이인 것 같았다.

그의 이름은 미축(糜竺), 동해 구현 땅 사람으로 자는 자중(子仲)이라 했다. 그의 집은 대대로 큰 부호였는데, 평소 부리는 이와 손님을 합쳐 만 명[僮客萬人]에 가재누억(家財累億)이라 할 정도였다.

한번은 낙양에 가서 장사 일을 끝낸 뒤 수레를 타고 돌아오는데 길가에서 우연히 아름다운 여인을 만났다. 여인이 수레에 태워주기를 청했으므로 미축은 그에게 자리를 내주고 수레에서 내려 걷기 시작했다. 그런데 오래잖아 자기 때문에 걷는 미축에게 미안한지 여인이 자꾸 함께 수레에 오르기를 청했다. 아무도 없는 수레 안에 여인과 둘이 앉는 것은 예가 아니라 여겨 걷던 그였으나 여인이 자꾸 권하니 수레에 아니 오를 수 없었다. 그러나 수레에 오른 뒤에도 시종 단정히 앉아 음란한 눈길 한번 여인에게 건네는 일이 없었다. 그의 인품이 단정하고 깨끗하기가 그와 같았다.

몇 리 가지 않아 수레에서 내린 여인은 미축에게 감사에 덧붙여 놀라운 말을 남겼다.

"나는 남방의 화덕성군(火德星君, 불을 주관하는 신)으로 이번에 옥황상제의 명을 받들어 그대의 집을 불지르러 가는 길이오. 그러나 그대가 나를 예를 다해 대해주는 데 감격하여 그 일을 미리 말해주는 것이오. 되도록 빨리 돌아가서 재물을 건져내도록 하시오. 나는 밤중에 그대의 집에 이를 것이오."

그리고 말이 끝나기 무섭게 홀연히 사라졌다. 크게 놀란 미축은 집으로 달려가 집 안에 있는 재물들을 급히 끌어냈다. 오래지 않아 과연 부엌에서 불이 일더니 집 전체가 불길에 휩싸여 서까래 하나 남지 않고 모두 타버렸다. 미리 알고 재물들을 꺼내지 않았던들 하루 사이에 거지가 될 뻔했던 일이었다.

그 일이 있은 뒤로 미축은 크게 깨달은 바 있어 전처럼 재물에 매달리지 않았다. 돈과 곡식을 흩어 가난한 사람과 병든 사람을 구제하고, 향리를 위해서도 물자를 아끼지 않았다.

그 소문이 태수 도겸의 귀에 들어가니, 그 또한 어진 사람이라 그 같은 미축을 보아 넘기지 않고 불러들여 별가종사로 삼았다. 그러다가 조조의 대군이 서주로 밀려들자 도겸을 위해 옛 친구 공융에게 구원을 청하러 온 것이었다.

"서주의 하찮은 아전바치 미축이 저희 사군(使君)을 위해 유상공 (劉相公)께 문후 드립니다."

그는 잔치 자리에 들어서자마자 유비에게 길게 읍을 하며 예를 올렸다.

그런데 이상한 것은 유비였다. 미축의 번듯하고 구김 없는 모습을 보자 지난날 조자룡을 처음 만났을 때와 비슷한 감정이 되었다. 분명 만난 적이 없는 사람이지만 이미 오래전부터 가깝게 지내온 사람인 듯한 익숙함과 친근감에 더하여 까닭 모르게 혈육의 정까지 느껴졌다. 유비는 절로 부드럽고 밝은 얼굴이 되어 그런 미축의 예를 받고 난 뒤 물었다.

"방금 공태수(孔太守)로부터 서주의 일을 듣고 있던 참이오. 그런데 어째서 도공조 같이 어지신 분이 남의 일가를 몰살하는 끔찍한 일을 저지르셨소?"

그 말에 미축이 잠깐 민망한 빛을 띠더니 차분하게 일의 내막을 밝혔다.

"우리 사군께서는 조숭과 일족 사십여 명이 서주 땅을 지난다는 말을 듣고 친히 주의 경계까지 나가 맞아들이셨습니다. 그런 다음 이틀이나 잔치를 벌여 환대하시고 떠날 때는 성 밖까지 배웅하시면서 특히 도위 장개(張闓)에게 군사 오백을 주어 그들을 호위케 하셨습니다. 조조와는 지난날 관동의 기의 때 함께 말 머리를 나란히 하고 동탁과 싸운 정분이 있을 뿐만 아니라, 지금은 또 그가 산동 일대에서 크게 세력을 떨치는지라 가까운 땅의 임자로서 그와 우의를 두텁게 해두려는 뜻이었습니다. 그런데 화비 땅에 이르러 갑작스런 큰 소나기를 만나면서 일이 틀어지기 시작했습니다. 군사들은 조숭 일가와 함께 가까운 산사로 피했으나 그사이 몸이 함빡 젖고 추위에 떨게 되어 불평이 생긴 것입니다……."

거기까지 얘기하던 미축은 다시 생각해도 한스러운지 가벼운 탄식까지 곁들이며 계속했다.

"장개란 자는 본시 황건의 여당(餘黨)으로 우리 서주에 투항해 도위 자리에 올랐는데, 부하들의 불평이 커지자 슬며시 딴마음이 인 것 같습니다. 조숭 일가가 따르는 수레만도 백여 대나 될 만큼 재물을 싣고 있는 걸 보고 그동안 감추고 있던 도둑의 본색이 고개를 든 데다, 황건이 다시 곳곳에서 일어나고 있으니 그들을 죽이고 도망쳐도 갈 곳이 많으리란 생각에서였습니다."

유비는 거기까지만 들어도 나머지는 절로 알 것 같았다.

"도공조께서 사람을 잘못 고르셨구려."

"그렇습니다. 놈들은 그날 밤 삼경에 조숭 일가를 모조리 죽이고 백여 대의 수레에 실은 금은 보화를 털어 산속으로 들어가고 말았다고 합니다. 조숭의 아우 조덕은 진작에 칼에 맞아 죽고 조숭도 첩과 함께 뒷간으로 숨어들었다가 거기서 장개의 졸개들에 베임을 당했다는 것입니다."

"하지만 따지고 보면 그건 도공조의 잘못만은 아니지 않소? 칼로 사람을 죽였다 해서 그 칼을 만든 대장장이까지 벌한다면 세상에 성한 사람이 어디 있겠소? 자사께서는 오히려 잔치까지 벌여 조숭 일가를 환대하지 않았소?"

"그런데 조조는 그 죄를 우리 자사께 물어 아비의 원수를 갚는다 하고 대군을 일으켰습니다. 뿐만 아니라 성을 점령하면 군사건 백성이건 모조리 죽여 분을 풀리라는 것입니다."

그러자 문득 유비의 머리에는 지난날 조조가 여백사(呂伯奢) 일가를 몰살시킨 일이 떠올랐다. 가볍게 탄식하며 말했다.

"천도(天道)가 멀다 하나 반드시 그런 것 같지만은 않소. 아마도 그 일은 지난날 그가 죄 없는 여백사 일가를 몰살시킨 응보 같소. 그런데 그 뒤 싸움은 어떻게 되었소?"

"조조는 '보수설한(報讐雪恨, 원수를 갚고 한을 씻음)' 네 글자를 크게 쓴 깃발을 앞세우고 서주로 물밀듯 밀어 왔습니다. 우리 자사께서는 먼저 진두에 나가 조조에게 앞뒤 사정을 설명하고 간곡히 화호(和好)를 청했으나 소용이 없었습니다. 호령 한마디로 하후돈을 내보내 우리 사군을 베려드니 우리 쪽에서는 조표가 달려 나가 싸움이 일고 말았습니다. 다행히 그때 갑자기 미친 듯한 바람이 일며 모래가 날고 돌이 굴러 눈코를 뜰 수 없게 된 탓에 양편 모두 군사를 물렸지만, 우리 서주병은 조조의 날래고 강한 청주병에게 적수가 되지 못합니다. 간신히 성안으로 돌아오시기는 해도 지금 우리 사군께서는 스스로 몸을 결박지어 조조에게 항복하고 무고한 백성들을 구하려 드실 지경으로 낙담해 계십니다. 제가 조조로 하여금 죽어도 장사 지낼 땅이 없도록 만들겠다고 큰소리를 쳐 사군을 달래두고 왔습니다만 실로 근심입니다."

그렇게 말을 맺은 미축은 다시 한번 간곡한 눈길로 유비를 바라보았다. 그때 곁에 있던 공융이 거들었다.

"어떻소? 유공께서는 도공조와 죄 없는 서주 백성들이 한가지로 조조의 칼에 어육이 나는 꼴을 보고만 계시겠소?"

"뜻밖에도 도공조 같은 어진 군자가 허물도 없이 어려움을 겪는군요……."

유비는 그렇게 동정하면서도 선뜻 도겸을 구하러 가겠다는 말은 하지 않았다. 공융이 속이 타 따지듯 물었다.

"공은 한실의 종친으로서 이제 조조가 죄 없는 백성을 죽이고 자신의 강함에 의지해 약한 이를 괴롭히는데도 어찌 나와 함께 구하려 들지 않으시오?"

당연히 앞장설 줄 알았던 유비가 머뭇거리는 데 대한 실망까지 담긴 물음이었다. 그제서야 유비가 천천히 그 까닭을 밝혔다.

"감히 핑계를 대는 것은 아닙니다만, 이 비는 군사가 적고 장수가 모자라 가볍게 움직였다가 서주에 도움도 되지 못하고 세상 사람들의 비웃음만 사는 게 두렵습니다."

그러자 공융은 한층 격한 목소리로 말했다.

"내가 도겸을 구하려 드는 것은 예부터의 정의 때문이기도 하지만 또한 대의를 위한 것이기도 하오. 그런데 어찌 공은 그 대의를 생각하는 마음이 없으시오?"

공융이 그렇게까지 나오자 현덕도 더는 대답을 망설이지 않았다. 그가 말을 흐린 것은 도겸을 구하러 가기가 싫어서가 아니라 벼슬도 낮고 힘도 없는 그를 대등하게 대해주는 공융에 대한 일종의 겸손이었을 뿐이었다.

"정히 그러하시다면 태수께서 먼저 가십시오. 나는 공손찬에게로 가서 병마 몇 천을 더 빌린 뒤 곧 뒤쫓겠습니다."

"공은 결코 실언해서는 아니 되오."

그래도 못 미더운지 공융이 다시 다짐했다. 유비가 옅은 웃음으로 그를 안심시켰다.

"공께서는 이 비를 어떻게 보십니까? 성인께서 이르기를 사람은 모두 죽게 되어 있되 신의가 없으면 설 수가 없다[自古皆有死 人無信不立]고 하였습니다. 이 비는 군사를 빌리건 못 빌리건 반드시 서주에 갈 것이오."

그제서야 공융도 믿는 얼굴이었다.

이에 공융은 그날로 미축을 서주로 돌려보내 자신과 유비가 구하러 간다는 소식을 전하게 하고, 자신은 곧 서주로 떠날 병마를 수습했다. 그때 태사자가 작별을 고했다.

"어머님의 명을 받들어 태수를 돕고자 왔으나 다행히 이제 걱정거리가 없어졌으니 저도 이만 떠나볼까 합니다. 양주 자사 유요(劉繇)

는 저와 같은 고향 사람인데 사람을 보내 부르니 아니 가볼 수가 없습니다. 뒷날 다시 뵙겠습니다."

공융은 그에게 금과 비단을 내렸으나 태사자는 그마저 받지 않고 노모에게 돌아갔다. 노모가 일의 전말을 듣고 기뻐해 마지않았다.

"네가 공태수에게 은혜를 갚았다니 실로 기쁘구나!"

태사자는 그런 노모를 북해에 남겨두고 다시 유요를 바라 양주로 떠났다.

공융이 군사를 일으켜 서주를 구원하러 떠날 즈음 유비도 공손찬의 근거지에 이르렀다. 유비가 공손찬에게 서주를 구할 군사를 빌려달라고 하자 공손찬이 물었다.

"조조와 자네는 원수진 일도 없는데 어찌하여 어렵게 군사를 빌려가며까지 도겸을 위해 힘을 쓰려 드는가?"

"제가 이미 허락한 일이니 어길 수 없습니다."

유비는 다른 설명 없이 그렇게 대답했다. 긴 말을 않아도 공손찬이 군사를 빌려줄 것을 아는 까닭이었다. 그 무렵 공손찬은 원술과 손을 잡고 원소와 조조의 드러나지 않은 연결에 대항하고 있었다. 직접 조조와 원한을 맺은 적은 없으나 원소와 연결돼 있다는 점에서 조조는 분명 적이었기에 유비가 그와 싸우는 걸 싫어할 이유가 없었다.

과연 공손찬은 못 이긴 체 허락했다.

"보졸 이천을 빌려줄 테니 일이 그러하다면 가보게."

생각보다 적은 군사였지만 유비는 거기에 대해서는 더 말하지 않고 다만 조자룡을 딸려주기를 청할 뿐이었다.

"그리하게."

공손찬은 그것도 선선히 허락했다. 조자룡 또한 그 무예는 인정하지만 어쩐지 깊은 정이 가지 않아 한구석에 처박아둔 장수였기 때문이었다.

유비는 이천 보졸보다 조자룡 한 사람 빌린 것을 더욱 기쁘게 여겼으나 내색하지 않았다. 공손찬 앞을 물러나기 바쁘게 본래 이끌고 있던 삼천 군마를 관운장과 장비에게 딸려 전부로 삼고 새로 빌린 이천 보졸은 조자룡에게 주어 후부를 삼은 뒤 서주로 향했다.

한편 서주로 돌아간 미축은 북해 태수 공융이 구원을 온다는 소식과 함께 유현덕도 뒤따라 오리라는 걸 전했다. 그 무렵 미축과 같이 구원을 청하러 갔던 진원룡(陳元龍, 진등)도 청주 자사 전해가 구원을 오기로 했다는 소식을 가지고 돌아왔다. 전해 역시 공손찬의 세력 아래 있는 사람이었는데, 어떻게 공손찬의 허락을 받은 모양이었다.

그러자 도겸도 비로소 마음이 놓였다.

조조가 비록 강하다고는 하지만 그들 삼로(三路)의 군마가 온다면 그럭저럭 서주를 지켜낼 것도 같았다.

과연 다음 날로 공융의 병마와 전해의 병마가 서주성 밖에 이르렀다. 그러나 둘 다 조조의 기세가 사나운 걸 꺼려 멀찌감치 산 아래 진을 치고 감히 가볍게 다가가지 못했다.

가볍게 움직이지 못하기는 조조 또한 마찬가지였다. 그들 두 갈래의 구원군이 이르는 걸 보자 그 역시 군세를 나누어 만일에 대비할 뿐, 서주성 공격을 계속하지 못했다.

유현덕이 도착한 것은 그렇게 양편이 모두 움직이지 않고 있을 때였다. 공융이 자기를 보러 온 현덕에게 말했다.

"조조의 군사는 수가 많고 날랠 뿐만 아니라 조조 또한 군사를 잘 부리니 가볍게 싸워서는 아니 되겠소. 먼저 그 움직임을 자세히 살핀 뒤에 군사를 내보내야 할 것이오."

조조군의 기세에 질린 듯한 표정이었다. 유비가 그런 공융의 움츠러든 기세를 나무라듯 한 계책을 내놓았다.

"태수의 말씀도 일리가 있으나 다만 성안에 식량이 떨어져 서주가 오래 견디지 못할까 두렵습니다. 그보다는 차라리 관운장과 조자룡에게 사천 군마를 딸리어 공태수의 휘하에서 서로 돕게 하고, 저와 장비는 일천 군마와 함께 조조의 진영을 뚫고 서주성 안으로 들어가 도태수와 앞뒤를 의논하는 게 어떻겠습니까?"

공융이 들으니 약간 위험이 있기는 하나 자신의 소극적인 계책보다는 나을 듯싶었다. 이에 기꺼이 동의하고 전해를 만나 서로 기각지세(掎角之勢, 뒷발을 잡고 뿔을 누름. 앞뒤에서 억누름)를 이룬 뒤 관운장과 조자룡의 군사는 양끝에서 변화에 응하게 했다. 잘못되어 유비가 싸움에 지더라도 조조의 대군이 승세를 타고 자기들의 본진까지 휩쓰는 것을 막기 위함이었다.

그 같은 대비가 마무리된 것을 보자 유비와 장비는 일천 군마를 이끌고 성을 에워싸고 있는 조조의 진영 일각으로 뛰어들었다. 갑작스런 돌진이라 그곳에는 절로 혼란이 일었다. 그 혼란을 틈타 유비의 일천 군마가 그대로 뚫고 들어가는데 갑자기 북소리가 울리며 한 떼의 마보군이 장수 한 명을 옹위하고 나타나 길을 막았다.

"어느 미친 놈들이 감히 이곳을 몰래 뚫고 가려 드느냐?"

말고삐를 당기며 그렇게 소리치는 것은 다름 아닌 조조의 장수 우금이었다. 그를 보자 장비는 대꾸도 않고 똑바로 장팔사모를 휘두르며 덮쳐갔다. 장비와 우금의 말이 서로 마주치며 두 사람의 병기가 불을 뿜었다.

그렇게 몇 합 어우르기도 전이었다. 갑자기 유비가 쌍고검을 빼들고 주춤한 일천 군마를 휘몰아 일시에 돌진했다. 그렇게 되자 우금의 군사들이 먼저 기세에 눌려 흩어지고 우금도 마침내는 장비의 기세를 당하지 못해 말 머리를 돌려 달아났다.

장비가 그 뒤를 따르며 길을 막는 족족 창으로 찔러 떨어뜨리고 다시 그 뒤를 현덕의 일천 병마가 성난 물결처럼 따르니 조조의 군사들은 감히 막을 생각을 못했다. 그 틈을 탄 현덕의 병마는 어렵잖게 서주성 아래까지 이르렀다.

성 위에서 '평원(平原) 유현덕'이라 크게 쓴 붉은 깃발이 나부끼는 걸 보고 도겸은 급히 문을 열게 했다. 현덕이 무사히 성안으로 들어가니 도겸은 반갑게 그를 맞아 자사부(刺史府)로 안내했다. 그리고 서로 만나는 예를 다하기 무섭게 잔치를 벌여 현덕을 대접하는 한편 따라온 병마에게도 술과 고기를 내려 수고를 위로했다.

도겸은 원래가 문약한 선비에 가까웠다. 난세를 만나 간신히 한 조각 땅을 지키고는 있으나 사방에 널린 적들과 싸워 이겨 마침내 살아남기에는 부족함을 스스로도 잘 알고 있었다. 그런데 유비를 만나보니 그 모습과 태도가 헌앙(軒昻)하고 말과 뜻이 활달한 게 영웅의 기상이 있었다. 그러면 넉넉히 서주를 지키고 백성들을 잘 보살펴줄 수 있을 것 같았다.

물론 도겸이 유비를 그날 처음 보는 것은 아니었다. 지난번 관동의 기의 때 공손찬을 따라온 걸 본 적이 있으나, 그때는 공손찬의 부장쯤으로 여겨 눈여겨보지 않았을 뿐만 아니라 유비 자신도 어딘가 설익고 덜 다듬어진 듯한 데가 있었다. 그런데 몇 년 만에 만나보니 이게 그 사람인가 싶을 정도로 발전해 있었다.

이에 도겸은 은근한 기쁨까지 느끼며 미축에게 서주 자사의 패인(牌印)을 가져오게 하여 유비에게 넘겨주려 했다.

"공께서는 무슨 뜻으로 이러십니까?"

너무도 생각 밖의 일이라 유비가 놀라며 물었다. 도겸이 정색을 하고 대답했다.

"지금 천하는 어지럽고 천자의 위엄은 제대로 떨쳐지지 못하고 있으니 공은 한실의 종친으로 마땅히 힘을 다해 기울어져가는 사직을 바로 세워야 할 것이오. 이 늙은이는 나이 많고 무능한 주제에 서주를 맡아 어찌할 바를 모르다가 이제 공을 보니 바른 주인을 만난 듯하오. 공은 사양 말고 이 서주를 받아 작게는 고을 백성을 편히 살게 하고 크게는 이 땅을 바탕으로 사직을 일으키시오. 이 겸(謙)은 스스로 표문을 써서 공을 자사로 삼도록 조정에 상주(上奏)하겠소."

진정이 배인 목소리였다. 그러나 유비는 더욱 놀랐다. 벌떡 자리에서 일어나 도겸에게 두 번 절한 후에 하늘을 가리키며 맹세를 곁들여 말했다.

"유비가 비록 한실의 후예라 하나 공은 적고 덕은 엷어 평원의 상(相)이란 벼슬도 오히려 감당하기 어렵습니다. 지금 여기에 온 것은 다만 대의를 위해 공을 돕고자 할 따름입니다. 그런데 공께서 이처럼 말씀하시니 그것은 바로 이 유비가 이 땅을 삼킬 뜻이 있는 것으로 의심하고 계시다는 게 아니고 무엇이겠습니까? 만약 저에게 그런 불측한 마음이 있다면 결코 저 하늘의 보살핌을 받지 못할 것입니다."

그렇게 말하는 유비 또한 진심이었다. 대저 가장 못한 치자(治者)는 주색과 재물을 탐하고, 그 윗길은 땅을 탐하며, 가장 나은 치자는 사람을 탐한다고 한다. 유비는 그 한 예를 원소에게서 보고 있었다. 원소가 기주를 빼앗기 전에는 천하에서 누구보다 명망 높은 인물 가운데 하나였으나 기주를 빼앗자마자 흔한 야심가의 무리 가운데 하나로 전락하고 말았다. 비록 기름지고 넓은 땅은 얻었지만 사람[人心]은 잃고 만 셈이었다. 유비는 사람을 잃는 것이야말로 무엇보다도 큰 것을 잃는 것이라는 걸 본능으로 알고 있었음에 틀림이 없다.

그래도 도겸은 자기 뜻을 굽히려 들지 않았다.

"이것은 이 늙은이의 진심이오. 결코 공의 생각하는 바와는 같지 않으니 부디 사양 말고 받으시오."

그렇게 간곡히 말하며 두 번 세 번 자사의 패인을 내밀었다. 유비가 기어이 받으려 들지 않자 미축이 곁에서 둘에게 권했다.

"지금 적군이 성 아래 이르렀으니 마땅히 의논해야 할 일은 적을 물리칠 계책입니다. 그 일은 뒷날 평온한 때를 기다려 다시 의논함이 옳겠습니다."

"그렇습니다. 우선 해야 할 것은 조조를 물리치는 일입니다."

유비도 대뜸 그렇게 찬동했다. 그러자 도겸도 그 말이 옳다 여겼는지 더는 고집을 부리지 않았다.

유비가 다시 목소리를 가다듬어 말했다.

"제 생각에는 먼저 조조에게 글을 보내 화해를 권해보는 게 좋을 듯싶습니다. 만약 조조가 그 뜻을 따르지 않으면 그때 군사를 내 물리쳐도 늦지 않을 것입니다."

될 수만 있다면 그 또한 도겸이 가장 바라는 해결책이었다. 이에 기꺼이 유비의 말을 좇으니, 유비는 성안과 성 밖 세 곳의 우군 진채에 그 뜻을 전하여 함부로 군사를 움직이지 못하게 한 뒤 조조에게 글을 써 보냈다.

'유비는 관외(關外)에서 공을 뵈온 뒤로 그 이고 사는 하늘이 각기 달라 오래도록 존안을 뵙지 못했습니다. 이에 문안을 드림과 아울러 한 가지 간곡히 권하고자 합니다. 지난번 존부(尊父)이신 조후(曹侯, 조숭을 높여 부른 말)의 일은 장개란 자가 흉악하여 저지른 일이옵고, 도공조(陶恭祖)에게는 허물이 없습니다. 거기다가 지금 밖으로는 황건의 남은 무리가 세상을 어지럽히고 안으로는 동탁의 남은 무리가 다시 세력을 떨치고 있습니다. 바라건대 공께서는 먼저 조정의 일을 급하게 여기시고 사사로운 원수 갚음은 뒤로 미루도록 하십시오. 서주에서 군사를 물리시어 나라를 어려움에서 건져낸다면 이는 서주를 위하여 다행한 일일 뿐만 아니라 천하를 위해서도 더할 나위 없는 다행이 될 것입니다.'

그 글을 읽은 조조는 왈칵 성이 났다.

"유비가 대체 어떤 놈이길래 감히 내게 이런 글을 보내 화해를 권한단 말이냐? 더군다나 이 글 가운데는 은근히 비꼬고 놀리는 구석까지 있지 않느냐!"

그러면서 글을 가져온 사자의 목을 베고 힘을 다해 성을 공격하라는 명을 내렸다. 곽가가 그런 조조를 말렸다.

"유비는 멀리서 구원을 와서도 먼저 주공께 예를 다하고 다음에 싸우려는 여유를 보이고 있습니다. 주공께서는 마땅히 좋은 말로 답을 보내 유비가 마음을 놓게 하신 뒤 갑작스레 군사를 내어 성을 공격하시면 성을 깨뜨릴 수 있을 것입니다."

성난 중에도 들어보니 옳은 말이었다. 이에 조조는 유비의 사자를 후하게 대접하여 머무르게 해놓고 답서에 써 보낼 글을 의논했다.

한참 그 의논을 하고 있을 때였다. 본거지인 연주에서 유성마(流星馬) 한 필이 나는 듯 달려와 급한 소식을 알렸다.

"큰일 났습니다. 여포가 연주를 급습하여 빼앗고 그 여세를 휘몰아 복양으로 쳐들어오고 있습니다."

조조는 크게 놀랐다. 자칫하면 아버지의 원수를 갚기 전에 근거지부터 잃어버릴 판이었다.

"연주를 잃어버리면 나는 돌아갈 곳이 없어진다. 어쩔 수 없이 거기부터 먼저 되찾아야겠다."

그때 곽가가 다시 권했다.

"이제야말로 주공께서 유비에게 마음껏 인정을 베푸실 때입니다. 유비의 권유를 받아들이는 체하고 군사를 물려 연주를 회복하셔야 합니다."

그러자 조조는 그 말을 따라 유비에게 좋은 말로 답을 보내고 그 날로 진채를 뽑아 연주로 달려갔다.

사자가 서주성 안으로 돌아와 도겸에게 조조의 글을 바치니 도겸은 기뻐 어쩔 줄 몰랐다. 곧 사람을 보내 성 밖에 있는 공융과 전해, 관운장, 조자룡 등을 불러들여 크게 잔치를 벌였다. 그토록 두렵던 조조가 깨끗이 물러갔으니 무리도 아니었다.

잔치가 끝난 뒤 도겸은 다시 서주 물려주는 일을 꺼냈다. 현덕을 끌어 상좌에 앉힌 뒤 공손히 손을 모으고 여럿을 향해 입을 열었다.

"나는 이미 늙고 두 아들은 재주가 없어 나라에서 받은 중임을 감당할 수가 없으니 이 서주는 임자가 없는 것이나 다름없게 되었소이다. 그런데 내가 보니 여기 이 유공(劉公)은 제실의 종친일 뿐 아니라 덕이 높고 재주가 많아 가히 서주를 다스릴 만한 그릇이오. 이에 유공에게 서주를 넘기려 하니 여러분들은 증인이 돼주시오."

그러고는 다시 유비를 향해 간곡히 말했다.

"바라건대 공께서는 서주를 맡아 이 늙은이로 하여금 한가로이 병이나 다스리게 해주시오."

그러나 유비는 무겁게 고개를 저었다.

"제가 공문거(孔文擧, 공융)의 영을 받아 서주를 구하러 온 것은 대의를 위해서였습니다. 이제 까닭 없이 주인 있는 땅을 차지하면 세상 사람들은 이 유비를 불의한 인간이라 배척할 것입니다."

"지금 제실은 토막이 나고 나라는 뒤집힌 거나 다름없어 공을 세우고 큰일을 이루기에는 정히 좋은 때입니다. 서주는 재화가 풍성할 뿐만 아니라 호구가 백만이나 되니 한번 근거로 삼을 만한 땅입니다. 부디 사양하지 마십시오."

미축이 곁에서 도겸을 대신해 다시 권하고 진등(陳登)도 거들었다.

"도(陶)자사께서는 병이 잦으시어 일을 보살필 수 없으시니 명공께서는 사양하지 마십시오."

그러자 유비가 이번에는 딴 사람을 들고 나왔다.

"원공로(袁公路, 원술)는 사세삼공(四世三公)의 후예로서 세상의 인심이 그리로 쏠리고 있습니다. 마침 그가 있는 수춘성도 이곳에서 가까우니 그에게 양보하시면 어떻겠습니까?"

그 말을 공융이 받았다.

"원술은 무덤 속의 오래된 뼈다귀나 다름없는 사람이오, 입에 담을 필요조차 없소이다. 오늘 일은 하늘이 유공에게 서주를 내리는 것과 다름없으니 받지 않으시면 뒷날 후회해도 미치지 못하리다."

그때 도겸이 다시 유비에게 눈물까지 보이며 말했다.

"그대가 이걸 받지 않고 떠나면 이 늙은이는 죽어도 눈을 감지 못할 것이오!"

"도공께서 저처럼 바라시니 형님께서 거두시지요."

"우리가 억지로 뺏는 것도 아니고 저쪽에서 스스로 물려주겠다는데 그렇게 굳이 사양하실 건 뭐요?"

관우와 장비도 참지 못해 한마디씩 했다. 그런 두 아우를 유비가 큰 소리로 꾸짖었다.

"너희들은 이 형을 불의에 빠뜨리려 드느냐!"

그제서야 유비의 뜻이 굳음을 안 도겸은 패인을 거두고 가까운 소패에라도 머물러 서주를 지켜주기를 청했다. 다른 사람들도 따라서 권하자 유비도 그것만은 승낙했다. 이튿날 조자룡과 빌린 보졸 이천을 함께 공손찬에게로 돌려보낸 그는 두 아우와 더불어 자신의 삼천 병마를 이끌고 소패성에 자리 잡았다. 얼핏 보아서는 대수롭지 않은 일 같지만 그것은 기실 유비가 공손찬의 그늘을 벗어남을 뜻하는 중요한 사건이기도 했다.

생각하면 공손찬은 유비란 용이 자란 연못이었다. 그러나 이제 그 연못은 다 커버린 유비에게는 너무 좁았다. 그가 구만리 창천으로 솟구치기 위해서는 몸과 뜻을 더 키울 보다 깊고 넓은 바다가 필요했다. 그 바다로 가기 위해 유비는 먼저 공손찬이란 연못에서 빠져나와야 했다. 소패는 물론 서주조차 그 같은 바다일 수는 없겠지만, 적어도 그곳이 그 바다로 가는 한 물줄기임에는 틀림이 없었다.

# 복양성의 풍운

영웅이란 인격의 이름인가 행위의 이름인가. 또 영웅은 시대의 산물인가, 아니면 시대가 영웅의 산물인가. 그리고 영웅이란 한 시대를 주도하는 초인적 능력을 가진 인간인가, 아니면 단순한 선구자에 불과하거나 많은 동시대인의 업적을 한 개인의 이름 아래 묶은 관념의 덩어리인가. 이 같은 논의는 오랫동안 되풀이되어왔고, 아직도 그 결론은 보는 이의 입장에 따라 각기 다른 바 있다.

하지만 역사를 거슬러 보면 어떤 특정한 시기에 비상한 능력을 가지고 태어나서 또한 비상한 노력으로 그 시대의 난점을 해결해나가는 인간의 존재를 자주 발견할 수 있다. 시대의 산물이나 단순히 동시대인의 업적을 결합한 추상적인 실체가 결코 아닌, 생동하는 인격체로서의 영웅이 그러하다.

따라서 비교적 근대에 들어서서 대두된 전체주의적 영웅관은 그 상당한 설득력에도 불구하고 종래의 개인주의적 영웅관을 온전히 극복해낸 것 같지는 않다. 시대가 그의 출현에 없어서는 안 될 배경이 되어주었고, 그 시대를 함께 산 민중들의 업적이 부당하게 그의 이름 아래 흡수된 경우가 많기는 하지만, 아무래도 영웅이란 말에서 지워버릴 수 없는 것은 개인적인 요소이다.

다시 말해 영웅이란 인격의 이름이며 시대의 피동적 산물이 아니라 능동적 주체이며, 다수인의 가상적 총체가 아니라 역사적이면서도 구체적인 개인을 가리키는 말로 보인다. 시대의 상황이나 이름없는 동시대인의 노력만으로 영웅을 정의하려 드는 것은, 피동적이거나 무의식적인 것으로 능동적이면서도 주체적인 것을 설명하려 드는 무리한 논리로만 여겨진다.

그런 뜻에서 후한말은 앞뒤의 그 어떤 때보다 요란한 영웅들의 시대였다. 한 땅에 기대 또는 한 무리를 이끌고 일어난 이들은, 시대의 상황이나 그를 옹위한 무리의 절실한 요구와의 끊을 수 없는 연관에도 불구하고, 하나하나 뛰어난 능력과 면모를 보이고 있기 때문이다.

하지만 복수 개념과 가장 친하기 힘든 것이 또한 영웅이란 말이다. 극히 희귀한 실례를 제외하면 한 시대는 한 영웅만을 가지기를 원한다. 여기서 마치 물로 쌀과 돌을 일어[淘]내듯 투쟁에 의한 선별 작업이 마지막 한 사람이 남을 때까지 계속되는데, 동양에서는 흔히 그것을 일러 풍운이라 부른다.

돌이켜보면 후한말의 풍운은 황건적의 거병으로부터 이미 시작된 셈이었다. 그러나 그때부터 몇 년간은 명분뿐만 아니라 실제에 있어서도 한이란 정통의 권위에 의지한 쟁투였다. 그 권위에 도전할 힘을 기르기 위해 사투(私鬪)를 벌인 것은 아무래도 관동(關東)의 기의(起義)가 와해된 뒤의 일로, 진정한 천하쟁패의 풍운이 일기 시작한 것도 그때부터라 함이 옳을 것이다.

군량의 싸움이 목적이 된 연주 자사 유대(劉岱)와 동군 태수 교모(喬瑁)의 싸움을 비롯해 기주를 둘러싼 원소와 공손찬의 싸움, 원소와 원술의 반목, 유표와 손견의 싸움, 그리고 아비의 원수를 갚는다고 내세우고 있는 조조와 도겸의 싸움에 이르기까지, 각기 이런저런 구실은 있으나 이미 어디에서도 의전(義戰)은 없었다. 아직 감추어져 있기는 해도 천하쟁패의 야심말고는 그 이유를 설명할 길이 없는 크고 작은 풍운일 따름이었다. 그리고 이제 그 풍운은 서주에서 자리를 옮겨 조조의 근거지에 가까운 복양 땅에서 다시 거칠게 일기 시작한 것이다.

서주 자사 도겸이 까닭도 모르고 기뻐하고 있는 사이에 서주로부터 군사를 물린 조조는 신속히 연주를 향해 달려갔다. 이때 여포는 이미 연주뿐만 아니라 복양까지 떨어뜨린 뒤였다. 다만 견성(鄄城), 동아(東阿), 범현(范縣) 세 성만이 순욱과 정욱 두 모사의 재주에 힘입어 간신히 지탱하고 있을 뿐이었다.

연주의 경계까지 나와 조조를 맞은 것은 지키던 성을 여포에게 빼앗기고 떠돌던 조인과 조홍이었다. 여러 차례 성을 회복하기 위해 반격을 시도했으나 번번이 여포에게 쫓기던 나머지 조조가 돌아오기만을 기다리던 그들은 조조를 만나기가 무섭게 지난 일을 늘어놓았다.

"자네들 같은 맹장이 미련한 여포 하나를 막아내지 못해 이같이 낭패를 당했다니 실로 알 수 없는 일이네."

조조는 그들을 나무라기보다는 알 수 없다는 듯 고개를 갸웃거렸다. 용맹은 여포에게 뒤질지 몰라도 꾀나 슬기로는 각기 여포를 앞서는 조홍과 조인이었다. 그들이 든든한 성에 의지해서도 여포를 당하지 못했다니 얼른 이해가 안 되는 것도 당연했다.

조홍(曹洪)이 분한 듯 말했다.

"여포 그놈에게 진궁(陳宮)이 붙어 갖은 꾀를 다 짜내고 있습니다. 순욱이나 정욱 같은 이도 지키기에 급급할 지경입니다."

조조는 그 말을 듣자 사정을 알 만했다. 그리고 상처와도 같은 옛일과 아울러 서주로 군사를 내기 얼마 전 한 세객으로 자기를 찾아왔던 진궁을 떠올렸다. 그때 진궁은 동군의 종사(從事)로 있으면서 도겸을 위해 조조를 달래러 온 적이 있었다.

조조는 말없이 자기를 버리고 떠난 그가 괘씸했으나 동탁에게 쫓기던 자기를 살려준 은혜 또한 커서 아니 만나볼 도리가 없었다. 거기다가 그를 통해 조금이라도 서주의 사정을 알 수 있다면 서주를 치는 데도 도움이 될 수 있는 일이었다.

은원이 묘하게 얽힌 두 사람 사이건만 조조에게 예를 올리는 진궁의 표정은 얄미우리만큼 태연했다. 그러나 더욱 조조의 심기를 건드린 것은 예를 마치자마자 입을 연 그의 말이었다.

"제가 듣기로 이제 명공(明公)께서는 대군을 이끌고 서주로 향하셔서, 존부(尊父)의 원수를 갚고자 이르는 곳마다 백성들까지 모조리 죽이시려 한다고 합니다. 저는 그 일을 차마 그냥 두고 볼 수 없어 특히 몇 마디 여쭙고자 이렇게 찾아왔습니다. 도겸은 어진 사람이요, 군자라 불릴 만큼 이익을 위해 대의를 잊는 무리와는 다릅니다. 존부께서 해를 입으신 것은 장개가 악해서이지 도겸의 죄는 아닙니다. 더군다나 그 서주의 백성들이야 명공과 무슨 원수 진 일이 있겠습니까? 그들을 죽이시는 것은 결코 의로운 일이 못 됩니다. 바라건대 명공께서는 부디 세 번 헤아려 일을 행하십시오."

말은 그렇게 하고 있으나 그런 진궁의 어조에는 어딘가 여백사 일가의 일을 은근히 상기시키는 데가 있었다. 이에 크게 성이 난 조조는 그를 꾸짖어 물리쳤다.

"그대는 전에 나를 버리고 가놓고 이제 무슨 얼굴로 다시 찾아왔는가? 도겸이 내 가족을 모두 죽였으니 나는 마땅히 그 원한을 씻으려는 것뿐이다. 비록 도겸을 위해 나를 달래러 왔으나 내가 어찌 그대의 말을 들을 수 있겠는가? 헛되이 혀와 목청을 수고롭게 하지 말고 이만 물러가시오."

그러자 진궁도 어쩔 수 없는지 더 조르지 않고 물러났다. 뒤에 듣기로 그는 더 이상 도겸을 대할 면목이 없어 진류 태수 장막(張邈)에게로 가버렸다고 했다. 장막의 아우 장초(張超)와 교분이 있어 그리로 의지하러 갔다는 것인데, 이제 난데없이 여포의 사람이 되어 나타났으니 조조에게는 실로 뜻밖이었다.

원래 여포와 진궁이 만난 경위는 이러했다.

이각과 곽사의 반격을 견디지 못해 장안을 버리고 나온 여포가 처음 몸을 의탁해 간 곳은 남양의 원술에게로였다. 그러나 원술은 여포의 사람됨이 배반을 잘하고 정한 마음이 없다 하여 받아들이지 않으니 여포는 다시 원소에게로 갔다. 원소 역시 여포를 믿지 않기는 원술과 다름없었으나 그래도 그는 인재에 대한 욕심이 있는 사람이었다. 여포의 무예와 용맹이 아까워 받아들여 객장(客將)으로 머물게 했다.

하지만 원소에게서도 여포는 오래 머물지 못했다. 때마침 다시 일기 시작한 흑산적의 우두머리 장연(張燕)을 함께 칠 때까지는 좋았으나 그다음이 문제였다. 상산에서 장연을 깨뜨려 우쭐해진 여포가 그 자신이 주인이나 된 듯 원소의 수하 장수들을 오만하게 대하기 시작한 때문이었다. 거기다가 원소 또한 그리 너그러운 사람이 못 되니 그런 여포를 살려두려 하지 않았다.

이에 두려움을 느낀 여포는 다시 장양(張楊)이란 이에게 몸을 의탁해 갔지만 거기서도 오래 머물 수가 없었다. 전에 방서(龐舒)란 자가 이각과 곽사 몰래 여포의 처첩을 장안성 안에 감추어주었다가 여포에게로 보낸 적이 있었는데, 뒤늦게 그 일이 탄로나 다시 여포를 궁하게 만들었다. 이각과 곽사는 방서를 목 베고 장양에게 글을 보내 여포를 죽이라고 시켰기 때문이었다.

다시 목숨이 위태롭게 된 여포는 이번에는 진류 태수 장막에게 의지해 갔다. 그때 마침 도겸에게 돌아갈 면목이 없어진 진궁이 장막의 아우 장초와 나란히 나타났다. 진궁은 여포가 장막에게 의탁하러 온 걸 보자 문득 한 계책이 떠올랐다. 장막에게 예를 마치기 바쁘게 입을 열었다.

"지금 한의 천하는 무너지고 영웅들은 다투어 일어나는 판에 태수는 천리의 땅과 수많은 백성을 거느렸으면서도 오히려 다른 사람의 부림을 받고 있으니 어찌 비루한 일이 아니겠소?"

진궁은 먼저 그렇게 장막을 격동시킨 뒤 다시 목소리를 가다듬어 말했다.

"지금 조조는 서주를 치고자 대군을 일으켜 연주는 가위 비어 있는 것이나 다름없소. 거기다가 당세에는 그 용맹을 당할 자가 없는 여포까지 태수의 막하에 들었으니 이는 하늘이 주신 기회라 할 수 있소이다. 여포와 함께 연주를 치도록 해보시오. 만일 연주만 얻게 된다면 한번 큰일[伯業]을 꾀해볼 수도 있을 것이오."

장막도 들어보니 귀가 솔깃했다. 곧 여포에게 군사를 주어 연주를 치게 했다. 자기의 본거지에 대한 조조의 대비가 소홀했던 것은 아니었으나 워낙 천하의 여포에다 모사 진궁까지 붙어 있으니 조홍과 조인이 견뎌내지 못했다. 순욱과 정욱이 지키는 세 성을 제하고는 연주에 속한 모든 군과 현이 여포의 말발굽에 짓밟혀버리고 말았다.

하지만 조조는 그 같은 경과를 다 알고 난 뒤에도 크게 낙담하지는 않았다.

"비록 여포가 용맹하고 진궁이 붙어 있다 하나, 위인이 워낙 무모하니 조금도 두려워할 것 없소."

그렇게 말하여 먼저 군사들을 안심시킨 뒤에 진채를 세우고 여포와 싸울 의논을 했다.

조조가 군사를 돌려 돌아왔다는 소식은 여포의 귀에도 들어갔다. 뜻밖에도 조조의 움직임이 빨라 벌써 그 군사가 등현을 지났다는 데는 적지 않이 놀랐으나, 지난번에도 한번 조조를 크게 쳐부순 적이 있는 여포라 아직 얕보는 마음이 남아 있었다. 조금도 망설이거나 두려워하는 기색 없이 설란(薛蘭)과 이봉(李封) 등을 불러 영을 내렸다.

"나는 오래전부터 너희 둘을 한번 써보고 싶었다. 군사 일만을 줄 테니 이 연주성을 지켜보아라. 나는 스스로 군사를 이끌고 앞서 나가 조조를 깨뜨려버리겠다."

영을 받은 두 장수는 곧 성을 지킬 채비에 들어가고 다른 장수들은 여포를 따라 출전할 채비에 들어갔다. 뒤늦게 소식을 들은 진궁이 급히 여포에게 달려가 물었다.

"장군은 연주를 버리고 어디로 가시려고 합니까?"

"나는 복양에 군사를 머물게 하여 이 연주성과 아울러 솥발과 같은 형세를 이루고자 하오."

여포가 아무렇지도 않게 대답했다. 진궁이 답답한 듯 말했다.

"아니 됩니다. 설란은 결코 연주를 지켜내지 못할 것입니다. 그보다는 차라리 이 계책이 어떻겠습니까? 여기서 남쪽으로 백팔십 리쯤 가면 태산의 험한 길이 나옵니다. 그곳에 날랜 군사 만 명을 숨겨 기다리면 연주가 떨어졌다는 말에 놀란 조조는 필시 군사의 행군 속도를 배로 늘려 달려올 것입니다. 그런 조조의 군사가 길을 반쯤 지났을 때 급히 들이치신다면 한 싸움으로 넉넉히 조조를 사로잡을 수 있을 것입니다."

그러나 여포는 채 말을 다 듣기도 전에 고개를 가로저었다.

"내가 복양으로 군사들을 내는 것은 달리 좋은 계책이 있기 때문이니 너무 걱정 마시오."

딴에는 이미 결정이 서 있는 듯했다. 거기다가 아직 서로 만난 지 오래 안 되는 터라 진궁도 굳이 자기 생각만 고집할 수는 없는 일이었다. 이에 진궁의 꾀는 쓰이지 않고, 여포는 설란에게 연주를 지키게 한 뒤 나머지 군사를 이끌고 복양으로 떠났다.

진궁의 예측대로 조조의 군사는 과연 태산의 험로를 지나게 되었다.

"여기서 잠깐 군사를 멈추십시오. 더 나아가서는 아니 됩니다. 적의 복병이 있을까 두려운 지세입니다."

모사 곽가가 험한 길에 접어들기에 앞서 조조를 깨우쳤다. 조조가 조용히 웃으며 대답했다.

"여포가 꾀가 없어 설란 같은 자로 연주를 지키게 하고 스스로는 복양으로 갔소. 그렇게 병략에 어두운 자가 어떻게 이곳에 군사를 매복시킬 줄 알겠소?"

아마도 여포가 복양으로 가는 걸 보고 이미 진궁의 꾀가 쓰이지 않고 있음을 짐작한 것 같았다. 마음 놓고 태산의 험로를 지난 뒤 조인에게 일군을 떼어주어 연주를 치러 보내고 자신은 곧바로 여포를 향해 달려갔다.

진궁은 조조의 군사가 쉽게 태산을 지났다는 말을 듣자 몹시 애석했다. 그러나 어쨌든 여포와 함께 싸우는 중이라 그 군사가 그대로 다가오는 것을 보고만 있을 수는 없었다.

"지금 조조의 군사는 먼 길을 와 피곤해 있으니 급히 싸우는 게 이롭습니다. 싸움을 늦춰 저들에게 기력을 되찾을 여유를 주어서는 아니 됩니다."

진궁은 다시 계책을 짜내 여포에게 권했다. 그러나 여포는 이번에도 듣지 않았다.

"나는 한 필의 말로 천하를 종횡해온 사람이오. 어찌 조조 따위를 걱정하겠소! 그가 진채를 세울 때까지 기다렸다 사로잡아도 늦지 않을 것이외다."

그런 여포에게는 아직도 조조가 애송이로만 보였다. 자신은 이미 동탁 아래서 제후의 열에 올라 천하를 호령할 때도 조조는 아직 서생의 티를 벗지 못한 교위에 지나지 않았다. 기껏 한다는 짓이 단도를 품고 동탁을 찌르려는 따위 하찮은 자객의 흉내나 내다가 그마저도 실패해 쥐새끼처럼 달아나지 않았던가. 나중에 열일곱 갈래[十七路] 제후들과 함께 의병을 일으켰을 때도 마찬가지였다. 대단했던 것은 이런저런 명분으로 모여든 그들의 머릿수와 기세였을 뿐, 조조는 여전히 풋내기 의병 대장에 지나지 않았다. 원소처럼 가문이 좋고 인망이 두터워 맹주로 추대되지도 못했고, 손견처럼 용맹이 뛰어나 선봉을 맡은 적도 없었으며, 공손찬처럼 좋은 막장(幕將)을 두어 전국의 변화를 주도한 적도 없었다. 기껏해야 보잘것없는 군사로 동탁을 뒤쫓다가 자신에게 여지없이 패해 목숨만 겨우 건져 달아나지 않았던가…….

덕분에 복양에 이른 조조는 아무 어려움 없이 진채를 내리고 지친 군사들을 쉬게 할 수 있었다. 그리하여 다음 날 군사들의 피로가 어느 정도 풀렸다 싶자 비로소 장졸들을 이끌고 싸움하기 좋은 벌판을 골라 전열을 벌였다.

먼저 태세를 갖춘 조조는 문기 아래로 말을 몰고 나와 여포의 군사가 이르는 것을 바라보았다. 한군데 둥글게 진세를 이룬 곳에 적토마에 높이 오른 여포의 모습이 들어왔다.

여포를 둘러싸고 있는 것은 그사이에 얻은 여덟 장수였다. 첫 번째는 안문 마읍 땅의 사람으로 자를 문원(文遠)이라 쓰는 장요(張遼)였고, 그다음은 태산 화음 땅 사람으로 자를 선고(宣高)라 쓰는 장패(臧覇)였는데 둘은 각기 여섯 장수를 거느리고 있었다. 학맹(郝萌), 조성(曹性), 위속(魏續), 후성(侯成), 송헌(宋憲), 성렴(成廉)이 그들로 외양들이 자못 씩씩했다. 그 뒤에는 다시 오만 군사가 늘어서 있는데 북소리가 천지를 떨어 울리는 듯했다.

"나는 일찍부터 네놈과 원수 진 일이 없는데 네놈은 어찌하여 내 땅을 빼앗으려 드느냐?"

생각보다 호대한 여포의 군세에 기죽지 않으려는 듯 조조가 먼저 여포를 가리키며 소리 높이 꾸짖었다. 여포가 천연덕스레 대꾸했다.

"한실의 땅이라면 그 땅에 사는 자는 누구든 몫이 있게 마련이다. 너는 어찌 이 땅이 네 것이라고만 우기느냐?"

여포의 둔한 머리에는 어울리지 않을 만큼 매끄러운 응수였다. 그러나 아무래도 길게 말하다 보면 까닭 없이 남의 땅을 빼앗은 자기에게 불리할 줄 알았던지 여포는 그 말에 이어 대뜸 곁에 있던 장패에게 소리쳤다.

"너는 나가서 저 애송이를 사로잡아 오너라!"

장패는 영을 받자 두말 없이 말을 달려 나가 싸움을 돋우었다. 조조 쪽에서 악진이 창을 들고 마주쳐 오자 곧 둘 사이에 한바탕 사나운 싸움이 일었다. 말이 엇갈리고 창을 주고받기를 서른 합이 넘도록 좀처럼 승부가 가려지지 못했다.

보고 있던 하후돈이 싸움을 돕고자 말을 박차며 나갔다. 여포 쪽에서는 다시 장요가 달려 나와 하후돈을 맡았다. 또 한 쌍의 좋은 적수였다.

그러나 성미 급한 여포는 그 싸움이 끝날 때까지 한가롭게 기다릴 수가 없었다. 분연히 방천화극을 꼬나들고 말을 달려 나오니 그 기세에 눌렸는지 악진, 하후돈이 모두 말 머리를 돌려 달아나기 시작했다. 그렇게 되면 싸움은 이미 결정난 것이나 다름없었다. 장수를 따라 밀리는 조조의 군사를 힘이 난 여포의 오만 군사가 뒤쫓으며 죽이니 조조는 삼십 리나 쫓긴 뒤에야 간신히 군사를 수습할 수 있었다. 그것도 여포가 스스로 군사를 거둬간 덕택이었다.

한 싸움에 크게 진 조조는 진채에 돌아오자마자 여러 장수들을 불러모으고 여포를 꺾을 계책을 의논했다. 우금이 나서서 한 계책을 말했다.

"제가 오늘 산 위에서 바라보니 복양 서쪽에 여포의 진채 하나가 있는데 군사는 그리 많아 보이지 않았습니다. 거기다가 그곳을 지키는 장수 또한 우리가 싸움에 져서 쫓겨갔다는 말을 들은 터라 오늘 밤은 틀림없이 야습에 대비하지 않고 있을 것입니다. 군사를 이끌고 그 진채를 치는 게 어떻겠습니까? 만약 그곳을 빼앗는다면 우리 군사는 다시 힘을 얻게 되고, 여포의 군사는 두려움을 느끼게 될 터이니 어김없는 상책일 것입니다."

조조는 그 말을 옳게 여겼다. 그 밤 안으로 마보군 이만을 뽑고 조홍, 이전, 모개, 여건, 우금, 전위 여섯 장수를 앞세워 사잇길로 나아가게 했다.

이때 여포는 진중에서 잔치를 열어 장졸들을 위로하고 있었다. 그런데 진궁이 문득 무얼 생각했는지 근심스런 얼굴로 여포에게 말했다.

"서쪽에 있는 진채는 우리에게 매우 요긴한 곳입니다. 혹시라도 조조의 야습이 있을까 두렵습니다. 장군께서는 어떻게 생각하십니까?"

"저것들은 오늘 한 싸움을 크게 져 쫓겨갔는데 어떻게 감히 우리를 넘볼 수 있겠소?"

여포가 태평스런 얼굴로 되물었다. 그러나 진궁은 한층 정색을 하고 대답했다.

"조조는 군사를 매우 잘 부리는 사람입니다. 반드시 우리가 대비하지 않는 틈을 노려 공격해올 것이니 미리 방도를 취해야 합니다."

아무리 지모에 어두운 여포라지만 그래도 싸움터에서 잔뼈가 굵은 사람이었다. 진궁이 거기까지 말하자 더는 고집을 부리지 않았다. 그 자리에서 고순, 위속과 후성 세 장수에게 한 떼의 군사를 딸려 서쪽에 있는 진채를 지키러 보냈다.

그것을 알 리 없는 조조는 저물 무렵 여포의 서쪽 진채에 이르기 무섭게 사방으로 군사를 돌입시켰다. 원래 많지 않던 여포의 군사라 조조의 대군을 당해내지 못했다. 제대로 싸워보지도 않고 이리저리 흩어져 달아나니 조조는 크게 힘들이지 않고 여포의 진채 하나를 빼앗을 수 있었다.

그런데 그날 밤 사경 무렵이었다. 이번에는 조조 쪽이 승리에서 온 방심에 빠져 경계를 소홀히 하고 있을 때, 여포가 보낸 구원병이 고순을 앞세우고 짓쳐들어왔다. 조조는 스스로 군마를 이끌고 고순의 군사들을 맞아 싸웠으나 어두운 밤중이라 혼전이 되고 말았다.

양편 군사가 적인지 저희 편인지 분간할 수 없게 얽힌 채 싸우는 동안에 날이 훤히 밝아왔다. 갑자기 서쪽에서 북소리가 크게 울리더니 군사 하나가 급하게 달려와 고했다.

"여포가 스스로 군사를 이끌고 이곳에 이르렀습니다."

조조는 깜짝 놀랐다. 애써 빼앗은 진채를 버리고 급히 군사를 돌려 도망치기 시작했다. 고순과 위속, 후성이 이끄는 군사들이 승세를 타고 그런 조조를 뒤쫓았다. 그러나 더욱 기막힌 것은 어느새 달려온 여포가 길을 막는 것이었다.

우금과 악진이 나란히 말을 달려 나가 여포와 싸웠으나 이기지 못했다. 당황한 조조는 그 싸움을 끝까지 지켜볼 경황도 없이 북쪽을 향해 달렸다. 한참을 달리는데 산그늘에서 홀연 한 떼의 군사가 길을 막았다. 놀라 살피니 왼쪽에는 여포의 장수 장요가 서 있고 오른쪽에는 장패가 서 있었다. 조조는 여건과 조홍을 내보내 싸우게 하였으나 기세가 기세인지라 싸움은 이롭지 못했다.

이에 조조는 다시 그곳을 버려두고 서쪽을 향해 달아나기 시작했다. 하지만 그쪽도 안전하지는 못했다. 갑자기 함성이 천지를 진동하면서 한 떼의 군마가 이르는데 앞선 것은 학맹, 조성, 성렴, 후생 네 장수였다. 그때껏 조조 가까이에 남아 있던 장수들이 죽을힘을 다해 그들을 가로막고, 조조 또한 앞장서서 칼을 휘두르며 적진을 뚫기 시작했다. 하지만 다시 딱딱이 소리를 군호로 앞에서 화살이 비오듯 쏟아지니 앞으로 나아갈 수가 없었다.

"누가 나를 구할 이 없느냐?"

빠져나갈 데가 없어진 조조는 절망적으로 좌우를 돌아보며 소리쳤다. 그때 말 탄 군사들 뒤에서 한 장수가 뛰쳐나왔다. 다름 아닌 전위였다. 그는 손에 한 쌍의 쇠창(쌍철극)을 들고 말에서 몸을 날려 땅으로 내려서며 크게 소리쳤다.

"주공께서는 걱정하지 마십시오."

그러고는 쌍철극을 말안장에 걸고 던질 수 있는 짧은 창 십여 개를 모아 쥐면서 따르는 군사에게 말했다.

"만일 적이 등 뒤 열 발자국 안으로 들어오거든 나를 불러라."

전위는 그 말과 함께 조조 앞에 서서 화살을 무릅쓰고 성큼성큼 걷기 시작했다. 그걸 본 여포의 군사 수십 기가 말을 달려 쫓아왔다. 말 탄 사람과 걷는 사람의 경주이니 사이가 금세 가까워질 것은 뻔한 이치였다. 곧 몇 기가 전위의 등 뒤 열 발자국 안으로 들어왔다.

"열 발자국 안입니다."

뒤따르던 군사가 전위에게 알렸다. 그러자 전위가 뒤도 돌아보지 않고 다시 말했다.

"다섯 발자국 안으로 들어오거든 내게 일러라."

어지러이 날아드는 화살을 짧은 창으로 쳐내느라 뒤를 돌아볼 틈이 없었던 것이다. 조조 부근에는 아직도 지키는 군사가 많았으나 다시 오래잖아 여포의 기마 몇 기가 전위의 등 뒤 다섯 발자국쯤 되는 곳까지 이르렀다. 이번에는 좀 다급해진 목소리로 영을 받은 군사가 소리쳤다.

"장군, 다섯 발자국 안입니다."

그러자 전위는 힐끗 돌아서는 순간 손에 들고 있던 짧은 창을 연달아 날렸다. 구슬픈 비명과 함께 등 뒤 다섯 발자국 안으로 들어왔던 여포의 군사들은 모두 말 위에서 자취를 감추었다.

달려온 기세가 있어 뒤따라 몇 기가 더 뛰어들었으나 그들의 운명도 앞서와 크게 다르지 않았다. 전위의 손에서 짧은 창 하나가 없어질 때마다 어김없이 하나씩 피를 쏟으며 말 위에서 떨어지니, 잠깐 사이에 여남은 명이나 눈앞에서 죽는 꼴을 본 여포의 군사들은 얼이 빠져 모두 달아나버렸다.

뒤따르던 적이 모두 도망친 걸 안 전위는 그제야 다시 몸을 날려 말 위에 올랐다. 그리고 말 등에 걸어두었던 자신의 쌍철극을 휘두르며 앞으로 내닫자 학맹을 비롯한 여포의 네 장수도 감히 대항할 엄두를 내지 못했다. 장수들이 이미 막지 못하는데 졸개들이 어떻게 전위를 가로막을 수 있겠는가. 앞을 가로막던 여포의 군사들마저 겁을 먹고 흩어지니 마침내 전위는 길을 열어 조조를 위급에서 구해낼 수 있었다.

하지만 그걸로 조조가 온전히 사지(死地)를 벗어난 것은 아니었다. 뒤이어 이곳저곳에서 흩어졌던 장수들이 하나씩 둘씩 주인을 찾아들자 힘을 얻은 조조는 다시 본진으로 돌아갈 길을 앗기 시작했으나, 오래잖아 등 뒤에서 크게 함성이 일며 호랑이 울음 같은 고함 소리가 들렸다.

"조조, 작은 도적은 달아나지 말라!"

조조가 전위의 구함을 받아 도망치고 있다는 소식을 뒤늦게 들은 여포가 스스로 군사를 이끌고 급히 뒤쫓아 온 것이었다.

이때는 장졸들의 인마가 한결같이 지칠 대로 지쳐 있었다. 웬만한 장수들의 얼굴에도 각기 도망쳐서 목숨이나 건지고 싶어 하는 기색이 역력했다. 조조까지도 한번 싸워볼 엄두조차 내지 못하고 황망히 달아나기에만 바빴다.

그대로 가면 조조의 군사는 여지없이 뭉그러지고 조조마저 여포에게 사로잡힐 판이었다. 하지만 하늘의 보살핌이라도 있었던 것인지 갑자기 남쪽에서 한 떼의 인마가 달려왔다. 본진을 지키던 하후돈이 해가 기울도록 조조가 돌아오지 않자 남은 군마를 이끌고 구원을 온 것이었다.

하후돈은 곧바로 여포에게 달려들어 한바탕 큰 싸움을 벌였다. 여포가 비록 무예가 빼어나다 하나 새벽부터 저물녘까지 싸운 뒤라 기력이 몹시 떨어져 있었다. 하루를 푹 쉬고 뒤늦게 달려온 하후돈을 맞으니 쉽게 이길 수가 없었다. 거기다가 큰 비까지 퍼붓듯 쏟아지자 양편은 각기 군사를 거두어 진채로 돌아갔다.

간신히 본진으로 돌아간 조조는 먼저 전위에게 큰 상을 주고 그를 영군도위로 삼았다. 그리고 하후돈을 비롯한 다른 장수들과 사졸들에게도 각기 그 공에 따라 비단과 금을 내려 위로했다.

그 무렵 자신의 진채로 돌아가 있던 여포는 진궁을 불러 조조를 깨뜨릴 의논을 하고 있었다. 그의 말을 들은 덕택에 서쪽 진채를 지켰을 뿐만 아니라 조조까지 사로잡을 뻔하고 보니 새삼 진궁이 돋보였던 것이었다. 여포가 자신을 믿기 시작하자 진궁도 힘이 났다. 사람이 좀 단순하고 지모가 부족하기는 하지만 잘만 돕고 이끌면 여포를 통해 어떻게 자기의 뜻을 펴볼 길도 있을 것 같았다. 이에 진궁은 진작에 생각해둔 계책 하나를 여포에게 펼쳐보였다.

"복양성 안에 전씨(田氏) 성을 쓰는 부호가 있는데, 집안에서 부리는 종만 천 명이 넘는 군(郡)의 큰 호족입니다. 그를 시켜 조조의 진중에 글을 보내게 하되, 내용은 온후께서 잔포(殘暴)하고 어질지 못해 백성들의 마음속에 원한이 커지자 여양으로 옮기시려 한다고 알려주게 하십시오. 그리고 복양성은 고순을 남겨 지키게 하고 있으나 밤을 틈타 군사를 내면 자기는 성안에서 응접하리라고 쓰게 하십시오. 꾀를 부리기 좋아하는 조조라 그 글을 받으면 틀림없이 응할 것입니다. 그때 그를 성안으로 꾀어들여서 네 성문에 불을 지르고 바깥에는 복병을 숨겨두면 조조가 비록 하늘로 솟고 땅을 가르는 재주가 있다 한들 어찌 달아날 수 있겠습니까?"

여포가 들어보니 훌륭한 꾀였다. 곧 진궁의 말을 좇아 부호 전씨를 불러들여 진궁이 말한 대로 하도록 했다. 여포의 다스림 아래 있는 처지라 전씨도 그런 여포의 명을 어기지 못했다.

전씨의 밀서를 지닌 사람이 조조의 진중에 이른 것은 두 번씩이나 싸움에 진 조조가 울적해 있을 때였다.

"복양성 안의 부호 전씨가 몰래 사람을 보내 밀서를 전해왔습니다."

"이리 가져오너라."

내심으로 괴이하게 여기면서도 조조가 그 밀서를 받아 펼치니 이렇게 적혀 있었다.

'……지금 여포는 이미 여양으로 떠나고 성안은 가위 비어 있다 할 만합니다. 장군께서는 급히 오셔서 이 성을 거두도록 하십시오. 저는 마땅히 성안에서 내응하겠습니다. 성 위에 의 자를 크게 쓴 깃발을 내걸면 그게 곧 때를 알리는 암호가 될 것이니 그리 아십시오.'

읽기를 마친 조조는 크게 기뻐했다.
"하늘이 내게 복양성을 주시는구나!"
그렇게 말하며 밀서를 가지고 온 사람에게 두텁게 상을 내리는 한편 군사를 움직일 준비에 들어갔다. 여포의 계략임을 조금도 의심하지 않은 것은 그만큼 그가 알고 있는 여포의 됨됨이와 그토록 단수 높은 계략이 너무도 어울리지 않게 여겨진 탓이었다. 유엽이 그런 조조를 일깨웠다.
"여포가 비록 꾀 없으나 진궁은 지모가 있는 인물입니다. 이 일에 속임수가 있을지도 모르니 반드시 대비가 있어야 할 것입니다. 명공께서 정히 가시겠다면 군을 삼대로 나누어 두 부대는 성 밖에 매복해 외응케 하시고 한 부대만 성안으로 들어가게 하시는 게 좋겠습니다."
기쁨으로 들떠 있는 가운데도 조조는 그 말을 옳게 여겼다. 군대를 셋으로 나누어 복양성으로 향했다.
성 아래에 이르자 조조는 먼저 성벽 위를 살폈다. 과연 성문 위에 '의(義)' 자를 크게 써둔 백기 하나가 바람에 펄럭이고 있었다. 밀서에 씌어 있던 대로라 조조는 속으로 은근히 기뻤다.
거기다가 더욱 조조의 마음을 놓게 한 것은 정말로 여포가 보이지 않는 일이었다. 그날 낮이었다. 조조의 군사가 온 줄 알고 갑자기 성문이 열리며 두 장수가 군사를 이끌고 나오는데 전군은 후성이 이끌고 있고 후군은 고순이 이끌고 있었다.

조조는 곧 전위를 내보내 후성을 잡게 했다. 원래 후성은 전위의 상대가 아니었다. 몇 합 어우르지도 못하고 말 머리를 돌려 달아나기 시작했다. 전위가 그를 쫓아 적교(吊橋) 부근까지 이르니 후군을 맡고 있던 고순도 당해내지 못하고 성안으로 쫓겨 들어갔다.

성을 나왔던 여포의 군사들이 한꺼번에 몰려들자 성문 앞에는 크게 혼란이 일었다. 그때 성안에서 군사 차림을 한 몇 사람이 그 혼란을 틈타 조조의 진중으로 뛰어들어 조조 보기를 청했다.

조조가 만나보니 전씨가 다시 보낸 사람이었다. 그가 밀서를 내놓는데 내용은 이러했다.

'오늘 밤 초경에 성 위에서 징소리가 나는 걸 신호로 군사를 진발시키십시오. 저는 마땅히 성문을 열어 장군의 군사를 맞아들이도록 하겠습니다.'

조조는 됐다 싶었다. 하후돈으로 하여금 한 무리의 군사와 함께 왼편을 맡게 하고 조홍에게는 오른쪽을 맡긴 뒤, 스스로 하후연, 악진, 이전, 전위 네 장수와 함께 군사를 이끌고 성안으로 들어가기로 했다. 이전이 다시 한번 걱정스런 얼굴로 조조에게 권했다.

"주공께서는 성 밖에 계시도록 하십시오. 저희들이 먼저 성안으로 들어가보겠습니다."

그러나 조조는 꾸짖듯 대답했다.

"내가 가지 않는다면 누가 앞으로 나가려 들겠느냐!"

실로 나아갈 때는 앞장을 서고 물러날 때는 뒤에 처지는 맹장의 기백인 동시에 조조로 하여금 그토록 잦은 군사적 성공을 거둘 수 있게 한 통솔의 요체이기도 했다.

그날 밤도 마찬가지였다. 전씨가 약속한 초경이 되었을 무렵 조조는 앞장서서 군사를 이끌고 성 아래로 갔다. 아직 달이 뜨지 않아 어두운 성 아래에서 기다리는데, 홀연 성문 위에서 징소리와 소라 소리가 시끄럽게 울리며 수많은 횃불이 피어올랐다. 이어 성문이 크게 열리고 적교도 조조의 군사를 손짓하듯 내려졌다. 모든 것이 전씨가 밀서에 써보낸 대로였다.

조조는 더 망설일 것 없이 군사를 몰아 성안으로 들어갔다. 전씨의 사람들이 내응한다고는 하지만 어찌 된 셈인지 주아(州衙)에 이르도록 가로막는 군사 하나 없었다. 그제서야 조조는 이상한 기분이 들었다. 급히 말 머리를 돌리며 소리쳤다.

"적의 계략이다. 어서 군사를 물려라!"

그러나 때는 이미 늦은 뒤였다. 조조의 말이 채 끝나기도 전에 주아 안에서 방포 소리가 크게 울리더니 홀연히 네 성문에서 불길이 치솟았다. 이어 북과 징소리가 요란한 가운데 군사들의 함성이 강물을 뒤집고 바닷물을 끓게 하듯 터져나왔다.

조조가 아뜩한 정신으로 사방을 둘러보니 동쪽 거리에서는 장요가 군사를 이끌고 달려 나오고 서쪽에서는 장패가 달려 나왔다. 겁먹고 혼란된 조조의 군사들이라 제대로 싸움이 될 리 없었다. 조조역시 싸워볼 엄두도 내지 못하고 북문 쪽으로 달아나기 바빴다.

그러나 미처 북문에 이르기도 전에 이번에는 학맹과 조성(曹性)이 나타나 한차례 조조의 얼을 빼놓았다. 변변히 싸워보지도 못하고 많은 군사만 꺾인 채 조조는 황망히 남문을 향해 말 머리를 돌렸다.

　그새 뒤를 따라붙은 고순과 후성이 다시 조조의 군사를 덮쳤다. 크게 성난 전위가 두 눈을 부릅뜨고 이를 갈며 그 둘을 맞았다. 쌍철극을 휘두르며 부딪쳐가는 그 기세가 얼마나 위맹(威猛)한지 고순과 후성은 겁부터 먼저 났다. 두어 번 창칼을 맞댄 뒤 거꾸로 달아나 성 밖으로 사라졌다.

　그들을 쫓아 적교에까지 이른 전위는 그제서야 고개를 돌려 주위를 살폈다. 조금 전까지 모시고 있던 조조가 보이지 아니했다. 이에 전위는 몸을 돌려 성안으로 뛰어들었다. 문께에 들어서자마자 이전과 부딪치듯 만났다.

　"주공께서는 어디 계시오?"

　전위가 다급하게 물었다. 이전 역시 황당한 얼굴로 대답했다.

　"나도 또한 찾고 있으나 뵈지 않는구려."

　"당신은 성 밖으로 나가 구원을 재촉하시오. 나는 성안으로 들어가 주공을 찾아보겠소."

　전위는 그렇게 말하고 성안으로 뛰어들었다. 그러나 아무리 성안을 뒤져도 조조의 모습이 보이지 않았다. 답답한 전위는 다시 여포의 군사들을 뚫고 성 밖으로 나왔다. 이번에는 성 밖 물가에서 역시 조조를 찾고 있는 악진을 만났다.

　"주공은 어디 계시오?"

　악진이 물었다. 전위가 무겁게 고개를 저으며 대답했다.

"나 역시 성 안팎을 오가며 찾았으나 아직 뵙지 못했소."

"그럼 함께 치고 들어가 주공을 구합시다."

악진이 창을 꼬나쥐며 말했다. 이에 두 사람은 다시 말 머리를 나란히 성안으로 뛰어들었다. 두 사람이 성문께에 이르니 성 위에서 화포가 거세게 퍼부어 악진은 말을 달릴 수가 없었다. 전위 혼자 연기와 불 사이를 뚫고 성문 안으로 뛰어들어 이곳저곳을 뒤지듯 조조를 찾았다.

한편 조조는 전위가 고순과 후성을 쫓아 남문 밖으로 나가버리자 벌 떼처럼 몰려 길을 막는 여포의 군사들 때문에 남문으로는 나갈 수가 없었다. 할 수 없이 말 머리를 돌려 북문을 가는데 방천화극을 끼고 말을 달려오는 여포와 똑바로 마주치고 말았다. 조조는 손으로 얼굴을 가리고 말에 채찍을 가해 급하게 여포를 스쳐갔다. 그런 여포는 무슨 생각이 났던지 곧 조조를 뒤쫓아 와 화극으로 조조의 투구를 치며 물었다.

"어이, 조조는 어디 있는가?"

아마도 조조를 자기편 졸개로 안 것 같았다. 조조는 가슴이 철렁하는 가운데도 정신을 가다듬어 자기가 가는 곳과 반대쪽을 가리키며 대답했다.

"저 앞에 누런 말을 타고 있는 자가 그놈입니다."

조조의 천연덕스런 말에 속은 여포는 곧 조조가 가리킨 쪽으로 말을 몰아갔다. 여포가 떠나기 무섭게 조조도 말 머리를 돌려 이번에는 동문으로 달렸다.

"주공!"

갑자기 한 장수가 온몸에 피를 뒤집어쓴 채 나타나 조조를 불렀다. 다름 아닌 전위였다. 조조는 지옥에서 부처라도 만난 기분이었다.

전위는 조조를 옹위한 채 닥치는 대로 적을 찌르고 베며 한 가닥 혈로(血路)를 뚫었다. 그 기세가 하도 사나워 마침내 길이 열리고 둘은 성문 부근까지 이를 수 있었다. 그러나 성문에는 불길이 맹렬하고, 성벽 위에서 던지는 마른 풀더미에 불길은 부근까지 번지고 있었다. 도저히 뚫고 나갈 성싶지 않았다.

하지만 그대로 성안에 머물 수도 없는 노릇이었다. 전위가 앞장서며 말했다.

"주공, 제가 이 불길을 헤쳐보겠습니다. 바짝 뒤따르십시오."

그리고 쌍철극을 휘둘러 앞을 가로막은 불더미를 헤치며 앞으로 내달았다. 조조도 정신없이 그런 전위를 뒤따랐다.

그러나 간신히 성문께에 이르렀는가 싶을 때였다. 불타던 성문이 우지끈 내려앉으며 불붙은 대들보 하나가 똑바로 조조의 말 엉덩이를 덮쳤다. 비명과 함께 말이 쓰러지면서 조조는 땅에 떨어졌다. 불붙은 대들보를 손으로 밀어 간신히 타 죽는 건 면했지만 그 바람에 조조는 수염과 머리칼을 다 태우고 여기저기 화상을 입었다.

전위가 말 머리를 돌려 그런 조조를 구하려 할 때 마침 하후연이 나타났다. 둘은 힘을 합쳐 조조를 일으키고 불구덩이 속에서 빼냈다. 그리고 하후연의 말에 조조를 태운 뒤 넓은 길로 달려 나갔다.

그렇게 어지럽게 뒤섞여 싸우는 동안에 날이 훤히 밝았다. 그제야 사방을 분간할 수 있게 된 조조는 두 장수의 목숨을 건 구함에 힘입어 간신히 자신의 진채로 돌아갈 수 있었다.

조조가 무사히 돌아왔다는 말을 듣자 여러 장수들이 찾아와 문안을 드렸다. 조조가 앙연히 웃으며 소리쳤다.

"내가 잘못하여 그 하찮은 여포 놈의 계책에 걸렸구나. 반드시 이 빚을 갚으리라!"

그러고는 다시 여포 깨뜨릴 의논을 했다. 곽가가 조조의 의중을 살핀 듯 나직이 말했다.

"계책은 되도록이면 속히 베푸시는 게 낫습니다."

곽가는 조조가 앙연히 웃는 걸 보고 그의 마음속에 이미 계책이 서 있는 걸 꿰뚫어본 것이었다. 과연 조조는 곽가의 말이 떨어지기 바쁘게 마음속의 계책을 털어놓았다.

"이번에는 내가 거꾸로 적의 계책을 좀 이용[將計就計]해야겠다. 간밤에 내가 불에 데어 오경쯤에 죽었다는 거짓말을 퍼뜨리도록 하라. 여포가 그 말을 들으면 반드시 성을 나와 공격할 것이다. 그때 나는 마릉산(馬陵山)에 복병을 두었다가 여포의 군사가 반쯤 지나갔을 적에 들이치면 놈을 사로잡을 수 있으리라."

"실로 좋은 계책입니다."

곽가가 빙긋이 웃으며 대답했다. 이에 조조는 곧 군사들에게 영을 내려 발상을 하고 자신이 죽었다는 말을 퍼뜨리게 했다.

두 군사가 싸우면 반드시 첩자가 있게 마련이다. 조조가 죽었다는 말은 곧 복양성 안에 있는 여포의 귀에도 들어갔다. 조조가 온몸이 불에 덴 채 본진에 도착하자마자 숨을 거두었다는 내용이었다.

간밤 조조의 처지가 꼭 죽게 된 것을 잘 아는 여포인지라 그 말을 아니 믿을 수가 없었다. 그 말을 듣기 바쁘게 되는 대로 군사를 점고

하여 조조의 진채가 있는 마릉산으로 달려갔다. 딴에는 이 기회에 조조의 세력을 뿌리 뽑자는 생각이었다.

여포의 군사가 마릉산을 반쯤 지나 저만큼 조조의 진채가 보이는 곳에 이르렀을 무렵이었다. 갑자기 한차례 북소리가 울리더니 사방에서 함성과 함께 복병이 일어났다.

"속았구나!"

여포는 그렇게 외쳤으나 어찌해볼 도리가 없었다. 간밤 조조에게 준 빚을 톡톡히 돌려받은 뒤 간신히 복양성 안으로 쫓겨 들어갔다. 그리고 조조의 꾀에 질렸는지 성문을 굳게 닫아걸고 다시는 나와 싸우려 들지 않았다.

싸움은 자연 길게 끌 수밖에 없었다. 그런데 그해따라 메뚜기 떼가 크게 일어 벼를 모두 먹어치우는 바람에 관동 일대에는 쌀 한 섬에 전(錢) 오십 관이나 되도록 값이 치솟고 백성들이 서로 잡아먹을 만큼 흉년이 들었다. 그렇게 되니 조조도 군량이 없어 싸울 도리가 없었다. 할 수 없이 포위를 풀고 견성으로 돌아가니 이로써 복양성의 풍운은 잠시 가라앉았다.

# 서주는 봄바람만

각기 자기 군사를 먹이는 일이 바빠 조조와 여포가 싸움을 쉬고 있는 동안 이번에는 서주에서 미미한 풍운의 조짐이 일었다. 나이 예순셋에 접어든 서주목 도겸(陶謙)이 갑작스레 병을 얻은 게 발단이었다. 날이 가고 달이 가도 차도는커녕 병이 점점 깊어가기만 하자 도겸은 종사인 미축과 진등을 불러 뒷일을 의논했다.

"나는 재주와 덕이 모자라 성한 몸으로도 이 땅과 백성들을 지키기 어려운 터에 이제 모진 병까지 얻어 일어날 가망이 없으니 실로 어찌할 바를 모르겠소. 동에는 조조가 아비의 원수 갚음을 구실로 눈에 불을 켜고 있고, 북에는 원술이 오래전부터 이 땅을 넘보고 있는 데다 도적들은 사방에서 일어나 위세를 자랑하고 있는 지금, 내가 죽으면 우리 서주는 그대로 저들의 염치없는 각축장이 되고 말 것이오. 그 틈바구니에서 고초당할 백성들을 생각하면 나는 죽어도 차마 눈을 감지 못하겠소. 이에 답답한 마음을 이기지 못해 두 분을 청했거니와 혹 두 분께서는 이 서주의 뒷일을 생각해보시었소? 만일 이 땅과 백성을 보존할 계책이 있다면 거리낌없이 말해주시오. 나는 공들의 윗사람으로서가 아니라 힘없고 어리석은 늙은이로서 묻고 있는 것이오."

그렇게 묻는 도겸은 실로 인인군자(仁人君子)라 불릴 만한 인품이었다. 그가 겉 다르고 속 다른 말을 할 사람이 아니라는 걸 잘 아는 미축이 조용히 입을 열어 대답했다.

"조조의 군사가 물러간 것은 여포가 조조의 근거지인 연주를 들이친 까닭입니다. 거기다가 지금은 또 관동 일대에 큰 흉년이 들어 여포와의 싸움마저 쉬고 있지만 내년 봄이면 조조는 반드시 이 서주로 돌아올 것입니다. 우리에게는 원술보다 더 두렵고 황건이나 흑산의 무리보다 더 급한 게 바로 그 조조입니다. 이제 사군(使君)을 이어 서주를 맡아 머지않아 닥칠 조조의 대군을 막아낼 수 있는 이는 다만 소패에 머무르고 있는 유현덕뿐입니다. 당장의 세력은 조조에 비할 바 못 되나, 군사는 한결같이 그를 위해 목숨을 아끼지 않고 용맹스런 두 의동생도 같은 날 죽기로 맹세한 사이라 합니다. 그에게 서주의 재물과 백성을 맡기면 틀림없이 그는 새봄이 오기 전에 조조를 이길 만한 군사를 기를 수 있을 것입니다."

"나도 진작에 그걸 알아보고 현덕에게 서주를 넘겨주려 하였소. 그러나 그 사람은 이미 두 번씩이나 내 간곡한 청을 물리치지 않았소?"

도겸이 어둡고 무거운 목소리로 반문했다. 미축이 다시 대답했다.

"그때는 사군께서 몸이 성하신지라 현덕이 받아들이지 않았던 것입니다. 그러나 이제는 사군의 병이 무겁고 깊으니 그 핑계로 그에게 서주를 맡기시면 현덕도 더는 사양하지 못할 것입니다."

그러자 도겸의 얼굴에도 밝은 빛이 떠올랐다. 그 같은 난세에는 찾기 어려울 만큼 밝고 어진 인물이었다.

"얼른 소패에 사람을 보내 유현덕을 들라 이르시오. 군무(軍務)에 관한 일을 의논할 게 있다고 하면 그도 거리낌없이 달려올 것이오."

도겸은 그렇게 말해놓고 지쳤는지 조용히 눈을 감았다. 사실 미축과 진등을 부른 것도 죽음의 예감에서였다.

도겸의 갑작스런 부름을 받은 현덕은 관, 장 두 아우와 수하 수십 기만을 이끈 채 서주성으로 달려왔다. 도겸은 현덕과 두 아우를 병실로 청해 들였다. 그리고 현덕이 문안의 예를 마치기 바쁘게 입을 열었다.

"내가 현덕 공을 청한 것은 다른 일이 아니외다. 이 늙은이의 병이 이미 깊고 무거워 아침저녁을 다투게 되었으니, 만 번 바라건대, 명공께서는 한실의 땅을 무겁게 여기시고 그 백성을 가엾게 보시어 이 서주의 패인(牌印)을 받아주시오. 그렇게만 해주신다면 이 늙은이는 죽어도 편하게 눈감을 수 있을 것이오……."

"자사께는 두 분 아드님이 계시지 않습니까? 왜 아드님께 서주를 잇게 하지 않으십니까?"

도겸의 간곡한 목소리 못지않게 진정으로 사양하기 위한 유비의 반문이었다. 도겸이 더욱 간곡하게 말했다.

"맏이 상(商)이나 둘째 응(應) 모두 재주가 모자라 그 중임을 맡길 수가 없기 때문이오. 이 늙은이가 죽더라도 현덕 공이 가르치고 깨우쳐주시고, 결코 주의 일을 맡게 해서는 아니 되오."

그제서야 유비도 도겸의 진심을 알 것 같았다. 어지러운 시대에 자기 힘 밖의 중임을 맡는 것은 그 다스림을 받는 백성들을 괴롭히게 될 뿐만 아니라 자칫하면 제 한 몸도 지키지 못하게 되는 걸 도겸은 근심하고 있음에 틀림없었다. 유비도 도겸의 두 아들을 만난 적이 있지만 아무래도 한 주를 맡아 난세를 이겨 나가기에는 너무 문약해 보였다.

"그렇지만 이 비 한 몸으로 어떻게 서주를 맡아 감당할 수 있겠습니까?"

비로소 유비가 반승낙의 표정으로 되물었다. 혹시라도 유비의 마음이 변할까 두려운지 도겸이 급히 한 사람을 추천했다.

"내가 부리던 이로 공을 도와 일할 만한 이가 한 사람 있소이다. 북해 사람으로 이름은 손건(孫乾)이요, 자를 공우(公祐)라 하는데 종사로 쓸 만하오······."

거기서 도겸의 목소리는 점점 잦아들었다. 마음속의 무거운 짐을 벗으려는 노력으로 지나치게 기력을 소모한 탓이었다. 그러다가 한참 뒤에야 간신히 숨을 모아 곁에 있던 미축에게 말했다.

"유공(劉公)은 당세의 인걸이오. 그대는 잘 섬기도록 하시오."

유비에게 다짐을 받는 대신 미축에게 하는 당부였다. 그래도 유비는 선뜻 도겸의 청을 받아들이지 않았다.

그것이 어차피 서주가 자기 이외의 사람에게 돌아갈 수 없다는 걸 헤아린 뒤의 겉꾸밈이건 진정한 겸양에서 우러난 일이건 마찬가지로 놀라운 자제력이라 아니할 수 없었다. 기름진 수백 리의 땅과 백만의 인구—큰 뜻을 기르던 저잣거리의 임협(任俠) 시절은 물론, 도원의 결의로 몸을 일으킨 후 이리저리 떠돈 그 십 년 동안, 얼마나 절실하게 원했던 기업이었던가.

유비가 기어이 서주를 받으려 하지 않자 도겸은 답답한 듯 손으로 자기 가슴을 가리키며 숨을 거두었다. 마지막 힘을 모아 자기의 뜻이 진정에서 우러난 것임을 밝히려 한 것이었으리라. 작은 성 하나도 힘으로 빼앗거나 피를 흘리며 주고받던 후한 말의 난세에서는 달리 그 예를 찾기 힘든 그림 같은 정경이었다.

도겸이 죽자 미축과 손건을 비롯한 크고 작은 주리(州吏)들은 먼저 서주성 안에 상사를 알림과 아울러 애곡의 예부터 치렀다. 그리고 예를 마치자마자 서주의 패인을 유비에게 바쳤다.

유비는 그래도 굳이 사양하며 받지 않았다. 이튿날은 서주의 백성들이 떼를 지어 자사부 앞에서 엎드려 곡하며 빌었다.

"유사군(劉使君)께서 우리 서주를 다스려주시지 않는다면 우리가 어떻게 편히 살 수 있겠습니까? 부디 거두어주십시오."

보다 못한 관우와 장비도 두 번 세 번 유비에게 서주를 맡기를 권했다. 그래도 유비는 몇 번이고 사양을 거듭하다가 해 질 녘에야 마지못한 듯 서주의 패인을 받아들였다.

만약 그 같은 겸양이 하나의 책략이었다면 실로 무서운 책략이었다. 있을지 모르는 몇 안 되는 반대자들까지도 시시각각 배가되는 백성들의 열기에 자신을 잃었을 것이기 때문이다. 군중 심리의 묘한 상승 작용과 스스로를 자제하고 기다리는 시간의 힘을 유비는 이미 알고 있었던 것일까.

하지만 일단 패인을 거두자 유비는 신속하게 서주의 관부부터 정비했다. 도겸의 말대로 손건과 미축을 종사로 삼아 자신을 돕게 하고 진등(陳登)도 막관(幕官)으로 곁에 머물러 있게 했다. 그런 다음 소패에 있던 자신의 군마를 서주성으로 불러들여 서주의 본부 군마와 합친 뒤 관우와 장비에게 군무를 다스리게 했다.

그다음은 백성들을 위로하고 어루만지는 일이었다. 군사를 엄히 단속해 민폐를 없이하고 좋은 말로 방을 내걸어 백성들의 마음을 편케 했다. 그리고 한편으로는 죽은 도겸의 장례에 성의를 다함으로써 생전에 도겸이 백성들로부터 받던 우러름과 믿음도 거두어들였다. 자신은 물론 군사들까지 자식의 예로 상사에 임하게 하고, 크게 제물을 벌여 장례를 마친 뒤에는 황하가의 볕 바른 들에 묻어 신종(愼終, 상사를 정중히 함)의 예를 다했다.

이때 조정은 이각과 곽사가 잡고 있어 어지러울 대로 어지러웠다. 가까운 관동이나 기주에도 힘이 미치지 못하는 마당에 멀리 서주의 일로 까다롭게 따질 여유가 없었다. 유비를 서주목으로 추천하는 도겸의 유표(遺表)와 함께 서주가 이미 유비의 세력 아래 안정되었다는 소식을 듣자 아무런 반대 없이 유비를 서주목으로 인정했다. 사방에서 이는 도적들과 가까워서 틈만 있으면 장안을 노리는 제후들에게 지쳐 있는 이각과 곽사에게는 별탈 없이 서주가 도겸에게서 유비로 넘어간 것이 오히려 반가울 지경이었다.

도겸이 죽고 유비가 뒤를 이어 서주목이 되었다는 소식은 견성에 있는 조조의 귀에도 들어갔다.

"나는 아직 선친의 원수도 갚지 못했는데 유비 그자는 화살 반 개를 허비한 공도 없이 앉아서 서주를 얻다니! 내 반드시 먼저 유비를 죽이고 다시 도겸의 시체를 토막 지어 선친의 크신 한을 풀리라."

조조는 그렇게 외치며 이를 갈았다. 그런 조조의 가슴속에는 유비에 대한 뿌리깊은 경계와 까닭 모를 호승심이 함께 불타올랐다. 처음 광종(廣宗)에서 촌뜨기 의군 대장으로 만났을 때는 물론 관동의 기의 때 함께 동탁과 싸우는 동안, 다른 제후들은 모두 유비를 공손찬의 부장(副將) 정도로 대수롭지 않게 보았으나 조조만은 그렇지 않았다. 그가 한껏 몸을 낮추어도 무슨 환한 빛처럼 그 주위에 어리는 위엄과 까닭 없이 사람을 끄는 부드러운 힘은 자신의 지략이나 원소의 가문에 못지않은 재산임을 조조는 이미 알고 있었다.

'결코 공손찬의 아랫사람이 아니다……'

조조는 그 같은 느낌으로 한낱 현령에 지나지 않는 그를 굳이 제후의 말석으로 끌어들였던 것이다. 전한 경제(景帝)의 현손이란 이유를 내세웠지만, 사실 그것은 삼백 년이 넘는 지난 일이요, 또 경제는 유독 자손이 많아 진위마저 가리기 어려운 혈통이었다.

그러다가 지난번의 서주 정벌 때 뜻밖에도 도겸을 편든 유비의 글을 받자 조조는 다시 한번 자기가 본 것이 틀리지 않았음을 확인했다. 아직도 유비가 거느린 군사의 태반은 공손찬에게 빌린 것이며 겉으로는 여전히 공손찬의 세력 아래 있는 것처럼 보였으나 그 말하는 태도는 이미 자기와 동등한 자리에서 주는 충고나 다름없었다.

방금도 조조는 여러 장수와 모사들이 보고 있는 앞이라 성난 기색으로만 유비를 욕하고 있었지만, 속으로 하는 말은 달랐다.

'유비, 그대는 짐작대로 공손찬이란 연못을 빠져나왔다. 다른 사람은 몰라도 나는 그대가 마음대로 사해를 누비게 된다면 마침내 한 마리 용이 되어 구만리 창천으로 치솟을 것임을 알고 있다. 그래서는 안 된다. 그렇게 되면 이 조조가 휘젓고 날 하늘이 없어진다. 나는 그대를 일찌감치 없애거나 아니면 공손찬보다는 몇 배 넓은 내 호수에 가두어둬야겠다. 결코 마음대로 사해를 누비며 커다란 교룡(蛟龍)으로 자라게 하지는 않을 것이다……'

하지만 실은 조조에게도 아직 유비를 가둬놓을 만한 호수가 마련되어 있지 않았다. 간신히 마련한 한 조각 호수마저 여포란 괴물의 기습을 받아 태반이 휩쓸린 처지였다. 비록 불같은 호령으로 군사를 일으키고 그날로 서주를 향해 진군하라고 재촉은 하면서도 마음속은 두렵고 암담하기만 했다.

그때 돌연한 진군령(進軍令)을 듣고 놀라 달려온 순욱이 말렸다.

"지난날 고조(高祖, 유방)께서는 어려움 가운데서도 관중(關中)을 지키셨고 광무제(光武帝, 후한의 유수)께서는 하내(河內)를 근거로 중히 여기셨습니다. 모두 뿌리를 깊이 하고 바탕을 굳건히 하셔서 거기 의지해 천하를 바로잡기 위함이었습니다. 그 땅들은 나아가면 쉽게 적을 이길 수 있고 물러서면 굳게 지킬 수 있어, 수고로운 가운데도 마침내 천하를 가지런히 할 수 있으셨던 것입니다. 명공께서 근거로 삼으신 연주와 황하, 제수(濟水)의 땅은 천하의 요지요, 지난날의 관중이나 하내와 같은 땅입니다. 이제 서주를 취하시려 함에 있어 이곳에 군사를 많이 남기면 그곳에서 쓸 군사가 모자랄 것이요,

이곳에 군사를 적게 남기면 여포가 그 빈틈을 노려 쳐들어올 것이니 이는 곧 연주를 모두 잃게 되는 걸 뜻합니다. 만약 명공께서 서주를 빼앗지 못한다면 장차 어디로 돌아오시렵니까? 듣기에 지금 서주는 도겸이 비록 죽었으나 유비가 이어 굳게 지키고 있고, 또 백성들은 이미 유비를 깊이 따라 그를 위해 죽도록 싸울 것이라 합니다. 명공께서 이 연주를 버리고 서주를 취하는 것은 큰 것을 버리고 작은 것을 취함이요, 줄기를 버리고 잔가지를 취함이며, 평안함과 위태로움을 바꾸는 격입니다. 바라건대 명공께서는 다시 한번 깊이 헤아려 결정하십시오."

조조 또한 그걸 전혀 모르는 바는 아니었다. 그러나 그에게도 나름대로 군사를 움직여야 할 까닭은 있었다.

"나도 그 점을 헤아리지 못한 바는 아니나 그래도 어쩔 수 없는 게 있소. 아다시피 올해는 메뚜기 떼의 피해로 관동에 큰 흉년이 들어 군사를 먹일 양식이 모자라오. 먹일 수도 없는 군사를 움직이지 않고 가만히 앉아 이렇게 지키기만 하는 것도 종내에는 좋은 계책이 못 될 것이오. 선친의 원수 갚음도 급하거니와 서주의 풍족한 곡식 또한 우리에게 꼭 필요한 것이오."

그러나 순욱은 그것도 이미 생각해둔 바 있는 모양이었다. 조조의 말이 끝나자마자 선뜻 대꾸했다.

"그렇다 해도 동쪽 진(陳)의 땅을 공략하는 편이 낫습니다. 군사를 먹일 양식은 여남과 영주 땅에서 구하십시오."

"그곳에서 어떻게 이 대군을 먹일 양식을 구할 수가 있겠소?"

"황건의 남은 무리인 하의(何儀)와 황소(黃劭) 등이 그곳의 주군을 노략질해 쌓아둔 금과 비단이며 곡식이 산과 같다고 합니다. 그들은 도적의 무리이니 깨뜨리기도 쉬울 뿐만 아니라 그들의 식량을 빼앗아 우리의 삼군을 기른다 해도 조정은 조정대로 기뻐할 것이요, 백성들은 백성들대로 좋아할 것입니다. 이는 하늘의 이치에도 맞는 일이니 서주를 치는 일에 비할 바가 아닙니다.”

옳은 의견을 들으면 선뜻 고집을 버릴 줄 아는 것이 또한 조조의 장점이었다. 순욱의 말이 옳다고 여기자 조조는 기꺼이 생각을 바꾸었다. 조조는 하후돈과 조인에게 넉넉한 군사와 곡식을 남겨 여포에 대비케 하고 자신은 다시 앞장서 군사를 이끌고 견성을 나섰다. 동쪽의 옛 진 땅을 정벌해 근거도 넓히고 군량도 얻기 위해서였다.

그 바람에 서주를 향해 일었던 풍운은 다시 서주를 비켜갔다. 유비는 잠시 조조를 근심하지 않고 도겸의 좋은 다스림을 이으면서 아울러 자신의 힘을 기를 수 있었다. 그 무렵의 서주에 분 바람이 있다면 그것은 다만 어느새 삼십 대도 중반으로 접어든 유비를 뒤늦게 스쳐간 봄바람뿐이었다.

그해 가을의 어느 날이었다. 미축이 자기의 저택에다 크게 잔치를 열고 유비를 비롯한 대소의 관원을 청했다. 유비는 기꺼이 응했다. 관우, 장비와 손건, 진등 및 몇몇 주리(州吏)를 이끌고 미축의 집에서 하루를 즐겼다.

날이 저물고 대소의 관원들이 하나둘 자리를 뜨기 시작할 무렵이었다. 관우, 장비 두 아우와 함께 돌아가려는 유비의 옷깃을 미축이 끌었다.

“사군께서는 잠시 더 머물러주십시오. 긴히 드릴 말씀이 있습니다.”

자못 은근한 목소리였다. 다른 사람이 아닌 미축의 청이라 유비도 잠자코 인도하는 대로 따랐다. 원래 미축의 집은 대대로 살아온 큰 저택이었지만, 몇 년 전 갑작스런 불로 타버려 지금 살고 있는 것은 그 후에 전보다 검소하게 지은 건물이었다. 그러나 대대로 꾸민 앞 뒤 뜰이나 연못가의 정자는 그대로 남아 있어 그런 대로 운치가 살아 있었다.

미축이 유비를 인도해 간 곳은 바로 '미가(麋家)의 화각(畵閣)'이라 하여 한때는 인근에서 널리 이름을 얻었던 연못가의 정자였다.

"어서 드십시오."

미리 기다리고 있던 계집종들이 황송스러운 듯 맞아들이는 정자에 오르니 따로 좋은 술과 안주가 한 상 가득 마련되어 있었다.

"명공 같은 영웅을 사군으로 모시게 되니 이 미아무개의 광영이올시다. 일생을 주인으로 받들어 변치 않음으로써 세상에 난 보람을 삼을까 합니다."

관우, 장비가 양쪽에 시립한 가운데 유비가 자리를 잡자마자 미축이 큰 잔에 향기로운 술을 가득 부어올리며 말했다. 유비가 흔쾌히 잔을 받으며 겸양의 소리를 했다.

"공과 같이 학식과 덕망이 높은 선비에게 이 비가 어찌 주인이 될 수 있겠소? 다만 곁에서 나의 어리석고 둔함을 너그러이 깨우치고 가르쳐주기를 빌 따름이오."

"옛말에 이르기를 겸양이 지나쳐도 예가 아니라 했습니다. 이 축(竺)은 북해에서 처음 사군을 뵈올 때부터 주인으로 섬겨보기 원이었습니다. 다행히 이제 하늘과 사람의 뜻이 아울러 이렇게 명공을 주인으로 섬기게 되었으니 오직 죽을 때까지 변치 않기를 빌 따름입니다."

그러고 보면 미축과 처음 만났을 때 유비가 느꼈던 묘한 감정은 그만이 느낀 것이 아니었던 모양이었다.

도겸도 정이 엷고 덕이 없는 사람이 아니었으나 미축은 유비를 가까이하게 되면서부터 서주를 맡길 수 있는 사람은 그뿐이라 여겼다. 틈 날 때마다 유비를 치켜세우고, 지쳐 있는 도겸에게 서주를 유비에게 양보하도록 은근히 부추겼다. 그리고 도겸이 그 말을 실제로 꺼내자 누구보다도 앞장서서 유비를 권했다.

생각하면 미축은 유비와 동향도 아니고 친구도 아니었다. 동문에서 수학한 일도 없었으며 함께 전장을 누빈 적도 없었다. 실로 그들의 만남은 숙명적인 어떤 힘에 끌린 것으로, 유비로 보면 그야말로 처음 얻은 신하였다. 관우와 장비가 있기는 해도 그들과는 아직 유협 집단의 성격을 벗어나지 못한 준 혈연관계일 뿐이었다.

"미공(麋公)께서 이 몸을 그토록 생각해주니 감격할 따름이오. 명분이야 어떠하건 아무쪼록 나를 덕 없다 저버리지 말고 깨우쳐주시오."

그래도 유비는 겸손한 자세를 허물지 않고 말을 받더니 한 잔 가득 술을 부어 미축에게 되돌리며 말했다.

"자, 미공도 한잔 받으시오. 넘치는 것은 내 정으로 여겨도 좋소이다."

이에 미축은 공손히 잔을 받아 비웠다. 이미 하루 종일 마신 뒤라 몇 잔 들지 않아 자리는 다시 흥겨움에 싸였다. 정자 아래서는 사죽

(絲竹)이 자지러지고 아리따운 계집종의 춤까지 곁들여졌다. 그렇게 하여 제법 밤이 깊었을 무렵 미축이 문득 엉뚱한 말을 했다.

"사군께서는 우리 서주에 오신 지가 오래고 이제는 이곳을 근거로 자리 잡게 되셨건만 가솔들을 모시지 않고 계십니다. 뿐만 아니라 듣기로는 평원 땅에도 가솔이 없었다 하니 어찌 된 일입니까?"

"고향 탁현에 버리고 온 노모는 이리저리 떠돌며 받들어 모시지 못하는 사이에 돌아가셨소이다. 실로 밝은 하늘을 바라볼 수 없는 불효를 저질렀소. 또 떠도는 중에 아내라고 맞아들인 아낙이 있었으나 역시 연전에 자식 하나 없이 죽고 말았소이다."

유비는 늘 하던 대로 그렇게 대답했다. 노모의 일은 진정이고, 아내의 일은 서른 몇이 되도록 처자가 없는 것에 대해 구구이 설명하는 게 싫어 꾸며댄 말이었다. 그러자 미축이 돌연 정자 아래로 소리쳤다.

"아무도 없느냐? 가서 작은 아가씨를 모셔 오너라!"

그리고 잠시 뒤 계집종들의 부축을 받아 나타난 젊은 여인에게 말했다.

"이 어른께 인사 올려라. 우리 사군이시요, 당금에는 둘도 없는 영웅이시니라."

너무도 갑작스런 일이나 유비는 취한 중에도 황망히 젊은 여인의 절을 받았다. 이제 열여덟이나 되었을까, 요염한 아리따움은 아니었으나 은은하면서도 귀하게 생긴 얼굴이었다. 다만 한 가지 마음에 걸리는 것이 있다면 고운 아미에 까닭 모를 그늘을 드리우는 한 가닥 수심과 호리호리한 몸 전체에서 풍기는 어떤 처연함이었다.

"천한 계집이 삼가 문후 드립니다."

그사이 공손히 절을 마친 소녀가 들릴락 말락 하는 목소리로 그렇게 말하고는 가볍게 홍조를 띠었다. 미축이 그 말을 이어 유비에게 뜻밖의 소리를 했다.

"제 미천한 누이옵니다. 모습이 추하고 제대로 가르치지는 못했으나 심사는 악하지 아니합니다. 곁에 거두시어 기추(箕箒, 쓰레받기와 비. 여기서는 남의 처첩이 되어 섬김)의 일에나 써주신다면 저 한 몸뿐만 아니라 우리 미가의 광영이겠습니다."

"과분하신 말씀이오. 지금 임시로 서주를 맡아 있을 뿐 오갈 데 없는 떠돌이 신세에 어찌 서주의 미씨 같은 호족의 귀한 규수와 짝할 수 있겠소? 잠시 술자리의 우스갯소리라 해도 이 유아무개는 감당키 어렵소이다."

원래 색(色)을 싫어하지 않는 성품이라 속으로는 은근히 기뻤으나 유비는 점잖게 사양했다. 역시 서른이 넘도록 홀아비로 지내며 자기를 따르는 관우와 장비를 보아서도 선뜻 승낙할 수는 없는 일이었다. 그러나 미축의 말은 더욱 간곡했다.

"이는 감히 형제의 의로 맺어질 길은 없으나 그래도 좀더 사군과 가까워지고자 하는 이 축(竺)의 바람이기도 합니다. 부디 물리치지 말고 거두어주십시오."

그때 곁에 있던 장비가 호탕한 웃음과 함께 유비에게 권했다.

"형님, 그만 허락하십시오. 이제 서주 같은 기업(基業)을 얻으셨으니 후사를 생각하실 때도 되지 않았습니까?"

그러나 유비는 꾸짖듯 장비에게 대답했다.

"서주는 덕 있는 이가 올 때까지 내가 잠시 맡아 있을 뿐 어찌 나의 사사로운 기업일 수 있겠느냐? 또 설령 그렇다 한들 한 조각 기업을 얻어 가장 먼저 해야 할 일이 어찌 처자를 거느리는 것이겠느냐?"

무슨 일이든 때가 온다고 허겁지겁 매달리는 것이 아니라 오히려 그때가 자신에게 매달리게 되기까지 기다리는 유비의 느긋한 성품 그대로였다. 마음속으로는 은근히 바라면서도 그는 익은 감이 떨어지듯 자연스레 일이 이루어지기를 기다리고 있었다. 지금 기다리는 것은 아직도 말없이 있는 관우의 권유였다.

과연 관우도 오래잖아 입을 열었다.

"평원에 있는 감씨댁(甘氏宅) 소저를 큰 형수님으로 모신다면 하필 미공의 청을 받아들이지 못할 것도 없겠습니다. 익덕의 말처럼 이제는 후사를 돌아보아야 할 때도 되었습니다."

의를 중요하게 아는 관우로서는 비록 아녀자와의 약속일지라도 저버릴 수 없다 하여 먼저 평원의 감소저를 상기시킨 것이었지만, 뜻은 장비와 같은 권유나 다름없었다. 그제서야 유비도 못 이기는 체 미축에게 승낙의 말을 했다.

"대답이 구차하여 정실이 죽었다 하였으나 실은 내게 이미 아낙 될 사람이 있소. 고이 기른 영매를 하찮은 유아무개의 첩으로 내주는 게 거리끼지 않으신다면 나 또한 공의 청을 마다할 구실이 없구려. 먼저 평원의 그 사람을 맞은 뒤에 날을 받아 공께 청혼함이 옳겠소이다."

하지만 인연이 되느라 그랬던지 미소저와의 일은 그리 시일을 끌 필요도 없었다. 잔치가 있고 며칠 안 되는 어느 날 주아에 나가 있는 유비에게 사람이 와서 알렸다.

"평원의 감가장(甘家莊)에서 왔다는 수레 몇 채가 소패를 거쳐 부중에 이르렀습니다. 사군께 뵙기를 청하고 있습니다."

유비가 놀라 달려가 보니 다름 아닌 감소저 일행이었다. 몇 년을 기다리다가 마침내 유비가 소패에 근거를 얻었단 말을 듣고 먼저 그리로 달려갔던 듯했다. 부모를 졸라 혼수와 폐백까지 싣고 험한 길을 헤쳐갔던 것인데, 그때 유비는 이미 서주를 얻어 거기 없었다. 이에 감소저도 곧 서주로 오려 했으나 노독(路毒)으로 여러 날 몸져눕는 바람에 늦어진 것 같았다.

"만약 장군께서 아직도 첩(妾)을 받아들이려 하지 않으신다면 첩은 장군께 버림받은 걸로 알고 이만 세상을 하직하려 했사옵니다."

그게 감소저가 눈물 섞어 말한 그 갑작스런 출현의 설명이었다. 그러잖아도 그녀를 맞으러 평원으로 사람을 보내려던 유비는 진심으로 기뻤다. 관우와 장비도 이제는 그때처럼 엄격하지 않았다. 앞장서 크게 잔치를 열게 한 뒤 형수의 예로 공경하며 맞아들이니 이가 곧 감부인(甘夫人)이다.

열일곱의 꽃다운 나이로 유비를 만났던 감부인은 그때 이미 스물대여섯의 난숙한 여인이 되어 있었다. 몸만이 아니라 정신도 기품 있게 자라 부중의 내사(內事)를 처리함에 빈틈이 없었다. 유비와 한자리에서 자고[寢則同床] 깨어나서도 곁을 떠남이 없는[侍立終日] 유협 시절부터의 습관에 젖어 있는 관우와 장비를 꺼리기는커녕 그녀 또한 남편의 친혈육처럼 여겼고, 얼마 뒤 유비가 다시 미축의 누이를 맞아들였을 때 또한 의연함을 잃지 않았다.

"아황(娥皇)과 여영(女英, 둘 다 요임금의 딸로 나란히 순임금에게 출가하여 서로 사이좋게 지냈다 함)의 일이 어찌 옛사람의 아름다운 얘기일 뿐이리오."

그렇게 말하며 미부인(靡夫人)을 맞아들인 그녀는 피를 나눈 아우처럼 사랑하였다. 실로 뒷날 소열황후(昭烈皇后)로 추존받아 모자람이 없는 부덕(婦德)이었다.


서주에 그같이 봄바람이 겹치고 있는 동안 조조는 황건적들과의 싸움에 한창 힘을 쏟고 있었다. 먼저 옛 진(陳) 땅을 공격하여 평정한 조조는 곧 황건의 본거지인 여남과 영주로 밀고 내려갔다.

황건의 우두머리 하의와 황소는 조조의 군사가 이르렀음을 알자 무리를 모아 맞으러 나왔다. 양쪽의 군사가 부딪친 곳은 양산(羊山)이라는 곳이었다. 조조가 보니 적병의 머릿수는 많지만 여우 떼나 개떼[狐群狗黨] 같아서 대오조차 제대로 갖추지 못하고 있었다.

"먼저 강한 활과 쇠뇌를 쏘아 붙여라."

조조가 그렇게 영을 내렸다. 곧 조조의 진중에서 어지럽게 살이 날아 겁 없이 몰려오는 도적들의 머리 위로 쏟아졌다.

"전위는 어디 있는가? 가서 도적의 우두머리를 사로잡으라!"

갑작스런 화살비에 그러지 않아도 흐트러져 있던 황건적의 대오가 더욱 흐트러지는 걸 보고 조조가 다시 매섭게 영을 내렸다. 전위가 기다렸다는 듯 말을 몰아 달려 나갔다.

도적의 우두머리 하의는 부원수 하나를 내보내 전위를 맞게 했다. 말이 좋아 부원수지, 그저 저희끼리 힘자랑 끝에 조금 낫다 하여 붙인 이름이라 천하의 맹장 전위를 당해낼 턱이 없었다. 미처 세 합을 어우르기도 전에 부원수란 자는 전위의 한 창에 찔려 말 아래로 떨어졌다.

"모두 달려 나가 도적들을 잡으라."

조조가 그때를 놓치지 않고 삼군을 들어 일시에 황건적을 쳤다. 이래저래 기세가 꺾인 도적들은 변변히 대항도 못하고 도망치기에만 바빴다. 조조는 그런 황건적을 쫓아 양산을 지난 뒤에야 군사를 멈추고 진채를 내렸다.

이튿날은 황건적의 또 다른 우두머리인 황소가 스스로 대군을 이끌고 마주쳐왔다. 하의와는 달리 제법 기세 좋게 달려와 둥글게 진을 치는 꼴이 무언가 믿는 데가 있는 것 같았다.

조조는 가소롭다는 눈길로 도적들이 하는 양을 지켜보았다. 둥글게 진을 벌이기 무섭게 한 장수가 진문을 나왔다. 말[馬]도 없이 쇠몽둥이를 질질 끌며 나오는데 머리에는 누런 수건이요, 몸에는 풀빛나는 옷을 걸치고 있다.

"내가 절천야차(截天夜叉, 하늘을 끊는 악귀)로 불리는 하만(何曼)이다. 누가 나와서 나와 한바탕 붙어보겠느냐?"

양군의 한가운데에 이르러 쇠몽둥이로 땅바닥을 쿵쿵 치며 소리치는 품이 힘깨나 쓰는 자인 성싶었다. 그 꼴을 보자 심사가 틀렸는지 조홍이 범 같은 소리와 함께 말에서 뛰어내리더니 칼을 빼들고 달려 나갔다.

곧 두 진(陣) 가운데서 조홍과 하만의 한바탕 격렬한 싸움이 벌어졌다. 굵은 쇠몽둥이가 획획 하늘을 가르고 칼이 현란하게 빛을 뿜으며 얽혀들었다. 실로 용과 호랑이가 싸우는 듯한 장관이었다.

하늘을 끊는 악귀란 별호가 어울릴 만한 하만의 솜씨였다. 조홍같이 뛰어난 무예로도 쉰 합을 넘겼건만 베어넘길 수가 없었다. 조홍은 힘으로는 쉬이 이길 수 없음을 알고 꾀를 냈다. 거짓으로 힘이 달리는 척 칼을 끌고 달아나니 더욱 기가 오른 하만이 고래고래 소리치며 쫓았다.

몇 발 안 가 조홍을 따라잡은 하만이 쇠몽둥이를 번쩍 추켜들었다. 내려치기만 하면 조홍은 짓이겨진 고깃덩이가 될 순간이었다. 홀연 조홍의 몸이 훌쩍 솟구치더니 재빨리 뒤집히며 한칼로 쪼개듯 하만을 내리찍었다. 그리고 땅에 내려섬과 아울러 다시 한칼을 후리니 하만은 자기가 왜 그런 꼴을 당하게 되었는지도 알지 못하고 놀란 혼이 되어버렸다.

조홍이 쓴 것은 타도배감(拖刀背砍, 칼을 끌고 달아나다 뒤돌아 쪼갬)이라는 무서운 검법이었다.

조홍이 보기 좋게 하만을 거꾸러뜨리는 걸 본 이전이 때를 놓치지 않고 말을 몰아 적진으로 뛰어들었다. 진작부터 적장 황소를 눈여겨보고 있다가 승세를 타고 똑바로 그를 향해 내달았다. 황소가 원래 그리 허약하지는 않았으나 태산같이 믿던 하만이 어이없이 두 조각 나고, 이제는 또 이전이 성난 표범처럼 달려드니 겁부터 먼저 났다. 급히 말 머리를 돌려 달아나는데 어느새 뒤따라온 이전이 손을 뻗어 그를 사로잡아버렸다.

하만이 죽은 뒤에 황소까지 사로잡히는 꼴을 보자 황건의 무리들은 완전히 얼이 빠져버렸다. 그런 도적떼를 조조의 대군이 뒤따르며 죽이니 순식간에 들판은 시체로 덮였다. 그들이 노략질해 모아두었던 산 같은 곡식이며 금과 비단이 그대로 조조의 손에 들어갔음은 말할 나위도 없었다.

황소의 군이 완전히 뭉그러져버리자 홀로 남은 하의는 조조와 더 싸울 엄두가 나지 않았다. 겁 먹어 뿔뿔이 흩어지고 남은 수백 기를 이끌고 갈파(葛坡)를 향해 달아났다.

그런데 갈파에 이르러 한 산길을 지날 때였다. 산 뒤에서 갑자기 한 떼의 군사가 쏟아져 나왔다. 앞선 장사는 키가 여덟 자요, 허리통이 몇 아름이나 되는데 손에는 큰 칼을 잡고 있었다. 하의가 창을 휘두르며 달려 나갔으나 어림도 없었다. 창과 칼이 한번 어우르는가 싶더니 어느새 하의는 사로잡혀 장사의 옆구리에 끼인 채였다. 대장이 그 꼴이 난 판에 졸개들이 싸워볼 엄두가 날 리 만무였다. 한결같이 말에서 내려 항복하자 장사는 그들을 모조리 결박지어 갈파 산중으로 끌고 들어가버렸다.

조조의 장수 전위가 하의를 뒤쫓아 갈파 산길에 이른 것은 한참 뒤였다. 뒤쫓던 하의 대신 웬 낯선 장사가 한 떼의 군사를 이끌고 길을 막았다.

"웬놈들이냐? 너희 역시 황건적이냐?"

전위가 물었다. 장사가 조금도 기죽지 않고 대답했다.

"황건적 수백 기는 모두 내게 사로잡혀 지금 우리 마을에 묶여 있다. 누굴 보고 황건적이라 하느냐?"

"그렇다면 어찌 내게 바치지 않는가?"

전위가 약간 성난 기색으로 꾸짖듯 말했다. 장사가 피식 웃더니 빈정거렸다.

"네놈이 누구길래 그따위 소리를 함부로 지껄이느냐? 만약 네놈에게 내 손에 있는 이 칼을 빼앗을 재주만 있다면 두말 없이 바치마."

그 말에 전위는 화가 머리끝까지 치솟았다.

"좋다. 네놈이 얼마나 대단한가 보자!"

그 한마디와 함께 쌍철극을 내뻗으며 그 장사에게 덤벼들었다. 장사 또한 큰 칼을 휘둘러 전위와 맞붙었다. 하늘이 뒤집히고 땅이 꺼지는 듯한 싸움이 벌어졌다. 쌍철극과 큰 칼이 여의주를 다투는 두 마리 용처럼 요란한 소리와 빛을 뿜는 동안 진시에서 오시(午時, 오후 한 시경)까지 반나절이 흘러갔다.

"목이 마르구나. 좀 쉬었다 싸우는 게 어떠냐?"

아직 누가 이기고 지는지를 알아볼 수 없는데 장사가 갑자기 그렇게 소리쳤다. 전위 역시 반나절이나 싸우고 난 뒤라 목이 말랐다.

"좋다. 비겁하게 도망치지는 말아라."

"너나 도망치지 마라."

전위의 말에 그렇게 대답한 장사는 자기편 쪽으로 말을 몰아갔다. 전위도 자기편 쪽으로 돌아와 목을 축였다.

정말로 장사는 오래잖아 다시 말을 몰아 나왔다. 전위도 지지 않고 달려 나갔다. 그렇게 새로 시작된 싸움은 해 질 녘까지 계속됐다. 실로 무서운 장수들이었다. 그러나 타고 있는 말이 지쳐 둘 다 제대로 움직여주지 않으니 더 싸울래야 싸울 수가 없었다.

"말이 지쳤다. 오늘은 이만 싸우는 게 어떠냐?"

이번에는 전위가 먼저 휴전을 청했다. 비록 무장이기는 하지만 조조 밑에서 몇 년 싸우는 동안 어느새 인재에 대한 안목이 생긴 전위였다. 그 낯선 장사가 적이라 하나 설령 자기에게 힘이 있다 해도 죽이기에는 아깝다는 마음이 들던 차에 말이 핑계가 되어준 것이었다.

"좋다. 내일 다시 싸우자."

장사도 기꺼이 응했다. 그도 은근히 전위의 쌍철극에 감탄하고 있는 것 같았다. 칼을 거두기 무섭게 자기 군사들을 이끌고 돌아가버렸다.

전위는 그곳에 군사들을 머물게 하고 사람을 급히 조조에게 보내 그 일을 알렸다.

"무어야? 전위와 하루 종일 싸우고도 승부를 가리지 못한 장사가 있다고?"

천하에 전위를 당할 자는 없다고 믿어온 조조는 놀란 외침과 함께 군사를 몰아 달려왔다. 제 눈으로 그 무서운 장사를 보고자 함이었다.

이튿날이 되자 장사는 과연 다시 나타나 싸움을 걸어왔다. 조조가 가만히 살피니 위풍이 늠름한 게 범상찮은 장수감이었다. 속으로 은근히 기뻐하며 전위에게 알렸다.

"오늘은 거짓으로 싸움에 진 척하며 물러나게."

조조에게는 이미 마음속에 따로 세워둔 계책이 있는 듯했다. 그걸 짐작한 전위는 충실하게 조조의 명을 따랐다. 한참 싸우다가 힘이 부치는 듯 진문 쪽으로 쫓겨 들어왔다.

장사는 그런 전위를 쫓아 거침없이 진문으로 달려들었다. 조조는 군사들에게 활을 쏘게 하여 그가 더 가까이 오지 못하게 한 뒤 대오가 흐트러지지 않을 정도로 쫓기듯 군사를 오 리 뒤로 물렸다. 그리고 상대가 이긴 줄 알고 기뻐하고 있을 때 몰래 큰 함정을 판 뒤 그 안에 수십 명의 구수(鉤手, 사람을 말에서 끌어내리거나 사로잡을 때 쓰는 쇠갈퀴를 든 군사)를 감추었다.

이튿날이 되자 장사는 더욱 위세 좋게 조조를 향해 싸움을 걸어왔다. 조조는 다시 전위를 시켜 백여 기를 이끌고 나가 그를 맞게 했다. 장사가 전위를 가리키며 비웃었다.

"싸움에 져서 쫓겨난 놈이 감히 다시 나서다니!"

그리고 말을 채찍질해 달려 나와 전위에게 덤벼들었다. 전위는 몇 합 싸우는 체하다가 급히 말 머리를 돌려 달아나기 시작했다. 전날처럼 조조가 일러준 대로였다.

전위가 달아나는 걸 보자 장사는 더욱 호기가 솟았다. 전날 달아난 것은 좀 미심쩍은 데가 있었으나 그날 또 달아나는 걸 보니 아무래도 힘이 저만 못해 쫓겨가는 것만 같았다.

이에 장사는 완전히 마음을 놓고 전위를 쫓기 시작했다. 한참 뒤 쫓다 보니 달아나는 전위가 어찌 된 셈인지 길을 휘돌아 장사가 똑바로 달리면 금세 따라잡을 수 있는 곳을 달리고 있었다.

하지만 실은 그것이 속임수였다. 급하게 말을 달려 이제 막 전위를 사로잡게 되었다 싶은 순간 갑자기 발 아래가 꺼지며 장사는 말을 탄 채 깊은 함정으로 떨어졌다. 장사가 놀라 급히 몸을 솟구치려 했으나 이미 때는 늦어 있었다. 함정 속에 미리 숨어 있던 구수들이 개미 떼처럼 달려들어 장사를 멧돼지 옭듯 옭고 말았다.

군사들은 환성과 함께 꽁꽁 묶은 장사를 끌고 조조에게로 갔다.

큰 공을 세웠으니 듬뿍 상을 받으리라 여긴 까닭이었다. 그런데 뜻밖에도 조조는 성난 목소리로 군사들을 꾸짖었다.

"네놈들이 어찌 이리 무례할 수 있느냐? 내가 이분 장사를 모셔오라 했지 언제 오라지어 끌고 오라 하였더냐? 모두 물러가라. 귀한 손을 욕되게 하였으니 네놈들은 군율로 다스리리라!"

그리고 군사들이 어리둥절한 채 쫓겨나가자 한달음에 달려 나가 장사를 묶은 밧줄을 손수 풀어주며 은근하게 말했다.

"전위로부터 장사의 얘기를 듣고 한번 뵙기 소원이었소. 자, 이리 앉으시오."

장사 역시 어리둥절하기는 조금 전에 쫓겨나간 군사들이나 마찬가지였다. 멀거니 조조를 건너다보기만 했다. 조조가 더욱 부드러운 목소리로 물었다.

"장사의 관향은 어디며 존성대명은 어떻게 쓰시오?"

"나는 패국 초현 사람으로 허저(許褚)라 하며 자는 중강(仲康)으로 씁니다."

그제야 장사가 더듬더듬 대답했다.

"우리가 쫓던 도적들을 어찌하여 잡아가셨소?"

"사방에 도적이 일어도 관군이 지켜주지 못하매 나는 일족 수백 명을 모아 마을에 튼튼하게 성벽을 쌓고 스스로의 힘으로 지켜나가는 중입니다. 어찌 도적들이 지나가는 걸 그냥 보아넘기겠습니까?"

"그럼 정말로 하의와 그 수하 수백 기를 모두 사로잡으셨단 말씀이오?"

"저희 마을에 가면 묶인 그들을 볼 수 있을 것입니다."

"과연 전위의 말이 어김없구려. 그렇다면 전에도 여러 번 도적들을 쳐부순 적이 있겠소이다."

조조가 슬쩍 추켜주자 허저는 은근히 힘자랑을 시작했다.

"몇 번 있지요. 한번은 도적떼가 저희 마을에 이르렀는데 그 세력이 대단했습니다. 저는 마을 사람들에게 시켜 팔매질할 돌을 많이 모아두게 하고 기다리다가 도적들이 오자 팔매질을 시작했지요. 던지는 돌마다 어김없이 도적들을 거꾸러뜨리니 마침내 도적들도 겁이 나는지 물러가더군요. 또 하루는 이런 일도 있었습니다. 저희 마을에 곡식이 떨어져 도적들과 잠시 화친하고 저희들이 밭 갈던 소와 그들이 가진 곡식을 바꾸기로 약조를 맺었지요. 그런데 쌀을 받고 소를 주었으나 도적들이 그만 소를 놓치는 바람에 소들이 다시 마을로 돌아와버렸습니다. 내가 그중 두 마리의 꼬리를 잡고 백여 발자국을 끌어다 도적들에게 내주었더니 도적들이 놀라 소도 받지 않고 달아나버리더군요. 그리고 도적들은 그 뒤 두 번 다시 우리 마을에는 나타나지 않았습니다."

조조는 그 말을 듣자 놀라는 기색을 감추지 못했다.

"바로 그 장사라면 나도 이름을 들은 지 오래되었소. 실로 하늘이 주신 힘이오."

그렇게 한차례 치켜세우더니 이어 간곡히 권했다.

"말로만 듣다가 직접 대하니 더욱 감격스럽소. 어떠시오? 공을 중하게 쓸 것이니 나를 도와 싸워보지 않겠소?"

잡혀 죽는 줄만 알았던 허저로서는 감격하지 않을 수 없는 권유였다.

"제가 바라던바올시다."

허저는 그렇게 대답하고 일족 수백 명과 함께 조조에게 항복했다. 조조는 그를 도위(都尉)로 삼고 후한 상을 내려 그의 공을 치하한 다음 사로잡은 황건의 우두머리 황소와 하의의 목을 베어 여남과 영주의 평정을 끝냈다.

'이제는 서주를 가로챈 귀 큰 녀석이다!'

자기의 군사들을 먹일 양식을 넉넉히 마련하고 견성으로 돌아오면서 조조는 속으로 그렇게 중얼거렸다.

# 궁한 새는 쫓지 않으리

하지만 이번에도 거친 풍운은 서주를 비켜갔다. 견성을 지키고 있던 하후돈과 조인이 뜻밖의 소식을 가지고 조조를 기다리고 있었기 때문이었다.

"근자에 세작을 풀어 연주를 염탐하게 하였던바, 여포의 장수 설란(薛蘭)과 이봉(李封)의 군사는 모두 인근에 노략질을 나가 성이 자주 빈다고 합니다. 싸움에 이기고 돌아온 군사를 이끌고 비어 있는 연주성을 치면 북소리 한 번에 떨어뜨릴 수 있을 것입니다."

그 같은 말을 듣자 조조는 어쩔 수 없이 서주를 쳐 유비를 꺾는 일을 다음으로 미루지 않을 수 없었다. 조조처럼 군량을 마련할 주변이 없는 여포이고 보면, 군사를 먹이는 일은 노략질에 의지할 수밖에 없고, 노략질을 하자면 성을 비우더라도 군사를 내보내야 할 것은 정한 이치였다. 그 빈 성을 치는 일은 흉년이 들지 않은 서주에 앉아 음으로 양으로 조조를 대비하고 있을 것임에 분명한 유비를 치는 일과 비교할 바가 아니었다. 거기다가 연주는 조조가 자신의 근거지로 생각하는 땅이었다.

이에 조조는 하후돈과 조인의 말을 따라 지름길로 군사를 내 연주로 달려갔다. 뜻하지 않게 조조의 대군을 맞은 수장 설란과 이봉은 되는대로 군사를 긁어모아 맞싸우러 나왔다. 성문을 굳게 닫아걸고 여포의 구원을 기다리며 힘을 다해 지켜도 견디기 어려운데 스스로 군사를 이끌고 성을 나오니 그들의 자질을 알 만했다.

이봉과 설란이 말 머리를 나란히 진문 앞에 서 있는 걸 보고 허저가 나서서 조조에게 청했다.

"제게 저 둘을 맡겨주십시오. 함께 사로잡아 주공께 폐백 대신으로 올리겠습니다."

조조에게 후한 대접을 받고도 보답을 못해 때만 기다리던 허저였다. 조조도 그 같은 허저의 말에 기뻤다. 말로만 들어온 허저의 무용을 직접 보리라는 기분으로 기꺼이 출전을 승낙했다.

여포 쪽에서 허저를 맞으러 달려 나온 것은 이봉이었다. 이봉 또한 제 주인 여포를 따라 한 자루 화극을 쓰고 있었으나 무예는 제 주인에 반도 미치지 못했다. 두 말이 서로 마주치기 겨우 두 번 만에 허저의 한칼을 맞고 두 토막 난 시체로 말 위에서 굴러떨어졌다.

그 꼴을 본 설란은 겁이 더럭 났다. 허저가 쫓을 틈도 없이 군사를 돌려 성안으로 달아나려 했다. 그러나 성으로 들어가는 적교에 이르기도 전에 낌새를 알고 달려온 이전이 창을 휘두르며 앞을 가로막았다. 할 수 없이 성으로 들어가기를 단념한 설란은 그 길로 거야(鉅野)를 바라 달아나기 시작했다.

그런데 이번에는 조조의 장수 여건(呂虔)이 그런 설란을 놓아주지 않았다. 나는 듯 말을 달려 뒤따르면서 활을 쏘았다. 시위를 떠난 화살은 어김없이 설란을 맞추어 떨어뜨리니 그나마 뒤따르던 그 졸개들도 어디론가 뿔뿔이 흩어져 달아나버렸다.

싸움은 싱겁게 끝나고 조조는 다시 연주를 되찾게 되었다. 실로 몇 달 만에 되찾은 근거였으나, 아직 군사를 쉬게 하기에는 일렀다.

"이 기회에 복양까지 회복해야 합니다. 서두르십시오."

정욱이 급하게 조조에게 권했다. 조조도 생각하니 옳은 말이라 그를 따랐다.

"전위와 허저는 선봉이 되고, 하후돈과 하우연은 좌군, 이전과 악진은 우군이 되라. 나는 중군을 맞아 나아가리라!"

조조는 그날로 그렇게 영을 내리고 따로 우금과 여건에게도 군사를 떼주어 후군으로 함께 뒤를 받치도록 했다. 승세를 탄 조조의 군사라 그 기세는 자못 당당했다. 조조의 대군이 연주를 우려빼고 다시 복양성에 이르렀다는 말을 듣자 여포는 가만히 앉아 있지 못했다. 노략질 나간 여러 장수와 군사들을 기다리지 않고 곧바로 성을 나가 싸울 준비를 서둘렀다. 진궁이 그런 여포를 말렸다.

"나가 싸우셔서는 아니 됩니다. 지금 많은 장졸들이 성을 나가 아직 돌아오지 않고 있습니다. 그들이 돌아오기를 기다려 싸우는 것이 좋겠습니다."

그러나 여포는 듣지 않았다. 지난번 조조에게 낭패를 당했던 일도 잊고 겁 없이 내뱉었다.

"누가 왔다고 내가 두려워하겠소? 걱정 말고 기다리시오. 내 조조 놈의 목을 안장에 달고 돌아오겠소."

그래도 진궁이 여러 말로 달랬지만 여포는 끝내 듣지 않고 군사들과 함께 성을 나갔다. 천성이 무모하고 싸움을 좋아하는 데다 마음속에는 여전히 조조를 얕보는 구석이 남아 있는 탓이었다.

"조조, 이 어린 도적놈아, 네가 죽으려고 여기 왔다는 말은 들었다. 어서 나오너라!"

여포는 성을 나가 진세를 벌이기 바쁘게 화극을 비껴들고 조조를 향해 욕을 퍼부었다. 딴에는 조조를 격동시켜 자기에게 유리한 마구잡이 싸움으로 몰아가기 위해서였다.

하지만 조조가 격동될 틈도 없이, 여포를 맞으러 큰 칼을 휘두르며 달려 나가는 장수가 있었다. 다름 아닌 허저였다.

"닭 모가지를 따는 데 어찌 소 잡는 칼을 쓰겠느냐? 이 허저의 큰 칼부터 받아보아라!"

그렇게 마구 여포를 꾸짖으며 달려 나간 허저는 그대로 여포와 어울렸다. 곧 맹렬하다 못해 보기에 휘황스럽기까지 한 싸움이 시작되었다. 허저의 큰 칼이 여포를 쪼갤 듯 내려치는가 싶으면 어느새 몸을 피한 여포의 화극이 허저의 목줄기를 노렸다. 말과 말이 엇갈리기 스물 몇 차례, 그래도 승부는 좀처럼 나지 않았다.

"전위는 어디 있는가? 나가서 허저를 도우라. 여포는 허저 혼자서 잡을 수 있는 자가 아니다."

조조가 문득 전위를 불러 출전을 명했다. 그리고 달려 나가는 전위의 뒷모습을 보며 다시 목청을 높였다.

"하후돈과 하후연도 나가 여포를 사로잡으라!"

"이전과 악진도 나가 도우라."

여포의 용맹을 잘 아는 조조라 여포 주위에 장수들이 별로 눈에 띄지 않자 자기의 여섯 맹장을 한꺼번에 내보내 사로잡으려 들었다. 전위가 달려가 허저를 돕고, 이어 하후돈, 하후연, 이전, 악진이 차례로 달려 나가 여포를 에워쌌다.

아무리 천하의 여포라지만 그들 여섯 장수가 한꺼번에 달려들자 배겨낼 도리가 없었다. 한차례 불 같은 공격을 퍼부어 길을 앗기 무섭게 말 머리를 돌려 성안으로 달아나려 했다.

이때 성안의 부호 전씨(田氏)는 성벽 위에서 주의 깊게 싸움을 보고 있었다. 전일 거짓 항복으로 조조를 궁지에 빠뜨린 적이 있는 그라 집 안에 가만히 들어앉아 있을 수가 없었던 것이다. 비록 여포의 강압에 못 이긴 일이라 하지만 조조가 그 싸움에 이기면 일족을 용서하지 않을 것이기 때문이었다.

전씨는 여포가 쫓기는 걸 보자 자신과 일족을 살릴 궁리부터 했다. 마침 성안에 남아 있는 군사들이 많지 않음을 틈타 전씨는 성문과 적교 부근을 일족의 장정들과 종들의 손에 넣게 할 수가 있었다.

"적교를 내려라!"

그것도 모르고 헐떡이며 달려온 여포가 성 위를 향해 소리쳤다. 그러나 적교가 내려지지 않자 이번에는 더욱 크게 소리쳤다.

"빨리 적교를 내리고 성문을 열지 못할까?"

그때 성벽 위로 나타난 전씨가 차갑게 대답했다.

"나는 이미 진심으로 조장군께 항복을 했네. 나를 두 번 죄짓게 하지 말고 이만 물러가게나."

그제야 사정을 알아차린 여포가 소리소리 질러 전씨를 욕했으나 소용없는 일이었다. 조조군의 추격이 급하니 별수없이 군사를 이끌고 정도로 달아났다.

그때 성안에는 진궁이 남아 있었지만 워낙 군사는 적고 전씨의 세력이 커 그 같은 낭패를 막아낼 수 없었다. 기껏 급하게 동문을 열어 여포의 일가 노유를 이끌고 달아나는 길뿐이었다.

이에 조조는 복양마저 힘들이지 않고 다시 되찾게 되었다. 그리고 그 일에 전씨의 공이 크다 하여 지난번 자기를 속인 죄를 깨끗이 용서했다. 불구덩이 속에서 죽을 뻔한 것을 생각하면 아직도 이가 갈릴 지경이었지만, 그것이 여포의 강압에 못 이겨 한 일이라는 점과 뒷사람을 위한 본보기로 전씨를 살려준 것이었다.

하지만 복양까지 회복하고서도 조조는 여전히 쉴 겨를이 없었다. 모사 유엽이 다시 조조를 재촉하고 나섰기 때문이었다.

"여포는 용맹하기가 범 같은 자입니다. 오늘은 비록 곤핍하게 되었으나 오래 참고 있지는 않을 것입니다. 반드시 힘을 길러 다시 싸우려들 것이니 이번에 아예 뿌리를 뽑아야 합니다. 복양성을 되찾은 일만으로 만족하여 주저앉아 있을 때가 아닙니다."

조조 역시 지쳐 있었지만 아직 옳은 말을 받아들일 줄 아는 귀는 열려 있었다. 유엽에게 복양성을 지키게 하고 자신은 다시 장졸들과 함께 여포를 쫓아 정도로 달려갔다.

조조의 군사들이 정도에 이르렀을 때 성안에는 여포와 장막(張

邈), 장초(張超) 형제만 있었다. 여포의 수하 장수 고순(高順), 장요 (張遼), 후성(侯成), 장패(臧覇) 등은 군사를 이끌고 바닷가로 식량을 구하러 나가 아직 돌아오지 않은 까닭이었다.

조조는 성 밖에서 연일 싸움을 돋우었으나 섣불리 성을 나갔다가 어이없이 복양성을 빼앗긴 지 오래잖은 여포라 이번에는 도무지 싸움에 응하려 들지 않았다. 고순, 장요 등의 장수가 돌아오기를 기다려 한 싸움으로 조조를 깨뜨릴 심산이었다.

여포가 싸움을 받아주지 않으니 조조도 어쩔 수 없었다. 며칠간이나 성 아래에서 갖은 욕설로 여포를 충동질하다가 마침내는 포위를 풀고 사십 리나 군사를 물려 진채를 세웠다. 쓸데없이 성을 에워싸고 있다가 성안의 여포와 성 밖에 나와 있는 그 수하 장수들을 앞뒤로 맞게 될까 두려웠기 때문이었다.

때마침 조조가 하채(下寨)한 제군(齊郡) 일대에는 한창 밀이 익을 무렵이었다. 급하게 여포를 쫓느라 그 역시 군량이 달리게 된 조조는 군사를 풀어 밀을 베어들이게 했다. 그 밀로 군사들을 먹이며 여포가 성을 나오기를 기다리기 위함이었다.

조조의 군사들이 들판에 흩어져 밀을 베어들이는 걸 본 세작들이 나는 듯이 그 일을 여포에게 전했다. 그 소식을 들은 여포는 좋은 기회라 여겼다. 들판에 흩어진 군사를 급하게 들이쳐 조조를 잡으려는 심산으로 군사를 이끌고 성을 나왔다. 그런데 단숨에 사십 리를 달려 조조의 진채 가까이 이르러보니 왼편에 나무가 무성한 숲이 보였다. 이미 여러 번 조조의 꾀에 골탕을 먹은 여포는 그 숲을 보자 더럭 겁이 났다. 조조의 복병이 있을까 해서였다. 감히 그 숲을 지나 진채를 급습할 생각도 못하고 군사를 물려 정도성으로 돌아가버렸다.

여포가 이미 돌아가버린 뒤에야 조조는 여포가 왔다 간 걸 알았다.

"여포가 왔다면 틀림없이 우리 군사가 밀을 베느라 흩어져 있는 걸 틈타 본진을 급습하려 한 것이다. 그런데 왜 갑자기 돌아갔는가?"

"그건 저희들도 모르는 일입니다."

군사들 또한 그게 궁금하다는 눈치로 대답했다. 조조가 한참 생각에 잠기더니 이내 그 까닭을 알아낸 듯 여러 장수들을 불러모으고 말했다.

"여포가 일껏 왔다가 그냥 돌아간 것은 왼편 숲에 복병이 있을까 두려워서였다. 그 의심을 이용해 이번에는 정말로 계책을 써야겠다. 숲에는 많은 정기(旌旗)를 꽂아 여포로 하여금 계속 우리 복병이 있는 줄 의심케 하라. 복병을 숨길 곳은 따로 있다. 우리 진채 서쪽에는 물이 흐르지 않는 개울을 따라 긴 둑이 있으니 거기야말로 정병을 숨겨 둘 만하다. 내일 여포가 다시 오면 반드시 복병이 있어 보이는 그 숲에 불을 지를 것이다. 그걸 보고 둑 뒤에 숨은 우리 군사들이 나아가 그 돌아갈 길을 끊으면 여포를 사로잡을 수 있으리라."

여포의 의심을 거꾸로 이용한 계책에 여러 장수들도 한결같이 고개를 끄덕였다. 이에 조조는 숲속에 어지러이 기치를 꽂는 외에 본채에도 북 치는 군사 오십여 명과 인근 마을에서 잡아온 남녀들을 남겨 북 치고 고함 지르며 많은 군사가 머무르고 있는 것처럼 꾸미게 했다. 그런 다음 젊고 날랜 군사들은 모조리 물 마른 개울가의 둑 뒤에 매복시킨 채 여포 오기만 기다렸다.

이때 여포는 여포대로 진궁과 마주 앉아 조조에게 이길 궁리를 하고 있었다. 여포가 군사를 물린 까닭을 말하자 진궁도 여포에게 동의하듯 그 말을 받았다.

"잘하셨습니다. 조조는 꾀가 많은 자라 가볍게 대적해서는 아니 됩니다."

그 말에 여포는 은근히 부아가 났다. 진궁이 조조만 두려워하고 자기는 꾀 없는 인물로 여기는 듯한 까닭이었다. 한참을 생각하다가 뽐내듯 계책을 말했다.

"하지만 내게도 한 계책이 있소이다. 화공을 쓰면 숲속에 있는 복병은 힘 안 들이고 쫓아버릴 수 있을 것이오."

아무리 미련한 여포라 하지만 진궁도 그 계책은 반대할 까닭이 없었다. 조조가 대비도 없이 군사를 풀어 밀을 베게 할 리가 없고, 대비가 있다면 반드시 그 숲속의 복병일 것이라 여긴 까닭이었다.

이에 여포는 진궁과 고순으로 하여금 정도에 남아 성을 지키게 하고 자신은 다시 군사를 이끌고 조조와 싸우기로 했다.

이튿날이었다. 대군을 이끌고 조조의 진채 가까이 이른 여포는 먼저 왼편 숲부터 살폈다. 과연 여기저기 정기가 꽂히고 창검이 서 있는 것으로 보아 틀림없이 복병이 있는 것 같았다.

"불을 질러라!"

여포는 그렇게 명을 내려 사방에서 불을 지른 뒤 수하 장졸들을 몰아 똑바로 조조의 본진으로 향했다.

그런데 이상한 것은 사방에서 불길이 솟는데도 숲속에 복병은커녕 한 사람의 인기척도 없는 일이었다. 여포는 퍼뜩 의심이 들었으나 이왕 내친김이었다. 그대로 조조의 본채를 향해 군사를 몰아가는

데 이번에는 그곳이 이상했다. 북소리와 군사들의 함성이 크게 울리고 있었기 때문이었다.

여포는 더욱 의심이 났다. 그래서 군사를 내보낼지 거두어들일지를 정하지 못하고 있는데 진채 뒤에서 갑자기 한 떼의 군마가 나타났다. 여포는 대뜸 그 군마를 향해 덮쳐갔다. 그러나 얼마 뒤쫓기도 전에 한 소리 포향이 들리더니 긴 둑 뒤에서 조조의 복병들이 한꺼번에 쏟아져 나왔다. 물 흐르는 개울가라 여겨 복병이 없으리라 믿었던 곳이었다.

놀란 여포의 눈에 앞장서 말을 달려오는 조조의 장수들이 보였다. 하후돈, 하후연, 허저, 전위, 이전, 악진―며칠 전에 자신이 크게 낭패를 본 맹장들이었다. 여포는 도저히 그들을 당할 수 없다 여겨 싸움 한번 안 해보고 그대로 말 머리를 돌렸다. 장수가 그러하니 군사들인들 싸울 마음이 있을 리 없었다. 서로 앞을 다투어 달아나기 시작했다.

그 싸움에서 입은 여포의 피해는 컸다. 군사는 셋에 둘만 돌아오고, 따르던 장수 성렴(成廉)은 이전의 화살에 목숨을 잃었다. 뿐만 아니라 연주, 복양과 이곳까지 세 번이나 잇단 참패에 남은 장졸들의 사기도 말이 아니었다.

조조는 여포를 꺾은 기세를 휘몰아 똑바로 정도로 짓쳐들어갔다.

"온후께서 계시지 않은 성은 빈 성이나 다름없다. 빈 성은 지키기 어려우니 차라리 급히 달아남이 나으리라."

여포에 앞서 쫓겨온 군사로부터 여포가 다시 싸움에 졌다는 소식을 들은 진궁은 그렇게 생각했다. 가만히 여포의 장수 고순과 의논한 뒤 여포의 가솔들을 보호하여 정도를 버리고 달아났다.

오래잖아 조조가 승세를 탄 군사를 몰아 성안으로 뛰어들었다. 아직까지 성안에 남아 있던 장막, 장초 형제만으로는 대를 쪼개는 듯한 조조의 기세를 당할 길이 없었다. 이에 장초는 스스로 거처에 불을 질러 타 죽고 장막은 원술에게 구차한 목숨을 의탁하러 달아났다.

다시 산동 일대는 조조의 세력 아래 들어갔다. 그러나 조조는 거기서 멈추지 않고 미루어둔 서주의 유비 칠 일을 의논했다. 여러 번 참패를 당한 끝에 힘들여 이긴 여포였건만, 조조의 밝은 눈에는 그 여포보다 몇 배나 이기기 힘든 것이 유비로 보였다.

'더 자라기 전에 싹을 잘라버리거나 사로잡아 내 연못에 가두어둬야 한다……'

그게 솔직한 조조의 심경이었다. 이때 모개가 나서서 말렸다.

"천하의 형세로 볼 때 먼저 각처에 흩어져 있는 군웅들을 호령하는 일이 급하기는 합니다. 그러나 지금 군사는 피로하고 군량은 넉넉지 못합니다. 이곳에서 군사를 쉬게 하고 백성들에게는 마음 놓고 생업에 종사케 하여 군자를 충분히 갖추면서 때를 기다리십시오. 반드시 패왕의 위업을 이룰 것입니다. 유비 따위를 급하게 몰아 헛되이 힘을 써버리는 일이 없도록 하십시오."

뒤따라 순욱과 정욱도 말렸다. 산동은 원래가 조조의 터전이었으나 서주는 원정이 되니 준비를 넉넉히 갖춘 뒤라야 한다는 게 그 구실이었다. 거기서 조조는 다시 한번 뜻을 바꾸었다. 자기 세력 내의 백성들을 위로하고 평안케 하여 각기 생업에 전념케 하고, 군사들에게는 쉬는 틈틈이 성곽을 수리하게 했다. 내실을 다지며 조용히 천하의 형세를 관망하기로 한 것이었다.

한편 조조에게 대패해 정신없이 달아나던 여포는 바닷가에 이르러서야 흩어진 군사들과 장수들을 수습할 수 있었다. 식량 약탈을 나갔던 장패와 후성 등도 소문을 듣고 하나씩 둘씩 여포를 찾아 모여들었다.

"내 군사가 비록 적으나 아직도 조조 따위는 깨뜨릴 만하다. 돌아가 다시 한번 싸워야겠다."

어느 정도 장졸들이 모여들자 기운을 회복한 여포가 말했다. 아직도 자신의 패배가 조조의 계략 탓이라기보다는 장졸들이 흩어져 힘을 모아 쓰지 못한 탓이라고 믿고 있는 여포로서는 해봄직도 할 만한 소리였다. 진궁이 그런 여포를 말렸다.

"지금 조조의 세력이 너무 커 더불어 싸우기 어렵습니다. 먼저 편안히 몸을 둘 곳부터 찾은 뒤에 때를 기다려 다시 싸워도 늦지 않습니다."

그제야 여포도 자신의 처지가 보이는 듯했다. 군사는 꺾인 데다 의지할 성 하나 없는 그라 조조와의 싸움을 고집할 수 없었다.

"그럼 다시 원소에게 의지해보는 게 어떻겠소?"

이윽고 여포가 뜻을 바꾼 듯 진궁에게 물었다. 진궁이 잠시 생각에 잠겼다가 대답했다.

"먼저 사람을 기주로 보내 원소의 움직임부터 살핀 뒤에 가도록 하는 게 좋겠습니다."

전에 한번 원소에게 데인 적이 있는 터라 여포도 그 말을 따랐다.

진궁의 그 같은 조심은 옳았다. 원소는 조조와 여포가 연주를 두고 싸운다는 소식을 듣게 되자마자 모사들을 불러놓고 그 일에 대해 의논했다. 그때 심배가 나서서 말했다.

"여포는 이리 같은 자입니다. 연주를 얻으면 반드시 우리 기주를 노릴 것입니다. 조조를 도와 여포를 치는 것이 뒷날의 근심을 없이 하는 방책입니다."

그러지 않아도 남북에서 압박해오는 원술과 공손찬에 대해 동서로 조조와 연결해 대항해오던 원소였다. 내심의 경계는 남아 있었지만 원소 또한 여포보다는 조조와의 동맹을 유지하는 편이 나을 것 같았다. 이에 원소는 상장군 안량(顏良)에게 군사 오만을 딸려 조조를 도우러 보냈다.

세작을 통해 그 같은 기주의 소식을 들은 여포는 크게 놀랐다. 조조의 군대만으로도 참패를 거듭하고 있는데 안량의 오만 군이 이른다면 정말로 당해낼 재간이 없었다. 급히 진궁을 불러 물었다.

"원소에게 의탁하기는커녕 도리어 그의 대군이 조조를 도우러 오고 있다니 이 일을 어쩌면 좋겠소?"

진궁도 암담한 모양이었다. 잠시 어두운 얼굴로 말이 없다가 겨우 한 길을 찾아냈다.

"듣기에 유현덕이 새로 서주를 얻어 다스리고 있다고 합니다. 그는 너그러운 사람이니 장군을 박대하지 않을 것입니다. 서주로 가서 잠시 몸을 의탁하는 게 좋겠습니다."

여포도 그 길밖에는 달리 길이 없다고 여겨 진궁의 말을 따랐다. 그날로 서주를 바라 지친 장병들을 이끌고 달렸다.

여포가 유비에게 의지하러 서주로 온다는 소식은 여포보다 한걸음 앞서 유비의 귀에도 들어왔다.

"여포는 당금에 둘도 없는 영용한 인물이다. 마땅히 성을 나가 맞음이 옳으리라."

유비는 아무런 망설임 없이 그렇게 말하며 여포를 맞으러 나갈 채비를 하게 했다. 미축이 놀라 말했다.

"여포는 호랑이나 늑대 같은 자이니 받아들여서는 안 됩니다. 집안에 들이면 반드시 사람을 상하게 할 것입니다."

그러나 유비는 듣지 않았다.

"지난날 서주가 위험했을 때 여포가 연주를 쳐서 빼앗지 않았더라면 조조는 물러나지 않았을 것이오. 만약 조조가 힘을 다해 서주를 에워싸고 쳤더라면 어떻게 이 서주가 온전할 수 있었겠소? 이제 그가 궁하여 내게 의지하려 함이니 차마 모른 체할 수는 없소이다."

물론 유비도 여포의 사람됨을 모르는 바는 아니었다. 거기다가 전날 여포가 연주를 친 것도 서주를 돕기 위해서가 아니라 자신의 욕심을 위한 것에 지나지 않았다. 하지만 아직도 제대로 터를 잡지 못한 유비에게는 여포의 힘이 절실하게 필요했다. 내일이라도 조조의 대군이 들이닥친다면 속절없이 서주를 내줄 수밖에 없는 자신의 힘을 유비는 잘 알고 있었다.

그밖에 유비가 위험을 무릅쓰고 여포를 받아들인 데에는 조조를 향한 야릇한 호승심의 충동도 있었다.

'조조, 그대는 칼로 여포를 베려 하지만 나는 인의로 그를 사로잡겠다. 그대는 천하를 얻기 위해 앞을 가로막는 힘을 쳐 없애려 하지만, 나는 그 힘을 덕으로 길들여 내 힘에 보태려 한다……'

유비는 마음 깊은 곳에서 그렇게 중얼거리고 있었다.

유비가 워낙 단호하게 말하자 미축은 더 말리지 못했다. 그걸 보고 장비가 투덜거렸다.

"형님은 도무지 마음이 좋아 탈이오. 정 그러시겠다면 준비라도 단단히 하도록 합시다. 여포 그놈이 불측한 마음을 드러내면 단칼에 베어버리도록 말이오."

그러나 유비는 그런 장비마저 꾸짖은 뒤 삼십 리나 성을 나가 여포를 맞고 말 머리를 나란히 해 서주로 돌아왔다.

유비가 기대했던 것 이상으로 자신을 환대하자 여포는 은근히 기가 살아났다. 주아에 이르러 예를 마치고 자리를 잡기 무섭게 지난 일로 생색을 냈다.

"나는 왕사도와 일을 꾸며 역적 동탁을 죽였으나 뜻밖에도 이각과 곽사의 난리를 만나 관동을 떠도는 신세가 되었소이다. 왕사도께서 돌아가실 때 내게 관동의 제후들과 힘을 합쳐 기울어지는 한실을 붙들라 하였지만 제후들은 서로 용납하지 않고 싸움을 일삼으니 실로 아득할 뿐이오. 그런데 그중에도 조조 그 도적이 특히 모질어 서주를 침범하매 사군(使君)께서 힘을 다해 도겸을 구하려 하신다는 말을 들었소. 내 비록 힘이 없으나 모진 도적이 어진 태수를 죽이려 드는 걸 어찌 가만히 보고 있겠소? 이에 조조의 근거지인 연주를 들이쳐 그 세력을 나누이게 하였던 것이오. 하지만 불행히도 적의 간계에 떨어져 군사는 잃고 장수는 꺾였소. 이제 사군께 투항하려 하거니와 함께 대사를 도모해 천하를 바로잡고 싶소. 사군의 뜻은 어떠시오?"

마치 연주를 빼앗은 일이 유비를 위해서였던 양 내세우는 것이었다. 그러나 유비는 진심으로 그 말을 믿는 듯 공손하게 대답했다.

　"도(陶)사군께서 갑작스레 돌아가시자 서주를 관장할 사람이 없어 이 유비가 잠시 맡아 있었습니다. 이에 다행히도 장군께서 이곳에 이르셨으니 서주를 넘겨드림이 옳겠습니다."

　그리고 자사의 패인(牌印)을 가져오게 하여 여포에게 바쳤다. 여포로서는 다시 한번 뜻밖이었다. 한 모퉁이 몸담을 곳이라도 허락하면 다행이라 여겼는데 서주를 통째 넘겨주겠다니 자기 귀가 의심스러울 지경이었다. 하지만 여포의 위인이 워낙 염치없고 단순했다. 한번 사양함도 없이 유비가 바치는 패인을 받아들이려 했다.

　그런데 여포가 막 손을 내밀 때였다.

　문득 유비의 등 뒤에 얼굴 가득 성난 기색을 띠며 서 있는 두 사람이 여포의 눈에 들어왔다. 처음부터 못마땅한 얼굴로 유비가 하는 일을 바라보고 있던 관우와 장비였다.

　그걸 본 여포는 속이 뜨끔했다. 자칫하다간 패인을 받아넣기도 전에 목부터 달아날 판이었다. 이에 여포는 내밀었던 손을 저으며 거짓 웃음과 함께 사양의 말을 했다.

　"유사군의 겸양이 지나치시오. 스스로 헤아리건대 이 여포는 한낱 용부(勇夫)에 지나지 않소이다. 어찌 한 주를 다스릴 만한 그릇이 되겠소?"

　그래도 유비는 거듭 패인을 바치려 했다. 실로 여포의 욕심과 뻔뻔스러움을 한껏 비양거리는 듯했지만 그 자리에 있는 사람들은 아무도 그것이 유비의 진심이 아니라고 생각할 수 없을 만큼 간곡하고도 진정이 우러나는 겸양이었다.

보다 못한 진궁이 나서서 말렸다.

"옛말에 힘센 손[客]이라도 주인을 억누르는 법이 아니라 했습니다. 우리 온후께서 비록 곤궁하여 이리로 왔으나 서주를 빼앗고자 하는 마음은 털끝만큼도 없습니다. 부디 사군께서는 의심을 거두십시오."

유비의 속셈을 꿰뚫어본 듯한 말이었다. 진궁이 그렇게 말하자 유비도 더는 고집을 부리지 않았다. 패인을 거두게 하는 대신 큰 잔치를 열어 여포와 수하 장졸들을 위로하게 했다. 그리고 집과 터를 마련하여 그들이 마음 놓고 성안에 머무를 수 있도록 해주었다.

이튿날이었다. 여포는 현덕의 후한 대접에 답례하는 뜻에서 임시로 정한 자신의 거처에다 술상을 차리고 유현덕과 관, 장 두 아우를 청했다. 유현덕은 두 아우를 데리고 기꺼이 응했다.

처음 한동안 술자리는 별일이 없었다. 그러나 술이 반쯤 오른 여포가 자신의 감사를 지나치게 나타내려다 그만 일이 꼬이고 말았다.

"이제 후당으로 자리를 옮기는 게 어떻겠소? 한집안 사람이나 다름없이 되었으니 마음껏 마십시다."

그렇게 현덕과 관우, 장비를 후당으로 청해 들인 여포는 곧 좌우에 일렀다.

"가서 마님께 일러라. 유사군께서 오셨으니 모두 나와 절하여 뵙도록 하라고."

처첩을 불러내 절하게 하는 것은 가까운 피붙이 사이거나 절친한 친구 사이가 아니면 없는 일이었다. 유비가 황급히 사양했다.

"이 비(備)는 그럴 자격이 없습니다. 장군께서는 명을 거두어주십시오."

하지만 여포는 굳이 듣지 않다가 세 번 네 번 사양하는 유비에게 말했다.

"이미 말했듯이 우리는 이제 한집안 사람이나 다름없지 않은가? 현제(賢弟)께서는 너무 사양하지 마시게."

딴에는 한껏 친근함을 드러내는 셈이었다. 그러지 않아도 무슨 트집거리나 없을까 하고 기다리던 장비가 그 말을 그냥 들어 넘길 리 없었다. 고리눈을 희번득이며 성난 목소리로 여포를 꾸짖었다.

"우리 형님은 제실의 종친으로 금지옥엽(金枝玉葉) 같이 귀한 몸이신데, 네놈이 무엇이관데 감히 아우라 부르느냐? 이리 나오너라. 나와 삼백 합을 싸워보자!"

그러면서 펄펄 뛰는 장비의 기세는 금세라도 칼을 빼들고 여포를 덮칠 듯 보였다. 그제야 실수를 알아차린 여포가 황망하여 어쩔 줄 모르는데, 유비가 나서 급하게 장비를 꾸짖었다.

"네 이놈, 이 무슨 버릇이냐? 비록 지금은 잠시 곤궁하시나 여기 있는 이 온후로 말할 것 같으면 당금에 둘도 없는 영웅이시다. 나를 혈육으로 여겨주는데 감격하고 송구해할 줄은 모르고 그 무슨 망발이냐?"

그러면서 한편으로는 송구스런 얼굴로 여포를 달랜다.

"장군께서는 너무 노여워하지 마십시오. 제 아우가 천지를 몰라 버릇없이 구나 그 본심은 그리 악하지 아니합니다."

유비의 그 같은 말에 여포는 울지도 웃지도 못할 심경이었다. 그러나 그 난감한 가운데도 돋보이는 것은 유비의 너그러움과 겸양이었다. 여포가 그리 속 깊은 위인이 못 되니 거기에 대한 감격 또한 얼굴에 드러나지 않을 수 없었다. 그걸 본 관우도 무얼 느꼈던지 문득 유비를 편들어 장비에게 권했다.

"자네는 이만 나가 있게. 형님께서 하시는 일 아닌가?"

관우까지 그렇게 나오니 장비는 도리 없이 방을 나갔다. 그러나 씩씩거리며 여포를 노려보는 두 눈에는 그대로 흉흉한 불길이 이는 듯했다.

"용렬한 아우가 술에 취해 미친 소리를 한 것입니다. 형께서는 너무 나무라지 마십시오."

장비가 나가자 유비가 다시 간곡한 음성으로 여포에게 용서를 빌었다. 그러나 여포는 무겁게 입을 다물고 대답하지 않았다. 함부로 말했다가 또 무슨 욕을 당할지 몰라 두렵기도 하거니와 둔한 머리에도 유비와의 응대에는 좀더 신중해야겠다는 느낌이 든 까닭이었다.

그렇게 되고 보니 술자리는 그리 오래가지 못하였다. 그 소동에 식은 술을 몇 잔 더 들이켜다 자리가 파하자 여포는 문밖까지 유비를 바래주었다. 유비가 막 여포의 거처를 나설 때였다. 장팔사모를 비껴들고 말까지 탄 장비가 바람같이 나타나 유비가 말릴 틈도 없이 집 안에 대고 냅다 고함을 질렀다.

"여포 이놈! 어서 나오너라. 나와 삼백 합을 싸워보자!"

여포도 분통을 꾹 누른 채 묵묵히 서 있는데 유비가 노한 목소리로 장비를 꾸짖었다.

"익덕, 어서 돌아가지 못하겠느냐? 어느 앞이라고 함부로 주사를 부리느냐?"

관우도 유비를 거들어 장비를 말렸다. 그러나 장비는 유비가 칼까지 뽑아들고 호통을 친 뒤에야 겨우 물러갔다.

그날 밤이었다. 여포는 가만히 진궁을 청하여 그날 있었던 일을 말하며 물었다.

"아무래도 이곳은 오래 머무를 곳이 못 되는 성싶소이다. 달리 몸을 의탁할 만한 곳을 찾아봄이 어떻겠소?"

"아니 됩니다. 달리 마땅히 가볼 곳도 없거니와 제가 보기에는 장군께서 좋은 의지를 찾으셨습니다. 유비는 인의를 재산으로 삼고 있으나, 인의란 난세에는 종종 힘이 되기보다는 약점이 되기 쉬운 법입니다. 방금도 유비는 내심 괴로우면서 자신이 내세운 그 인의에 못 이겨 무서운 호랑이 같은 장군을 자기 집안으로 받아들인 것입니다. 장군께서는 그 점을 십분 이용하십시오. 더구나 이 서주는 머지않아 조조의 공격을 받을 것인즉 유비에게는 실제로도 장군이 필요한 사람입니다."

진궁이 잠시 생각에 잠겼다가 그렇게 대답했다. 그러나 여포는 무겁게 고개를 가로저으며 말했다.

"하지만 장비란 자가 저렇게 펄펄 뛰고 있고 또 관우란 자도 마음속으로는 나를 탐탁지 않게 여기는 눈치이니 그걸 어쩌겠소? 자칫하다간 자다가 그 둘의 칼을 맞게 될까 두렵소이다."

"그렇다면 한 가지 방책이 있습니다. 내일 유비에게로 가서 짐짓 작별을 고하십시오. 떠나는 까닭은 유비 때문이 아니라 그 두 아우 때문이라는 걸 밝히면 반드시 어떤 좋은 결말이 있을 것입니다."

"그게 무슨 뜻이오?"

"이미 말씀드렸듯 유비는 장군과 한집안에 있기는 두려워하나 그냥 보낼 처지도 못 됩니다. 어쨌든 제 말대로 해보십시오."

여포도 달리 길이 없다고 여겨 진궁의 말을 따르기로 했다. 다음 날 일찍 여포는 수하 몇 기를 거느리고 유현덕의 부중을 찾아 작별을 고했다. 유현덕이 깜짝 놀라 여포의 소매를 잡으며 말했다.

"형께서 어찌 이토록 훌훌이 떠나려 하십니까? 아우의 대접이 소홀했다면 엎드려 죄를 청할지언정 이대로 보내드릴 수는 없습니다."

"천만의 말씀이오. 사군께서는 버리지 않고 받아주셨으나 두려운 것은 아우님들이오. 두 분 아우님께서 용납하지 않으니 이 여포는 부득불 다른 데서 의지할 곳을 찾을까 하오."

여포는 진궁의 말대로 떠나는 까닭을 밝혔다. 유비가 진정으로 송구한 듯 사죄했다.

"장군께서 가버리신다면 실로 내 죄가 너무 큽니다. 용렬한 아우들이 함부로 장군의 노여움을 샀으니 마땅히 꾸짖어 사죄토록 하겠습니다. 부디 이 비를 버리고 떠나신다는 말씀은 거두어주십시오."

그러더니 문득 한 가지 방책이 떠올랐다는 듯 덧붙였다.

"굳이 이 서주성이 싫으시다면 가까운 곳에 소패란 성이 있습니다. 지난날 제가 잠시 군사를 둔치게 하였던 곳으로 성이 얕고 좁으나 약간의 군사가 머물 수는 있습니다. 장군께서 얕고 좁다 버리시지 않는다면 그 성을 내어드리겠사오니 잠시 그곳에서 군마를 쉬게 함이 어떻겠습니까? 양식이며 군수(軍需)는 마땅히 제가 뒤보아드리겠습니다."

여포가 가만히 헤아려보니 그 길이 그중 나을 것 같았다.

"사군의 두터운 정에 어떻게 보답해야 될지 모르겠소. 그렇게만 해주신다면 이 고단한 여(呂)아무개에게는 실로 그보다 더한 다행이 없겠소."

여포는 그렇게 감사하고 그날로 수하 장졸들과 함께 소패로 옮겨 자리를 잡았다. 유비로서는 여포의 원한을 사지 않고 알맞은 거리에다 붙들어둔 셈이지만 그래도 장비는 속이 풀리지 않았다. 연일 투덜거리는 그를 유비가 부드럽게 타일렀다.

"사냥꾼도 궁하여 품 안으로 날아드는 새는 잡지 않는 법이다. 비록 여포가 시랑이 같은 무리라 하나 궁하여 찾아온 걸 어찌 그냥 내쫓을 수 있겠느냐?"

한편 서주로 쫓겨간 여포가 유비에게 받아들여져 소패에 자리 잡게 되었다는 소문은 산동의 조조에게도 들어갔다. 조조는 놀랐다. 자신에게 져서 쫓겨난 여포가 하필 유비에게로 간 것도 그랬지만 그 여포를 두말 없이 받아들인 유비가 더욱 그랬다. 원술이나 원소처럼 굳건한 기반을 가진 인물들도 선뜻 받아들이기를 꺼리던 여포가 아닌가. 거기다가 주제넘게 그를 받아들인 장막, 장초 형제는 결국 그가 일으킨 풍운에 휩쓸려 여지없이 패망하고 말지 않았는가.

'유비, 역시 너는 범용한 인물이 아니다. 여포 같은 맹수를 우리에 가두고 길러보겠다니, 어리석음이라도 멋진 어리석음이다……'

그런 생각이 들자 갑자기 지난번 승리의 여세를 몰아 서주를 휩쓸어버리지 않은 게 후회되었다. 결코 그럴 리야 없지만 만에 하나라도 유비가 여포를 길들여 자기 사람으로 만든다면 그것은 호랑이에게 날개를 더하는 일이나 다름없었다.

이에 다시 다급해진 조조는 순욱과 곽가를 불러 서주 칠 일을 새삼 의논해보았다.

"안 됩니다. 지금 만약 서주를 친다면 유비와 여포는 한 몸이 되어 주공께 대항할 것입니다. 두 호랑이를 한꺼번에 잡으려는 격이니 좋은 일보다는 궂은 일이 더 많을 것입니다."

곽가가 몇 마디 듣기도 전에 말리고 나섰다. 조조가 어두운 얼굴로 물었다.

"그러다가 만약 여포가 정말로 유비의 손발이라도 된다면 그때는 어떻게 하겠는가?"

"그럴 리는 없습니다. 정원(丁原)과 동탁과 원소를 생각해보십시오. 또 장양(張楊)과 장막, 장초 형제를 생각해보십시오. 누가 끝내 여포를 자기 사람으로 잡아둘 수 있었습니까? 유비가 비록 그를 받아주었으니 도리어 잡아먹히지 않으면 다행일 것입니다."

순욱도 옆에서 거들었다.

"한 굴에 두 호랑이가 들었으니 머지않아 둘 중 하나는 죽거나 상할 것입니다. 오히려 주공께서 눈을 돌리실 곳은 그 서주가 아니라 조정입니다. 급히 조정에 표를 올려 산동에 주공이 계심을 알리고 아울러 명목이나마 이번에 얻으신 땅에 합당한 벼슬을 받도록 하십시오."

조조는 원래 어두운 인물이 아니었다. 곧 생각을 바꾸어 순욱의 말을 따르니 산동 평정의 표(表)를 받은 조정은 과연 조조를 건덕장군(建德將軍)에 비정후(費亭侯)로 올려주었다.

# 서도(西都)의 회오리

그때 조정은 온전히 이각과 곽사의 수중에 있다 해도 지나친 말이 아니었다. 이각은 스스로 대사마가 되고 곽사는 또한 스스로 대장군이 되어 멋대로 정사를 농락했으나 아무도 감히 말하는 사람이 없었다.

하지만 그렇다고 일시에 만조백관이 모두 없어진 것은 아니었다. 그중에도 태위로 있는 양표와 대사농 주준은 오래전부터 이각과 곽사를 제거할 마음을 품고 있었다. 그런 참에 조조의 표문이 올라오자 가만히 헌제에게 아뢰었다.

"지금 조조는 거느린 군사가 이십여 만이요, 모신(謀臣)과 무장도 수십 명이 된다고 합니다. 만약 그 사람을 얻어 사직을 붙들고 간사한 도적의 무리를 쳐 없애게 한다면 천하를 위해 큰 다행이겠습니다."

"짐은 그 두 역적에게 속임과 능멸을 당한 지 이미 오래되었소. 만일 그것들을 주살할 수만 있다면 그보다 더 큰 다행이 어디 있겠소?"

젊은 천자가 눈물 섞어 대답했다. 양표가 한층 목소리를 낮추어 말했다.

"신에게 한 가지 계책이 있으니 폐하께서는 너무 심려하지 마십시오. 먼저 그 두 역적이 서로 싸우게 한 뒤 조서를 내려 조조를 불러들이면 됩니다. 조조가 산동의 정병을 이끌고 서로 싸워 허약한 역적을 쓸어버리면 조정은 절로 평안해질 것입니다."

"어떻게 그 두 역적이 서로 싸우게 할 수 있단 말이오?"

"듣기에 곽사의 처는 투기심이 몹시 많다고 합니다. 사람을 시켜 곽사의 처를 충동질함으로써 둘을 이간시키는 반간계(反間計)를 쓰면 그들 두 역적은 오래잖아 반드시 창칼을 맞대게 될 것입니다."

양표가 자신 있게 대답하자 헌제도 마침내 그 계책을 허락하고 조조에게 보내는 밀조를 써서 내렸다. 헌제의 허락을 받은 양표는 대궐을 나오는 길로 이각과 곽사를 이간시키는 일에 들어갔다. 부인을 몰래 곽사의 부중에 보내 곽사의 처를 만나게 한 뒤 틈을 보아 가만히 이르게 했다.

"제가 들으니 곽장군과 이사마(李司馬) 부인이 친해 그 정분이 몹시 깊다고 합니다. 만약 사마(司馬)께서 그 일을 아시면 곽장군께서는 반드시 해를 입게 될 것이니 부인께서 두 집의 내왕을 끊게 하는 길만이 그 같은 화를 막는 묘책이 될 것입니다."

"요즈음 자주 밤을 새우고 집에 돌아오지 않는 걸 괴이하게 여겼더니 그런 부끄러움을 모르는 짓을 하고 다녔구려! 부인이 말씀해주지 않았더라면 나는 영영 알지 못할 뻔했소. 마땅히 그 같은 일이 벌어지지 않도록 막아야지요."

질투에 눈이 뒤집힌 곽사의 처는 일이 정말인지 아닌지 알아보지도 않고 그렇게 내뱉었다. 그리고 양표의 처가 자기 방을 나설 때까지 몇 번이고 그 일을 귀띔해준 것만 고마워했다. 왕윤이 남자의 질투심을 부추겨 동탁과 여포 사이를 벌어지게 한 데 비해 양표는 이각과 곽사를 이간시키는 데 여자의 투기심을 이용하려 했다.

그 같은 계책의 효력은 며칠 가지 않아 나타났다. 그날도 이각의 부중에서 벌어진 술자리에 초대를 받은 곽사는 여느 때처럼 떠날 채비를 했다. 그때 곽사의 처가 나서서 말렸다.

"이각의 성품이 음흉하니 어떤 일을 저지를지 모를 일이에요. 하물며 두 영웅이 나란히 설 수 없다는 말도 있잖아요? 만약 그가 술에 독이라도 타서 내놓는다면 제 신세는 어떻게 되겠어요?"

그 말에 곽사는 어리둥절했다. 그날이 있기까지 목숨을 걸고 서로 힘을 합쳐 싸워온 그들이 아닌가. 거기다가 야심에 찬 제후들이 사방에서 힘을 기르며 낙양을 엿보고 있어 아직도 그들 둘은 서로에게 없어서는 안 될 존재였다.

"무슨 뚱딴지 같은 소리야? 이각 그 사람이 그럴 리가 있나?"

곽사는 그렇게 말하며 뿌리치고 나서려 했다. 그러나 아내가 하도 새파랗게 가로막는 바람에 정한 시간에 이각의 부중으로 가지 못하고 말았다.

기다려도 곽사가 오지 않자 이각은 무슨 일이 있어 못 오는 줄 알고, 섭섭하다는 말과 함께 장만한 술과 안주를 곽사의 부중으로 보냈다. 순전히 좋은 뜻으로 보낸 것이었지만 그게 뜻밖에도 화근이 되었다.

남편을 붙들고 옥신각신하는 중에 이각의 부중으로부터 술과 안주가 왔다는 말을 들은 곽사의 처는 퍼뜩 여자 특유의 간지(奸智)가 떠올랐다. 가만히 부엌으로 내려가 감사와 함께 받아들이는 체하며 몰래 술과 안주에 독을 뿌렸다.

그걸 알 리 없는 곽사는 이각의 정에 새삼 감동하며 보내온 술과 안주가 들어오기 바쁘게 수저를 집었다. 곽사의 처가 다시 그런 그를 말렸다.

"이 음식은 밖에서 들어온 것인데 어찌 그리 함부로 잡수려 드세요?"

그러고는 안주 가운데 먹음직한 고기 한 토막을 집어 먼저 개에게 던져주었다.

"이게 무슨 짓이야?"

오랜 친구요, 생사를 함께해 온 동지가 보낸 음식을 개에게 던져주는 걸 보자 곽사가 성나 소리쳤다. 그러나 미처 그 말이 끝나기도 전에 고기 토막을 받아먹은 개가 비명 한마디 없이 선 채로 죽어버리는 걸 보고는 그도 얼굴이 굳어졌다. 눈앞에서 벌어진 그 뚜렷한 증거에 이각을 의심 않을래야 않을 수가 없었다.

그렇게 되자 이각과 곽사 사이는 자연 전만 같지 않았다. 이각으로서는 통 영문을 알 수 없는 일이었다. 괴이하게 여기던 끝에 하루는 조회를 파하자마자 곽사를 만나 다시 자기 집으로 청했다.

이미 상대를 의심하는 곽사라 이런저런 구실로 응하려 들지 않았지만, 그날은 이각도 끈질겼다.

곽사가 마지못해 자기 집으로 오자 이각은 크게 술자리를 벌여 환대했다. 비록 자기를 멀리하는 까닭은 끝내 듣지 못했지만, 곽사를 그같이 환대함으로써 변함없는 자신의 마음만이라도 보여주자는 게 이각의 생각이었다.

그런데 다시 일은 이상하게 꼬여들었다. 술자리가 파한 뒤 집으로 돌아온 곽사가 갑작스레 복통을 일으킨 게 그랬다. 이각의 집을 다녀왔다는 말에 그러잖아도 심사가 나 있던 곽사의 처가 때를 놓칠세라 속살거렸다.

"그것 보세요. 틀림없이 당신을 죽이려 음식에 독을 넣은 거예요."

그러고는 호들갑을 떨며 좌우를 불러 토하는 데 쓰는 묽은 똥[糞汁]을 가져오게 했다. 과연 곽사의 복통은 그걸 마셔 뱃속의 것을 모두 토해낸 뒤에야 가라앉았다.

두 번씩이나 당한 꼴이 되자 곽사는 더 참지 못했다.

"나는 이각 그놈과 함께 목숨을 걸고 대사를 도모했는데 이제 그놈이 까닭 없이 나를 죽이려 하다니! 만약 내가 먼저 그놈을 치지 않으면 반드시 그놈의 모진 손에 내가 먼저 죽겠구나."

곽사는 그렇게 생각하고 가만히 자기 아래에 있는 갑병(甲兵)들을 끌어모았다. 이각이 생각 못한 때에 들이칠 작정이었다. 그러나 미처 군사를 내기도 전에 그 소식이 먼저 이각의 귀에 들어갔다. 이각으로 보아서는 실로 마른날의 날벼락이었다. 하지만 놀라움도 잠시 이각 또한 화가 머리끝까지 치밀었다.

"곽사 그놈이 어찌 감히 그럴 수 있단 말이냐!"

그 같은 외침과 함께 본부의 갑병부터 점고했다. 그 며칠 곽사가 자신을 멀리하던 까닭을 그제야 안 것 같은 느낌이었다.

여기서 다시 한번 확인할 수 있는 것은 대의 없는 맺음의 허망함이다. 사실 그들에게는 처음부터 상쟁의 소지가 있었다. 그러나 아직 남아 있는 공통의 적 때문에 그럭저럭 맺음이 유지돼 왔던 것인데, 이제 어이없게 터져버린 것이었다.

이각과 곽사의 군사는 오래잖아 마주쳤다. 하나는 대장군이요, 하나는 대사마로 대권을 나눠 갖고 있던 그들이라 각기 거느린 군사가 수만이었다. 장안성 안에서 맞붙어 어지러운 싸움을 벌이니 금세 도성은 난장판이 되고 말았다. 거기다가 한술 더 뜨는 것은 그들의 졸개들이었다. 두 쪽 다 원래부터 기강이 없기로 유명한 동탁의 졸개들이라 제 버릇 개 줄 리 없었다. 싸움하는 틈틈이 노략질을 하니 죽어나는 건 죄 없는 백성들뿐이었다.

이때 이각의 조카에 이섬(李暹)이란 자가 있었다. 힘깨나 써 이각이 장수로 부렸는데 제법 일의 앞뒤를 헤아릴 줄 알았다. 이각과 곽사의 싸움이 어우러진 틈을 타 헌제가 있는 궁성을 덮쳤다. 천자를 먼저 손에 넣는 쪽이 명분에서 유리하리라는 걸 헤아리고 한 짓이었다.

이섬은 수레 두 대를 구해 헌제와 복황후를 각기 나눠 태웠다. 그리고 가후(賈詡)와 좌령(左靈)으로 하여금 수레를 보살피게 하고 나머지 궁인들은 걸어서 뒤를 따르게 하여 후재문(後宰門)으로 몰아갔다.

황제와 황후가 탄 수레를 앞세운 이섬 일행이 막 문을 나설 무렵이었다. 갑자기 어지럽게 쏘아 붙이는 화살이 비오듯 쏟아졌다. 뒤늦게 곽사가 보낸 군사들이 이른 것이었다.

몸에 쇳조각 하나 지닌 것 없이 수레 뒤를 따르던 궁인들이 삼단처럼 쓰러졌다. 곽사가 보낸 군사가 더 많은지 이섬도 앞을 뚫을 엄두를 내지 못했다.

하지만 아무래도 이각이 한 수 빨랐다. 어떻게 알았는지 황제를 겁탈하러 간 조카의 위급을 알고 스스로 몸을 빼내 군사를 이끌고 달려왔다.

이각 스스로 대군을 이끌고 나타나자 곽사의 군사들은 곧 무너져 달아났다. 그 틈을 타 이각은 황제와 황후가 탄 수레를 끌고 간신히 장안성을 빠져나갔다. 그리고 한마디 설명도 없이 성 밖에 있는 자신의 진영에다 황제와 황후를 모셨다.

곽사도 뒤늦게야 군사를 이끌고 궁궐로 짓쳐들어갔다. 황제와 황후는 없었으나 아직 많은 비빈(妃嬪)과 궁녀들이 남아 있었다. 곽사는 꿩 대신 닭이라는 식으로 그 궁인들을 몽땅 사로잡아 자신의 진채로 끌어가고 궁전에 불을 질러 태워버렸다.

뿐만 아니었다. 그같이 흉포한 짓을 저지르고도 황제와 황후를 이각에게 빼앗긴 분이 풀리지 않은 곽사는 이튿날 동이 트기 무섭게 군사를 몰아 이각의 본진을 공격했다. 병마가 몰려오는 소리가 사방을 진동하니 이각의 군막 안에 있는 황제와 황후는 한가지로 두려움에 질려 어쩔 줄 몰랐다. 그 같은 난세를 뒷사람이 시를 지어 탄식했다.

광무제께서 한을 다시 일으키시니 　　　光武中興興漢世

| | |
|---|---|
| 위아래 열두 황제가 서로 이었다. | 上下相承十二帝 |
| 환제 영제 덕을 잃어 나라 기울고 | 桓靈無道宗社隳 |
| 내시가 권세 잡아 말세 이루니 | 閹臣擅權爲叔季 |
| 꾀 없는 하진 삼공에 올라 | 無謀何進作三公 |
| 쥐 같은 내시 없애려고 간웅 불러들였다. | 欲除社鼠招奸雄 |
| 작은 도적 죽였으나 큰 역적 들어 | 豺獺雖驅虎狼入 |
| 서량의 더벅머리 역적 음란하고 흉포하니 | 西州逆豎生淫凶 |
| 왕윤의 붉은 마음 미인을 빌어 | 王允赤心託紅粉 |
| 동탁과 여포 서로 싸우게 했다. | 致令董呂成矛盾 |
| 원흉 모두 죽여 천하태평 바랐더니 | 渠首殄滅天下寧 |
| 이각 곽사 분 품을 줄 뉘 알았으리. | 誰知李郭心懷憤 |
| 나라는 가시덤불 다투어 나는 꼴 되고 | 神州荊棘爭奈何 |
| 여섯 궁궐 굶주림에 싸움 걱정 겹쳤다. | 六宮饑饉愁干戈 |
| 민심 멀어지고 천명 떠나니 | 人心旣離天命去 |
| 영웅들은 저마다 산하를 나눠 갖네. | 英雄割據分山河 |
| 뒷제왕은 마땅히 이를 살펴 행하고 | 後王規此存競業 |
| 나라를 다스리는 일에 등한하지 말라. | 莫把金甌等閒缺 |
| 억울한 백성의 간과 뇌 땅을 덮고 | 生靈糜爛肝腦塗 |
| 강과 산에 넘쳐흐르느니 한 맺힌 그 피로구나. | 剩水殘山多怨血 |

한편 곽사의 군사들이 몰려오는 걸 보자 이각도 군사를 이끌고 마주쳐 나갔다. 냉정하게 대비하고 있던 이각의 군사들이라 아무래도 분에 못 이겨 달려온 곽사 쪽이 이롭지 못했다.

"물러나라. 잠시 물러나 대오를 정비하고 다시 돌아오는 게 낫겠다."

이윽고 곽사는 그렇게 말하며 군사를 물렸다. 이각도 그런 곽사를 뒤쫓지 않았다. 대신 군사를 내어 황제와 황후를 옛날 동탁이 근거로 쓰던 미오로 옮기고 조카 이섬으로 하여금 감시케 했다. 명분이야 황제를 안전한 곳에 모신다는 것이었지만 그 안에서 아무도 나오지 못하게 하니 사실상 감금이나 다름없었다.

거기다가 더욱 괴로운 것은 식량이었다. 이각이 식량을 댄다고는 하나 양이 넉넉하지 못하고 끊기는 때가 많으니 오래잖아 황제를 모시는 신하들은 모두 주린 기색이 역력했다. 보다 못한 헌제는 이각에게 사람을 보내 쌀 다섯 섬과 쇠뼈 다섯 마리 분을 청했다. 좌우의 신하들에게 나누어주기 위함이었다.

"뭐라고? 조석으로 끼니를 올리는데 달리 또 무엇을 내놓으란 말이냐?"

헌제가 사람을 보내자 이각은 성부터 먼저 냈다. 그리고 일부러 상한 고기와 썩은 곡식을 보냈다. 옛 주인 동탁보다 더한 처사였다.

이각이 보낸 곡식과 고기를 본 헌제는 말없이 고개를 떨구었다. 소매를 적시는 눈물은 그 같은 이각에 대한 원망보다 무력한 자신을 한탄하는 것이었으리라. 황제가 눈물을 보이니 좌우에 모시고 있던 신하들의 눈에도 한결같이 눈물이 괴었다. 그때 홀연 사람이 와서 알렸다.

"폐하, 한 떼의 군마가 달려오는데 창검이 해를 가리고 북소리 징소리가 천지에 떨쳐 울립니다. 어가를 구하러 달려오는 길이라 합니다."

"그게 누구라더냐?"

황제는 반갑게 물었다. 좌우가 나가 알아보니 곽사였다. 황제는 탄식했다.

"곽사라면 이각과 다를 게 무엇이겠느냐. 공연히 번거로울 뿐이다."

그 말에 모시고 있던 신하들도 한결같이 어두운 표정을 지었다.

잠시 후 다시 성 밖에서 크게 함성이 일었다. 이각이 스스로 군사를 이끌고 곽사를 맞으러 나간 것이었다.

"이놈 곽사야. 내 너를 대함에 야박하지 않았거늘 너는 어찌하여 나를 해치고자 하였느냐?"

이각은 저만큼 곽사의 모습이 보이자 채찍을 들어 그를 가리키며 꾸짖었다. 곽사도 노기등등하게 대꾸했다.

"너는 나라를 배반한 도적이다. 내 어찌 너를 죽이지 않을 수 있으랴?"

"나는 이처럼 천자를 모시고 있는데 어찌 반적(反賊)이라 하느냐?"

이각이 이죽거리듯 되물었다. 곽사는 더욱 성이 나 소리쳤다.

"너는 무엄하게도 어가를 겁탈했다. 그걸 어떻게 천자를 모신다 할 수 있겠느냐?"

그 말에 이각도 더 참지 못했다. 긴 칼을 비껴들며 곽사를 충동했다.

"여러 소리 할 것 없다. 네가 기왕에 이렇게 달려왔으니 싸우되, 군사는 쓰지 말기로 하자. 우리 둘이 겨루어 이기는 쪽이 폐하를 모시는 게 어떠냐?"

"좋다. 내가 진작 원하던바다."

곽사 또한 지지 않고 말을 내달리며 소리쳤다. 원래가 둘 다 동탁이 남달리 아끼던 장수였다. 일신의 무예가 결코 범상할 리 없었다. 말과 말이 엇갈리고 창칼이 맞부딪치기가 열 번을 넘어도 좀체 승부가 나지 않았다.

황제 곁에서 걱정스레 그들의 싸움을 보고 있던 태위 양표(楊彪)가 무슨 생각을 했는지 갑자기 말을 달려 나가더니 싸우는 두 사람에게 소리쳤다.

"두 분 장군께서는 잠시 싸움을 멈추시오. 내가 특히 여러 관원들과 의논하여 두 분이 화해할 방도를 찾아보겠소."

그때쯤 이각과 곽사도 더 싸울 마음이 없었다. 생각보다 상대가 강한 걸 알자 분김에 몸소 맞붙은 것이 은근히 후회되던 참이었다. 양표의 말에 못 이긴 체 둘은 각기 자기 진채로 돌아가버렸다.

이튿날이었다. 양표와 주준은 대소 관원 육십여 명을 모아 의논한 뒤 먼저 곽사의 진영을 찾았다. 이각과의 화해를 권하고자 함이었다. 곽사는 그들의 말을 듣는 둥 마는 둥 하더니 곧 수하 군사들을 시켜 모조리 감금하게 하였다.

"우리는 좋은 뜻으로 화해를 권하러 왔는데 장군은 어찌하여 우리를 이렇게 대하시오?"

대소 관원들이 놀라 항의했다. 곽사가 유들유들하게 대답했다.

"이각 그 도적놈이 천자를 겁탈했으니 나는 부득불 여러분을 내 편에 잡아두어야겠소!"

그때 양표가 정색을 하고 꾸짖었다.

"한쪽은 천자를 가두고 다른 한쪽은 백관을 잡아두니, 도대체 그래서 어떻게 하시겠단 말씀이오?"

그러자 곽사의 얼굴이 험악해졌다.

"네놈이 죽지 못해 안달이 난 모양이로구나. 감히 나에게 맞서 다니."

그렇게 소리치며 칼을 뽑아 양표를 죽이려 했다. 이미 눈이 뒤집힌 곽사에게는 삼공의 자리조차 보이지 않는 것 같았다. 중랑장 양밀(楊密)이 힘써 말려 간신히 곽사의 광기를 가라앉혔다.

"정히 이각에게 권할 말이 있거든 너희 둘만 가거라. 나머지 대소 관원들은 여기 남아 있어야겠다."

마침내 칼을 거둔 곽사는 양표와 주준만을 놓아주었다. 곽사의 손을 벗어난 양표는 주준에게 말했다.

"나라의 녹을 먹는 신하로서 임금을 구하지 못한다면 헛되이 세상을 사는 것이나 다름이 없소……."

"그렇소. 얼굴을 들어 하늘을 볼 수가 없구려."

주준도 그렇게 대꾸하며 눈물을 비오듯 흘렸다. 이에 두 사람은 부둥켜안고 어지러운 세상과 자기들의 무력함을 한탄하며 통곡하다가 마침내 혼절하여 땅에 쓰러졌다. 그 후 둘은 곧 깨어나 각기 집으로 돌아갔으나 주준은 그 길로 병을 얻어 며칠 안 돼 죽고 말았다.

어렵게 인 화해의 기운이 그렇게 스러지자 남은 것은 진흙탕에서 뒹굴며 싸우는 두 마리 개 같은 싸움뿐이었다. 이각과 곽사는 이튿날부터 서로 군사를 몰아 오십여 일이나 계속해 맞붙으니 그 통에 죽는 사람이 수를 헤아릴 수 없을 정도였다.

그런데 이각에게는 좌도(左道)와 사술(邪術)을 지나치게 좋아하는 흠이 있었다. 진중에도 항상 무녀를 두어 북을 치며 신내림[降神]을 하게 하고, 작은 일도 그녀들에게 물어 그대로 따랐다. 가후(賈詡)가 여러 번 그 일을 말렸으나, 이각은 종내 듣지 않아 둘의 사이만 서먹해지고 말았다.

그 낌새를 알아차린 시중 양기(楊琦)가 가만히 헌제에게 말했다.

"신이 보기에 가후가 비록 이각의 심복이기는 하나 제 임금을 온전히 잊지는 않은 것 같았습니다. 폐하께서는 그를 불러 이 어려움을 넘길 계책을 물어보시는 게 좋겠습니다."

그렇게 말을 하는 중에 때맞추어 가후가 헌제를 뵈러 왔다. 헌제는 양기의 말을 따르기로 하고 좌우를 모두 물리친 다음 울면서 가후에게 말했다.

"경에게 내 한 가지 물어볼 게 있소."

"무슨 말씀이십니까?"

다른 일로 왔다가 뜻하지 않게 황제의 눈물을 보게 된 가후가 섬뜩하여 되물었다.

"경은 한실을 불쌍히 여겨 짐의 목숨을 구해줄 수 있겠소?"

그 말에 가후는 황급히 방바닥에 엎드리며 대답했다.

"실로 신이 마음으로 바라는 바이옵니다. 폐하께서는 더 말씀하지 마십시오. 신이 스스로 좋은 꾀를 내어보겠습니다."

주위를 경계하느라 목소리는 나지막했으나 두 눈에는 충성 어린 결의가 내비쳤다. 이에 황제는 눈물을 거두고 가후에게 고마워하는 뜻을 표했다.

가후가 나간 지 오래잖아 이번에는 이각이 헌제가 있는 곳으로 왔다. 이각이 칼을 찬 채 들어오는 것을 보고 헌제의 얼굴은 흙빛이 되었다.

"곽사란 놈이 불측해서 공경을 가두고 그도 모자라 폐하까지 빼앗아가려 했습니다. 신이 아니었더라면 폐하께서는 놈에게 끌려가셨을 것입니다."

이각이 헌제에게 불쑥 말했다. 조카 이섬을 시켜 가둬놓은 뒤 코빼기도 내비치지 않다가 기껏 나타나 하는 말이었다. 아직 스스로를 신이라고 칭하고 말뜻도 천자를 가두게 된 경위를 설명하는 셈이었으나 그 태도는 이미 신하의 태도가 아니었다. 그러나 무력한 황제는 어쩔 수 없었다. 신하 흉내라도 내주는 걸 다행으로 여기며 이각에게 손을 모아 감사했다.

"고맙소. 경의 공을 잊지 않으리다."

그 말에 이각도 좀 머쓱한지 그대로 방을 나가버렸다. 역시 황제도 눈에 들어오지 않는 듯한 물러남이었다.

황제가 더욱 분하고 원통한 마음을 억누르고 있는데 황보력(皇甫酈)이란 신하가 들어왔다. 말을 잘하는 데다 이각과 같은 고향 사람이었다. 그걸 알고 있는 황제는 황보력을 보자 그를 시켜 이각과 곽사의 화해를 주선해야겠다는 생각이 들었다. 양표의 현책을 받아들여 반간계(反間計)로 이각과 곽사를 이간시키는 데 성공했으나, 자칫하다간 그 두 역적이 서로 싸워 망하기 전에 나라가 먼저 결딴날 판이었다.

"경은 언변에 능하고 또 이각과 동향이라 하니 그 둘을 서로 화해케 하여 짐과 사직을 평안케 하라."

그 같은 헌제의 명을 받은 황보력은 먼저 곽사를 찾아갔다. 이각은 한 고향 사람이라 어찌 될 것도 같아 곽사의 속부터 떠보기로 한 것이었다.

조정 백관의 대부분을 가두어두고는 있지만 곽사는 아무래도 천자를 끼고 있는 이각보다는 불안한 입장이었다. 비록 이각의 강압에 못 이긴 것일망정 천자가 조칙을 내려 자기를 역적으로 몰아버리면 명분을 좋아하는 제후들은 모두 이각을 편들지 모르는 일이었다. 황제의 조칙을 앞세운 황보력의 권고를 받자 못 이기는 체 말했다.

"만약 이각이 폐하를 내놓으면 나도 공경들을 모두 돌려보내겠소."

황보력은 됐다 싶었다. 곧 말을 달려 이각의 영채로 달려갔다. 그런데 일은 거꾸로 되어 쉽게 달랠 수 있다고 믿은 이각이 오히려 뻣뻣하게 나왔다. 이각도 바보가 아닌 이상 천자를 손에 넣고 있는 자신이 훨씬 유리하다는 걸 알고 있었다.

"폐하께서는 내가 공과 같은 서량 사람이라 하여 특히 나를 뽑아 이, 곽 두 분의 화해를 권하도록 하셨소이다. 먼저 곽장군께 들렀던 바 곽장군은 그 같은 폐하의 뜻을 받들겠다고 하였소. 그런데 공의 뜻은 어떠시오?"

황보력이 그렇게 말을 맺기 바쁘게 이각이 짐짓 성난 기색을 지으며 대답했다.

"나는 여포를 내쫓은 큰 공이 있을 뿐 아니라 그 뒤 사 년이나 나라 일을 맡아 적지 않이 볼만한 일을 하였소. 거기 비해 곽사는 본시 말 타고 도적질하던 무리라는 걸 천하가 다 알거니와, 이제는 감히 공경들을 잡아 가두고 나와 싸우려 들고 있으니 그런 자를 어찌 살려둘 수 있겠소? 그대가 보기에는 내 방략이나 군세가 곽사를 이기지 못할 것 같소?"

한마디로 화해 따위는 않겠다는 뜻이었다. 황보력이 위엄을 갖추어 달랬다.

"그렇지 않소. 옛적에 후예(有窮 后羿, 하대의 사람으로 활을 잘 쏘아 한때 하를 멸망시킬 정도였으나 다시 반격을 받아 죽음을 당함)는 자기가 활 잘 쏘는 것만 믿고 어려움을 걱정하지 않았다가 마침내 멸망당하고 말았소이다. 가까이로는 동(董)태사가 비록 힘이 있었으나 한번 여포가 은혜를 저버리자 그 목이 국문(國門)에 높이 걸린 바 되었소. 그 일은 특히 공도 두 눈으로 보셨으니, 이는 곧 굳고 힘센 것만 믿어서는 안 된다는 뜻이오. 공의 몸은 나라의 상장(上將)으로 임금께서 내리신 부월(斧鉞)과 장절(杖節)을 지니고 계시오. 거기다가 또 자손 대대로 높은 벼슬이 내릴 것이니 결코 나라의 은혜가 엷다 할 수는 없소. 그런데도 지금 힘으로 폐하를 공의 근거지로 옮겨 모시고 있으니 공경들을 자기 영채에다 가두고 있는 곽사와 다를 게 무엇이겠소?"

그러자 아픈 데를 찔린 이각은 크게 노했다. 대뜸 칼을 뽑아들고 황보력을 노려보며 소리쳤다.

"이제 보니 천자가 네놈을 보내 나를 욕보이려 하는구나. 먼저 네놈의 머리부터 베고 천자에게 따져야겠다!"

기세로 보아서는 금세라도 칼로 후려칠 것만 같았다. 기도위 양봉이 황급히 이각을 말렸다.

"아직 곽사를 없애지 못한 터에 폐하께서 보낸 사람은 함부로 죽여서는 아니 됩니다. 그렇게 되면 곽사가 군사를 일으키는 데 대의 명분을 세워주게 되어 제후들이 모두 그를 돕게 될 것입니다."

"그렇습니다. 임금의 사신을 죽여서는 반드시 큰일을 그르치게 됩니다."

가후도 곁에서 힘을 다해 양봉을 거들었다. 이각은 가후까지 나서서 말리자 조금 노기를 죽였다. 그걸 본 가후는 황보력을 떠밀듯 방 밖으로 내보냈다. 그러나 황보력은 떠밀려 나가면서도 크게 소리쳤다.

"이각이 폐하의 조칙을 받들지 않으니 임금을 죽이고 스스로 그 자리에 앉기라도 하겠다는 것이냐!"

곁에 있던 시중 호막(胡邈)이 그 소리에 놀라 급히 황보력의 입을 막으며 말했다.

"그런 소리 마시오. 몸에 해를 당할까 두렵소."

얼굴까지 핼쑥해지며 하는 말이었지만 황보력에게는 소용이 없었다. 죽기를 각오한 사람처럼 오히려 그런 호막을 꾸짖었다.

"호막 이놈, 너 또한 조정의 신하이거늘 어찌하여 역적에게 붙으려 드느냐? 옛말에 이르기를 임금이 욕되면 신하는 죽는 법이라[君辱臣死] 했다. 설령 이각의 손에 죽는다 한들 그게 바로 신하된 내 도리가 아니겠느냐?"

그리고 계속하여 이각을 꾸짖었다.

그 일은 이각의 영채 안에 함께 있는 헌제의 귀에도 곧 들어갔다. 헌제는 그러다가 성난 이각에게 황보력이 죽임을 당할까봐 걱정이 되었다. 사람을 불러 황보력을 불러들인 뒤 그날로 고향인 서량으로 돌아가게 했다.

하지만 황보력은 그냥 떠나가지 않았다. 원래 이각의 군사는 태반이 서량 사람이고 나머지는 강인이었는데, 황보력은 같은 고향인 서량 사람들에게 공공연히 말했다.

"이각은 모반을 꾀하고 있으니 그를 따르는 자는 모두 역적의 패거리라 할 수 있다. 뒷날의 화가 결코 얕지 아니할 것이다!"

그 말이 퍼지자 서량 출신의 군사들은 걱정이 되지 않을 수 없었다. 자연 군심에 동요가 일고 심하게는 밤중에 몰래 달아나는 군사까지 있었다.

그 같은 군심의 동요는 곧 이각의 귀에도 들어갔다. 가후와 양봉이 말려 간신히 억눌렀던 이각의 노기가 한꺼번에 터졌다.

"너는 급히 군사를 이끌고 황보력을 뒤쫓아 그 목을 베어 오너라!"

이각은 당장 호분중랑장 왕창(王昌)을 불러 그렇게 영을 내렸다. 그러나 왕창은 본시부터 이각의 사람이 아니었다. 명을 받기는 하였으나 황보력 같은 충의지사를 따라가 죽이고 싶지 않았다.

이에 왕창은 겨우 뒤쫓는 시늉만 하다가 되돌아와 이각에게 알렸다.

"명을 받들어 황보력을 쫓았으나 이미 떠난 지 오래되어 어디로 갔는지 알 길이 없었습니다."

하지만 황보력보다 더 무서운 함정을 파고 있는 것은 이각이 아직도 자기의 사람이라 믿고 있는 모사 가후였다. 가후는 이각의 힘을 줄일 양으로 가만히 강인들에게 일렀다.

"폐하께서는 너희들의 충성스럽고 의로운 마음을 알고 계시다. 너희들이 오래 싸움터를 떠돌며 노고를 마다하지 않았으나 아무런 보답을 받지 못한 걸 딱하게 여기시어 이번에 밀조를 내리셨다. 모두 고향으로 돌아가 기다려라. 지금은 이각 때문에 그리하지 못하나 뒷날 반드시 무거운 상과 높은 벼슬을 내리실 것이다."

이각이 대권을 잡은 뒤에도 상과 벼슬을 내리지 않아 쌓인 강인들의 원망을 겨냥한 가후의 꾀였다. 과연 강인들은 그 같은 가후의 말을 듣자 하룻밤 새 자기 군사들을 이끌고 이각의 영채를 떠나버렸다.

가후의 교묘함은 거기서 그치지 않았다. 말 몇 마디로 이각의 힘을 절반이나 덜어버린 뒤 가만히 황제께 아뢰었다.

"이각은 탐욕스러우면서도 꾀가 없고, 그 군사들은 마음이 흩어진 데다 겁까지 먹고 있습니다. 지금이야말로 높은 벼슬을 미끼로 던져 한 번 더 저들을 혼란시킬 때입니다."

"어떤 벼슬이 미끼가 되겠소?"

"이각에게 조서를 내리시어 대사마(大司馬)에 봉하십시오."

헌제는 이상했다. 이각은 이미 오래전부터 스스로 대사마라 칭해 왔고 남들도 그렇게 여겨왔다. 그런데도 새삼 조칙을 내려 대사마로 봉하라니 이상하지 않을 수 없었으나 헌제는 더 묻지 않고 가후의 말에 따랐다. 그의 재주를 익히 보아온 데다 무엇보다도 이각의 힘을 던다는데 듣지 않을 까닭이 없었다.

사람의 여러 굶주림 가운데서 다른 어떤 것에 못지않게 절실한 것이 정통과 정당성에 대한 굶주림이다. 그가 얻은 것이 권력이건 부이건 명예이건 그것을 남과 자신에게 아울러 유효하게 해주는 최

종적 확인 행위가 있어야 정통과 정당성이 획득된다. 이각도 그 점에 대해서는 다르지 않았다. 힘으로는 이미 조정을 휘어잡고 대사마 벼슬을 칭한 지도 오래되었으나, 그가 언제나 굶주려 온 것은 정당성 또는 정통의 권위에 의한 승인이었다.

그런데 이제 황제가 조서를 내려 정식으로 자신을 대사마에 봉했으니, 비록 늦었고 이름뿐이나마 기쁘지 않을 수 없었다. 자신의 벼슬이 정통의 권위인 황제에 의해 승인됨으로써 자신의 행위가 정당성의 근거를 얻었을 뿐만 아니라, 아직도 자칭에 지나지 않은 곽사의 대장군보다 우월한 입장에 놓이게 된 까닭이었다. 하지만 그 기쁨을 표현하는 데 이각은 다시 큰 실수를 저지르고 말았다.

"이는 모두 여무(女巫)들이 귀신에게 치성을 드리고 복을 빌어준 탓이다."

이각은 그렇게 말하며 긁어모은 재산을 풀어 무녀들에게게만 듬뿍 상을 내리고 자기를 위해 목숨을 걸고 싸워온 장졸들에는 치하의 말 한마디 없었다. 바로 가후가 노린 바대로였다.

과연 이각의 그 같은 처사에 대한 장졸들의 불만은 컸다. 그중에서도 특히 참지 못한 것은 기도위로 힘을 다해 이각을 떠받들어 온 양봉이었다. 평소부터 가깝게 지내던 장수 송과(宋果)를 가만히 불러 울분을 토했다.

"우리가 생사를 넘나들며 시석(矢石)을 마다하지 않고 저를 위해 싸웠으나 공은 오히려 무당년들보다도 못하다니 이게 무슨 꼴인가? 아무래도 안 되겠네. 이각만 믿고 이대로 있다가는 아무것도 얻은 것 없이 역적이란 더러운 이름만 남기게 되겠네."

송과 또한 불만이 양봉에 뒤지지 않았다. 그 말이 끝나기 무섭게 격한 목소리로 받았다.

"옳으이. 이각 그놈을 그냥 둘 수 없네. 그런데 어떻게 하면 그놈을 죽이고 천자를 구해내어 역적의 이름을 면하겠나?"

송과가 그렇게 선뜻 응하자 양봉은 더욱 힘이 나서 말했다.

"이렇게 하세. 자네는 영채 안에서 일을 일으키고 나는 밖에서 호응하되, 자네가 영채에 불을 지르는 걸 군호(軍號)로 삼으면 어떻겠나? 우리 두 사람 모두 거느린 군사가 적지 않으니 그렇게만 하면 이각 그놈은 죽은 목숨일세."

"좋은 계책일세. 불은 언제쯤 지르면 좋겠는가?"

"아무래도 모두 잠자리에 든 이경쯤이면 좋겠네. 오늘 밤 이경으로 하세."

"알겠네."

양봉과 송과는 그렇게 약정하고 각기 자기의 군막으로 돌아갔다. 그런데 일을 꾸밈에 면밀하지 못했던지 그 일은 오래잖아 이각의 귀에 먼저 들어가고 말았다.

"양봉과 송과가 모반을 꾀하고 있습니다."

그 일을 엿들은 군사로부터 그 같은 보고를 받자 이각은 불같이 노했다. 그 자리에서 군사를 풀어 송과를 잡아들인 뒤 몇 마디 묻고 자시고 할 것도 없이 목을 뎅강 잘라버리고 말았다.

한편 양봉은 군사를 이끌고 이각의 영채에서 불길이 솟기만을 기다리고 있었다. 그러나 불길 대신 이각이 스스로 군사를 이끌고 양봉의 진채를 휩쓸어왔다. 양봉은 일이 탄로난 걸 알았다. 당황한 가운데도 힘써 대적해 싸웠으나 이각의 대군을 당해낼 수는 없었다. 혼전 중에 사경이 이르자 들리느니 이각 군의 함성이요, 희끗희끗 눈에 들어오느니 그 기치였다. 이에 양봉은 더 대항하지 못하고 약간의 군사를 거두어 서안(西安)을 바라고 달아나버렸다.

양봉과 송과의 반란은 무사히 진압할 수 있었지만 그때부터 이각의 군세는 급속히 줄어들기 시작했다. 강병들이 떠나자 한층 심해진 군사들의 동요는 이제 공공연한 도망질로 번져갔다. 거기다가 곽사까지 쉴 새 없는 공격을 퍼부어 많은 군사가 죽거나 상하니 이래저래 느는 것은 걱정뿐이었다.

그런데 엎친 데 덮친 격으로 또 한 가지 놀라운 소식이 날아들었다.

"장제(張濟)가 섬서에서 대군을 이끌고 이곳에 이르렀다 합니다. 두 분 장군을 화해시키러 왔다는데, 만일 따르지 않는 쪽이 있다면 그쪽부터 먼저 치겠다고 큰소리를 치고 있습니다."

이각은 놀랐다. 원래 장제는 번조와 함께 장안(長安)에서 여포를 쫓아내는 데 공을 세웠으나, 번조가 한수(韓遂)와 내통한 혐의로 제거된 뒤 근거지인 섬서로 돌아가 있었다. 그때는 자기들에 비해 보잘것없는 세력이라 이각과 곽사는 오히려 짐을 더는 기분으로 돌아가는 걸 허락했는데 이제 사정은 크게 달라지고 말았다. 이각과 곽사는 나뉘어 싸운 지 여러 달 동안에 둘 다 쇠약해져 있는 반면 장제는 처음의 세력을 고스란히 보존하고 있었기 때문이었다.

이각은 생각 끝에 먼저 사람을 장제의 진중으로 보내 자기의 뜻을 전했다.

"곽사의 죄가 자못 크나 장군께서 몸소 군사를 이끌고 이곳까지 와서 권하시니 옛정을 보아서라도 곽사와 화해를 하겠습니다."

그렇게 되자 곽사도 별 수 없었다. 자칫하다간 장제와 이각의 연합군에게 공격을 받을 판이라 역시 두말 않고 장제의 권유에 따랐다.

그 일로 대국의 우이(牛耳)를 잡게 된 장제는 곧 이각에게서 풀려난 황제에게 표문을 올려 어가를 홍농으로 옮기도록 청했다. 홍농이라면 동탁이 버린 옛 도성 낙양 부근이었다.

"짐이 동도(東都, 낙양)를 생각한 지 오래되었는데 이제 돌아가게 되었구나! 실로 큰 다행이 아닐 수 없다."

장제의 표문을 읽은 황제는 그렇게 기뻐하며 장제를 표기장군으로 삼았다. 뜻을 이루었을 뿐만 아니라 높은 벼슬까지 얻게 된 장제는 양식이며 술과 고기를 황제와 백관들에게 보내는 한편 이각과 곽사를 재촉하여 동도로 돌아갈 채비를 서둘렀다.

곽사는 그에 따라 가두어두었던 공경들을 모두 풀어주고, 이각도 헌제가 타고 동쪽으로 떠날 어가를 수습게 하는 한편 옛 어림군 수백을 보내 창을 들고 호위케 했다.

서도(西都)인 장안을 떠나 동도 낙양으로 돌아가는 길은 한동안 순조로웠다. 그런데 천자의 수레가 신풍을 지나 패릉에 이르렀을 무렵이었다. 마침 가을이라 맑은 바람이 부는데 갑자기 함성이 크게 일더니 수백의 군병이 다리 위에 나타나 길을 막았다.

"오는 자가 누구냐? 멈추어라."

"성가(聖駕)가 이곳을 지나는데 누가 감히 가로막으려 드느냐?"

시중 양기가 말을 달려 나가 꾸짖듯 소리쳤다. 군사들 가운데서 두 장수가 나서서 대답했다.

"우리들은 곽장군의 명을 받들어 이 다리를 지키며 간세(間細, 첩자)들이 드나드는 걸 지키고 있소이다. 귀하가 비록 성가를 모셨다고 말하나 내 두 눈으로 폐하를 뵈온 뒤라야 믿고 길을 내줄 수 있을 것이오."

그 말에 양기는 어가에 드리워진 구슬발을 높이 젖혀 올렸다. 헌제는 몸소 얼굴을 드러내어 두 장수에게 일렀다.

"짐이 여기 이르렀거늘 경들은 어찌 물러나지 않는가?"

헌제가 그렇게 말하자 비로소 다리를 막고 있던 군병들은 길 양편으로 갈라서며 만세를 불렀다. 그사이에 어가는 천천히 다리를 건너갔다. 어가가 지나간 뒤 곽사의 두 장수는 즉시 그 소식을 곽사에게 전했다. 곽사는 노했다.

"내가 비록 장제의 청을 받아들였으나 이는 그의 군세가 너무 커서 잠시 예봉을 피하기 위함이었다. 때를 보아 천자를 다시 미오에다 잡아둘 작정이었는데 어찌하여 네놈들이 멋대로 보내주었느냐?"

그렇게 꾸짖은 뒤 장수를 즉시 목 베게 했다.

곽사가 그토록 노한 데에는 까닭이 있었다. 당장은 장제의 권유를 받아들이는 체 자신이 가두고 있던 공경들을 풀어놓았으나 이각 또한 천자를 내놓으리란 데에 곽사는 한 가닥 기대를 걸고 있었다. 그렇게 되면 천자와 공경들은 모두 장제의 세력 아래 들어가게 되겠지만 어쩌면 군사는 많아도 장제의 손에 있는 것을 뺏기가 이각의 손에 있는 걸 뺏기보다 쉬울 것 같았다. 장제가 워낙 둔해빠진 무골이라 기다리다 보면 때가 오리라 믿은 까닭이었다.

그런데 먼저 곽사의 예상에 빗나간 것은 장제의 처신이었다. 장제가 급작스레 장안으로 군사를 몰아온 것은 자기편끼리의 내분으로 모두 함께 망하게 되는 게 두려워서였다. 따라서 이각과 곽사가 화해하고 또 헌제로부터 진심 어린 감사를 받자 자기의 목적은 달성된 것으로 믿고 천자를 동도(東都)로 돌려보냈다. 이각이나 곽사처럼 천하에 대한 야심이 없는 장제로서는 특별히 천자를 자기 곁에 잡아두어야 할 이유가 없었다.

곽사는 그 같은 장제의 결정에 당황했으나 아직은 장제와 맞설 수 없어 망설이고 있는데, 천자의 어가는 동도로 출발해버렸다. 그래서 장제와 맞붙는 수가 있더라도 천자를 추격할 결심을 굳히고 있을 즈음 눈치 없는 두 장수가 저절로 굴러들어온 천자를 놓아 보내버렸으니 어찌 분통이 터지지 않겠는가.

두 장수의 목을 벤 곽사는 곧 군사를 일으켜 천자를 뒤따르기 시작했다. 날랜 말로 밤낮을 가리지 않고 뒤쫓는 곽사의 군사들과 수레나 도보로 느릿느릿 움직이는 어가 행렬과의 경주라 곽사는 오래잖아 어가를 따라잡을 수 있었다.

그때 어가는 화음현을 지나고 있었다. 군신이 모두 곽사와 이각의 손길에서 겨우 벗어난 걸 다행으로 여기며 길을 재촉하고 있는데 홀연 등 뒤에서 함성이 일었다.

"수레를 멈추어라!"

그 같은 고함 소리와 기치로 보아 뒤쫓아 온 곽사의 군사임에 분명했다. 좌우가 모두 어쩔 줄을 몰라 웅성이는 가운데 낙담한 헌제가 눈물을 흘리며 탄식했다.

"겨우 늑대 굴을 벗어나니 이제는 바로 호랑이의 아가리로구나.

이 일을 어쩌하면 좋을꼬?"

그 말에 좌우에서 모시고 있던 대신들도 실색한 채 무어라 대꾸하지 못했다. 그사이에도 뒤따르는 곽사의 군사들은 점점 가까워졌다.

그런데 이제 조금만 더 있으면 어가의 행렬 끝과 곽사의 군사 앞머리가 닿게 될 무렵이었다. 갑자기 한 갈래 크게 북소리가 울리며 앞에 보이는 산 뒤에서 한 장수가 말을 달려 나왔다. 큰 깃발 하나를 앞세우고 있는데 거기에는 '대한 양봉(大漢 楊奉)'이란 네 글자가 크게 씌어져 있었다. 얼마 전 이각을 없애려고 하다 오히려 쫓겨 서안으로 달아났던 기도위 양봉 그 사람이었다.

그때 서안으로 갔던 양봉은 이끌고 간 군사를 종남산(終南山)에 머물게 하면서 대세를 관망하고 있었다. 그러다가 이제 어가가 부근을 지난다는 말을 듣고 수하의 천여 명과 함께 특히 어가를 보호하러 달려온 길이었다.

곽사도 뜻밖의 군사들이 나타나 길을 막자 진세를 벌여 싸울 준비를 갖추었다. 너무 갑작스러워 당황하기는 했지만, 우두머리가 전일 이각 아래 있던 양봉이요, 군사도 그리 많지 않은 걸 알자 곧 마음이 놓였다.

"주인을 배반한 도적 양봉은 어디 있느냐? 어서 나오지 못할까?"

이윽고 곽사의 진문에서 달려 나온 최용(崔勇)이 양봉의 군사들을 향해 욕설을 퍼부으며 싸움을 돋우었다. 욕을 먹는 양봉도 노기가 치솟았다. 불길이 이는 눈길로 좌우를 돌아보며 소리쳤다.

"공명(公明)은 어디 있느냐?"

그 말에 한 장수가 한 손에 큰 도끼를 들고 화류마(驊騮馬, 주나라

무왕이 거느렸다는 여덟 마리 준마 중에 하나. 썩 좋은 말)를 나는 듯 몰고 달려 나갔다. 그리고 똑바로 최용과 어울리는가 싶더니 단 일합에 최용의 목을 찍어 말 아래로 떨어뜨렸다. 실로 무서운 장수였다.

최용이 손발 한번 제대로 놀려보지 못한 채 죽는 걸 보자 군사들은 물론 다른 장수와 곽사까지 간담이 서늘해졌다. 마땅히 최용을 대신해 달려 나가 흔들리는 사기를 북돋워야 했지만 아무도 나가려 들지 않았다.

그 같은 적진의 동요를 모를 리 없는 양봉이었다. 큰 북소리와 함께 일제히 군사를 몰아 엄살하니 곽사의 군은 대패하여 달아났다.

양봉은 그런 곽사를 이십여 리나 쫓아버린 뒤에 군사를 수습하여 천자를 뵈었다. 꼼짝없이 곽사에게 끌려가 또다시 꼭두각시 노릇을 해야 할 줄 알았던 황제의 기쁨은 컸다.

"경이 나서지 않았더라면 실로 어떤 일이 났을지 모르겠소. 이 몸을 구해준 것이나 다름없으니 그 공이 결코 작다 하지 못할 것이오!"

황제는 그렇게 양봉을 위로한 뒤에 다시 물었다.

"조금 전에 적장을 벤 장수는 누구요?"

그러자 황공하여 머리를 조아리고 있던 양봉이 그 장수를 찾아와 황제의 수레 앞에 엎드리게 했다.

"이 사람은 하동 양군 출신으로 이름은 서황(徐晃)이요, 자는 공명(公明)이라 합니다."

양봉의 그 같은 소개에 한동안 서황을 그윽히 보던 헌제가 위로했다.

"그대의 도끼 솜씨가 절묘했다. 그 노고를 짐은 잊지 않으리라."

그런 다음 천자의 일행은 양봉의 호위를 받으며 화음현에 잠시 어가를 머물렀다. 이때 장군 단외(段煨)는 의복과 음식을 헌상하니 상하가 모두 주림을 면했다. 그날 밤 황제는 양봉의 군영 안에서 잠자리에 들었다.

한 싸움에 져 쫓겨갔던 곽사는 다음 날 다시 군사를 수습해 양봉의 진 앞으로 쳐들어왔다. 전날 비록 지기는 했으나 양봉의 군사가 적은 걸 보고 머릿수로 짓뭉갤 심산이었다.

서황이 또한 전날처럼 앞서 달려 나갔으나 곽사의 대군이 여덟 갈래로 한꺼번에 덤벼드니 혼자서는 어찌해볼 도리가 없었다. 곧 양봉과 천자는 성난 물결 같은 적군들 가운데 남겨진 작은 섬이 되어버렸다. 위급하기 짝이 없는 상황이었다.

그러나 아직도 하늘이 저버리지 않았던지 홀연 동남쪽에서 크게 함성이 일며 한 장수가 군사를 이끌고 짓쳐왔다. 방심하고 있던 곽사는 다시 낭패했다. 흩어지려는 군사들을 독려하기에 힘을 다했으나 원군이 온 걸 알고 힘을 얻은 서황이 더욱 맹렬하게 공격해 오니, 다시 곽사의 군사는 대패하고 말았다.

달려온 사람은 제실의 외척 되는 동승(董承)이란 사람이었다. 또 한차례 고비를 넘긴 황제는 인척인 그를 보자 눈물부터 솟았다. 그를 잡고 간신히 이어지는 음성으로 지난 일을 들려주었다. 동승이 그런 황제를 위로했다.

"폐하께서는 이제 심려를 거두시옵소서. 신은 양장군과 힘을 합쳐 기필코 이, 곽 두 역적을 목 베고 천하를 바로잡겠습니다."

그 말에 힘을 얻은 헌제는 곧 좌우에 영을 내려 급히 동도에 이르기를 재촉했다. 동승과 양봉도 먼저 동도에 이르는 일이 급하다 여겨 그대로 시행하도록 했다. 이에 어가는 그날부터 밤에도 수레를 멈추지 않고 홍농을 향해 길을 재촉했다.

# 삼국지 2
구름처럼 이는 영웅

**개정 신판 1쇄 발행** 2020년 3월 25일
**개정 신판 6쇄 발행** 2025년 1월  2일


**지은이** 나관중
**옮기고 엮은이** 이문열


**발행인** 양원석
**펴낸 곳** ㈜알에이치코리아
**주소** 서울시 금천구 가산디지털2로 53, 20층(가산동, 한라시그마밸리)
**편집문의** 02-6443-8842   **도서문의** 02-6443-8800
**홈페이지** http://rhk.co.kr
**등록** 2004년 1월 15일 제2-3726호

ISBN 978-89-255-6880-5 (03820)